은소로 장편소설

초판 1쇄 찍은 날 | 2025년 7월 24일
초판 1쇄 펴낸 날 | 2025년 7월 31일

지은이 | 은소로
발행인 | 권기수, 장윤중
펴낸이 | 박정서

기획 | 윤단아
편집 | 손유리

펴낸곳 | 주식회사 카카오엔터테인먼트
등록번호 | 제2015-000037호
등록일자 | 2010년 8월 16일
주소 | 경기도 성남시 분당구 판교역로 235, 에이치스퀘어 N동 8, 9, 10층 (삼평동)

제작·감수 | KW북스
E-mail | paperbook@kwbooks.co.kr

ⓒ 은소로, 2018

ISBN 979-11-385-1861-1 04810
  　　 979-11-385-1860-4 (set)

※ 파본은 구입하신 서점에서 교환하여 드립니다.
※ 저자와 협의하여 인지를 붙이지 않습니다.
※ 이 책은 저작권법의 보호를 받는 저작물입니다. 무단 전재 및 유포, 공유를 금합니다.

Contents

서막 I	7
1막. 달라진 것과 변하지 않은 것	45
2막. 알 수 없는 것과 할 수 있는 것	95
3막. 보이는 것과 보이지 않는 것	169
4막. 이해할 수 없는 것과 확실한 것	233
5막. 드러나는 것과 통제할 수 없는 것	333
6막. 망가지지 않는 것과 가까워지는 것(1)	427

서막 I

아젠카 사관학교는 엄밀히 말하면 학교라기엔 무리가 있었다. 수업이나 강의가 진행되지 않는다. 그렇다고 훈련이 있지도 않다. 물론, 교관이나 선생도 없다. 사관생도들에게 제공되는 건 숙식과 사관생도라는 신분뿐이었다.
"하지만 그 신분이 의미하는 게 대단하죠. 창천 기사단의 스콰이어(Squire: 기사의 종자) 후보라니. 응시생이 이렇게 많이 몰리는 것도 당연해요."
사관학교 행정실에서 창밖을 내다보던 신입 사무관이 중얼거렸다. 책상에 앉아 산더미처럼 쌓인 지원 서류를 살피던 선배 사무관이 눈살을 찌푸렸다.
"뜬금없이 뭔 소리야?"
"그냥, 새삼 사무관으로나마 창천 기사단 소속이 된 게 뿌듯해져서요."
"싱겁긴."
아젠카 사관학교가 위치한 도시 아젠카는 창천 기사단이 다스리는 도시로, 어느 국가에도 속하지 않았다. 창천 기사단이 국가를 초월한 기사단이기 때문이다.

"쟤들 중에 몇이나 창천의 기사가 될까요?"

"한 명도 안 나올 수도 있지."

"설마요."

"마스터가 아니면 창천의 정식 기사가 될 수 없는데, 마스터가 되는 게 어디 쉽냐?"

"……기사는 다 마스터 아니었어요?"

"이놈 봐라. 무서운 소릴 하네. 너, 아젠카 출신이었지? 쭉 아젠카에서만 살았어?"

"네. 왜요?"

"야, 기사단원이 죄다 마스터인 창천 기사단이 이상한 거야. 창천이 괜히 최강 소릴 듣겠냐?"

"그럼 다른 기사단은 마스터가 아니라도 기사로 받아 줘요?"

"애초에 다른 나라에는 마스터가 몇 명 있지도 않아. 그런데 여긴 뭐, 평기사가 검에 마나 실어서 뿌려대는 마스터고 그 위로 기오사 오 너들까지 있으니……."

"어, 쟨 뭐야."

신입이 황당하다는 어조로 선배의 말을 끊었다. 한창 설명을 하고 있던 그녀가 인상을 썼다.

"너 이 자식, 내 말 듣고 있었어?"

"서, 선배, 쟤 좀 봐요."

신입은 허둥거리며 손가락질을 했다. 밖에서 웅성거리는 소란이 들려오고 있었다. 화를 내려던 선배 사무관이 그 소란에 결국 창가로 다가왔다.

"뭔데 그래? ……저게 뭐야?"

밖을 내다본 그녀가 입을 떡 벌리자 붙어 선 신입이 물었다.

"선배, 여기서 일한 지 몇 년이랬죠?"

"7년……."

"……그동안 저런 응시생 본 적 있어요?"

"있겠냐?"

"없겠죠……."

"내가 별의별 응시생들을 봤지만, 저런 애는 또 처음이네."

어느 여자에게 모두의 시선이 쏠려 있었다.

여자라서가 아니었다. 남자가 더 많긴 해도 응시생들 중에는 여자도 많았고, 창천 기사단에도 여기사들이 있었다.

예뻐서? 예쁘긴 했다. 갓 스물쯤 되었을까. 피부는 우윳빛, 반은 틀어 올리고 반은 늘어뜨린 머리카락은 엷은 분홍색, 어리게 보이는 인상에 일조하는 커다란 눈동자는 잘 익은 포도알 같은 보랏빛이었다. 도톰하고 작은 입술은 꽃잎처럼 발그레했다. 만지면 꽃가루가 묻어날 것처럼 곱고 가녀린 여자였다.

그러나 그런 외모도 소란의 주범은 아니었다. 몰린 인원이 천 단위다 보니, 그녀보다 더 눈에 띄는 미인도 꽤 있었으니까.

그녀가 주목을 받고 있는 이유는 옷차림 때문이었다.

하얀 레이스 장갑. 페티코트까지 완벽하게 갖춰 입은 드레스. 굽이 높은 여성용 구두. 귀걸이. 목걸이. 브로치. 옅은 화장. 리본, 러플, 프릴, 보석.

기사 지망생들이 모여 있는 연무장이 아니라 귀족 영애들의 티 파티에나 어울릴 차림이다.

"돌았나 봐요……."

신입이 중얼거린 말이 그녀를 보는 모든 이의 심정을 대변했다. 선배 역시 넋이 나간 목소리로 말을 받았다.

"그러게, 어느 집안 아가씨인진 몰라도 철이 없다 못해 개념을 상실했네."

"여기가 검술을 시험하는 자리라는 걸 알고 있긴 한 거겠죠?"

"차라리 모르고 온 게 낫겠다. 전 대륙에서 몰려온 천재들이 최선을 다해 도전하는 아젠카 사관생도 선발 시험에, 알고도 저런 꼴로 온 거면……."

"검을 잡아 본 적이 있긴 할까요?"

"제일 가능성 높은 게 낭만 소설만 왕창 보다가 가출한 아가씨란 건데, 검은 무슨. 내기할래? 난 검 뽑다가 떨어뜨리는 데 1실버."

"싫어요, 내기가 안 되잖아요! 저도 거기다 걸 건데!"

"넌 휘두르다가 떨어뜨리는 데 걸면 되지."

"저 팔로 검을 휘두르긴 뭘 휘둘러요! 들지도 못하겠네!"

검은 제법 무거운 무기였다. 가볍게 만든 레이피어가 아닌 이상 훈련하지 않은 여자는 휘두르는 건 물론이고 한 손으로 들어 올리는 것도 쉽지 않았다.

"무슨 일인가?"

서늘한 저음이 떠드는 그들의 뒤로 들려왔다. 그 목소리를 알아듣고 놀란 선배가 급히 돌아서더니 경례를 했다.

"단장님을 뵙습니다!"

"네? 다, 단장님이요?"

아젠카에서 '단장'이라 불릴 사람은 한 명뿐이었다. 창천 기사단의 단장.

창천은 철저한 실력제이므로, 창천 기사단의 단장이라는 건 최고의 기사라는 뜻과 비슷했다. 행정 담당으로 들어온 지 얼마 되지 않은 말단이라 단장을 한 번도 만나 보지 못한 신입은 경악한 얼굴로 남자를 살펴보았다.

그는 유리로 만든 꽃처럼 섬세해 보였다. 느슨하게 묶어 한쪽 어깨 앞으로 늘어뜨린 긴 은발, 새파란 하늘색 눈동자. 기사라기보다는 시인처럼 보이는 얼굴.

하지만 겉보기와 달리 제복 아래의 몸은 완벽하게 단련되어 있었다. 거기에 분위기. 아무리 아름다워도 검은 검이다. 베고 찌르기 위해 만들어진 물건 특유의 예리하고 차가운 느낌이 그에게서도 느껴졌다. 늘 검을 가까이하는 삶을 살아온 흔적일지도 모른다.

저 남자가 역대 최연소 마스터이자 최연소 창천 기사단장이며, 성검(聖劍) 랑기오사의 주인인 유리엔 드 하르덴 키리에였다. 후대에 음유시인들이 부르는 서사시의 주인공이 될 것이 틀림없는 자.

신입은 저도 모르게 침을 꿀꺽 삼켰다.

"아, 아무것도 아닙니다."

"내기라는 소리를 들었다."

"그게……."

신입이 제대로 답하지 못하고 땀을 뻘뻘 흘리자, 선배가 눈을 질끈 감더니 설명했다.

"응시생 중에 특이한 사람이 있어서 잠시 농담을 했습니다!"

"특이하다고?"

유리엔이 미미하게 눈썹을 치켜올렸다. 사무관들은 재빨리 물러나며 창가를 가리켰다.

"저기에……. 보면 바로 아실 겁니다."

창가로 다가간 유리엔이 밖을 내다보며 눈을 가늘게 떴다. 그는 금세 응시생들 사이에서 분홍빛 머리칼의 여자를 찾아냈다.

한눈에 알아보았다. 아는 여자였다. 모를 수가 없다. 그는 그녀가 거적때기를 뒤집어쓰고 있었더라도 알아봤을 것이다.

그의 눈이 커지더니 흔들렸다. 창틀을 쥔 손에 무의식적으로 힘이 들어갔다. 수많은 기억이 뇌리를 점령하며 속이 울렁거렸다. 그러나 그는 내면의 파동을 겉으로 드러내지 않았다. 옆에 있던 사무관들은 누구도 그가 동요한 것을 알아채지 못했다.

선배 사무관이 한숨을 내쉬었다.

"아젠카의 생도 선발 시험에서 드레스 차림의 응시생을 보게 될 줄은 몰랐습니다."

"……응시생?"

유리엔은 희한한 소리를 들은 듯이 반응했다.

"예. 사관학교를 뭐로 보는 건지……. 철없는 아가씨인 모양입니다."

선배는 단장이 놀라는 것을 당연한 반응이라 생각했다. 구두 신고 드레스 입은 응시생이라니 기가 찰 만도 하지. 그 편견 탓에 그녀는 유리엔의 반문이 묘한 뉘앙스를 띠고 있다는 것을 알아채지 못했다.

반면 신입은 알아차렸다. 어쩐지 그의 말투가 이상했다. 기사단장의 말은 '감히' 응시생이냐는 뜻이 아니라 '고작' 응시생일 리가 없다는 것처럼 들렸다. 잘못 들었나? 그가 갸웃거리는 동안 유리엔은 덤덤한 표정으로 돌아왔다.

"자네는 그녀가 탈락하리라고 생각하나?"

"네? 그야……. 아, 아닙니까?"

그사이 드레스를 입은 여자가 예선을 치를 차례가 된 모양이었다. 여자는 차림새와 지독히 어울리지 않는, 아무 장식 없는 롱소드를 들고 앞으로 걸어 나왔다.

예선은 통나무를 검으로 베는 간단한 시험이었다.

통나무는 생각보다 단단하고, 그것을 도끼도 아니고 검으로 한 번에 베어 낸다는 건 기술과 힘이 받쳐 주지 않으면 무리였다. 숙련된 기사는 통나무를 베는 자세, 베인 단면, 속도 등으로 단번에 상대의 수준을 어느 정도 짐작할 수 있었다.

창밖에서 통나무 앞에 선 여자가 검을 뽑아 들고 있었다. 유리엔은 그녀가 검을 드는 모습에서 눈을 떼지 않았다. 그가 혼잣말처럼 속삭였다.

"나라면 그녀가 수석으로 시험을 통과한다는 쪽에 걸었을 거다."

여자가 검을 휘둘렀다. 치렁한 소맷자락이 하늘하늘 나부꼈다. 구두를 신은 발도, 가는 팔도 전혀 흔들리지 않았다. 통나무는 깨끗하게 반으로 갈렸다. 뭘 잘 모르는 사무관들이 보기에도 깔끔한 동작이었다.

연무장 가득 정적이 흘렀다. 스릉 하는 소리와 함께 검집에 검이 들어간 후에야 시험관이 정신을 차렸다. 그는 기계적으로 통나무의 단면을 확인한 다음, 더듬더듬 소리쳤다.

"에, 에키네시아 로아즈, 예선 합격!"

유리엔은 더 이상 지켜보지 않고 돌아섰다. 더 볼 필요가 없다. 그녀는 앞으로 남은 시험들도 간단히 통과할 테니까. 그는 사무관을 향해 명령했다.

"지원서를 가져와라."

"네, 네?"

예상 밖의 일에 넋이 나가 있던 사무관이 화들짝 놀랐다. 유리엔이 턱짓했다.
"저 응시생의 지원서 말이다."
"아, 아, 알겠습니다. 잠시만 기다리십시오."
사무관 둘이 허둥지둥 서류 더미를 뒤졌다. 잠시 후에 유리엔의 손에 한 장의 서류가 들렸다. 그는 그 자리에서 그것을 빠르게 훑었다.

—에키네시아 로아즈, 여성, 20세, 키리에 제국 출신, 로아즈 백작가의 장녀.

에키네시아(Echinacea)는 분홍색 꽃의 이름이었다. 아마도 저 흔하지 않은 머리카락 색 때문에 이 이름을 받았을 것이다. 잘 어울리는 이름이었다. 한 번 들으면 잊기 어려울 만큼.
"에키네시아……."
유리엔은 가만히 그 이름을 곱씹어 보았다. 처음 듣는 이름이다. 너무나 알고 싶었던 이름이기도 했다. 그는 그녀를 알고 있었지만 그녀의 이름은 몰랐었다.
그가 아는 '미래'에서 그녀는 사관생도가 아니었다. 하지만 이번에 그녀는 사관생도가 될 것이다.
"달라졌군."
"예?"
"아무것도 아니다. 그럼, 수고하도록."
유리엔은 사무관들에게 지원서를 돌려주고 행정실을 떠났다.

같은 시각, 에키네시아는 쏟아지는 시선을 무시하고 예선 시험장을 벗어났다.

그녀는 오른 손바닥을 흘깃 내려다보았다. 화려한 장갑으로 가려진 손바닥에는 들켜서는 안 되는 검은 문양이 있었다.

[또 날 버리려는 생각 중이지? 무정한 주인아.]

주위에 아무도 없는데, 푸념하는 말이 그녀의 머릿속에 들렸다. 오른 손바닥의 문양에 깃든 것이 그녀의 영혼에 직접 들려주는 음성이었다. 에키는 비웃음을 띠었다.

"당연하지, 내가 여기까지 왜 왔는데. 널 버리러 온 거라고."

[야, 내 덕에 시간을 되돌리는 법을 알게 됐으면서!]

"네놈이 아니었으면 그런 게 필요하지도 않았어."

[에이, 좀 대범하게 넘겨. 이제 그거 다 없었던 일이잖아? 지워진 과거에 연연하지 말자고, 응?]

"닥쳐, 빌어먹을 마검아."

에키가 가느다란 목소리와 어울리지 않는 험악한 어조로 쏘아붙였다. 그녀는 머릿속에서 무어라 투덜거리는 마검의 말들을 무시하고 1차 시험장으로 향했다.

시험장은 멀지 않았다. 예선을 통과한 사람들이 그곳에 이미 모여 있었다. 에키네시아는 입구에서 멈춰 섰다. 문양을 감추고 싶은 것처럼 오른손을 움켜쥔 채 심호흡을 했다. 지금부터 시작이다.

그녀는 창천 기사단의 정식 기사가 될 작정이었다. 눈에 띄면서도, 의심받지는 않게. 어쩔 수 없이 최단기간에 기사로 서임되는 기록을 세우겠지만, 그래도 비정상적인 것으로는 보이지 않도록. 그냥

'평범한' 천재인 것처럼만.

그런 상태를 유지하며 목표를 이뤄야 한다. 특히 그 고결한 기사단장과는 절대 얽혀서는 안 된다. 그녀가 그를 만나고 싶은 것과는 별개로. 어떻게 얻어낸 새로운 삶인데 감상에 빠져 망칠 수는 없다.

'유리엔이 만에 하나 기억하더라도……. 이렇게나 다른 모습이니까.'

에키는 화려한 제 차림새를 내려다보았다. 드레스를 입고 꾸민 데에는 이유가 있었다.

에키네시아 로아즈는 두 번째 삶을 사는 중이었다.

그녀는 서른다섯 살에 시간을 15년 전으로 되돌렸다. 지우고 싶었던 과거를 직접 지웠다. 그렇게 시작한 두 번째 스무 살은 쉽게 주어진 행운이 아니었다. 그녀가 직접 쟁취한 기적이었다.

에키네시아 로아즈는 불세출의 천재였다.

조금 더 자세히 표현하자면, 검술과 마나 친화력이라는 두 분야 모두에서 한 세기에 한 명 나오기도 힘든 수준의 재능을 가지고 있었다.

그러나 그녀는 스무 살이 될 때까지 자신이 천재인 줄도 모르고 살았다. 에키네시아는 검을 한 번도 쥐어 보지 못한, 곱게 자란 백작가의 영애였으므로.

'영영 몰랐으면 좋았을 텐데.'

에키는 그렇게 생각했다.

온몸에 진득한 피가 엉겨 붙어 있는 감각은 끔찍했다. 스무 살까지는 상상도 해 보지 못했던 감각에 지금은 더없이 익숙하다.

'이딴 식으로 내가 천재라는 걸 알고 싶지는 않았다고.'

에키네시아는 멍하니 앞을 보았다. 정확히는 앞을 보게 되었다. 지금 그녀의 몸은 그녀의 통제에서 벗어나 있었다. 그녀는 오른손에 쥔 마검(魔劍)에게 몸을 빼앗긴 상태였다.

인간의 살의로 빚어낸 유리처럼 투명한 칼날, 인간의 악의로 빚어낸 새카만 칼자루.

그 검에서부터 뻗어 나온 기운이 그녀의 오른팔을 검게 물들였고, 하얀 피부 곳곳에도 까만 얼룩을 만들었다. 그녀의 이름이 에키네시아가 된 이유인 분홍빛 머리칼도, 아버지로부터 물려받은 보라색 눈동자도 모조리 악의 같은 검은빛에 물들었다.

거기에 곳곳에 불거진 혈관, 충혈된 눈, 엉겨 붙은 피와 먼지로 그녀의 몰골은 엉망이었다. 그녀를 잘 아는 사람이라 해도 지금 그녀가 에키네시아 로아즈임을 알아보기는 어려울 터다.

에키는 제국 백작 가문의 하나뿐인 딸이었고, 작위를 이을 남동생이 있었다. 그녀의 가문은 세력가는 아니어도 꽤 부유하고 오랜 전통이 있는 곳이었다. 집안에 사생아니 불륜이니 하는 문제가 있지도 않았다. 남매 사이도 괜찮았고 백작 부부의 금슬도 좋았다. 백작 부부가 에키에게 바라는 건 좋은 곳에 시집가서 행복하게 사는 것 정도였다.

에키는 그런 자신의 상황에 큰 불만이 없었다. 그녀는 결혼을 목표로 미모를 가꾸고 적당한 교양을 배웠다. 예쁜 것들을 좋아했고 땀내 나도록 몸을 움직이는 건 질색이었다. 험한 말투는 상스럽다 여겼고 조신한 태도가 몸에 배어 있었다. 게으른 편이었고 귀족답지 않은 짓은 싫어했다.

딱 스무 살까지는 그랬다.

마검 바르데르기오사.

그것이 그녀가 쥔 검의 이름이었고, 그녀가 자신이 천재인 걸 알게 된 이유였으며, 그녀의 삶을 완전히 뒤바꾸고 참극을 만들어 낸 주범이었다.

바르데르기오사는 주인의 몸을 빼앗는다. 그리고 그 몸을 이용해 살육과 파괴를 벌인다. 그런 학살 사건이 여러 번 있었고, 그 사건들 때문에 바르데르기오사는 마검이라는 이명을 얻었다.

마검의 힘은 대단했다. 검에 재능이라곤 쥐뿔도 없는 인간도 마검에게 몸을 빼앗기면 마스터, 즉 무기에 마나를 실어 검기를 사용하는 자들까지 상대할 수 있었다.

하지만 마검이 힘을 발휘하는 건 어디까지나 주인의 몸뚱이를 통해서였기에 명백한 한계가 있었다. 결국에는 몸이 버티지 못하고 망가지면서 숙주를 잃는 것이 마검의 말로였다. 마검 스스로도 그것을 아는지 지나치게 강한 자들이 접근하거나 숙주가 망가져 가면 도망쳐서 숨어 버리곤 했다.

그러나 에키네시아의 몸을 얻은 마검은 달랐다.

'어떻게 된 게, 아무도 막질 못해?'

정신 나간 수준의 마나 친화력이 마검의 마나로 붕괴되려는 몸을 지탱했다. 단련이 전혀 되어 있지 않아도 타고난 육체는 마나에 적셔지자 순식간에 마검이 발휘하는 검술에 최적화되었다.

그 결과는 아주, 아주 끔찍했다. 에키는 자신이 어디까지 강해질 수 있는지를 강제로 체험했다.

이름을 날리던 용병도, 근위 기사단장도, 궁정 마법사도, 그리고 그녀의 가족들조차도. 전부 칼날에 베여 시체가 되었다. 그녀 앞에서 모두가 쓰러져 갔다. 너무나 쉽게. 기가 찰 정도로 간단하게.

'이 정도까지 천재일 필요는 없었잖아.'

에키는 오만이 아니라 진심으로 그렇게 생각했다. 그녀에게 소중한 사람들을 포함해 수많은 사람을 죽이면서 알게 된 재능이라니. 그녀가 천재가 아니었다면 이 지경까지 이르진 않았다. 이런 재능은 필요 없었다. 있더라도 영원히 알지 못하고 사는 게 나았다.

울고 싶은 그녀의 기분과 달리 그녀의 얼굴은 웃고 있었다. 먼지와 피와 오물이 머리카락과 뒤엉켜 얼굴에 달라붙은 덕에 그 미소를 누가 보기는 어려울 거라는 게 그나마 다행이었다. 하루에 두 번 목욕을 하던 에키는 이제 더러움에도 무감각해졌다.

사방이 온통 시체였다. 그녀는 누구의 목인지 알 수 없는 것을 발끝으로 툭 차며 앞으로 걸었다. 목적지는 없다. 마검은 제가 죽일 생명을 찾아다닐 뿐이었다.

그런 그녀의 앞을 한 무리의 기사들이 막아섰다.

실전용이라기엔 지나치게 눈에 띄는 순백의 제복, 푸른 망토, 가슴팍에는 흰 방패 모양 안에 금빛 매가 네 장의 날개를 펴고 있는 문장.

에키는 기사의 세계에 문외한이었던 귀족 영애였지만, 그런 그녀도 저런 문장을 달고 흰 제복을 입는 기사들에 대해서는 알고 있었다. 대륙에서 가장 강하고, 가장 유명한 기사단. 어느 한 국가에 소속되지 않는 자들. 창천 기사단. 저 문장을 보니 틀림없이 창천의 매들이었다.

남자 셋, 여자 하나. 그중 한 남자가 그녀를 향해 한 걸음 내디뎠다.

"마검에 물든 자여."

긴 은발을 느슨하게 묶어 어깨로 늘어뜨린 남자였다. 그가 기사단의 이름처럼 새파란 하늘색 눈동자로 그녀를 바라보았다. 에키네시아는 저 남자가 누구인지 알고 있었다.

'유리엔 드 하르덴 키리에.'

그녀가 속한 키리에 제국의 3황자이자, 일찍부터 계승권을 버리고 창천 기사단에 입단하여 최연소 기사단장이 된 남자.

창천 기사단은 어느 국가에도 속하지 않는 집단이다. 그러므로 유리엔은 엄밀히 따지면 더 이상 황족도 제국인도 아니지만, 세상일이라는 게 그렇게 무 자르듯 딱 끊어지지는 않는 법이다.

제국인들은 창천 기사단장이 자국의 황족임을 자랑스러워했다. 물론 에키도 자랑스럽다고 여겼다. 그녀가 참석한 티 파티에서는 유리엔이 꽤 자주 화제에 올랐다.

에키는 직접 그를 본 적도 있다. 그녀도 참석했던 황제의 탄신 연회에 유리엔이 아비의 생일을 축하하기 위해 방문했었다.

그때 그녀는 무성한 소문보다 더 아름다운 남자를 보며 남몰래 볼을 붉히기도 했다. 비록 그와 춤 한번 춰 보지 못했지만, 그 유명한 창천 기사단장을 직접 본 것에 만족했다. 그는 그녀와는 너무도 다른 세계에 사는 사람이었으니까.

낭만 소설처럼 우연한 만남으로 창천 기사단장과 사랑에 빠지는 걸 상상해 본 적이 있긴 했다. 별로 특이한 일도 아니었다. 제국의 영애 대다수가 그런 상상을 해 봤을 터였다. 꿈꾸는 건 자유고, 그는 매력적인 미혼 남성이었으니까.

그러나 그와 이런 식으로 마주하게 되리라곤 꿈꿔 본 적이 없었다. 마검에 물든 상태로, 마검을 토벌하기 위해 출동한 창천 기사단장과 만나는 것 따월 상상할 리가.

그녀에게로 다가오는 그에게서 위압감이 느껴졌다. 서늘한 칼날이 겨누어지는 감각. 저 넷 중에서 그가 가장 강하다. 오직 실력으로만 평가하는 창천의 단장이니 당연한 일이지만, 직접 눈으로 보니 그가 얼마나 강한지 명확하게 와닿았다. 빌어먹을 마검 덕분에 트인 감각이었다.

"기오사를 수호하는 창천 기사단으로서 그대를 토벌하겠다."

유리엔은 선고하듯 말하며 하얀 검을 치켜들었다. 그의 상징이나 다름없는 성검 랑기오사였다. 에키네시아는 대답하지 않았다. 그녀의 몸이 말없이 마검 바르데르기오사를 겨눴다. 죽여. 죽여. 죽여. 마검에 잠식된 머릿속에 악의에 찬 메아리가 울렸다.

공격은 그녀가 먼저 시작했다. 새카만 마검과 하얀 성검이 맞부딪혔다.

에키네시아는 승리하고 싶지 않았다. 동경하던 기사단장이 악인 그녀에게 승리해 주길 빌었다.

'무리야. 진짜 나 쓸데없이 강하구나.'

그녀가 마검에 물든 지도 3년이 지났다. 그간 그녀는 수없는 전투를 겪었다. 창천 기사단에 손을 벌리고 싶지 않았던 제국은 그녀를 제압하기 위해 많은 기사들을 보냈다. 그리고 에키네시아는 그 모두를 죽였다. 그러면서 점점 강해졌다. 그녀의 몸뿐만 아니라 그녀의 정신도.

그 경험들이 말하고 있었다. 유리엔은 지금까지의 그 누구보다도 오래 버티겠지만, 결국 이기는 건 에키네시아다. 그녀는 지나치게 뛰어났다.

그리고 그 사실을 유리엔도 알아차렸다. 그가 그녀의 검을 흘리며 훌쩍 뒤로 물러섰다.

"대단하군. 실로 안타깝다."

푸른 눈이 흐려졌다.

"그대가 기사였다면…… 진심으로 검을 나누었을 텐데."

"유리엔 단장."

대기하고 있던 셋 중 하나가 혀를 차며 그를 불렀다. 남자는 쓴웃음을 지은 채 답했다.

"안다. 이것은 대련이 아니라 토벌이지."

"슬슬 합류할까요?"

"그래."

나머지 세 기사가 각자의 검을 뽑아 들었다. 그들은 전부 기오사 오너였다. 창천 기사단에서 가장 강한 기사들.

그 뒤로는 좀 더 치열해졌다. 네 명의 합공이었다. 그것을 버텨 내기 위해 마검은 에키네시아의 몸을 한계까지 몰아붙였다. 잠재력의 밑바닥까지 닥닥 긁어다 뽑아 썼다.

그러나 아무리 마검을 든 불세출의 천재라 해도, 창천의 단장을 포함한 네 명의 기오사 오너들을 상대로 이길 수는 없었다. 차라리 군대를 상대하는 편이 쉬울 것이다.

에키네시아는 드디어 패배했다.

유리엔이 그녀를 쓰러뜨리고 올라타 목을 검으로 짓눌렀다. 상처투성이가 된 에키네시아는 억눌린 짐승처럼 발버둥 쳤다. 본능적으로 목을 감싼 마나 덕에 그녀는 아직 목을 베이지 않았다. 그 상태로 한동안 대치하자 지친 기사들이 주위에서 투덜거렸다.

"소름 끼치게 강하네요, 정말. 우리 넷을 상대로 이만큼이나 버티다니……. 믿기지가 않아요."

"눈앞에 있는데 못 믿어? 눈 다쳤어, 테레사?"

"입 닥쳐, 디트리히."

"기사답게 바른 말만 쓰라더니……. 테레사는 자기 맘대로야. 그 점이 매력이지만."

"디트리히 사루아. 다물라고 했다."

"아깝군. 단장님 말대로 기사였다면 훌륭했을 텐데, 저 재능으로 마검 따위에 손을 대다니."

티격태격하는 두 기사를 무시하며 덩치 큰 기사가 중얼거렸다. 그 말에 에키네시아는 반박하고 싶었다. 울부짖으며, 피를 토하며 소리 지르고 싶었다.

'나라고 이러고 싶었을 것 같아? 마검인 줄 알았으면 미쳤다고 그걸 쥐었겠어? 나는, 나는, 그저—!'

"그녀라고…… 원해서 이걸 쥐었겠나."

유리엔이 말했다. 발버둥 치는 그녀를 내리누르느라 거칠어진 호흡임에도 명료한 발음이었다.

……그녀가 외치고 싶었던 말이었다. 학살을 벌이는 그녀 앞에서 아무도 해 주지 않았던, 혹은 할 수 없었던 말이다.

에키네시아는 넋을 잃고 그를 올려다보았다. 그녀의 몸뚱이가 발광하면서도 그를 노려보는 덕에 자세히 살펴볼 수 있었다. 그녀가 그를 관찰하듯 그 또한 그녀를 똑바로 응시했다.

그에게서는 지금까지 그녀가 봐 왔던 공포, 혐오, 분노, 원망, 고통 같은 것이 보이지 않았다. 희미한 연민이 스며 있었다. 마검을 쥔 미친 악마가 아니라 그 안에 있는 사람을 향한 시선이었다.

"이런 짓은 하고 싶지 않았을 테지."

바짝 붙어 있는 그녀만이 들을 수 있을 정도로 나직하게, 그가, 말했다.

저릿했다. 추락하는 듯한, 또는 하늘로 솟구치는 듯한 아찔함이 사지를 타고 흐른다. 그는 3년 만에 처음으로 그녀의 심정에 공감해 준 사람이었다. 가족마저 제 손으로 죽여 버린 그녀의 마음이 어떨지 들여다보아 주었다. 그녀가 느끼고 있는 비참함을 알아보았다.

그녀는 전율했다.

'당신은 알아? 그래, 나는 이런 짓을 하고 싶지 않았어. 나는, 정말로……!'

마검에게 뺏겨 버린 몸뚱이가 찰나 그녀의 강렬한 감정에 동조했다. 반항이 멈췄다. 눈물이 고였다. 흘러내렸다. 딱 한 방울.

그녀를 내려다보던 그의 눈이 커졌다. 에키는 그 푸른 눈동자가 눈부시다고 생각했다. 그의 움직임 하나하나가 세세하게 보였다. 그의 입술이 느릿하게 움직인다.

"눈물."

"단장?"

"울고 있다."

"……누가요? 설마."

"그럴 리가 없습니다."

"마검한테 잡아먹히면 자아 따윈 남지 않는다며. 단장, 저건 그냥 마검이 휘두르는 몸뚱이일 뿐이야."

기사들이 줄줄이 반박했다. 유리엔은 고개를 저었다.

"남아 있군. 싸우고 있는 거다."

"싸워? 뭐랑?"

"마검과, 그녀의 의지가."

그의 말대로였다. 에키네시아는 몸을 잠식하고 있는 검은 얼룩들과 끝없이 싸웠다. 한 번도 이기지 못했지만 그래도 계속해서 싸우고 있다. 그녀는 아직 포기하지 않았다. 그러지 않았다면 진작 자아를 잃었을 터다.

마검을 든 악마 속에서 그녀가 마검을 막기 위해, 몸을 되찾기 위해 발악하고 있다는 걸 아무도 알지 못하겠지만, 그녀의 의식은 그렇게 버티고 있었다.

그 싸움을 알아차렸다, 최초로. 그녀를 막아선 남자가.

그건 언어로 표현하기 어려운 기분이었다.

에키는 울음을 터뜨리고 싶었다. 누군가에게 매달리며 목 놓아 울고 싶었다. 괴로웠다고, 끔찍한 시간들이었다고, 모두에게 미안하다고, 그럼에도 사실은 이렇게, 악마로 죽고 싶지는 않다고, 제발 누구든 나를 도와 달라고. 그런 말들을 쏟아 놓고 싶었다.

그러나 눈물은 그 한 방울이 끝이었다. 곧 메마른 눈으로 에키네시아의 몸이 버둥거리기 시작했다. 그녀는 짐승처럼 이를 드러내고 으르렁거렸다. 붉은 머리의 기사가 혀를 찼다.

"거 찝찝하네. 빨리 끝내고 돌아가자."

"의식이 남아 있다 쳐도 상관없잖습니까. 할 일은 변하지 않으니까."

금발의 기사가 재촉했다. 그래도 유리엔은 움직이지 않았다. 그는 이리저리 움직이는 에키네시아의 눈동자를 뚫어져라 들여다보다가 말했다.

"그럴 순 없다."

"예?"

"가능성이 있지 않나."

"무슨 소릴……. 아, 단장, 잠깐만, 지금 혹시……."

당황한 듯 붉은 머리가 말을 더듬었다. 그의 말뜻을 곧바로 알아들은 덩치 큰 기사가 우직하게 고했다.

"단장님. 마검을 이겨 내는 건 불가능합니다."

"아니, 선례가 있다."

"전설인지 실화인지도 알 수 없는 마검사 얘길 하려는 건 아니지, 유리엔 단장?"

"단장, 설사 그게 가능하다 해도 마검의 악마는 이미 돌이킬 수 없는 짓을 저질렀습니다. 저 여자의 손에 괴멸 수준에 이른 영지가 몇 개인지 아시잖습니까."

"영지만 문제야? 제국은 기사들이 다 뒈져서 수도 경비 대원들로 기사단을 꾸려야 할 판이고, 마탑도 윗대가리 마법사들이 다 죽어 버렸지. 황족이랑 귀족들도 꽤 죽었지, 아마? 이건 어떻게 해도 사형이야."

기사들이 번갈아 말을 늘어놓자 묵묵히 듣던 유리엔이 대꾸했다.

"피해가 늘어난 건 우리가 늦은 탓도 있다."

"아니, 우리가 늦고 싶어서 늦었어? 제국 놈들이 지들이 할 수 있다고 빽빽 우기다가 이 지경이 된 거잖아!"

붉은 머리 기사가 항변했으나 유리엔은 답하는 대신 에키네시아의 목을 짓누르던 검을 떼어 냈다. 그는 그녀가 미처 반응하기 전에 검을 휘둘렀다.

자루 끝의 폼멜(Pommel)이 마나를 담고 명치를 가격했다. 부상당한 상태로 급소를 맞은 그녀의 몸은 그대로 기절했다. 그녀는 흐려지는 의식으로 그들의 대화를 들었다.

"의도치 않은 죄를 단죄할 수는 없다."

"미치겠네. 야, 율, 내가 평소에는 그런 기사도 나름 존경하는데 말이야, 이건 아닌 거 같아."

"단장님. 대체 어쩌려는 겁니까?"

"저 여자를……."

"……왜……."

"무리……. 처벌을……."

다른 말들이 흐릿한 가운데, 그의 음성이 선명하게 뇌리에 남았다.

"그녀에게 기회를 주겠다."

기적처럼 내려진 한 줄기 빛이었다.

마검을 쥔 팔을 자르는 것으로 마검을 분리할 수 있다면 좋았겠지만, 그건 불가능했다. 마검 바르데르기오사는 다른 기오사 시리즈처럼 영혼에 각인되는 검이었다.

에키네시아는 도시 아젠카에 있는 창천 기사단 본부 지하 감옥에 감금되었다. 만약을 대비하여 특별히 만든 봉인구를 채우고 사지에 사슬을 달았다.

제국측은 마검의 악마를 처형하길 원했으나 유리엔이 그 의견을 묵살했다. 자기들끼리 처리할 수 있다고 우기다가 대량의 피해를 내고 결국 창천 기사단에 손을 벌렸던 제국의 발언에는 힘이 없었다.

에키는 유리엔이 준 기회를 놓치고 싶지 않았다. 그녀는 마검으로부터 몸을 되찾기 위한 싸움에만 집중했다. 사람을 죽이는 감각은 지나치게 강렬해서 마검이 학살을 벌일 때는 그것에서 벗어나기 어려웠다. 그녀의 몸이 살육을 벌이지 못하는 지금이 적기였다.

발아래는 무의식, 머리 위의 까마득한 허공은 의식. 무의식의 수면을 딛고 서서 마검의 마나로 검게 물든 그녀 자신과 싸웠다. 시간이 얼마나 흐르는지 알 수 없었다. 그녀는 수백 번의 패배를 했고, 몇 번이나 수면 아래의 무의식에 처박힐 뻔했다. 그래도 계속해서 일어났다.

에키는 스스로가 이렇게까지 노력하는 것이 가능할 줄은 몰랐다. 그녀가 알던 자신은 게으르고 잠이 많고 몸을 움직이는 것을 귀찮아했으니까.

하지만 지금은 안다. 극한에 몰려 알게 된 스스로의 본질. 그녀는 포기하지 않는다. 포기할 수 없었다. 그녀의 모든 것을 망가뜨린 저 마검에게 패배하고 싶지 않았다.

너무 지쳐서 그만두고 싶은 순간에는 승리한 후를 상상했다. 빌어먹을 마검을 부숴 버리고, 목욕을 해야지. 그다음엔 꿈도 꾸지 않는 잠을 푹 자는 거야. 일어나면 머리를 빗고, 새 옷을 입고, 따뜻한 스프와 보드라운 빵을 먹고 싶어. 그리고 그다음에는.

'……유리엔에게, 무슨 일이 있었는지 모두 고백하자. 내게 기회를 준 그라면 앞으로 어떻게 해야 하는지도 알려 주지 않을까.'

엄밀히 말하자면 에키네시아의 모든 학살은 그녀가 아니라 마검이 저지른 죄였지만, 그래도 에키는 그 모든 일이 자신과 관계가 없다고 선을 그을 수가 없었다. 결국 피에 젖은 건 그녀의 손이었으므로.

지하 감옥 안에서 그녀의 몸뚱이는 으르렁거리고, 알아들을 수 없는 소리를 지르고, 피가 나도록 벽이나 바닥을 긁어 대고, 미친 듯이 몸부림을 쳤다. 그러나 더 이상 누군가를 죽이지는 못했다. 그리고 그녀의 정신은 끝없이 싸웠다.

그런 나날들 사이로, 가끔 유리엔이 지하 감옥을 찾아왔다.

"여전한가?"

"예."

그는 멀찍이 떨어진 곳에서 철문의 위쪽에 뚫린 작은 창으로 그녀를 들여다보곤 했다.

에키네시아의 근처에는 사람의 접근이 금지되어 있었다. 마검 바르데르기오사는 살육의 검이라, 본능적으로 모든 인간을 죽이려 들었다. 근처에 사람이 다가가면 마검을 자극할지도 몰랐다. 그래서 식사와 물을 가져다주는 간수도 이중문의 중간에서 안쪽에 그릇을 놓아두고 나가는 방식을 취했다.

유리엔은 늘 문과 문 사이의 그 좁은 공간에 홀로 서서 철문 너머로 에키네시아를 지켜보았다. 그녀에게 말을 건 적은 없다.

그저 지켜보는, 고요하고 푸른 눈.

그의 눈에는 검게 물들어 사슬에 묶인 채 짐승처럼 날뛰는 여자만이 보일 텐데, 그럴 때마다 에키는 그가 자신을 보고 있다고 느꼈다. 마검에 물든 몸뚱이가 아니라 마검과 싸우고 있는 자신의 영혼을 보고 있는 것만 같았다.

'그럴 리가.'

말도 안 되는 소리였다. 그렇게 부정하면서도 유리엔이 올 때마다 그녀는 같은 생각을 했다.

그가 오는 것이 기뻤다. 그는 그녀의 승리를 기다리고 있었다. 그녀가 마검을 극복하리라 믿으며 지켜봐 준다. 에키는 자신을 믿어 준 그의 선택이 옳았음을 증명하고 싶었다.
 '내 몸을 되찾으면, 그를 만나서…….'
 만나면 하고 싶은 말이 많다. 정말로 많았다. 그녀는 차곡차곡 그 말들을 그녀의 안에 모아 두었다. 그 말들이 그녀에게 힘이 되어 주었다.
 이기고 싶었다. 마검으로부터 벗어나, 여느 때처럼 그녀를 지켜보러 온 그를 웃으며 맞이하고 싶었다. 그런 기적을 꿈꾸었다.
 그러나 기적은 일어나지 않았다.
 어떻게 보면 상황이 나빴다. 하지만 그 결과가 참혹해서, 그녀는 그저 재수가 없었을 뿐이라고 치부하며 그 일들을 잊을 수는 없었다.
 간수가 갑자기 이중문을 열고 안쪽으로 들어왔다. 아마도 에키네시아의 몸이 사흘 정도 미동도 하지 않고 늘어져 있었던 탓에 죽었는지 확인하러 온 것 같았다.
 그건 마검의 수작이었다. 그녀의 팔이 닿는 범위에 간수가 접근한 순간, 에키네시아는 늘어진 쇠사슬로 간수의 목을 졸랐다. 간수는 눈 깜빡할 사이에 죽어 버렸다.
 '안 돼, 그만둬, 그만두라고! 제발!'
 그녀의 절규는 무의미했다.
 봉인구 때문에 그녀의 몸은 마검의 본체를 쓸 수가 없었다. 그래서 그녀는 간수의 허리에 있던 검을 이용해 사슬을 끊었다. 극도로 단련한 기사는 마나가 없어도 금속을 자를 수 있다던데 그걸 제 몸으로 하게 될 줄은 몰랐다.
 에키네시아는 간수의 품을 뒤져 열쇠를 꺼내 이중문을 열고 나갔다. 감옥을 지키던 자들을 모조리 죽이고 봉인구의 열쇠도 찾아냈다.

마나를 억누르고 있던 봉인구가 풀린 순간 에키는 파국을 직감했다.

유리엔과, 그를 도울 다른 기오사 오너가 하나만 더 있었다면 그녀를 막을 수 있었을 것이다. 그러나 하필 유리엔은 아젠카를 잠시 비운 상태였고, 아젠카에 남아 있던 오너는 부기사단장 한 명뿐이었다. 그는 그녀를 토벌하러 왔던 기사들 중 제일 덩치가 컸던 바론이라는 남자였다.

에키네시아는 미쳐 날뛰었다. 바론은 최후까지 다른 사람들을 대피시키며 그녀를 막아서다 목이 잘렸다. 방해하던 그가 죽자 그녀는 아젠카의 살아 있는 생명을 모조리 죽였다. 그리고 나서 '위험한 적'으로 인식한 다른 기오사 오너들을 기다렸다.

며칠 후 금발의 기사 테레사와 붉은 머리의 디트리히가 함께 임무를 마치고 귀환했다. 그들은 벌겋게 물든 아젠카에서 에키네시아와 마주쳤다. 디트리히는 테레사를 지키려 발악하다 오히려 테레사에게 구해졌다.

"누군가는 가서 단장에게 알려야지."

"테레사가 가면……!"

"네가 남으면 5분도 못 버티니까, 닥치고 빨리 가!"

테레사는 그렇게 말하며 그를 보냈다. 에키네시아는 사력을 다한 테레사에게 발목을 잡혀 디트리히를 놓쳤다. 그녀는 테레사를 먼저 죽이고, 산을 타고 도주하던 디트리히를 밤새도록 추적해 죽였다.

끔찍한 시간이었다. 그들에게도, 그녀에게도.

마지막으로 유리엔이 왔다.

그는 시체가 쌓여 썩어 가고 있는 자신의 터전을 보았다. 악취가 진동했다. 에키네시아는 시체의 산 앞에서 그를 맞이했다. 그녀의 등 뒤로 보이는 분수대는 붉게 물들어 있었다.

유리엔은 하얗게 질렸다가, 피가 나도록 입술을 깨물고, 얼음처럼 차가워졌다. 그녀를 보는 그의 푸른 눈동자는 금이 간 것처럼 보였다.

"내가……."

에키는 그가 그녀를 향해 무어라 말을 할 줄 알았다. 후회든, 분노든, 원망이나 저주라도. 그러나 그는 거기서 말을 멈추고 조용히 검을 뽑았다.

유리엔 혼자서는 그녀를 이길 수 없었다. 긴 전투 끝에 에키네시아는 그의 심장을 찔렀다.

하얗던 남자가 새빨간 피로 물들어 숨을 거두는 것을 에키는 똑똑히 보았다. 그녀를 믿어 주고 지켜보았던 푸른 눈은 감기지도 못하고 빛을 잃었다. 그녀는 그 눈을 감겨 줄 수도 없었다.

마검은 아무렇지도 않게 그의 시체를 내팽개치고 그 자리를 떠났다. 그녀의 안에서 무언가가 부서졌다.

에키는 그때부터 버티기 위해 하던 상상들마저 그만두었다. 이긴 후에 무엇을 할지도 생각하지 않았다. 마검에 대한 증오만이 그녀의 안에 남았다.

'죽여 버리겠어.'

무의식과 의식의 경계면에서, 검게 물들어 일렁이는 자기 자신의 실루엣을 보며 그녀는 오직 그 생각만을 했다. 이제 마검이 벌이는 살육의 감각 속에서도 그녀는 집중할 수 있었다.

마검은 다음 먹이를 찾아서 움직였다. 그 쉼 없는 학살 때문에 경험은 끊임없이 쌓였다. 마나를 다루는 방법에도 점점 능숙해졌다.

그때로부터 2년. 마검에 물든 지는 6년째.

스물여섯 살에 에키네시아는 어떤 경지를 넘었다. 자연스럽게 알았다. 그녀가 마스터라 알려진 경지보다 더 위의 어딘가에 도달했음을. 그녀는 기사가 아니었으므로 그 경지를 무어라 부르는지는 몰랐다.

어쨌든 그녀는 도달했고, 마침내 마검으로부터 벗어났다.

에키네시아가 자신의 몸을 되찾은 건 어느 작은 어촌에서였다. 물론 그 마을에는 이미 살아 있는 사람이 없었다. 그녀는 손에 들려 있던 마검을 팽개치고 6년 만에 제 것이 된 몸을 움직여 보았다.

검은 얼룩이 사라진 피부. 원래의 색을 되찾은 머리카락. 내 손. 내 팔. 내 뜻대로 움직이는 몸.

"하."

웃음이 나왔다. 그녀는 피웅덩이 한가운데에 주저앉았다.

"너무 늦었잖아! 늦었다고!"

소리를 질렀다. 아무도 듣지 못했다. 주위는 죽음뿐이었고, 돌이킬 수 없는 일들만이 그녀의 온몸에 들러붙어 있었다.

에키네시아는 마검을 내려다보았다. 마나도 감싸지 않은 맨손으로 그것을 내리쳤다. 날에 베이면서도 아랑곳하지 않고 계속해서 그것을 후려쳤다. 그것으로도 성에 차지 않아 울음을 터뜨렸다.

'이제 어떻게 하지? 뭘 해야 하지? 나는……'

끝내 마검을 이겨 냈어도 그녀에게 남은 건 아무것도 없었다. 그녀를 기다려 줄 사람은 하나도 남지 않았다. 그녀 자신의 손으로 모두 죽여 버렸다.

상처에서 떨어진 그녀의 피가 눈물과 함께 투명한 칼날을 타고 흘러 날에 새겨진 문양에 닿았다. 문양이 희미하게 빛났다. '목소리'가

들린 건 그때였다.

[백날 그래 봐라. 부서지나.]

귀가 아니라 영혼에 울리는 목소리. 남성인지 여성인지, 어린 건지 늙은 것인지조차 구별이 되지 않았다. 에키는 소스라치게 놀랐다.

"누, 누구야?"

[나? 바르데르기오사. 지금 네 손에 잡혀 있는 검이지.]

"뭐?"

[내가 만들어진 후 내 자아를 일깨운 건 네가 두 번째야.]

그녀는 한동안 멍하니 바르데르기오사를 응시했다. 굳어 있던 머리가 돌아가며 말뜻이 천천히 이해되었다.

"네가…… 마검이라고? 자아가 깨어났다니?"

[네가 깨웠어. 그 말은, 드디어 네가 내 주인이 될 자격을 얻었다는 뜻이지. 축하해!]

"……축하?"

에키네시아는 으득 이를 갈았다.

"이 저주받을 마검이, 이제 와서 뭐라고?"

[이제 와서라니, 네가 지금 깨운 건데?]

"그래, 무슨 상관이겠어. 어차피 부술 텐데."

그녀가 형형한 눈으로 마검을 내려다보자 질겁한 듯한 목소리가 들렸다.

[야, 야, 진정해. 어, 고생을 좀 많이 했나 보네.]

"고생을 좀? 그렇게 쉽게 말이 나와?"

새파랗게 증오가 타올랐다. 그녀의 마나가 이글거리며 몸 밖으로 흘러넘쳤다. 그녀는 피를 짓씹듯 말을 씹어뱉었다.

"전부 네놈 짓이잖아. 어머니도, 아버지도, 란셀도, 니콜 언니도, 유리엔마저도! 전부, 전부 네가 죽였다고! 전부! 이제 아무것도 남지 않았어! 다 망가져 버렸어! 다 죽었으니까! 내 손에! 너 때문에!"
[아니, 잠깐만, 뭔가 착각을 하는 것 같은데. 그건 '내'가 아니야.]
"닥쳐!"
마스터는 검에 마나를 실어 마나의 칼날을 덧씌운다. 그것을 검기라고 불렀다. 아무리 마스터라도 검이나 검과 비슷한 물건이 없으면 검기를 만드는 것이 어려웠다. 그러나 에키는 맨손에 마나를 모아 칼날로 만들어 냈다.
그녀는 그 검기로 바르데르기오사를 내리찍었다. 쾅, 소리와 함께 땅이 파이고 흙이 튀었다. 지진 같은 진동이 일었는데도 검에는 금조차 가지 않았다.
[아, 아! 아프잖아! 어차피 안 부서지는데! 진정하고 내 말 좀 들어 보라고, 주인아!]
"누가 네 주인이야."
한기 서린 음성으로 대꾸하자, 바르데르기오사는 어쩐지 떠는 것처럼 느껴졌다. 그녀는 무표정한 얼굴로 반복해서 검을 내리쳤다. 한 번에 부서지지 않으면 부서질 때까지 하면 그만이다. 벌겋게 달아오른 에키네시아의 눈은 제정신으로 보이지 않았다. 마검이 급하게 말했다.
[되돌릴 수 있어!]
"……?"
이상한 말에 그녀가 멈칫했다. 마검은 황급히 말을 이었다.
[너 살의에 물들어서 몸을 빼앗겼었지? 일단 널 그렇게 만든 건 '내'가 아

니라 나한테 깃들어 있던 인간의 악의랑 살의라고. 날 만든 작자가 악의랑 살의를 재료로 써서— 야, 야! 야! 잠깐만! 야!]

"쓸데없는 소리."

그녀의 손에 마나가 다시 응집되었다. 마검이 빽 소리쳤다.

[아무도 죽이지 않았던 때로 되돌아갈 방법이 있단 말이야!]

에키가 얼어붙었다. 손에 있던 마나가 흩어졌다. 그녀는 떨리는 목소리로 물었다.

"지금 너, 뭐라고 했어? 되돌릴 수 있다고? 그……. 모든 일이 일어나기 전으로?"

[그래, 시간을 되돌리는 게 가능해. 너 이전에 나를 깨웠던 녀석도 좀 많이 죽이는 바람에 날 깨우고 나서 되돌렸거든. 너도 할 수 있을걸?]

"……어떻게?"

막막한 절망뿐인 상황이었다. 지푸라기라도 잡고 싶은 심정이었다. 그런 그녀에게 바르데르기오사의 말은 유일한 희망이었다.

[물론 쉬운 일은 아니야.]

"닥치고 말해. 어떻게? 전부 살릴 수 있는 거야?"

[살리는 게 아니라 시간을 되돌리는 거니까.]

"됐으니까 방법부터 말해!"

그녀는 절박하게 마검을 움켜쥐었다. 검에 새겨진 문양이 반짝였다. 마검은 순순히 말했다.

[기오사 시리즈를 모아서 카이로스기오사를 사용하면 돼.]

"……무슨 소리야?"

[내가 기오사 시리즈 중 하나인 건 알지? 너 기오사 전설은 아냐?]

물론 알고 있었다. 유명한 전설이니까.

먼 옛날, 신의 경지에 이르렀다고 칭송받는 대장장이가 있었다. 대장장이는 자신이 검을 만드는 데 있어서는 신에게도 지지 않을 거라고 확신했다.

어느 날, 이 대장장이에게 정말로 신이 찾아왔다.

신은 대장장이에게 자신의 권능을 빌려주었다. 그 권능은 밤과 낮처럼 볼 수도 만질 수도 없는 것들을 재료로 검을 만들 수 있는 힘이었다.

신은 말했다.

【네게 나와 동등한 능력을 주었다. 너는 그것으로 최고의 검들을 만들라. 이것은 네게 내리는 나의 시험이다.】

대장장이는 일흔 낮 일흔 밤을 고심했다. 그리고 100년에 걸쳐서 특별한 재료로 열 개의 검을 벼려 냈다. 그 검들은 모두 아름다웠으며 이전에도 이후에도 존재하지 않을 놀라운 능력이 있었다.

대장장이는 신에게 자랑스럽게 제 작품을 보였다. 신은 가만히 그것들을 내려다보다가 단숨에 허공에서 두 개의 검을 만들어 내었다. 그 검은 단둘이었으나 하나만으로도 대장장이의 검들 모두를 합친 것보다 아름답고 강했다.

대장장이는 그제야 무릎을 꿇었다. 감히 신을 넘보았던 제 오만함을 뉘우쳤다. 신은 너그럽게 대장장이를 용서하고 그를 신계로 데려갔다.

대장장이와 신이 떠나고 나서, 세상에 남겨진 열둘의 검은 '시험'이라는 고어를 따서 기오사 시리즈라고 불리게 되었다.

대장장이가 만든 열 개의 기오사는 뛰어난 재능을 가진 자들을 주인으로 선택했다. 그러나 신이 만들었던 두 개의 기오사는 누구도 주인으로 받아들이지 않았다. 그 신검(神劍)들은 나머지 열 개의 기오사를 모두 소유한 자에게만 제 힘을 빌려준다고 전해진다.

이것이 열둘의 특별한 검, 기오사 시리즈에 대한 전설이었다.

기오사의 주인으로 인정받은 자는 기오사 오너라고 불렸다. 기오사마다 주인을 택하는 기준은 조금씩 달랐지만, 보통 마스터급은 되어야 기오사에게 선택받는 게 가능하다고 한다.

예전에는 대륙 곳곳에 기오사가 흩어져 있었다. 그러나 강대한 힘을 가진 기오사에 얽힌 사건이 여럿 발생하면서 기오사 시리즈를 관리하는 집단이 생겨났다. 창천 기사단의 시작이었다.

위치 불명인 기오사를 제외하면 대부분의 기오사가 창천 기사단의 관리하에 있었다. 그리고 마검 바르데르기오사는 그 위치 불명인 기오사 중 하나였다.

"그 전설이 왜?"

[인간이 만든 열 개의 기오사를 모두 소유하면 신검의 힘을 빌릴 수 있다는 거. 그거 진짜야.]

"신검의 힘? 그걸로 시간을 되돌릴 수 있어?"

[물론. 내 전 주인이 성공했다니까? 신검 카이로스기오사를 쓰면 돼. 카이로스기오사는 시간을 재료로 만들어진 검이라, 시간을 다룰 수 있거든. 물론 세계 전체를 바꾸는 건 엄청난 일이니까 한 번 쓰고 나면 다시는 카이로스기오사의 힘을 빌리지 못 하겠지만.]

희망이 드리워진다. 되돌릴 수 있다, 모든 것을. 눈앞이 아찔했다. 에키네시아는 떨리는 입술로 중얼거렸다.

"……그거, 거짓말은 아니겠지. 거짓말이면 널 부숴 버릴 거야."

[야, 내가 뭐 하러 이런 걸로 거짓말을 하겠냐. 그리고 날 부수는 건 불가능해. 이 몸은 바르데르기오사란 말이다.]

"불가능한지 아닌지는 상관없어. 날 속였다면 무슨 수로든 네가 대가를 치르게 할 테니까."

[와, 눈빛 봐라. 너, 생긴 건 곱상한 애가 왜 이렇게 살벌해?]

에키는 마검의 헛소리를 무시하고 기억을 더듬었다. 기오사 시리즈에 대해 아는 것들을 최대한 되새겨 보았다. 떠오르는 건 별로 없었다. 이름을 아는 기오사도 한 손에 꼽았다. 애초에 기사도 아닌 그녀가 기오사 열 개를 모두 외우고 있을 리가 없다. 어떻게 정보를 얻고 어떻게 기오사를 모아야 할지 까마득했다. 저 마검의 말대로 그것은 쉬운 일이 아니었다.

그래도 상관없다. 실낱같은 가능성이라도 그녀는 포기하지 않을 것이다. 모든 것을 돌이키고야 말겠다. 자신의 손에 죽은 모두를 되살릴 것이다.

그녀는 스스로 기적을 쟁취하기로 결심했다.

그 결심으로부터 9년 후, 신력 1644년 봄.

에키네시아는 부서진 신전 안을 걸었다. 그녀의 손에 멸망한 도시 아젠카에 있던 대신전이었다.

기사의 성지 아젠카는 이제 아무도 살지 않는 불길한 땅이 되어 버렸다. 남아 있는 것은 거의 없었다. 하지만 신전의 폐허에는 인간의 손으로 옮길 방법이 없어 남겨진 것이 하나 있었다.

신검 카이로스기오사. 신이 시간을 담금질하여 만들어 냈다고 전해지는 검.

공간의 검인 다른 하나의 신검이 공간을 표류하여 실종된 것과 달리 시간의 신검은 기오사 전설이 제대로 알려지기도 전인 과거부터 줄곧 이 땅에 있었다. 그래서 창천 기사단이 이 땅에 터를 잡았고, 아젠카라는 어느 국가에도 속하지 않는 도시가 생겨났다.

카이로스기오사는 폐허의 한가운데에 박혀 있었다. 시시각각 다른 빛을 띠는 날렵하고 섬세한 검. 그 주위를 장식하던 조각과 제단은 박살이 났지만 그런 것이 없어도 그 신검은 신비로웠다. 볼 수도 들을 수도 만질 수도 없는 신이 존재한다는 증거 그 자체였다.

인간은 그 검을 쥘 수 없다. 아무리 손을 뻗어도 벽에 가로막힌 것처럼 검에 닿지 않는다. 그러나 에키는 신검을 쥐어야만 했다.

그녀는 짧게 잘라 버린 머리에 낡아 빠진 가죽옷을 입고 있었다. 긴 방랑의 흔적이 온몸 곳곳에 가득했다. 신검을 향해 내미는 손은 상처투성이였다. 잘 봐줘야 용병, 언뜻 보면 부랑자나 다름없는 초라한 모양새. 그런 그녀의 손에 신검은 제 몸을 허락했다.

특별한 일이 일어나지는 않았다. 그저 누구도 쥘 수 없었던 검이 그녀의 손에 쥐여졌을 뿐. 그 순간 그녀의 뇌리에 음성이 들렸다. 마검처럼 성별을 알 수 없는 음성이었다.

[자격 있는 인간아, 무엇을 원하는가?]

"……카이로스기오사."

에키는 몇 차례 마른 입술을 핥은 다음, 쉰 목소리로 말했다.

"아무도 죽이지 않았던 과거로 나를 돌려보내 줘."

신검은 잠시 침묵하더니 느릿느릿 물었다.

[너는 왜 과거로 돌아가고 싶은가?]

"살려 내고 싶으니까."

[누구를?]

"……내가 죽인 사람들을."

[네 손으로 죽여 놓고, 도로 살리겠다는 것인가?]

"나는, 원해서 그들을 죽인 게 아니야……!"

검을 쥔 그녀의 손이 부들부들 떨렸다. 악문 잇새로 피가 몇 방울 떨어졌다. 신검은 그녀가 거쳐 온 시간들을 읽었다. 그리고 납득했다.

[알겠다. 그럼 그다음엔?]

"다음……?"

[시간을 되돌리면 네가 죽인 자들이 모두 살아 있겠지. 그들이 살아 있는 세상에서 너는 뭘 하려는 건가? 네가 다시 얻은 시간을 무엇을 위해 쓰겠느냐?]

말문이 막혔다. 오직 모두를 살려 내겠다는 목표 하나만으로 달려왔던 서른다섯 살의 에키네시아는 처음으로 그 이후를 생각해 보았다.

내가 바랐던 건 뭐지? 나는 왜 그들을 살리고 싶었지? 왜 과거를 바꾸고 싶었지?

그녀는 멍하니 중얼거렸다.

"……그냥, 살아갈 거야."

[그저 산다고? 그뿐인가? 너는 지금도 살아 있다.]

"지금은 죽어 있는 거나 다름없어."

[어째서?]

"지금의 나는…… 도저히, 행복해질 수가 없으니까. 마음 편히 잠들 수조차 없어서……."

생각하기 전에 말이 먼저 나왔다. 그녀는 말을 하고 나서야 깨달았다.

행복해지고 싶었다. 자신이 원하는 행복이 정확히 무엇인지는 몰라도, 사랑하는 사람들을 모조리 제 손으로 죽여 버린 지금은 행복해지는 게 불가능했다.

그러니까 바꿔야만 했다. 그녀는 그것을 위해 미친 듯이 기오사를 모았다. 지난 9년간 제대로 잠들어 본 적이 없었다. 웃어 본 게 언제인지도 까마득했다.

그녀의 대답에 신검은 비로소 만족했다. 검이 부드러운 빛을 냈다.

[좋다. 힘을 빌려주마, 자격 있는 인간아.]

아득하고 어지러운 감각이 그녀의 전신을 물들여 갔다. 모든 것이 희미해졌다. 신검은 마지막으로 말했다.

[두 번의 기적은 없을 것이다. 그러니 최선을 다해 행복해져 보거라.]

검이 움직였다.

에키네시아 로아즈는 시간을 되돌리는 것에 성공했다. 15년 전, 아직 그녀가 평범한 백작가의 영애이던 바로 그 시절로.

1막.
달라진 것과 변하지 않은 것

산뜻하고 폭신한 감촉이 느껴졌다. 무심코 그것에 뺨을 비비던 에키는 문득 소스라치며 눈을 떴다. 물 흐르듯 몸을 일으킴과 동시에 오른손을 늘어뜨리고 무게중심을 낮추어 무엇에든 반응할 수 있는 자세를 취했다.

사락.

그녀의 빠른 움직임에 떠올랐던 긴 머리카락이 뒤늦게 내려앉았다. 에키는 멍하니 그것을 보았다. 부드럽게 굽이치는 연한 분홍빛 머리카락. 자다 일어나서 흐트러져 있긴 하지만 정성과 돈을 들여 관리한 태가 났다.

"아……."

그녀는 저도 모르게 그 머리카락을 움켜쥐었다.

긴 머리를 유지하는 건 번거로운 일이다. 마검으로부터 몸을 되찾은 후로 그녀는 죽 짧은 머리로 다녔다. 이토록 길고, 그렇다고 검게 물들지도 않은 머리카락이라니.

색이 엷은 머리칼을 쥔 손은 상처 하나 없이 하얗고 보들보들했다. 손톱도 가지런히 정리되어 있었다.

그녀는 제 몸을 내려다보았다. 실크 잠옷에 감싸인 몸은 가늘고 말랑말랑했다. 침대 밖으로 발을 내렸다. 흰 맨발에는 굳은살 하나 없었다.

침대 아래에는 레이스가 달린 분홍색 슬리퍼가 있었다. 가물가물한 기억에 남아 있는 물건이었다. 슬리퍼를 신으며 고개를 들었다. 침대 위로 드리워진 하늘거리는 캐노피를 가만히 살피다가, 그것을 걷고 침대에서 벗어났다.

"내, 방……."

아기자기하게 꾸며진 익숙한 방의 풍경. 에키는 휘청거리는 걸음으로 창가에 다가갔다. 약간 열린 창에서 흘러들어 온 바람이 하얀 커튼을 휘날렸다. 그녀는 커튼을 밀치고 창밖을 보았다.

봄이다. 연둣빛 새순과 꽃봉오리들이 맺힌 정원이 보였다. 덤불 앞에 쭈그려 앉은 정원사가 가지를 다듬고 있었다. 정원 너머 약간 떨어진 곳에 연무장이 있다. 연갈색 머리의 소년이 기사의 지도 아래 그 연무장을 달렸다.

"란셀…… 리드."

에키는 소년의 이름을 중얼거렸다. 그녀보다 세 살 어렸던 남동생의 이름이다.

"누님, 대체, 왜……."

그 말을 마지막으로 피에 잠겨 숨을 거두었던 소년. 그건 선명한 악몽 중 하나였다. 그녀의 눈동자가 미친 듯이 흔들렸다.

에키는 그대로 창을 열고 2층인 그녀의 방에서 뛰어내렸다. 머릿속이 흩날리는 커튼처럼 하얗다. 딱히 의식하지 않아도 저절로 마나가 움직였다. 그녀의 몸은 아직 코어가 형성되지 않았고 축적된 마나도 없었지만, 그런 것은 그다지 문제가 되지 않았다.

그녀는 고양이처럼 착지했다. 눈은 연무장 쪽에 고정되어 있었다. 달리기 시작하자 슬리퍼가 발에서 벗겨져 굴렀다. 신경 쓰지 않았다. 맨발로 나는 듯이 달려 연무장에 뛰어들었다.

"아가씨?"

기겁한 기사를 지나쳐, 그대로 란셀을 끌어안았다. 그녀와 닮은 보라색 눈동자가 휘둥그렇게 떠졌다.

"어어?"

소년은 달려든 그녀를 버티지 못하고 엉덩방아를 찧었다. 에키는 동생의 목을 안고 그 가슴팍에 귀를 대었다. 두근두근, 소년의 심장이 뛰고 있었다. 그녀는 넋을 잃었다.

"누님……?"

"란셀, 란셀리드 로아즈. 살아 있구나, 너."

"아침부터 무슨 소리예요? 아니, 이 시간에 누님이 일어날 리가 없는데?"

당황한 란셀이 그녀를 밀어내다가 흠칫 놀랐다. 잠옷 차림이라 굴곡이 그대로 드러나는 가슴과, 희게 드러난 다리에, 가느다란 어깨까지. 에키네시아는 눈 둘 곳이 없는 차림새였다. 란셀은 빽 고함을 지르며 자신의 셔츠를 벗었다.

"아니, 옷차림은 또 왜 이래요! 미쳤어요?"

"난……"

"알아요, 누님 땀내 질색하는 거. 싫어도 잠깐만 참아요. 그러게 왜 이런 꼴로 이 시간에 여기까지 온 거예요?"

란셀은 막무가내로 셔츠를 그녀에게 뒤집어씌웠다. 란셀을 가르치던 기사는 차마 그녀를 똑바로 보지 못하고 시선을 돌린 채 헛기침을 했다.

"도련님, 일단 아가씨를……."

"응, 누님을 저택에 데려가야겠어. 오늘 아침 훈련은 여기까지만 해도 될까?"

"대신 다음에 보충하도록 하지요. 수고하셨습니다."

"경도 수고했어. 누님, 일어나 봐요. ……발은 또 왜 맨발이에요?"

에키를 일으키던 란셀이 기가 차다는 듯 중얼거렸다.

"악몽이라도 꿨어요? 딱 자다 깬 모습인데."

"악몽……."

멍한 얼굴로 란셀을 잡고 있던 에키의 눈에 초점이 돌아왔다. 그녀가 갑자기 란셀을 확 끌어당겼다.

원래 그녀의 힘은 고이 자란 아가씨답게 연약했다. 그런데 어째서인지 란셀은 그녀의 힘에 끌려 넘어질 뻔했다. 간신히 발을 내디뎌 몸을 지탱한 란셀이 무어라 하기도 전에, 그녀가 소년의 어깨를 쥐고 똑바로 눈을 들여다보았다.

에키네시아의 눈이 전에 없이 선명하게 빛나고 있었다. 기묘한 압도감. 란셀은 하려던 말을 그만 잊어버렸다.

"란셀."

"……네, 누님?"

"오늘이 며칠이지?"

"네?"

"몇 년, 몇 월, 며칠이냐고."

"……1, 1629년 3월 17일이요. 누님 진짜 왜 그래요? 무슨 일 있어요?"

"1629년……."

에키는 란셀을 놓아주었다. 그녀의 표정이 웃는 건지 우는 건지 모를 상태로 일그러졌다.

"성공했구나. 성공했어……."

다리에 힘이 풀려서 연무장의 흙바닥에 아무렇게나 주저앉았다. 그녀는 떨리는 손으로 얼굴을 문지르려 했다. 그러다 오른 손바닥이 시야에 들어오는 순간 움직임이 굳었다. 하얀 손바닥에 어울리지 않는 새까만 무늬 같은 것이 있었다.

그녀는 그 무늬가 무엇인지 아주 잘 알았다. 절로 이가 갈렸다. 으드득거리는 소리와 형형하게 치솟는 살기에 란셀의 낯이 새파랗게 질렸다.

"누, 누님? 누님 지금 좀 이상해요. 어디 아파요?"

"아무래도 몸이 좋지 않으신 모양입니다. 아가씨, 잠시 실례를……. 억!"

기사가 그녀를 안아 들려 다가오다가 밀려났다. 반사적으로 기사를 쳐 낸 에키는 몇 번 입을 열었다 닫았다 하더니 마구잡이로 고개를 저었다.

"란셀, 미안, 난 괜찮으니까!"

"누님!"

되는 대로 말을 던진 에키가 벌떡 일어나서 바람같이 사라져 버렸다. 그 움직임이 너무나 빨라서 란셀도 기사도 그녀의 모습을 순식간에 놓쳤다. 그들은 어안이 벙벙한 얼굴로 그녀가 떨어뜨리고 간 란셀의 셔츠를 내려다보았다.

에키는 연무장에서 벗어나 정원 안쪽으로 들어갔다. 거의 15년 만에 보는 정원인데도 익숙하게 구조가 생각났다. 그것이 눈물이 나도록 기뻤다.

'이 빌어먹을 것만 아니면 마음 편히 감동을 누렸을 텐데.'

손바닥의 검은 문양을 노려보며 다른 사람들이 찾기 어려운 깊숙한 곳, 키 큰 측백나무들이 빽빽한 작은 숲으로 들어갔다. 그것으로도 불안하여 무성한 나무 위로 뛰어올랐다. 땅을 박차고 한 번, 공중에서 몸을 틀어 나무 기둥을 밟고 한 번, 가지를 밟고 한 번 더. 딱 세 번 뛰어오르자 까마득한 꼭대기 근처의 나뭇가지에 착지할 수 있었다.

그녀는 굵은 가지에 걸터앉아 손바닥을 뚫어져라 보며 입을 열었다.

"……발. 대답해."

[이이름 조옴 제대로 불러어. 이 몸으은 바르데르으기오사다아!]

술 취한 주정뱅이처럼 꼬부라지는 음성이 그녀의 혼을 울렸다. 대답이 없길 바랐는데. 익숙한 마검의 감각에 에키는 사정없이 얼굴을 찡그렸다. 전혀 반갑지 않다.

"그건 뭔 등신 같은 말투야?"

[히임들어서. 야, 시간이 움직였느은데. 그러니까, 나 좀 잔다아.]

"아니, 자지 마. 그러니까 시간을 돌렸는데, 왜 네놈이 아직 내 손에 붙어 있냐고!"

[다앙연한…… 일이지이…….]

"야, 설명하고 자! 야! 야! 이 망할 마검이!"

흐물거리는 음성을 마지막으로 마검 바르데르기오사의 말은 더 이상 들리지 않았다. 에키는 손바닥을 붙들고 소리를 지르다가, 짜증스럽게 손을 내뻗었다. 그녀의 의지를 따라 검은 문양에서 검이 튀어나왔다.

기오사 시리즈는 주인의 혼을 검집으로 삼았다. 그래서 이렇게 언제든 빈손에서 기오사를 뽑아내는 게 가능했다. 내팽개쳐 놓아도 거리가 지나치게 멀어지면 문양으로 되돌아왔다. 보통은 장점이지만, 에키에게는 지긋지긋한데 떨어뜨릴 수조차 없는 저주에 가까웠다.

"일어나, 발."

그녀는 검은빛의 자루를 쥔 채 매끈한 검날을 툭툭 쳤다. 검날에 있는 문양을 두드리고 마구잡이로 흔들다가 결국에는 때릴 목적으로 손에 마나를 모았다.

"어……?"

칼날을 형성하려던 마나가 뭉치지 못하고 스르륵 흩어져 버렸다. 그리고 날카로운 통증이 전신을 타고 흘렀다. 쥐가 내린 것 같은 감각이었다. 몸을 웅크리고 짧게 신음한 에키는 금방 원인을 알아차렸다.

'내 몸…… 이렇게 약했었나?'

단련이 전혀 되지 않은 몸으로 예전처럼 움직였으니 당연한 결과였다. 마스터급 기사라면 누구나 형성하는 마나 코어조차 없는 상태인데 억지로 마나까지 사용했으니까. 애초에 불가능했을 일을 마스터 이상의 경지에 이르렀던 정신이 자연스럽게 저질러 버렸다.

몸을 점검한 그녀는 한숨을 쉬었다. 찻잔보다 무거운 건 들어 본 적도 없는 몸뚱이. 고작 이 정도 움직였다고 보드라운 발바닥은 벌써 뜨끈뜨끈했고 근육들은 비명을 지르고 있었다. 강제로 마나를 받아들인 몸에서는 열이 오른다. 그야말로 곱게 자란 백작 영애 그 자체였다.

'일단 코어부터 만들어야겠네.'

무슨 상황이든 힘이 있는 편이 없는 편보다는 확실하게 낫다. 그녀는 내친김에 지금 해 버릴 작정으로 자세를 잡았다.

눈을 감고 집중하며 마나를 움직였다. 시간은 얼마 걸리지 않았다. 금세 몸 안의 마나가 한곳에 모이며 주위의 마나를 빨아들였다. 명치 근처에 자연스럽게 고이더니 마나 코어가 형성되었다. 갓 만들어진 데다 축적된 마나가 별로 없어 연약했지만 분명한 코어였다.

마스터에 이른 기사들이 만들어 내는 몸 안의 마나 저장고. 평생을 노력해도 만들지 못하는 이들이 대다수인 그것이 10분도 되지 않아 만들어졌다. 그녀에겐 간단한 일이었다. 심지어 에키는 그것을 만들며 딴생각을 했다.

'역대 최연소 마스터가 유리엔이었지. 스물세 살 때였나? 스물세 살도 그렇게 떠들썩했는데 내 나이가, 지금이 1629년 3월 17일이랬으니까……. 스무 살이네. 마스터라는 건 일단 숨겨야겠다.'

그러다 그녀는 불현듯 어떤 사실을 떠올렸다.

"신력 1629년 3월 17일……."

란셀이 알려준 오늘 날짜. 기억하고 있는 날짜였다. 에키는 신음을 흘리며 손에 얼굴을 파묻었다.

그녀가 마검을 얻게 된 건 15년 전의 3월 17일 새벽이었다. 그러니까, 시간을 되돌린 지금 기준으로는 오늘 새벽. 그녀의 생에서 가장 끔찍한 새벽이었다.

회귀 이전 1629년 3월 17일 새벽, 자정을 한참 넘긴 시간에 에키는 침대에서 일어났다. 잠이 잘 오지 않아서 따뜻한 우유라도 마실 생각이었다.

지금의 그녀를 생각하면 웃기는 일이지만, 그때의 에키네시아는 우유 한 잔도 제 손으로 데워 마실 줄 모르는 아가씨였다. 에키는 침대 옆의 줄을 당겨 전속 하녀인 노라를 깨웠고, 우유를 데워 오라고 시켰다.

우유를 데우러 나간 노라는 돌아오지 않았다. 기다리다 못한 에키는 잠옷 위에 숄만 걸친 채 방을 나와 직접 주방으로 내려갔다. 짜증스럽게 하녀의 이름을 부르며 주방의 문을 열었었다. 그런 그녀를 맞이한 것은 마검을 쥔 노라였다.

어떻게 노라의 공격을 피할 수 있었는지는 잘 기억나지 않는다. 등불 없는 어두운 주방, 창밖에서 스며들어 온 달빛에 어슴푸레하게 드러나던 윤곽, 흔들리던 시야, 비명, 투명하게 빛나던 검날, 그런 것들만 기억에 남았다.

결과는 확실히 기억한다. 노라가 그녀를 찌르려다 넘어졌고, 에키는 살기 위해 노라가 떨어뜨린 검을 쥐었다. 까맣고 차갑고 매끄럽던 검의 손잡이가 생생하게 떠오른다. 그것을 쥔 순간 그녀는 뱀 같은 감촉이 전신을 타고 오르는 것을 느꼈다. 그 감촉이 이끄는 대로 덤벼드는 노라에게 칼을 찔러 넣었다. 그게 에키의 첫 살인이었다.

그 뒤는 별로 떠올리고 싶지 않았다.

끔찍한 새벽 이후 아침에는, 저택에 살아 있는 사람이 에키네시아 외에는 아무도 없었다. 그러나 그때와 달리 지금의 3월 17일 아침에는 평소처럼 정원사가 정원을 손질하고, 란셀이 가문의 기사에게 훈련을 받고 있었다.

'달라졌어……. 어떻게 바뀐 거지?'

에키는 이마를 짚었다. 회귀 전과 완전히 달라진 아침. 그러나 손에는 여전히 마검이 있다. 새벽에 무슨 일이 있었던 거지?

'노라. 노라를 확인해 봐야 해.'

그녀가 처음으로 죽인 사람. 마음이 급해졌다. 에키는 나무에서 뛰어내렸다. 몸 곳곳에 있던 통증은 갓 형성된 코어에서부터 마나가 흐르기 시작하자 금세 사라졌다.

그녀는 곧바로 주방으로 향했다. 저택의 1층 외곽에 있는 주방은 신선한 식재료를 매일 공급받기 때문에 뒤뜰 쪽으로 난 문이 있었다. 아침이라 마침 배달을 왔는지 배달원과 하녀가 문간에서 대화를 하고 있었다. 에키를 발견한 하녀가 눈을 동그랗게 떴다.

"아가씨? 이런 이른 시간에…… 어머, 잠옷 차림이시잖아요."

"노라는? 노라 어디 있어?"

"노라요?"

하녀가 갸웃거린 다음 입을 열기까지 걸린 시간이 에키에게는 무척이나 길게 느껴졌다.

"노라라면 저기 있잖아요. 노라! 아가씨께서 부르신다!"

요리사와 대화를 하고 있던 하녀가 달려왔다. 주근깨 있는 얼굴에 놀란 표정이 퍼져 나갔다.

"아가씨! 벌써 일어나신 거예요?"

"……노라."

"세상에, 옷차림이…… 게다가 맨발! 이리 오세요! 너, 눈 돌려!"

노라가 에키를 잡아당기며 배달원에게 눈을 부라렸다. 배달원이 벌게진 얼굴로 모자를 눌러썼다. 에키는 노라에게 이끌려 실내로 들어갔다. 노라는 그녀를 욕실로 끌고 가며 잔소리를 늘어놓았다.

"일찍 일어나셨으면 절 부르셔야지, 왜 그러고 돌아다니신 거예요? 정숙하지 못해요! 고운 발에 상처라도 나면 어쩌시려고! 그런데 어디 안 좋으신가요? 이렇게 일찍 일어나시다니. 새벽에도 잠이 안 온다고 하셨잖아요? 아픈 곳 있으면 말하세요, 스미스 선생님을 불러서……."

너무나 오랜만에 듣는 전속 하녀의 잔소리였다. 투명한 칼날에 꿰뚫려 피를 흘리며 쓰러지던 모습이 기억 속에 생생한데, 지금 노라는 숨을 쉬고 재잘거리며 살아 있었다. 에키는 홀린 듯이 그 잔소리들을 듣다가 그중 한 부분에서 정신을 차렸다.

"노라, 잠깐만. 새벽에 내가 널 불렀어?"

"기억 안 나세요? 잠이 안 오니까 데운 우유를 가져다 달라고 하셨는데."

예전과 똑같은 상황. 심장이 멎는 줄 알았다. 에키는 마른침을 삼키고 다시 물었다.

"그, 그래서?"

"네?"

"그래서, 어떻게 됐었어?"

"가져다드렸잖아요……? 그거 드신 후에 주무신 거 아니에요? 설마, 안 주무셨어요? 수면 부족은 피부의 적인데!"

미간을 구긴 노라가 에키의 얼굴을 살폈다. 그녀는 모시는 아가씨의 피부가 자신이 정성 들여 가꾼 그대로 매끄럽고 뽀얀 것을 확인하고서야 안심한 듯 한숨을 내쉬었다. 얼떨떨하게 있던 에키가 중얼거렸다.

"우유를, 가져다줬다고? 내가 그거 마시고 자고?"

"네. 기억 안 나세요?"

"……그럼, 노라, 그때 뭐 이상한 것 본 적은 없어?"

"이상한 거요? 그런 건, 아."

의아한 듯 되묻던 노라가 무언가 떠올랐는지 고개를 끄덕였다.

"주방에 못 보던 길쭉한 꾸러미가 있어서, 뭔가 하고 풀어 봤었죠. 아무것도 안 쓰여 있었거든요. 그런데 빈 꾸러미더라고요."

"빈 꾸러미? 그런 게 왜 주방에 있어?"

"그러게요. 식재료나 빵 배달받고 봉투를 안 치웠나 했는데, 방금 주방에서 물어보니 그런 건 본 적도 시킨 적도 없다고 하더라고요. 그래서 집사님께 가져다드리려고요."

그 빈 꾸러미에 원래는 마검이 들어 있었구나. 에키는 직감적으로 깨달았다. 이번에는 마검이 이미 그녀에게 있었기 때문에 노라가 아무것도 발견하지 못한 게 아닐까. 그래서 예전과는 다른 아침이 되었을지도 모르겠다.

'난 분명히 아무도 죽이지 않았던 과거로 보내 달라고 했었어. 그럼 노라를 죽이기 전인 오늘 새벽이어야 할 텐데? 왜 이미 아침이고, 이 지긋지긋한 마검은 원래 있던 꾸러미가 아니라 나한테 있는 거지?'

"그 꾸러미 지금 가지고 있어?"

"예. 이거예요."

노라가 부스럭거리며 접은 종이 뭉치를 꺼냈다. 에키는 얼른 손을 내밀었다.

"그거, 나한테 줘."

"네?"

"내가 처리할 테니까."

"네에……."

노라는 갸웃거렸지만 순순히 그것을 내밀었다. 에키는 걸음을 옮기며 종이를 살폈다. 상점가에서 물건을 포장할 때 쓰는 지극히 평범한 종이와 노끈이었다. 매우 길쭉한 물건을 포장한 듯한 길이. 펼쳐서 길이를 가늠해 보았다. 역시 마검이 담겨 있던 게 틀림없었.

대체 누가 로아즈 백작가의 주방에 마검을 가져다 놓은 거지? 왜? 무엇을 노리고?

그녀를 노렸을 리는 없다. 에키네시아가 검의 천재라는 건 그녀 자신도 몰랐으니까. 운동을 위한 검술조차도 해 본 적이 없는 그녀의 재능을 누군가 알고 마검을 가져다 놓는 건 불가능하다.

그럼 대체 왜? 이건 반드시 알아내야 했다.

'어떤 놈들인지 몰라도…… 용서하지 않겠어.'

그녀는 이를 악물고 꾸러미를 접어 챙겼다. 그사이 그들은 에키의 개인 욕실에 도착했다.

"일단 씻고 나오세요. 옷을 준비해 둘게요. 아침은 가져다드릴까요, 아니면 식당에서 함께 드시겠어요?"

"함께라니, 누구와?"

"당연히 주인님, 마님, 도련님이시죠. 아가씨가 자주 늦잠을 주무시니 함께 드시려면 주방에 미리 알려 줘야 해요."

"주인님, 마님, 도련님이면…… 부모님? 내, 부모님? 란셀이랑?"

"그럼 다른 부모님이 있나요? 오늘 아가씨 어쩐지 이상해요."

"부모님…… 이라고."

"어쨌든 함께 드시겠다는 거죠? 주방에 말하러 다녀올게요."

"으응……."

그녀가 멍하니 대꾸하자 노라가 주방으로 떠났다. 에키는 삐걱거리는 걸음으로 욕실에 들어갔다. 욕실에는 커다란 전신거울이 있었다. 얼룩 한 점 없는 거울에 자신의 모습이 비쳤다. 그녀는 걸음을 멈췄다.

스무 살의 에키네시아 로아즈가 거기에 있었다. 앳되고, 피에 젖지도 않았고, 상처받지도 않은 자신이.

죽지 않은 노라가 죽지 않은 부모님과 남동생을 입에 담았다. 함께 식사를 하실 거냐고 물었다. 그 평범한 물음이 미어지도록 와닿았다. 거울에 비친 그녀의 얼굴이 울 것처럼 일그러졌다.

"다 살아 있어. 정말로."

심장이 부서질 듯 뛰었다. 당장에라도 달려가 아버지의 얼굴을 확인하고, 어머니의 품에 안기고 싶었다. 온몸이 부들부들 떨렸다. 에키는 서 있지 못하고 그 자리에 주르륵 주저앉았다.

살려 냈다. 해냈다. 바뀌었다. 그녀가 알던 3월 17일의 아침과 달리 모두가 살아 있는 아침으로.

악몽 같았던 6년과 제대로 쉬지도 않고 기오사를 모으기만 했던 9년의 기억이 뒤죽박죽으로 떠올랐다. 피에 젖고 검게 물든 악몽들. 처절한 발버둥과 뚜렷한 고통들.

결과를 앞두자 그 모든 기억들이 아무렇지도 않게 느껴졌다. 감격과 안도가 왈칵 치밀어 올라 한동안 심호흡을 했다. 뺨이 발갛게 달아올라서 손으로 몇 번이나 문질렀다. 눈물이 솟아서 눈가를 꾹꾹 눌렀다. 운 흔적이 있으면 다들 걱정할 테니까.

걱정한다니, 이건 또 얼마나 달콤한 현실인지. 그녀는 자신을 걱정해 줄 사람을 모조리 잃은 지 너무 오래되었다. 다 잃었다가, 기적처럼 얻었던 한 명도 자신의 손에 죽었으니까.

유리엔 드 하르덴 키리에.

그녀를 올곧게 바라보던 푸른 눈동자. 그녀의 손에 죽어 가면서 감지도 못했던 눈.

'그 사람도…… 살아 있겠구나.'

만나고 싶다. 보고 싶다. 내가 마침내 해냈다고, 당신의 선택은 틀리지 않았다고 말하고 싶다. 하지만 그는 아무것도 모르겠지. 괜찮다. 모르는 게 나은 기억이니까. 아니, 그녀가 했던 짓들을 생각하면 몰라야만 했다.

에키는 신음을 흘리며 얼굴을 문질렀다. 그러다 손바닥의 문양이 눈에 들어와서 오싹 소름이 돋았다. 새로운 시작을 앞두고 있는데 가장 큰 악몽이 여전히 남아 있었다.

'이걸 어쩌지.'

일단 문양이 눈에 띄지 않게 만들어야 했다. 장갑을 끼는 게 가장 간단할 것이다. 빠르게 씻고 나와서 얇은 실크 장갑을 찾아 끼고 나니 때마침 노라가 들어왔다. 노라는 그녀에게 연보랏빛 드레스를 입혀 주었다. 파티용이 아니라 일상용이었으나 무척이나 오랜만에 입는 드레스였다.

에키는 저도 모르게 매끄러운 옷감을 문질러 보았다. 거미줄처럼 섬세한 레이스도 한 번 쓸어 보았다. 예쁘고 부드럽고 화려했다. 걸음을 옮길 때 나풀거리는 옷자락이 좋았다. 기분이 들떴다. 정말 모든 게 제자리로 돌아온 느낌이라서.

함께 식당으로 향하던 노라가 그녀를 돌아보더니 말했다.

"기분이 좋으신가 봐요, 아가씨. 아까는 좀 이상하셔서 걱정했는데."
"나, 좋아 보여?"
"네, 웃고 계신걸요."
"웃고 있다고?"
에키는 입가를 만져 보았다. 절로 올라가 있는 입꼬리가 느껴졌다. 몇 년 만에 웃는 건지 모르겠다. 주체할 수 없이 기분이 들떴다. 그녀는 소리 내어 웃었다.
"숙녀는 경박하게 웃지 않는 법이란다, 에키."
등 뒤에서 상냥한 목소리가 들려왔다. 에키의 걸음이 뚝 멎었다. 노라가 허리를 굽혀 인사를 했다.
"주인님, 마님, 좋은 아침입니다."
"좋은 아침, 노라. 에키, 일찍 일어났니?"
"오랜만에 딸과 함께 아침을 먹겠구나."
다정하게 인사한 로아즈 백작 부부는 그녀를 지나쳐 식당으로 들어갔다. 이미 도착해 있던 란셀이 부모님께 인사를 했다. 훈련 후에 씻었는지 머리에 물기가 남아 있었다. 예법에 엄격한 백작 부인이 그걸 가볍게 지적하고, 란셀이 머쓱하게 머리를 가렸다.
백작은 니콜이 내일쯤 저택에 도착할 예정이란 이야기를 꺼냈다. 니콜은 로아즈의 후원을 받는 마법사로, 수도의 마탑에서 일하면서 휴가 때면 자주 로아즈 영지에서 머물곤 했다. 에키나 란셀과는 남매처럼 친밀한 사이였다.
란셀이 오랜만에 니콜 누나를 보는 게 기대된다며 웃었다. 백작 부인도, 백작도 웃는 얼굴이었다. 그리고 그들이 차례로 입구에 서 있는 에키네시아를 바라보았다.

"누님, 잠이 덜 깨셨어요?"
"에키, 뭐 하니?"
"들어오렴."

아침 햇살이 식당의 유리창으로 한가득 쏟아졌다. 그 빛 속에서 살아 숨 쉬는 가족들이 웃으며 그녀를 불렀다.

에키는 어느 순간 숨을 쉬지 않고 있었다. 눈도 깜박이지 않았다. 그러다가 인형에 혼이 들어오듯, 눈을 느릿하게 깜박였다. 눈꺼풀의 어둠이 스치고 지나가도 가족들의 모습은 사라지지 않았다. 환상도 꿈도 아니다. 현실이었다. 그녀는 목이 메 간신히 대답했다.

"네."

저미도록 그리워했던 풍경 속으로 걸음을 옮겼다. 눈동자 가득 그 풍경을 담았다. 그녀가 결국 되찾은 풍경이며, 무슨 수를 써서라도 지킬 삶이었다.

그러니 마검 따위가 간신히 되찾은 이 삶을 망가뜨리게 내버려 두진 않겠다. 그녀는 오른손을 꽉 움켜쥐고 걸었다. 한 걸음씩, 가족들의 얼굴이 가까워졌다. 그럴수록 가슴께가 뻐근했다. 에키는 저도 모르게 중얼거렸다.

"……정말, 보고 싶었어요, 정말로, 너무나도……."
"응? 어제도 봤잖느냐."
"누님이 이상하게 일찍 일어나더니 아직도 꿈속인가 봐요."
"나쁜 꿈이라도 꿨니, 에키?"

부모님과 남동생이 한마디씩 건넸다. 에키네시아는 붉어진 눈매로 환하게 웃었다.

"네, 아마도 전, 나쁜 꿈을 꿨었나 봐요."

하루가 어떻게 지나갔는지 모르겠다. 문학 선생과 춤 선생이 오늘 실수가 잦다고 야단을 쳤지만 하나도 기분이 상하지 않았다. 그들에겐 며칠 전에 가르친 걸 까먹은 학생일 테니, 화낼 만도 했다. 물론 에키 입장에선 15년 만에 듣는 수업이라 어쩔 수 없었다. 그래도 예전에는 지루하던 수업이 내내 즐거웠다. 꾸중을 들어도 마냥 좋았다.

그렇게 되돌아온 첫날이 저물었다. 에키는 노라가 등불을 끄고 물러난 후에 침대에 누웠다. 눈을 감고 자는 척을 하며 가만히 기척을 느꼈다. 노라가 완전히 멀어진 것을 확인한 다음 조심스럽게 일어났다. 등불을 켤 필요는 없었다. 커튼을 열어 달빛을 맞아들였다. 그 정도 빛으로도 그녀는 대낮처럼 주위를 볼 수 있었다.

에키는 침대에 걸터앉아 손바닥을 들여다보았다. 종일 장갑을 끼고 있었지만 잘 때도 낄 수는 없어서 노라의 눈에 띄지 않도록 조심하느라 고생했다.

그녀는 검은 얼룩 같은 문양을 보다가 손을 뻗었다. 문양에서 유리처럼 투명한 검신이 솟아올랐다. 장식용이 아닌가 의심이 갈 정도로 정갈하고 아름다운 검. 그러나 이건 수천수만의 피를 먹은 마검이었다. 에키는 서늘한 눈으로 검을 응시했다.

"발."

마검은 대답하지 않았다. 그녀는 손잡이를 움켜쥔 채 검을 가로로 눕혔다. 손에 마나를 휘감고 문양 위를 후려쳤다.

[아! 아! 야! 좀 곱게 깨워!]

"일어났네."

그녀는 검을 아무렇게나 내팽개쳤다. 회귀 이전 9년간 그녀와 함께 했던 바르데르기오사는 험한 취급에 익숙했다. 마검이 툴툴거렸다.

[피곤해 죽겠는데 주인이란 인간은 괴롭히기만 하고……]

"말하는 걸 보니 제정신이 든 모양이고. 설명해."

[뭘.]

"왜 네가 여전히 나한테 붙어 있는지, 설명하라고."

[당연하지. 시간은 되돌아갔지만, 네 영혼은 예전 그대로니까. 그리고 난 네 혼에 박힌 기오사고.]

"내가 모은 기오사는 열 개인데? 너 말고 다른 기오사들은?"

[모으긴 했어도 넌 그것들의 자아를 깨운 적이 없잖아. 자아까지 깨워야 진짜 주인이 된단 말이야! 어쨌든 그래서 네 영혼에 새겨진 건 나 혼자고, 영혼이 그대로면 당연히 나도 그대로인 거지.]

바르데르기오사는 한심하다는 듯 종알거렸다. 에키의 얼굴이 점점 일그러졌다. 마검은 신경도 쓰지 않고 말을 이었다.

[야, 네가 모든 걸 기억하고 있는 것도 기오사 오너라서야. 나 아니면 넌 다 까먹고 아무것도 모르는 예전의 스무 살짜리가 될걸? 오, 그럼 너 또 나한테 잡아먹힐 수도 있겠네.]

"잠깐."

에키의 안색이 창백해졌다. 저 말대로라면, 설마.

"널 버리면 내가 다 잊어버린단 소리야? 회귀 전의 기억들을?"

[나 말고 다른 기오사가 있으면 그놈 덕분에 유지되겠지만, 하나도 없으면 까먹겠지. ……근데 주인아, 진짜 나 버리고 싶어?]

약간 풀이 죽은 느낌이었다. 에키는 그런 마검의 태도에 비웃음을 띠었다.

"무슨 수를 써서라도."

[무정한 인간…….]

그녀를 학살하게 만든 껍데기와 저 자아가 다르다고 해도, 저건 근본적으로 마검이었다. 그걸 9년간 기오사를 모을 때 뼈저리게 깨달았다.

바르데르기오사는 살육의 검. 대장장이가 인간의 살의와 악의를 재료 삼아 만든 검이다. 무해한 듯 굴어도 방심할 수 없었다. 방심하면 저 검에 물들어 그녀 자신이 사람을 죽이고 싶어지니까. 그 때문에 실수했던 적도 있다. 회귀 이전, 기오사를 모으던 시절에.

떠올리기 싫은 기억이었다. 에키는 지긋지긋한 표정으로 마검을 노려보았다. 자아를 깨웠건 말았건, 스스로 기오사를 포기하는 건 어렵지 않았다. 보자마자 버릴 수도 있었다. 아무 데나 저걸 버렸다간 또 누군가가 조종당할까 봐 일단 가지고 있었을 뿐이었다.

그런데 절대로 버릴 수 없는 이유가 생겨 버렸다. 기억의 유지. 마검은 사람을 죽이고 싶다고 징징거릴지언정 거짓말을 하지는 않았다.

"다른 기오사를 얻을 때까지는 못 버린단 거지."

저 검이 있는 한 그녀가 원하는 '행복한 삶'은 무리였다. 그러나 바르데르기오사를 버리면 기억을 잃게 되고, 잊고 싶은 기억들이라 해도 잊었다간 회귀한 의미를 잃는다. 그러니 기억을 유지하면서 마검을 버려야 한다.

마검이 다른 누군가의 손에 들어가지 않도록 잘 봉인할 수 있는 곳, 다른 기오사를 얻을 수 있는 곳. 그녀가 아는 한 그 두 가지가 가능한 장소는 대륙에 하나뿐이었다.

도시 아젠카, 창천 기사단.

결국 다시 그곳으로 가야 하나. 그녀에게 몰살당했던 땅. 유리엔이 지키는 땅. 그녀가 유리엔을 죽였던 땅. 아득한 기분에 한숨을 내쉬던 에키는 불현듯 무언가를 깨달았다.

"발."

[아, 좀, 그렇게 줄여 부르지 말라니까. 품위가 없잖아, 품위가!]

"내가 기오사 오너라서 시간을 되돌렸는데도 기억을 유지하고 있는 거랬지?"

[어. 왜?]

"……그럼, 다른 기오사 오너들도 예전 일들을 전부 기억한단 소리야?"

그녀가 죽인 기오사 오너는 네 명이었다. 아젠카의 시민들을 구하려다 목이 잘렸던 부단장 바론. 디트리히가 도망치도록 그녀의 발목을 잡다 죽은 테레사. 하룻밤 동안 끈질기게 달아나다 결국 살해당한 디트리히. 그리고 눈을 감지도 못했던 유리엔.

그들이 전부 기억하고 있다고? 그 가정에 목이 바짝 탔다. 손발이 차게 식었다.

[글쎄, 모르지.]

"확실하게 말해!"

[모른다니까? 나처럼 자아가 깨어나야 기억이 유지된단 말이야. 걔들이 자기 기오사의 자아를 깨웠을지 못 깨웠을지 내가 어떻게 알아?]

"……만약 깨웠다면?"

[다 기억하겠지, 뭐.]

마검은 시큰둥하게 대꾸했다. 에키는 밀랍처럼 하얗게 질린 얼굴로 허공을 노려보았다. 늘어진 손이 침대의 시트를 구겨지도록 움켜쥐었다.

"그걸 확인할 방법은 없어?"

[아, 모른다니까? 기오사마다 자아가 깨어나는 조건이 다르다고.]

"닥치고 어떻게든 생각해 내. 당장."

에키의 눈이 가라앉았다. 마검이 부르르 몸을 떨었다. 바르데르기오사는 그녀가 얼마나 집요한지 너무나 잘 알았다. 필사적으로 항변했다.

[아니, 진짜로 모른단 말이야! 기오사끼리 무슨 동창회를 여는 것도 아니고! 깨어나는 조건도 죄다 다르고, 깨어나 놓고서도 입도 뻥긋 안 하고 지가 보통 검인 척하는 놈도 있는 판에, 그걸 어떻게 알아!]

마검이 저렇게까지 말할 정도면 정말로 모른다는 소리였다. 시트를 쥔 에키의 손에서 힘이 빠져나갔다. 그녀는 그대로 침대에 쓰러지듯 누웠다.

'그러니까 기오사 오너들이 기억할지 기억 못 할지는 알 수 없는 거네. 그럼…… 기억한다고 가정하고 행동해야겠지.'

절로 신음이 나왔다. 기오사 오너들은 각자가 죽은 이후의 일들을 당연히 모르겠지만, 죽기 전까지의 기억만 해도 그녀를 죽이려 들 이유가 차고 넘쳤다.

이대로 로아즈 백작가에서 살면 그들과 마주칠 일은 거의 없었다. 사는 세계가 너무나 달랐으니까. 문제는 저 빌어먹을 마검을 대신할 다른 기오사를 얻으려면 창천 기사단으로 가야 한다는 점이다. 네 명의 기오사 오너가 모두 모여 있는 그곳으로.

마검의 주인이란 걸 들켜서 싸우게 되어도 그녀는 다칠 일이 없었다. 하지만 그녀에겐 간신히 되찾은 가족들이 있었다. 그녀가 싸우게 되면 창천 기사단이건 제국이건 로아즈 백작가를 내버려 둘 리가 없다.

그러니 절대로 그녀가 마검의 주인이라는 걸 들켜서는 안 된다. 한 번 봐주었다가 몰살당한 그들이 그녀를 또다시 믿어 줄 리가 없었다.

'……유리엔이라면, 믿어 줄까.'

무심코 그런 생각을 했다가, 에키는 급하게 고개를 저었다. 마지막 순간 검을 맞대기 전에 보았던 그의 눈동자를 떠올렸다. 금이 간 것처럼 느껴지던 하늘색 눈동자. 가슴께가 욱신 아려 왔다.

'미쳤구나, 에키네시아. 그렇게 그를 배신하고도 그가 다시 믿어 줄 거라 생각하니? 날 알아보자마자 칼을 휘둘러도 할 말이 없는데.'

에키는 헛웃음을 흘렸다. 질척한 무언가가 발목을 타고 오르는 것 같다. 그녀는 아랫입술을 깨물며 그 우울함을 털어냈다. 마검을 극복하고 기오사를 모으면서, 목표를 세우고 그것을 위해 집중하는 것엔 익숙해졌다.

최우선 목표는 마검을 대신할 다른 기오사를 얻는 것이다. 그다음에 마검을 처리한다. 그러려면 창천 기사단 본부에서도 가장 깊고 엄중한 곳에 있는 '기오사 홀'에 들어가야 했다. 주인 없는 기오사들을 봉인하고 보관해 두는 이 방은, 딱 세 가지 경우에만 열렸다.

첫째, 행방이 불분명하던 기오사를 발견하여 보관하게 될 때.

둘째, 기존 기오사 오너가 사망, 또는 은퇴하며 기오사를 반납할 때.

셋째, 창천 기사단의 정식 기사에게 기오사를 선택할 기회를 줄 때.

세 번째 경우가 어느 나라에 가든 대우받을 마스터급 기사들이 창천에 소속되길 열망하는 이유 중 하나였다. 창천 기사단의 기사가 되면 기오사를 얻을 기회가 주어진다. 그 기회를 통해 기오사 오너가 되는 자는 극소수였지만 어쨌든 기회 자체는 공평했다.

'가능한 건 첫 번째랑 세 번째. 가능이야 해도, 첫 번째는 당연히 기각이고.'

행방이 불분명하던 기오사, 즉 바르데르기오사가 그녀의 손에 있긴 했다. 하지만 마검은 절대 들켜서는 안 되는 물건이었다. 기오사 오너들이 회귀 이전의 기억이 없다고 가정해도 마검을 가지고 있다고 알리는 건 너무 위험했다. 주인 없는 마검을 그냥 가지고 있다면 모를까, 그녀가 주인인 상황이니까.

주인임을 감추는 것도 무리였다. 마검의 소유권을 포기하는 즉시 그녀는 회귀 이전의 기억들을 잊어버리므로.

'기오사 홀에 몰래 들어가는 건…… 쉬운 일도 아니고, 성공해도 평생 창천 기사단을 적으로 돌리게 되겠지. 결국 방법은 하나야.'

창천 기사단의 기사가 되면 정상적인 방법으로 기오사를 얻을 수 있다. 다른 기오사를 얻은 다음, 바르데르기오사를 버리고 주인이 없는 마검을 어딘가에서 발견한 것처럼 보고하면 된다. 창천 기사단은 누구보다 확실하게 마검을 봉인해 줄 것이다.

'그래, 마검의 주인인 걸 들키지 않고, 창천의 매가 되어서 기오사 홀에 들어가는 것. 이 방법밖에 없어. 예전에 모아봤던 기오사들이니 들어가서 아무거나 고르면 돼.'

창천의 매가 되는 건 걱정하지 않는다. 문제는 기오사 오너들에게 기억이 있을지도 모른다는 점이다. 에키는 옆에 놓인 바르데르기오사를 노려보다가 자리에서 일어났다. 전신 거울 앞에 서서 자신을 뚫어져라 바라보았다.

마검에 물들어 있는 동안 그녀는 내내 검은 머리와 검은 눈이었다. 흑발 흑안으로 타고난 사람과는 달리 기괴하게 일렁거렸지만 원래의 색을 짐작하기 어려운 상태였던 건 확실하다. 온몸에 검은 얼룩이 있었고, 피와 먼지와 땀으로 더러웠다. 움직이기 편한 차림, 거의 넝마 같은 옷에 머리카락은 여기저기 쥐어뜯긴 것처럼 잘리거나 엉켜 있었다.

가족이라 해도 알아보기 힘들 정도로 변해 버렸었다. 꼼꼼히 살펴보면 알아볼 수도 있겠지만, 그녀는 그럴 틈을 주지 않았다. 마주친 사람을 살려 놓지 않았으니까. 그래서 아무도 그녀를 알아보지 못했다. 생존자가 거의 없어서 외모가 제대로 알려지지도 않았다.

그로 인해 키리에 제국, 로아즈 백작가의 에키네시아 로아즈가 마검을 든 악마였다는 것은 누구도 알지 못했다. 기오사 오너들도 그녀의 이름조차 몰랐다. 악마의 정체는 공식적으로 불명이었다.

그에 비해 지금의 그녀는 흔하지 않아서 한번 보면 잊기 어려운 분홍색 머리카락에, 신분이 확실한 귀족 영애였다.

'가능해. 숨길 수 있어.'

그저 귀족 영애 에키네시아 로아즈로만 보이면 된다. 에키네시아 로아즈와 마검의 악마 사이에는 연결점이 없다. 최악의 경우, 기오사 오너들 모두가 기억이 남아 있다 해도, 마검을 쓰던 시절을 연상시킬 만한 짓만 하지 않으면 된다.

'흐트러지거나 더러운 꼴을 피하고, 맨얼굴을 그대로 드러내지도 않고, 화장까지 하고 있으면 더 알아보기 어렵겠지. 그때와는 너무 다르

니까.'

 검술도 물론 그 시절과 다른 모습을 보여야 했다. 악마이던 시절보다 그것을 극복한 지금이 더 강하므로 할 수 있었다.

 하지만 기사가 늘 귀족 영애처럼 차려입거나 화장을 하고 다니는 건 쉽지 않았다. 누가 봐도 불편한 일을 고수하면 이상하게 여길 테니까.

 맨얼굴을 보이는 모험을 하고 싶지는 않고. 가면을 쓰고 다니는 건 말도 안 되는 일이고.

 아예 눈에 안 띄는 건 처음부터 무리다. 사관생도 시절이야 대충 묻혀 지낸다 해도, 최단기간 기사 서임이라는 기록을 세우게 되면 모두가 그녀에게 관심을 쏟아부을 터다. 유리엔이 온갖 티타임의 화젯거리가 되었듯이.

 그렇다고 눈에 띄기 싫다는 이유로 3년이 넘는 시간을 허비하고 싶지도 않았다. 3년도 충분히 길었다.

 남장? 확실한 신분을 두고 가짜 신분을 만드는 수상한 짓을 할 생각은 없었다. 남자로 보이기도 어려웠다. 몸매도 얼굴도 지극히 여성스러운데다 가슴이 꽤 큰 편이라 압박붕대로 어떻게 될 수준이 아니었다.

 아무리 생각해도 화려한 치장으로 다니는 게 제일 나았다. 적당한 이유만 있으면.

 고심하자 의외로 꾸미고 다니면서도 의심받지 않을 방법은 쉽게 떠올랐다.

 '성격이 원래 그런 걸로 하면 돼. 까탈스러운 아가씨. 더러워지는 건 질색, 땀에 젖는 것도 질색, 치장하지 않고 다른 사람들 앞에 나서는

것도 질색, 훈련복같이 후줄근한 건 절대 안 입는.'

어렵지 않은 일이었다. 상황이 상황이라 회귀 이전에는 내내 대충 다녔지만 에키는 치장을 즐기는 편이었다. 게다가 마검과 얽히기 전의 에키네시아 로아즈는 까다로운 귀족 영애 그 자체였다. 옷차림을 때와 장소에 맞추는 상식만 잠깐 포기해 주면 된다. 검을 다룰 때 여러모로 불편하겠지만 그 정도는 괜찮았다.

'마검 문양 때문에 늘 장갑을 껴야 할 테니까……. 장갑을 벗지 않는 이유도, 손이 상하는 게 싫어서라고 하면 되겠네.'

보통의 기사단이면 용납되지 않겠지만, 창천은 가능하다. 기본적인 기사도와 창천의 의무만 지키면 세세한 것들에 참견하지 않는다. 하나하나가 마스터급 강자에 국적도 다양하다 보니 군기가 느슨한 편이었다. 옷차림 정도로는 기사가 되는 데 별문제가 없을 것이다. 실력은 지나치게 넘쳐서 적당히 숨겨야 할 판이니.

그녀는 부풀린 페티코트에 하이힐을 신고도 기오사 오너 하나 정도는 상대할 자신이 있었다. 물론 그녀의 기오사인 바르데르기오사를 사용하지 않는 상태로. 예전만큼 몸이 단련되어 있지 않아서 그 오너가 유리엔이라거나 두 명 이상이면 바르데르기오사를 써야겠지만 말이다. 악마적인 재능을 피로 점철된 세월을 통해 갈고닦은 결과물이었다.

평범하던 귀족가의 아가씨가 검술이 뛰어난 점은, 예전부터 혼자서 몰래 연습했다고 대충 둘러대면 된다. 독학으로 가능한 수준이 아니라고 의심하면 천재라서 그렇다고 우기면 되고. 거짓말도 아니었다.

그러니까, 드레스를 입고 화장을 하고 하이힐을 신은, 이상한 성격의 천재 기사가 되는 거다.

낭만 소설에서도 안 나올 법한 기가 차다 못해 웃기기까지 한 설정이었다. 바로 그 점도 마음에 들었다. 어이가 없고 황당한 상대를 마검의 악마와 연결 짓기는 어려울 테니까.

'좋아. 욕은 신나게 먹겠지만 의심은 안 받겠네. 뭐, 욕쯤이야 그 시절에 들었던 원한 서린 말들에 비하면 귀엽지.'

[무슨 생각을 하기에 그렇게 무섭게 웃어?]

"너 버릴 생각."

[······어떻게 버릴 건데, 무정한 주인님아?]

"기사가 될 거야."

[뜬금없이 웬 기사?]

"창천의 매가 되어서 너 말고 다른 참한 기오사 들이려고."

[야, 나만큼 참한 기오사가 어디 있다고! 날 봐, 주인이 자길 버리려는 계획을 짜는데도 얌전한데!]

"그게 싫으면 엄한 사람 죽이자고 칭얼대지나 마."

[에이, 대부분의 문제는 죽이는 게 가장 빠르고 깔끔한 해결책이잖아. 너도 편하고, 나도 신나고, 서로에게 좋은 방법을 권유하는 것뿐인데? 주인아, 취향 존중 좀 해 줘라.]

에키는 마검의 헛소리를 무시했다.

마검 문제는 어떻게 할지 결정했다. 이제 다른 문제가 남았다. 그녀는 서랍에 챙겨 두었던 빈 꾸러미를 꺼냈다. 아까 노라에게서 받아 낸 꾸러미였다.

"발. 너 자아가 깨어나기 전에 있었던 일은 모른댔지?"

[너라면 자고 있을 때 무슨 일이 일어났는지 기억하겠냐?]

"그럼 네놈이 왜 우리 집 주방에 놓여 있었는지도 당연히 모르겠네."
[몰라, 그런 건.]

에키는 포장지와 노끈을 꼼꼼히 살폈다. 아무것도 쓰여 있지 않고, 아무런 흔적도 없었다. 마법사가 아닌 그녀로서는 더 이상 알아낼 방법이 없었다.

마검을 가져다 놓은 게 좋은 의도는 절대 아닐 것이다. 그렇다면 누군가가 로아즈 백작가에 원한이 있었던 걸까.

아젠카로 떠나기 전에 이 문제를 어떻게든 해야 했다. 가족들이 위험하게 둘 순 없다. 그렇다고 무언가 일이 발생할 때까지 집을 지키고만 있을 수도 없다. 금방 추적해서 알아내고 해결할 만한 문제도 아니었으며, 마검을 치워 버리는 것도 급했다.

'내 대신 이걸 추적하고, 내가 떠나 있는 동안 가족들을 지켜 줄 수 있는 사람.'

부탁할 수 있는 사람이 있었다. 다른 사람은 떠오르지도 않았다. 그녀와도, 그녀의 가족들과도 오랜 시간 알고 지냈던 사람. 가족이나 다름없이 신뢰하는 사람. 충분히 강하고 충분히 현명한 사람. 그리고 다른 소중한 사람들처럼, 그녀의 손에 죽었던 사람.

'니콜 언니…….'

그녀는 내일 저택에 도착할 예정이었다. 에키는 결심을 굳히고 꾸러미를 챙겨 넣었다.

"바빠지겠네."
[바빠져? 누굴 죽이려고?]
"닥치고 잠이나 자."

에키가 인상을 쓴 채 마검을 쥐었다. 마검은 투덜거리며 그녀의 손안으로 스며들듯 사라졌다.

에키네시아는 다음 날도 일찍 일어났다. 기오사를 모으기 위해 자는 시간도 아꼈던 그녀는 최소한의 수면을 취하는 습관이 있었다. 그리고 노라가 들어오기 전에 일어나지 않으면 손바닥의 문양을 감추기가 어려웠다.

물론 이런 사정을 설명할 순 없다. 어제도 일찍 일어났었는데 오늘까지 그랬다간 주위의 모든 사람들이 그녀를 세 발 달린 닭 보듯 쳐다볼 것이다. 그래서 그녀는 새벽에 몰래 나가서 가볍게 몸을 풀고 들어와서는, 늦은 아침까지 침대에서 늦잠을 자는 척을 했다.

은근히 고역이었다. 고행하는 수도사 못지않은 세월을 보냈더니 가만히 누워 쉬는 게 어색했다. 자꾸만 불안하고 무언가 해야 할 것만 같았다.

'그래도 오랜만에 악몽을 안 꿨어. 앞으로는 거의 안 꾸겠지.'

침대 속에 파묻혀 빈둥거리며 그런 생각을 했다. 꿈도 꾸지 않고 잘 잤다. 기분 좋은 숙면이었다. 편히 잠들었듯, 쉬는 것에도 곧 적응할 것이다. 이제 그녀에게는 쉴 자격이 있었다. 쉬어도 된다.

에키는 폭신한 베갯잇에 뺨을 비비적대며 설핏 웃었다. 그러다 기다렸던 노크 소리가 들리자마자 벌떡 일어났다.

"아가씨, 슬슬 일어나셔야지요."

"나 일어났어, 노라."

"어머."

에키가 문을 열어 주자 노라가 눈을 휘둥그렇게 떴다. 그녀는 세숫물을 챙기며 신기하다는 듯 말했다.

"어제도 일찍 일어나시더니."

"앞으로는 좀 일찍 일어나 보려고. 니콜 언니는 언제쯤 도착한대?"

"이미 오셨어요. 방에서 짐을 풀고 계셔요."

"벌써? 깨우지 그랬어."

"니콜 님이 깨우지 말라고 하셨어요."

알 만했다. 니콜은 에키가 가장 편하게 대하는 사람이었다. 또래의 귀족 영애들과 대화할 때처럼 주의를 기울일 필요가 없으니까. 그런 만큼 짜증도 많이 냈었다. 그걸 잘 아는 니콜은 보나 마나 '깨우지 마, 걔 아침에 깨우면 신경질 내는 거 알잖아' 하면서 노라를 말렸을 것이다.

세숫물을 치운 노라가 간단한 아침거리를 차려 주었다. 에키는 아침을 먹고 옷을 갈아입으며 내내 니콜에게 어떤 식으로, 어디까지 말을 할지를 고민했다.

'니콜 언니라면…… 그냥 사실대로 말해도 괜찮겠지만. 그래도 다 말할 수는 없으니까.'

니콜 시즈튼은 로아즈 백작가의 후원을 받는 마법사였다.

귀족들이 재능이 뛰어난 자들을 후원하는 건 흔한 일이지만 그녀의 경우는 조금 특이했다. 니콜은 마법의 재능이 너무 미미해서 후원자를 찾지 못하고 있던 고아였다.

대부분의 귀족이 이 수준의 재능이면 쓸모가 없다며 그녀의 후원을 거절했다. 유일하게 로아즈 백작 부부만이 니콜의 사정을 딱하게 여겨 거두어 주었다. 니콜은 로아즈의 후원으로 기숙사제 마법 학교를 다니며 방학마다 로아즈 저택으로 돌아와 에키와 란셀의 놀이 상대가 되어 주곤 했다.

니콜의 마법 실력은 형편없어서 마법사라고 불리는 것조차 무리였다. 그러나 로아즈 백작가에서는 그것을 탓한 적이 없었다. 그녀가 최선을 다한다는 걸 알고 있었기 때문이다. 백작 부부는 마법사가 되지 못해도 상관없다며 니콜에게 시즈튼이라는 작은 마을을 영지로 주기도 했다.

상황이 달라진 건 니콜이 마법 학교를 졸업할 무렵이었다. 최고의 마법사들이 모여 있는 마탑 소속의 현자가, 니콜이 기존의 방식으로는 규정하기 어려운 재능을 가졌다는 걸 알아차렸다. 이후 니콜은 그 현자의 수제자이자 후계자가 되어 마탑에 들어갔고, 스물두 살쯤부터 탁월한 마법사로 이름을 날렸다.

이제는 그럭저럭 괜찮은 수준의 귀족에 불과한 로아즈 백작가보다 일곱 명밖에 없는 현자의 후계자인 니콜이 더 대단해졌다. 하지만 니콜은 여전히 로아즈 백작 부부가 준 시즈튼이라는 성을 썼고, 휴가 때면 자주 로아즈 백작가에서 머물렀다.

"다 되었어요, 아가씨."

"고마워, 노라."

노라가 마지막으로 에키의 옷자락을 정돈했다. 에키는 노라를 보내고 혼자서 니콜의 방으로 향했다. 복도를 걸으며 그녀는 회귀 이전의 기억을 떠올렸다.

바뀌기 전의 과거에도 니콜은 같은 날짜에 로아즈 백작가에 도착했다. 다만 지금과 달리 과거의 니콜이 본 건 에키에게 몰살당한 로아즈 저택의 폐허였을 것이다. 그것을 보고 니콜이 어떤 반응을 했을

지 에키는 알지 못했다. 그녀는 그때쯤 근처의 다른 마을을 학살하고 있었다.

그리고 니콜은 홀로 로아즈를 몰살시킨 악마의 흔적을 추적해 그녀를 찾아왔었다.

'언니는…… 나를 못 알아봤었지.'

가족만큼 가까웠던 그녀도 못 알아보는 게 당연했다. 고작 며칠 만에 에키는 그런 몰골이 되어 버렸었다.

니콜은 울어서 한껏 부은 얼굴과 증오로 불타는 눈으로 마검의 악마를 노려봤었다. 그녀는 충분히 달아날 수 있는데도 달아나지 않았다. 로아즈 백작가의 복수를 위해 악마에게 악착같이 덤벼들었다. 에키는 언제나 시큰둥하던 그녀가 로아즈를 진심으로 소중하게 여겼다는 걸 그때서야 깨달았다.

마검에 물든 지 얼마 되지 않았던 에키네시아는 그때 처음으로 부상을 당했다. 니콜 시즈튼은 뛰어난 마법사였고, 마검은 아직 숙주의 몸에 익숙하지 않았으므로. 그래도 치명상은 아니었다. 그 상처를 낸 대가로 니콜은 그녀의 손에 죽었다.

'나를 못 알아봐서 다행이었어. 알아봤다면 더 힘들었겠지. 언니도, 나도.'

란셀리드와 부모님, 로아즈 저택의 사람들은 그녀를 알아봤었다. 마검을 쥔 직후였으니까. 그래서 에키는 지금도 그 새벽을 떠올리는 것이 힘들었다.

어느새 니콜의 방 앞이었다. 그녀는 노크를 하지 않고 머뭇거렸다.

[안 들어가고 뭐 해?]

머릿속에서 마검이 종알거렸다. 에키는 신경질적으로 오른손을 움켜쥐었다. 호흡을 고르고 조심스럽게 노크했다. 문 너머에서 사람이 다가오는 기척이 느껴졌다. 문이 열렸다.

"……에키?"

니콜은 얼떨떨한 얼굴이었다. 어깨 근처에서 짧게 자른 빨간 머리, 탁한 녹색 눈동자, 약간 도드라진 광대뼈와 눈 밑의 기미. 벌건 증오와 고통 대신 약한 피로와 의아함이 담긴 얼굴. 그리운 얼굴이 기억하는 그대로의 모습으로 눈앞에 나타났다. 에키는 눈물이 핑 돌려는 것을 얼른 삼키고 웃었다.

"오랜만이야, 언니."

"어, 뭐."

"들어가도 돼?"

"그래."

니콜이 비켜섰다. 방 안은 어수선했다. 마법사인 니콜은 자기 짐을 하인에게 맡기지 않는데, 정리정돈엔 젬병이라 방 꼴이 엉망이 되곤 했다. 에키는 아무렇지도 않게 지저분하게 쌓인 종이 뭉치를 밀어내며 의자에 앉았다.

"짐은 다 풀었어? 이번엔 언제까지 머물 예정이야?"

그녀가 웃으며 물었다. 니콜이 얼룩 묻은 외알 안경을 추어올리며 에키를 유심히 바라보더니 눈살을 팍 찡그렸다.

"너 에키 맞니?"

"나 맞아. 왜? 뭐가 이상해?"

니콜은 다른 의자에 쌓여 있던 책들을 치우고 앉으며 슬쩍 에키를 살폈다. 예전의 에키네시아라면 얼룩이 묻은 외알 안경부터 지적을 시작해서 방 안을 보면서는 대놓고 어이가 없다는 티를 냈을 것이다. 앞기는커녕 더럽다며 방에 발도 들이지 않았겠지.

"내가 아는 에키는 이렇게 나한테 방긋방긋 웃을 애가 아닌데 말이지."

에키는 니콜의 말을 듣고서야 자신이 '평소'와 달리 굴었다는 걸 깨달았다. 그녀는 안경의 얼룩도, 방 안의 어수선함도 개의치 않았다. 그런 사소한 것들에 신경 쓰지 않게 된 지 오래였다. 죽었던 사람이 살아 숨 쉬고 있으니 아예 눈에 들어오지도 않았다.

"언니 보니까 좋아서 그래."

"헛소릴 하는 걸 보니 너, 뭐 부탁할 거 있지? 본론만 말해, 바쁘니까."

니콜이 퉁명스럽게 대꾸했다. 에키는 저도 모르게 웃고 말았다. 기억 속에 있던 니콜과 변한 게 하나도 없었다. 달라진 건 에키 자신이었다.

"헛소리 아니야. 나 솔직히 언니 많이 좋아해."

"미쳤니, 징그럽게 왜 이래?"

"마법 학교 시절에 많이 힘들었을 건데 그런 티 안 내고 장학금 받아 오는 거 멋지다고 생각했었어. 후원자의 딸인 내가 껄끄러웠을 텐데 아무렇지도 않게 대해 줘서 사실은 고마웠고. 그러면서 못마땅한 척 맨날 지적만 해대서 미안해."

"……너 뭐 잘못 먹었어?"

"그냥, 한 번도 말 안 한 것 같아서."

니콜이 소름이 돋는지 팔뚝을 문질러댔다. 에키는 마냥 웃는 얼굴이었다. 체면과 자존심으로 과거엔 인정하지 못했던 심정을 말하고 나니 후련했다.

과거의 에키는 니콜의 귀족적이지 않은 부분들을 싫어했다. 평민 출신에 가문의 후원을 받는 마법사라고 내심 그녀를 제 아래로 보았다. 그래서 니콜이 저택에 머물 때를 기다리면서도 니콜을 좋아한다는 티를 내지 않았다.

바보 같은 짓이었다. 죽으면 다시는 만날 수 없고, 죽음이 언제 찾아올지는 아무도 알지 못한다. 게다가 그 죽음 앞에서 사람이 내보이는 건 신분 따위가 아니라 성품이었다. 그런데 그깟 신분이, 그깟 얄팍한 자존심이 뭐가 그리 중요하다고 솔직해지질 못했을까.

니콜은 살갑게 구는 에키에게 적응이 안 되는지 몹시 어색해 보였다. 그녀는 괜히 헛기침을 하고 이리저리 시선을 돌리더니 손부채질까지 했다. 그러곤 애써 태연한 목소리로 되물었다.

"대체 무슨 부탁을 하려고 이런 민망한 소리까지 해?"

"물론 부탁할 게 있긴 하지만, 방금 한 말도 다 진심인걸."

"어우, 됐어. 됐으니까 엉뚱한 말 그만하고, 부탁이나 말해."

에키는 순순히 빈 꾸러미를 꺼내 니콜의 앞에 내려놓았다. 니콜이 의아한 기색으로 꾸러미를 보더니 그것을 집어 들었다. 안이 빈 것을 확인한 그녀가 인상을 썼다.

"이게 뭐니?"

"오늘 새벽에 우리 집 주방에서 발견된 꾸러미야."

"비어 있잖아. 안에 뭐가 있었는데?"

"언니. 지금부터 할 말은 언니 혼자만 알고 있어야 돼. 비밀을 지켜 줄 수 있어?"

"뭐가 그리 심각해? 알았으니 말해 봐."

에키는 주위의 기척을 확인했다. 니콜의 방 근처에 있는 건 그녀와 니콜뿐이었다. 그녀는 잠시 심호흡을 하고 목소리를 낮춰 속삭였다.

"그 안에 마검이 들어 있었어."

"……뭐? 마검?"

니콜이 픽 웃더니 등받이에 몸을 기댔다. 그녀는 긴장이 풀린 목소리로 대꾸했다.

"난 또 뭐라고. 동화책을 졸업할 나이는 한참 지나지 않았니, 에키?"

"문양이 새겨져 있는 투명한 칼날에, 손잡이는 검은색의 재질을 알 수 없는 금속, 길이는 이 정도."

에키가 손을 들어 올려 그녀가 일어섰을 때 가슴쯤까지 오는 높이를 표시해 보였다. 니콜의 표정이 약간 변했다.

나타났다 하면 대학살을 일으키는 마검 바르데르기오사는 기오사 시리즈 중에서도 꽤 유명한 편이었다. 그러나 유명세와는 별개로 어떤 모습인지는 그리 알려져 있지 않았다. 마탑 7현자의 수제자인 니콜이라면 몰라도 에키네시아 같은 보통의 귀족 영애는 모르는 게 정상이었다.

"그런 검이 그 꾸러미 안에 있었다고?"

"응, 분명히 마검이었어. 마검 바르데르기오사."

"그게 바르데르기오사인 걸 네가 어떻게 알아?"

예상한 질문이었다. 에키는 준비해 뒀던 변명을 댔다.

"사실 내가 기오사 시리즈에 관심이 좀 많았거든. 예전에 책에서 본 삽화하고 비슷해서."

"……모조품일 거야. 기오사 모조품은 많으니까."

"글쎄, 직접 봐. 생각이 달라질 테니까."

"뭐?"

에키가 천천히 오른손의 장갑을 벗었다. 실크 장갑을 테이블에 내려놓고 손을 뻗었다. 그 손에 있는 검은 문양을 본 니콜의 눈이 커졌다. 그리고 그 문양에서, 조금 전 에키가 묘사한 것과 완전히 동일한 검이 떠오르자 얼굴에 핏기가 사라졌다.

에키는 손 위에 떠오른 검의 자루를 잡았다. 그리고 가로로 눕혀 테이블 위에 내려놓았다. 니콜이 하얗게 질린 얼굴로 그 검을 들여다보더니 입속으로 주문을 외웠다. 그녀의 눈에 빛이 잠깐 서렸다가 사라졌다. 탐지 마법의 일종인 모양이었다.

그 상태로 검을 살핀 그녀가 소스라치게 놀라 벌떡 일어났다. 그녀는 순식간에 테이블에서 멀어지며 덜덜 떨리는 손으로 그것을 가리켰다.

"바, 바, 바르데르기오사……!"

"언니라면 바로 알아볼 거라 생각했어. 마법사니까."

에키는 쓴웃음을 짓고는 마검의 손잡이를 향해 손을 뻗었다. 그것을 본 니콜이 평소의 그녀라고는 믿을 수 없는 속도로 다가오더니 마검을 쥐려는 에키의 손목을 잡아챘다.

"미쳤니? 마검에 손을 대려고?"

"손은 이미 댔어, 언니."

"맙소사, 이, 이건, 당장에 마탑에 알리고, 봉인을, 아니, 창천 기사단에……."

"안 돼, 방금 봤잖아."

"무, 무, 뭐, 뭘?"

에키는 쉽사리 니콜의 손에서 벗어나 마검을 쥐었다. 마검이 녹아

들듯 그녀의 손안으로 사라졌다. 니콜은 멍하니 입을 벌린 채 검이 사라진 자리를 보다가, 에키를 향해 시선을 돌렸다. 에키는 무언의 질문을 알아들었다.

"맞아, 이건 날 주인으로 인식하고 있어."

"어, 어떻게? 너, 그럼, 지금……."

니콜이 패닉에 빠져 횡설수설했다. 마검이 마검이라 불린 이유는 주인을 조종하여 학살을 하기 때문이다. 그러나 눈앞의 에키는 너무나 멀쩡해 보였다. 평소와는 좀 다르긴 했지만 살육에 미친 악마로는 보이지 않았다. 에키가 어깨를 으쓱였다.

"왜 제정신이냐고? 글쎄. 어쨌든 중요한 건 그게 아니야."

"중요하지 않다니, 마검을 쥐었는데 멀쩡하다는 게……!"

"언니, 대체 왜 마검이 우리 집 주방에, 저런 허술한 포장으로 있었을 것 같아?"

니콜의 눈이 흔들렸다. 에키는 장갑을 도로 끼며 말을 덧붙였다.

"만약에 나 말고 다른 사람이 마검을 먼저 쥐었다면? 난 지금 마검에 물들지 않았지만, 만약 내가 조종당했다면? 그럼 어떻게 되었을까?"

"……로아즈 저택은 지금 시체만 남아 있겠지."

"로아즈뿐이겠어?"

에키가 서늘하게 웃었다. 니콜이 외알 안경을 빼고 눈가를 주물렀다. 이어 옷깃으로 안경의 얼룩을 닦았다. 에키는 더 이상 말하지 않고 기다렸다. 평정을 되찾은 니콜이 안경을 쓰며 말했다.

"누가, 무슨 의도로, 어떻게 로아즈에 마검을 가져다 놓았는가. 넌 지금 그게 제일 중요하다는 거지?"

"맞아."

"틀렸어. 지금 그것보다 중요한 건 네가 어떻게 마검을 쥐고도 아무렇지도 않은지야. 당장 제대로 조사를 해야 해. 넌 지금 시한폭탄이라고. 그 마검을 어떻게든 처리하고 나서……."

"이유는 내가 알아. 그리고 마검을 처리할 방법도 생각해 뒀어."

"에키."

니콜은 심란한 듯 한 차례 더 눈가를 주물렀다. 그녀가 무겁게 말했다.

"뭘 숨기고 있는 거니?"

"……미안해, 말할 수 없어. 내게 마검이 있다는 걸 언니에게 알린 것도 조사를 부탁하기 위해서야. 그게 아니면 이것도 말 안 했어."

"조사? 마검의 출처?"

"응. 난 따로 할 일이 있어서."

"할 일이라니?"

"마검을 처리해야지."

"……그러니까, 네가 마검을 처리할 동안 나보고 마검의 출처를 조사해 달라고? 그래서 온 거야?"

"맞아. 내가 떠나 있는 동안 우리 가족들도 부탁할 겸."

"떠나? 어디로 가려고?"

"아젠카."

니콜이 신음 같은 한숨을 내뱉었다. 그녀는 지친 태도로 의자에 기대며 외알 안경을 아무렇게나 벗어서 내팽개쳤다. 탁한 녹안이 늪처럼 가라앉아 에키를 노려보았다.

"너, 지금 상황이 얼마나 심각한지 알고 있긴 해?"

"잘 알아. 그래서 언니한테 말하는 거야. 언니는 믿을 수 있으니까."

"뜬금없이 낯간지러운 소리를 한다 싶더라니. 사람 함부로 믿는 거 아니야, 에키네시아 로아즈. 네가 마검의 주인인 게 밝혀지면 어떤 일이 벌어질지 몰라?"

"위험해지겠지, 여러모로."

"위험? 구체적으로 말해 줄까? 넌 당장 격리될 거야. 지금 괜찮다고 해도 앞으로도 괜찮다는 보장은 어디에도 없잖아. 조종당하지 않는 이유를 알아내기 위해 실험을 할지도 몰라. 언제 터질지 모르니 그냥 죽이자고 하는 의견도 나올 거야. 물들지 않았다는 말을 사람들이 믿을 것 같아?"

"지금 언니는 믿어 주고 있잖아."

"나야 당연히, 아니, 너 설마 다른 사람들도 나처럼 널 믿어 줄 거라고 생각하는 거니? 난 네가 그렇게까지 멍청할 줄은……!"

"물론 언니 외의 사람들에게는 숨겨야지. 부모님에게도 말 안 했어. 조사를 부탁할 만한 사람이 언니밖에 없어서 언니에게만 말하는 거야. 언니는 믿을 수 있으니까."

"대체 그 신뢰는 어디서 나오는 거니?"

그녀가 기가 차다는 듯 물었다. 에키는 입을 다물었다.

'언니가 죽음 앞에서도 달아나지 않는 걸 봤으니까. 있지, 죽음을 앞두면 사람의 바닥이 보여. 그리고 난 그걸 아주 많이 봤어. 언니는…… 믿을 수 있는 사람이야.'

말할 수 없었다. 그녀가 경험한 시간들은 이제 존재하지 않는 일이다. 그렇게 되기를 절실히 바랐고 후회하지도 않지만, 앞으로 누구와도 그 경험을 공유하거나 이해받을 수 없다고 생각하니 조금 외로워졌다.

할 수 없는 말들을 입안으로 삼키고, 에키는 다른 말을 했다.

"그럼, 언니를 믿지 말라고?"

"아니, 그건 아닌데……. 아니다. 믿지 마. 그냥 넌 아무도 안 믿는 게 낫겠어."

니콜이 어두워진 얼굴로 중얼거리더니 흠칫 놀라 고개를 들었다.

"잠깐만, 아젠카엔 뭐 하러 가려는 거니? 설마 창천 기사단에 가서 내가 마검의 주인이에요, 라고 하려는 건 아니겠지?"

"아깐 마탑이나 창천 기사단에 알리자며?"

"그건 네가 마검의 주인이 아닐 때 얘기고! 돌겠네, 마검을 떼 놓을 방법이 있던가? 넌 그거 대체 어떻게 처리하겠다는 건데!"

마검의 소유권을 포기하는 건 간단했다. 하지만 그 방법은 전혀 알려져 있지 않았다. 주인을 조종하는 검이니 그럴 수밖에 없었다. 다른 이유로 마검을 포기할 수 없는 에키는 마검을 버리는 게 쉽다고 설명하는 대신 뒷말에만 답했다.

"창천 기사단의 기사가 될 거야."

"……뭐?"

"정식 기사가 되어서 마검을 처리하려고."

니콜은 적나라하게 일그러지는 표정을 숨기지도 않았다. 그녀는 제정신이냐는 심정이 그대로 묻어나는 목소리로 되물었다.

"기사? 네가? 그것도, 창천의?"

"응. 아젠카 사관생도 선발 시험이 매년 봄에 있잖아. 그거 치러 갈 거야. 생도로 시작해서 최대한 빠르게 기사가 되려고."

사실 마스터인 걸 밝히면 바로 입단 시험을 치를 수 있겠지만, 너무

심하게 의심스러운 짓이었다. 평범하던 스무 살짜리 귀족 영애가 대뜸 마스터라니. 물론 사관생도가 되는 것도 말이 안 되는 일이었으나, 적어도 바로 마스터라고 하는 것보다는 나았다.

'사관생도로서 적당히 실적 쌓고 검술이 늘어나는 모습을 보인 다음, 유리엔이랑 비슷한 스물세 살쯤에 마스터가 되는 게 그나마 눈에 덜 띄겠지. 천재라서 그런 거라고 납득할 수 있는 수준만 유지하고.'

에키가 무슨 생각을 하는지 짐작도 못 한 니콜은 목뒤를 잡았다.

"아니, 네가 무슨 수로 기사가 되겠다는 거야? 검을 잡아 본 적도 없는 애가!"

이것도 예상하고 준비했던 질문이었다. 에키는 쓰게 웃었다.

"사실 남몰래 검을 연습한 적 있어."

"얘가 이젠 헛소리까지 하네. 내가 널 모르니? 네 성격에 검술 훈련?"

"그리고 언니, 난 마검의 주인이야. 기오사 오너라고."

기오사 오너. 극히 드문 예외를 제외하면, 최소한 마스터는 되어야 기오사 오너가 될 수 있다. 그러므로 모든 오너는 당연히 뛰어난 검사다. 여기까지가 상식이었다.

상식에 따르면 기오사 오너인 에키네시아도 뛰어난 검사여야 했다. 하지만 니콜이 알던 에키와 뛰어난 검사라는 수식어는 도저히 연결이 되지 않았다. 그녀는 혼란스러워졌다.

"기오사 오너라니……. 일단 그건, 아무리 기오사 시리즈라지만 마검인데……?"

"그래, 마검이니까. 마검 덕분에 더 검에 능숙해졌어."

틀린 말은 아니었다. 그녀가 검의 달인이 된 건 따지고 보면 마검 때문이었으니까. 니콜은 그녀의 말을 다르게 이해했다.

"마검에 그런 능력이 있었어? 아, 저건 원래 소유주를 조종하는 검이었지. 비슷한 방식인가? 아니, 그럼 자아가 사라져야 하는데……. 대체……."

"어쨌든 난 계속 마검을 들고 있을 생각이 없어. 그러니 내가 기사가 될 때까지, 언니가 마검의 출처를 조사하면서…… 우리 가족을 지켜 줬으면 좋겠어. 부탁할 만한 사람이 언니뿐이야."

로아즈 백작은 정치나 권모술수와는 거리가 먼 사람이었다. 수도의 정치판에 끼어들지 않고 영지에서 살고 있는 것만 봐도 알 수 있는 일이다. 백작 부인도 크게 다르지 않았고, 란셀리드는 열일곱 살로 아직 성년식조차 치르지 못한 소년이었다. 이런 문제에서 도움이 될 만한 사람은 니콜 시즈튼뿐이다.

니콜이 낯을 굳히고 한동안 침묵했다. 초조하게 장갑 끄트머리를 만지작거리며 그녀의 대답을 기다리던 에키가 조그맣게 중얼거렸다.

"미안해, 이런 부탁을 해서."

그 말에 니콜의 표정이 약간 변했다. 에키는 눈을 내리깔았다. 니콜이 가만히 에키의 얼굴을 들여다보았다. 그러다 마침내 한숨과 함께 말했다.

"네가 뭘 숨기고 있는지는 모르겠지만, 진심인 건 알겠어. 말할 수 없다고 대놓고 말하니까 묻기도 뭐하고."

"나중에……. 언젠가는 말할 수 있을지도 몰라."

"됐어, 그건 마음대로 해. 네가 마검까지 보여 주며 날 믿어 주는데, 나도 널 믿어 줘야 할 거 아니니."

니콜은 툭 던지듯 말하고는 아까 내팽개친 외알 안경을 다시 썼다.

아무렇지도 않게 하는 말이지만 그 속에 담긴 마음은 결코 가볍지 않았다.

에키는 문득 먹먹해졌다. 정말로, 자신이 했던 고생들은 모두가 살아 있는 삶이라는 대가에 비하면 별거 아니라는 생각이 들었다. 그 감정들이 어쩔 수 없이 그녀의 목소리에 묻어났다.

"니콜 언니, 고마워…… 정말로, 고마워."

"고마워할 일도 아니야. 조사도, 지키는 것도 네가 부탁하지 않았어도 내가 먼저 나섰을 일이니까. 잊었니? 난 로아즈의 후원을 받은 마법사야. 내가 로아즈를 돕는 건 당연한 일이라고."

니콜이 피식 웃더니 테이블 한쪽에 제멋대로 쌓여 있는 종이 뭉치에서 빈 양피지와 깃펜을 끄집어냈다.

"일단 마검을 발견한 상황에 대해 더 자세히 말해 봐. 그 외에도 도움이 될 만한 단서 있으면 다 쥐어짜 보고. 아젠카로는 언제 떠날 거니?"

"준비가 되는 대로 최대한 빨리. 사관생도 시험이 곧이니까."

"그런데 너, 부모님께는 뭐라고 말하려고? 마검 얘기는 안 할 거라며. 설마 가출하려는 건 아니겠지?"

에키는 니콜의 손에 들려 있던 깃펜과 양피지를 넘겨받았다. 그녀는 마검을 발견한 상황에 대해 꼼꼼히 기록하며 혼잣말처럼 되물었다.

"솔직하게 기사가 되겠다고 하면 부모님이 기겁하시겠지?"

"기겁만 하시겠어? 고이 키운 딸내미가 난데없이 기사가 되겠다는데. 백작님은 기절하실지도 몰라."

"역시 그냥 여행을 간다고 해야겠어."

"여행? 무슨 핑계로?"

"나, 슬슬 결혼 얘기가 나올 나이잖아. 성년이니까. 결혼 전에 꼭 여행 한 번은 해 보고 싶었다고 하지 뭐. 아젠카로 여행 다녀와서 결혼하겠다고."

"……그리고 정작 아젠카에 도착해서는 사관생도 시험을 치르고? 그게 가출이랑 뭐가 다르니?"

"기사가 되고 나면 집에 돌아올 거니까, 여행 맞지. 좀 긴 여행."

니콜은 어처구니가 없는지 이마를 짚었다. 에키는 태연히 말을 덧붙였다.

"조사에 진척이 있거나, 무슨 일 생기면 아젠카로 연락해, 언니. 다치지 않게 조심하고. 위험할 거 같으면 혼자 파고들지 말고 꼭 연락해."

"지금 누가 누굴 걱정하는 건지……. 어째 당연히 합격할 거란 전제로 말한다, 너? 떨어지면 어쩌려고?"

"그럴 일은 절대 없어."

"아무리 너한테 마검이 있어도 그건 숨겨야 하잖아. 평생 검술을 갈고닦은 천재들이 모여들 텐데 정말 할 수 있겠어?"

"내가 걔들보다 더 천재니까 괜찮아."

니콜의 얼굴이 있는 대로 찡그려졌다. 에키는 자신의 재능을 그리 좋아하지 않았지만, 지금 이 순간은 꽤 유쾌했다. 그녀는 소리 내어 웃었다. 그녀에게는 무척 오랜만인, 진심으로 유쾌한 웃음이었다.

그로부터 일주일 뒤, 에키네시아 로아즈는 한 달 일정의 여행을 떠났다. 여행 일정에는 기사의 성지 아젠카가 포함되어 있었다.

아젠카의 사관생도는 매년 18세에서 25세 사이의 50여 명을 뽑는다. 생도로 있을 수 있는 기한은 3년이었다. 3년 안에 스콰이어나 준기사가 되지 못하면 졸업하고 창천 기사단을 떠나야 했다. 사관생도들은 사관학교의 기숙사에서 머물며, 스콰이어가 없는 정식 기사들이나 준기사들의 시중을 돌아가며 맡았다.

차석 신입생 앨리스 윈터벨은 기숙사로 향하는 중이었다. 그녀는 심기가 불편했다. 내심 수석으로 입학할 자신이 있었는데 차석이라니. 게다가 그녀를 제치고 수석으로 입학한 신입생에게는 괴상한 소문이 붙어 있었다.

'드레스 차림이라니, 말도 안 돼.'

그녀는 시험장이 달라서 수석 입학생을 보지 못했다. 그래도 시험장에 드레스를 입고 올 정도로 사치스럽고 머리 빈 여자가, 자신을 제치고 수석으로 들어올 수 있을 리가 없다고 확신했다. 수석과 차석이 나란히 스무 살짜리 여자인 것을 못마땅하게 여긴 놈들이 낸 헛소문이겠지.

'어차피 이제 곧 보게 될 테니까.'

기숙사는 2인 1실이었고, 합격 통지와 함께 배정받은 그녀의 룸메이트는 소문의 그 수석 입학생이었다. 앨리스는 자신의 모든 짐을 커다란 가방 하나에 넣어 들고 미리 들었던 방을 찾았다.

'101호······. 여기구나.'

사관학교의 시설은 좋은 편이었다. 앨리스는 숫자가 음각된 황동 명패가 달린 나무문을 훑어보다가 노크를 했다. 혹시 룸메이트가 먼저 와 있으면 바로 들어가는 게 무례한 일이 되니까.

"네, 누구세요?"

"101호를 배정받은 앨리스 윈터벨입니다."

"들어와요. 열려 있어요."

앨리스는 문을 열었다. 그리고 열자마자 굳어 버렸다.

상자, 상자, 상자들. 열려 있는 수많은 가방. 나란히 걸린 드레스들, 쌓여 있는 보석함과 색색의 실크 스카프, 침대 위에 늘어놓은 화려한 모자들. 어수선한 그 한가운데에서 분홍 머리의 여자가 짐을 정리하고 있었다. 팔랑팔랑한 치마에 레이스 장갑, 생화가 달린 모자까지 쓰고서.

"······이게, 대체, 무슨······."

앨리스가 저도 모르게 중얼거린 말에, 그녀가 입구를 돌아보더니 미안한 표정을 지었다.

"아, 저도 막 와서요. 정리 중인데 좀 어수선하죠? 금방 치울게요. 침대는 제가 먼저 골랐는데, 괜찮나요?"

"당신은······ 누굽니까?"

앨리스는 일말의 희망을 가지고 물었다. 저 사람은 룸메이트의 자매라든가, 하녀치곤 화려하지만 그래도 하녀라든가, 아니면 하여간 뭔가 방을 잘못 찾은 사람이 아닐까. 그녀의 룸메이트이자 올해의 수석이 아니라.

그러나 그 여자는 앨리스의 희망을 무참히 부수며 손을 내밀었다.

"에키네시아 로아즈예요, 앞으로 잘 부탁해요."

앨리스 윈터벨이 짐을 정리하는 데에는 30분이면 충분했다. 그에 비해 에키네시아 로아즈는 오전부터 시작한 짐 정리를 점심시간이 다 가올 때까지도 끝내지 못했다.

'더럽게 많네. 왜 이렇게 많이 넣은 거야?'

왕복 약 한 달의 여행 기간을 잡고 나서 그녀의 짐을 챙긴 건 노라였다. 노라는 에키가 한 달간 매일 다른 옷을 입을 수 있도록 짐을 챙겼다. 그 결과물이 이것이었다. 혼자서 정리하자니 끝이 보이지 않았다. 계절이 바뀌면 짐이 더 늘어날 거라 생각하니 아득한 기분이 들었다.

물론 백작 부부는 이 많은 짐을 든 아끼는 딸을 혼자 보내진 않았다. 가문의 기사가 두 명 호위로 붙었었고, 노라도 따라왔었다.

에키는 아젠카까지는 얌전히 그들과 함께 움직였다. 그리고 밤중에 여관을 빠져나가 선발 시험 지원서를 냈고, 기사들을 따돌리고 외출해서 예선을 쳤으며, 결과가 발표될 때까지 돌아가는 날짜를 차일피일 미뤘다.

그다음은 간단했다. '어쩌지, 사관생도가 되어 버렸네. 이렇게 되었으니 아젠카에서 열심히 지낼게. 부모님께 잘 말씀드려 주렴'이라는 말과 함께 노라와 기사들을 보내 버렸다.

그들은 처음에는 전혀 납득하지 못했다. 사고 내지는 착오일 거라며 에키를 설득했다. 하지만 사관학교 입구에 내걸린 합격자 명단을 본 후에는 그런 말을 하지 못했다. 아슬아슬한 합격도 아니고 수석 자리에 에키의 이름이 있었으니까. 그들은 귀신에 홀린 듯한 낯으로 돌아갔다.

사실 에키는 수석까지 할 생각은 없었다. 무난하게 상위권 정도만 하려 했지만, 사관생도들의 평균적인 수준이 그녀의 예상보다 낮았다.

통나무를 베는 예선과 응시생끼리 대련을 하는 1차 시험까지는 다른 응시생을 살펴볼 수 있어서 적당히 조절했었다. 문제는 창천 기사단의 준기사와 대련을 하는 2차 시험에서 일어났다.

에키의 몸 자체는 회귀한 지 얼마 되지 않아서 그다지 단련되어 있지 않았다. 약한 육체를 기술과 마나로 커버해야 하는데, 창천의 준기사와 대련하는 와중에 마나를 몰래 쓰다간 걸릴 확률이 높았다. 그래서 기술로 때우다가 조절에 약간 실패해 버렸다. 2차 시험이 개별적으로 치러지는 바람에 다른 응시생이 대련하는 것을 보지 못한 탓도 있었다.

'조만간 집에서 전보가 날아오겠네.'

엄청나게 화를 내시겠지. 걱정도 많이 하시겠고. 납득하기 어려우실 테고. 그래도 어쩔 수 없었다. 최대한 빨리 기사가 되어 마검을 치워 버리고 돌아가는 수밖에.

"저기, 로아즈 양."

보석함을 정리해 넣던 에키가 고개를 돌렸다. 앨리스 원터벨이 큰 결심을 한 듯한 얼굴로 서 있었다.

앨리스는 깔끔하게 자른 옅은 금발의 미인이었다. 키가 꽤 컸다. 에키도 작은 편은 아니었는데 올려다봐야 할 정도였다. 약간 고지식해 보이는 인상이었지만, 에키는 고지식한 사람을 싫어하지 않았다.

"네, 윈터벨 양."

"……이 짐들은 다 뭡니까?"

앨리스의 회색 눈동자가 에키의 짐을 한 차례 훑었다. 아직 열지 못한 가방들이 쌓여 있었다. 그것을 보는 그녀의 눈동자가 지진이 난 것처럼 떨렸다.

"제 옷이랑 장신구들이에요."

"이게 전부 말입니까?"

"네, 왜 그러세요?"

앨리스의 얼굴에 경멸이 스쳐 지나갔다. 그녀가 무언가를 눌러 참듯 이를 악물고 말했다.

"기사가 되는 것이 목표인 사관생도에게, 옷이 이렇게 많이 필요할 일은 없을 텐데요."

"전 필요해서요."

"필요하다니요? 생도들에게는 생도복도 지급되잖습니까."

"그런 후줄근한 걸 입을 생각은 없어요. 사관생도는 기본적으로 자율 복장이잖아요?"

"그럼 검을 다룰 때도 이런 걸 입겠다는 소립니까?"

"네. 뭐가 문제죠?"

태평한 에키의 대답에 앨리스는 더 이상 참지 못했다. 그녀가 왈칵 목소리를 높였다.

"여기가 무도회장입니까? 아니면 티 파티? 이곳이 신성한 아젠카의 사관학교라는 자각이 있긴 한 겁니까, 당신은?"

"사관학교의 규정에 드레스를 입지 말라는 내용은 없어요, 윈터벨 양."

"그런 바보 같은 규정이 있을 리가 없잖습니까! 당연한 일이니까!"

"그게 왜 당연하죠?"

"기사답지 못하니까요!"

앨리스는 분노로 옅게 볼을 붉히고 있었다. 실제 나이야 동갑이라지만 과거로 회귀한 에키에게 앨리스는 한참 어리게 느껴졌다. 솔직하게 말하자면, 기사답지 못하다고 화를 내는 그녀가 귀엽고 풋풋해 보였다.

하지만 귀여운 것과 별개로 룸메이트가 매번 지적을 해대면 여러모로 피곤해질 것이다. 어느 정도 기를 눌러 둘 필요가 있겠지. 에키는 웃는 얼굴로 물었다.

"윈터벨 양이 생각하는 기사다운 건 뭔가요?"

"기사도를 지키는 겁니다. 명예를 알고 검소하며, 약자를 존중하고 무를 숭상하는 테레사 폰 프랑 알마리 경처럼 말입니다."

테레사의 이름을 말하는 앨리스의 눈은 동경하듯 반짝였다. 그리고 에키는 예상치 못한 순간 나온 이름에 흠칫 놀라고 말았다. 자신이 죽였던 기오사 오너의 이름이다. 그녀는 놀란 티를 내지 않기 위해 더 뻔뻔하게 대꾸했다.

"기사도에도 치장을 해선 안 된다는 말은 없잖아요."

"너무 당연해서 아무도 말하지 않은 겁니다."

"그러니까, 대체 왜 당연하다는 거죠?"

"사치스러운 허영이잖습니까!"

"제가 빚을 내서 옷을 산 것도 아니니, 사치스럽다는 말은 맞지 않는걸요. 이건 다 제가 원래 쓰던 물건들이에요. 기사다운 옷을 일부러 사는 게 더 사치스러운 일 아닐까요?"

"더 살 필요가 있습니까? 생도복을 입으면 됩니다."

"그럼 저는 윈터벨 양이 보기에 거슬리니까, 멀쩡한 제 옷들이 있는데도 생도복만 입으란 소린가요?"

에키의 말은 궤변에 가까웠지만, 앨리스는 말문이 막혀 버렸다. 그녀에겐 말할 필요조차 없이 당연한 사실을 계속 반박당하니 설명하기가 어려운 모양이었다. 앨리스의 꽉 깨문 입술이 분한 듯 바르르 떨렸다. 어물거리던 그녀는 결국 보다 실리적인 이유를 끄집어냈다.

"……애, 애초에 그런 불편한 차림으로 검을 제대로 쓸 수 있을 리가 없잖습니까!"

"전 안 불편한데요?"

사실 불편하다. 귀족으로 나고 자라 익숙할 뿐이지, 치렁치렁한 옷자락과 부풀린 페티코트가 불편하지 않을 리가 없다. 옷차림 따위에 구애받지 않는 실력이 아니었다면 다른 방법을 강구했을지도 모른다.

당연히 앨리스는 에키의 말을 믿지 않았다.

"말도 안 되는 소릴……!"

"제 입학 성적은 윈터벨 양도 아실 텐데요. 안 믿기면 이 상태로 대련이라도 해 보시겠어요?"

앨리스가 이를 악물더니 에키를 노려보았다.

"지금, 너 정도는 드레스를 입고도 문제없다, 그런 뜻입니까?"

"어머, 그렇게까지 무례한 생각을 하진 않았어요. 그냥 윈터벨 양을 이길 자신이 있을 뿐이에요."

[네 말이나 쟤 말이나, 결국 같은 뜻 아니야?]

마검이 머릿속에서 종알거렸다. 에키는 웃는 얼굴로 생각했다. 나도 아니까 좀 닥쳐, 망할 마검아.

그녀 스스로 생각하기에도 재수 없게 굴었으니 앨리스가 폭발한 건 예정된 수순이었다. 앨리스는 모욕감으로 새빨갛게 달아오른 얼굴로 품에서 장갑을 꺼내 던졌다.

"정식으로 결투를 신청하겠습니다, 에키네시아 로아즈. 제가 승리하면 방금의 모욕을 사과하고 다시는 그런 사치스러운 옷을 입지 마십시오."

"받아들이죠, 앨리스 윈터벨. 제가 이긴다면 더 이상 저에게 참견하지 마세요."

"좋습니다. 장소와 시간을 정하십시오. 입회인은 누구로 하겠습니까?"

결투는 신청받은 쪽이 시간과 장소를 정하고, 양측이 모두 동의하는 입회인을 두는 것이 예의였다. 당장에라도 검을 뽑을 듯한 얼굴을 하고서도 결투의 규칙을 지키는 앨리스는 인상 그대로 고지식했다.

에키는 회귀 이전에도 기사 흉내조차 내 본 적이 없었다. 그래서 이런 정식 결투 자체가 처음이었다. 기오사를 모으던 시절에는 불법과 범죄의 경계선에서 지냈었으니까.

'용병들은 결투 신청과 동시에 주먹을 날리는 게 보통이었는데 말이지. 뒷골목 쪽 애들은 그냥 뒤돌아섰을 때 찔러 버리고. 역시 기사 지망생은 다르네.'

그녀는 내심 신선한 기분을 느끼며 대답했다.

"오늘 해 지는 시각에 기숙사 뒤의 연무장에서. 입회인은…… 아젠카에 딱히 아는 사람이 없으니, 윈터벨 양이 추천해 주세요."

"저 역시 마찬가지이니, 생도 대표에게 부탁하도록 하겠습니다. 동의합니까?"

"좋아요."

"알겠습니다. 그럼."

앨리스는 경멸 어린 시선을 던지고는 휙 몸을 돌려 밖으로 나가 버렸다. 에키는 가만히 그녀가 멀어지는 것을 지켜보다가 열어 놨던 가방에 다시 손을 댔다.

"편하게 지내려면 미리 한바탕하는 게 나을 거 같아서 건드리긴 했는데……. 결투하고 나서 반응이 어떨지 모르겠네."

[어? 안 죽일 거야? 결투잖아, 합법적으로 죽일 수 있는 기회잖아! 야, 나 피 본 지 너무 오래됐다고. 죽이자, 응? 응? 쟤 살아 있으면 너 계속 귀찮게 할걸!]

"넌 제발 좀 닥쳐."

에키는 마검의 말을 무시하고 짐 정리를 계속했다. 결국 그녀가 정리를 중단한 건 점심시간이 끝날 때가 다 되어서였다. 그것도 정리가 끝나서가 아니라 배가 고파서 멈췄다. 기오사를 모으던 시절에는 식사를 거르는 것이 예사였지만, 지금은 그럴 생각이 없었다.

사관생도에게는 숙식이 기본적으로 제공된다. 식사는 사관학교 본관에 있는 공용 식당에서 할 수 있었다. 생도 대부분이 귀족이라 메뉴도 다양하고 질이 좋은 편이었다.

기숙사를 나와 본관의 공용 식당으로 가는 내내 에키는 따가운 시선을 받았다. 그녀는 그런 시선에는 그다지 신경 쓰지 않았다. 예상한 일이었으니까.

땀에 젖은 훈련복 차림, 또는 기본적으로 제공되는 검푸른 생도복, 가끔 다른 것을 입더라도 단정하고 움직이기 편한 차림인 생도들 사이에서 에키네시아는 눈에 확 띄었다.

오늘 그녀는 연한 하늘색의 안감 위에 반투명한 천을 덧댄 가벼운 드레스를 입고 있었다. 생화 장식 모자는 햇빛을 가리는 용도에 가까웠고 화장도 옅었다. 모자에는 망사가 약간 달려 있어서 얼굴을 어느 정도 가려 주었다.

아무리 기오사 오너들이 머무는 곳과 사관학교는 거리가 있다지만, 그래도 그들의 근처로 들어가는 첫날인 만큼 긴장이 되어서 일부러 모자까지 썼다.

귀족 영애들 사이에서는 평범한 나들이용 차림에 불과했다. 그러나 이곳은 아젠카의 사관학교, 여생도의 수가 꽤 되는데도 치마를 입은 생도조차 단 한 명도 없는 곳이었다. 시선을 받는 건 어쩔 수 없었다.

하지만 식사를 하는 와중에도 계속 주목을 받는 건 꽤 거슬렸다. 생도들이 멀찍이 떨어진 곳에서 그녀를 흘깃거리며 수군거렸다. 미쳤나는 소리가 간간이 오갔다. 저들 딴엔 안 들리게 하려고 한껏 낮춘 목소리였지만 에키에게는 다 들렸다.

'내가 뿌린 씨앗이지, 뭐.'

그녀는 내심 한숨을 쉬며 스튜를 떠먹었다. 그녀 주위에는 아무도 앉지 않았다. 스물세 살에 마스터가 되는 걸 기준으로 하면 3년은 이렇게 보내야 했다. 별로 유쾌하지 않은 상상이었다. 기껏 과거를 지우고 다시 시작했는데 또 고행하듯 살고 싶지는 않았다.

'1년쯤 줄일까. 스물두 살 마스터 정도는 이해할 만하지 않을까?'
 갈색 머리카락의 남자가 불쑥 나타난 건 그때였다.
 "네가 에키네시아 로아즈니? 들은 그대로라 쉽게 찾았는데."
 남자가 서글서글하게 웃었다. 20대 중후반으로 보이는 그의 팔에는 검은 바탕에 푸른 실로 수를 놓은 완장이 달려 있었다. 150여 명의 사관생도를 대표하는 생도 대표의 상징이었다.
 앨리스가 아마 결투 입회인 이야기를 했겠지. 결투 때문에 왔나? 그나저나 어디선가 본 적이 있는 얼굴인데. 누구였지? 에키는 떨떠름한 기색을 감추며 대답했다.
 "네, 제가 에키네시아 로아즈예요."
 "난 이안 펠레트로야. 3학년이고, 생도 대표를 맡고 있지."
 "반갑습니다, 선배님."
 에키가 스푼을 내려놓고 고개를 숙이자 이안이 손을 내저었다.
 "뭘, 편하게 대해. 식사를 방해하게 돼서 미안해."
 "괜찮아요. 무슨 일이시죠?"
 결투 이야기를 하리라는 예상과 달리 이안은 곧바로 대답하지 않았다. 대신 그는 품평하는 듯한 눈으로 그녀를 아래위로 훑어보았다. 에키가 저도 모르게 미간을 찌푸리자, 그가 실수했다는 듯 손을 들어보였다.
 "아, 미안. 그냥 좀 궁금해서. 너, 클럽은 정했니?"
 "클럽이요?"
 "음, 역시 모르고 있었구나. 어쩐지 그럴 것 같더라."
 사관학교를 목표로 몇 년씩 준비하는 대부분의 생도에 비하면 에키는 사관학교에 대해 모르는 것이 많았다. 그녀가 전혀 모르는 기색이자 이안이 선선히 설명해 주었다.

"생도들은 대체로 클럽에 대해서 미리 알고 오지만, 너처럼 가끔 모르고 오는 애들도 있긴 해. 사관학교에 수업이나 시험이 따로 없는 건 알고 있지?"

"네."

"시험은 없지만, 순위는 있어. 개인적으로 도전해서 순위를 바꾸는 건 정식으로 결투를 신청하기만 하면 언제든 가능하고, 3개월마다 한 번씩 생도 전체가 순위전을 치러서 새로 순위를 매기지."

"네, 그건 알고 있어요."

순위는 사관학교의 핵심이라 에키도 아는 이야기였다.

생도들은 스콰이어가 없는 정식 기사들이나 준기사들의 시중을 돌아가며 맡는다. 이런 임시 스콰이어는 특별히 기사들이 따로 지명하지 않는 한 사관학교 내부의 순위에 의해 결정되었다.

시중이라 해도 시녀나 하인과는 의미가 달랐다. 무기와 갑옷, 말을 관리하고, 대련이나 훈련을 돕고, 전투를 보조하기도 한다. 운이 좋으면 그 과정에서 검술에 조언을 얻거나 기사와 대련을 할 수 있기도 했다. 대부분의 기사 지망생은 이런 종자 생활을 통해 경험과 실력을 쌓아 기사가 된다. 어떤 기사는 종자를 그냥 심부름꾼으로 취급하지만, 가르쳐야 할 후배로 대하는 기사가 더 많았다.

그러니 누가 누구를 보조할 것인가를 놓고 생도 간의 경쟁이 치열해질 수밖에 없었다. 그럴 때마다 희망자끼리 싸울 수는 없으니 만들어진 것이 생도 간의 순위였다. 당연히 생도들은 순위 경쟁에 목숨을 걸었다.

"순위전을 대비하기 위해 모두 열심이지. 하지만 아무래도 혼자서는 실력을 키우기가 쉽지 않잖아? 대련을 하려 해도 상대가 있어야 하니까."

"네, 그렇죠."

"그래서 생도들끼리 모여서 함께 훈련하고, 가끔 여럿이서 스승을 구해 검을 배우기도 해. 그렇게 모이던 생도 모임이 굳어진 게 클럽이야. 보통은 입학하기 전부터 어느 클럽에 들어갈지를 결정하고 오지."

"……그거 필수인가요?"

에키는 난감해져서 되물었다. 지금 그녀의 상황에서 모임에 들어가는 건 그리 좋은 선택이 아니었다.

'얻을 건 없고, 단체 행동이니 귀찮은 건 늘어나겠지.'

게다가 그녀는 순위전에서 지나치게 높은 순위를 유지하는 건 피할 생각이었다. 순위가 높으면 기오사 오너들과 마주칠 확률도 높아지니까. 그녀는 회귀 전의 기억이 있을지도 모를 그들과는 되도록 마주치고 싶지 않았다.

이안이 고개를 저었다.

"클럽에 들어가는 게 의무는 아냐. 여러모로 손해를 보게 되겠지만 말이지. 클럽이 없으면 다른 생도와 친해지기 어렵거든. 수업도 교관도 없는 사관학교에서 조언을 구할 선배조차 없으면 뒤처지기 쉬워. 어떤 클럽이 있는지 들어라도 보는 게 어때?"

"감사하지만 괜찮아요."

에키가 딱 잘라 말하자 이안의 표정이 묘해졌다. 그는 턱을 괸 손으로 입가를 문지르더니 약간 목소리를 낮췄다.

"보통 신입생, 특히 너처럼 수석일 경우에는 클럽들에서 영입 경쟁이 치열해. 그런데 올해는 그 경쟁이 더 치열해질 거 같거든. 갈등이

심해질까 봐 대표로서 걱정될 정도로."

수석 신입생이 드레스를 나풀거리고 다니는 이상한 계집애라 경쟁이 덜해지는 게 아니라? 의아해진 에키가 더 묻기도 전에 이안이 말을 이었다.

"그럴 이유가 있어. 그 이유 때문에 내가 일부러 널 찾아온 거기도 하고."

"대체 무슨 이유죠?"

"어쨌든, 정말 아무 클럽에도 안 들어갈 거니? 적어도 어느 클럽이든 들어가면 다른 클럽에서 귀찮게 하진 않을 거야. 어디에도 안 들어가면 모든 클럽에서 너를 건드릴지도 몰라."

잠깐 고민해 봤지만, 결론은 같았다. 단체 행동을 할 생각은 없었다. 그녀는 확고하게 말했다.

"전 어디에도 들어가지 않을 거예요."

"……그래, 네 생각이 그렇다면 어쩔 수 없지. 혹시 클럽들의 영입 경쟁이 과해지면 언제든 날 찾아오렴. 대표로서 중재해 줄게."

이안이 친절하게 웃었다. 약간 날카로운 인상과 달리 대하기 편하고 사교적인 성격이었다. 대표가 된 이유를 알 만했다. 에키는 옅게 한숨을 쉬었다.

"그럼 이제 그, 영입 경쟁이 심해질 이유란 걸 말해 주실 수 있나요?"

"음."

이안이 헛기침을 했다. 주위에서 생도들이 은근히 그들에게 집중하고 있었다. 다들 오가는 공용 식당에서 한눈에 띌 정도로 특이한 신입생과 생도 대표가 나란히 앉아 있는 탓이다. 그 시선 속에서 그가 다시 한번 에키를 찬찬히 살펴보더니, 폭탄이나 다름없는 말을 던졌다.

"1학년 에키네시아 로아즈, 스콰이어 지명이다."

순식간에 식당 안에서 잡음이 사라졌다. 소름 끼치는 정적이 잠시 머문 후에, 사방에서 목소리들이 터져 나왔다.

"스콰이어? 신입생이 스콰이어라고?"

"……지금 저게 무슨 소리야?"

"이안! 야! 너 지금 농담하는 거지?"

"선배님, 어떻게 된 겁니까?"

개중 몇몇은 아예 이안에게로 다가와 캐묻기 시작했다. 이안은 예상했다는 듯 어색하게 웃었다.

"본관 게시판에 곧 공고가 붙을 거야."

"공고가 붙는다고? 미친, 정말 스콰이어 지명이야?"

"에이, 임시 지명이겠지. 설마."

"정말입니까, 선배님? 새 스콰이어는 2년 만인 거 아닙니까?"

좀 전보다 배는 서슬 퍼런 시선이 에키에게 몰려들었다. 에키는 어이가 없어 멍하니 입을 벌렸다.

기사가 스콰이어를 두는 것은 권장 사항일 뿐 의무가 아니었으며, 심부름이나 보조는 어차피 생도들이 돌아가면서 맡아 주었다. 이런 상황에서 스콰이어를 지명한다는 건 결국 개인 제자를 들이는 것이나 다름없었다. 한 해에 입학한 50명의 사관생도 중에 단 한 명도 스콰이어가 나오지 않는 경우도 비일비재했다.

따라서 에키는 처음부터 스콰이어가 될 생각이 없었다. 정식 기사와 깊은 관계를 맺게 되는 스콰이어는 그녀로서는 되도록 피하고 싶은 일이었다. 그녀는 생도로 지내며 창천에 눈도장을 찍고, 적당히

공을 세운 다음 마스터가 되어 바로 정식 기사가 되는 것이 목표였으니까.

그런데 입학 첫날에 스콰이어라니. 그녀는 저도 모르게 이를 갈며 물었다.

"대체 누구예요?"

어느 미친놈이, 난데없이 날 스콰이어로 지명한 건데? 선발 시험 때부터 입학한 오늘까지 통성명한 기사조차 하나도 없는데! 설마 기오사 오너 중에 날 알아차린 사람이 있나? 아냐, 그랬으면 죽이려 들거나 체포했겠지. 그럼 대체 누구야?

삽시간에 온갖 생각이 스쳐 지나갔다. 그녀의 물음에 생도들의 시선이 이안에게 쏠렸다. 이안은 그 주목을 아무렇지도 않게 받아넘겼다. 그는 침착하게 대답했다.

"유리엔 드 하르덴 키리에 경이시다."

여기서 튀어나오리라고는 누구도 예상하지 못한 이름이었다. 조금 전과는 비교할 수도 없이 묵직한 정적이 깔렸다.

기오사 오너, 성검 랑기오사의 주인, 창천 기사단장. 스물세 살에 마스터, 스물네 살에 전 단장을 실력으로 꺾고 단장이 된 후로 4년이 흐른 지금까지, 그는 임시 스콰이어조차 지명한 적이 없었다.

한동안 지속된 정적을 한 생도가 떨리는 목소리로 깼다.

"이안, 농담이지?"

"공고 확인해 보든가."

어깨를 으쓱인 이안이 에키를 돌아보았다. 에키는 시간이 정지한 것처럼 얼어붙어 있었다. 그가 양피지 두루마리 하나를 꺼내 그녀의 앞에 내려놓으며 담담히 말했다.

"발령장이다. 수습 기간은 한 달, 정식 배치는 그 후. 수습 기간 동안 내가 네게 스콰이어 예비교육을 시행하게 될 거야. 내일 오전 9시까지 본관 동쪽 제4 연무장으로 오도록. 이상. 질문 있니?"

"……."

그녀는 제 앞에 놓인 두루마리를 내려다보았다. 돌돌 말린 고급 양피지를 봉한 붉은 밀랍에는 창천의 매 문장이 선명하게 찍혀 있었다. 머리가 하얗게 비는 기분이었다.

"없나 보네, 그럼."

그녀가 말이 없자 이안이 자리에서 일어났다. 그대로 떠나려던 그가 깜박 잊었다는 듯 말을 덧붙였다.

"아, 너 오늘 해 지는 시각에 결투한댔지? 여자 기숙사 뒤면 제7 연무장? 앨리스 생도에게 들었어. 입회인 수락했으니 그때 보겠네. 식사 맛있게 하렴."

그 말에 비로소 정신이 들었다. 에키는 반사적으로 두루마리를 움켜쥐고 벌떡 일어났다.

그녀가 순식간에 식당 밖으로 사라지고 나자 식당은 폭발이라도 일어난 것처럼 소란스러워졌다. 오너, 스콰이어, 신입생, 창천 기사단장, 결투 등의 단어가 어지럽게 공간을 채웠다. 좁은 사관학교에서 소문은 들불 번지듯 퍼져 나갔다.

에키는 거의 나는 듯한 속도로 방으로 돌아갔다. 다행히 앨리스는 방에 없었다. 그녀는 등 뒤로 문을 닫고 잠근 다음 그 자리에 풀썩 주저앉았다. 떨리는 손으로 양피지 두루마리의 밀랍을 떼어 냈다.

짙푸른 잉크에 반듯한 글씨체로 쓰인 발령장이 눈에 들어왔다.

―발령장

사관학교 1학년, 에키네시아 로아즈.
위 생도를 기사 유리엔 드 하르덴 키리에의 스콰이어로 임명함.

1629년 4월 18일.

몇 번을 되풀이해 읽어도 내용은 바뀌지 않았다. 선명하게 찍혀 있는 붉은 인장도 분명히 창천의 문장이었다. 에키는 발령장을 아무렇게나 내던져 버렸다.
[랑기오사의 주인인 유리엔 맞지? 걔 기억 있나? 너 알아본 것 같아? 근데 알고 있는 거면 널 죽이려 드는 게 정상 아니야? 스콰이어라니, 주인아, 넌 어떻게 생각해?]
'유리엔? 유리엔이라고?'
마검이 떠드는 말이 머리에 들어오지 않았다. 그녀는 허공을 노려보았다. 그녀가 아는 유리엔의 모습들이 뇌리를 점령했다.
하얀 검을 겨누던 남자. 그녀의 눈물을 보고 놀라던 얼굴. 기회를 주겠다던 목소리. 철문의 틈 너머로 지켜보던 푸른 눈. 아젠카를 뒤덮은 시체의 악취 속에서 그녀를 보던 눈.
그녀가 그에게 가진 감정은 간단하게 표현하기 어려웠다. 그 감정들은 어쩌면 사랑으로 발전할 수도 있었다. 깨어나면 그에게 하고 싶은 말을 모으던 때는 설레기도 했었다. 분명히 그녀의 마음은 발긋하게 물들어 가는 중이었다.

그러나 마음이 여물기에는, 그녀가 저지른 짓이 너무나 참혹했다. 그녀는 차마 그를 사랑할 수 없었다.

몰살당한 아젠카에서 그의 눈을 마주하던 기억이, 그가 숨을 거두던 순간이, 날카로운 죄책감과 욱신거리는 비통함이 되어 유리엔에 대한 다른 감정을 압도했다. 그녀의 감정은 그때 피기도 전에 부서졌다.

마검에 물들어 그녀가 죽인 사람은 수없이 많았으며 그중에는 소중한 사람도 여럿이었다. 에키네시아는 그들에게 죄책감을 가지면서도 한편으로는 항변할 말이 있었다. 원해서 저지른 짓이 아니라고. 그건 다 마검 때문이었다고.

하지만 유리엔에게는 그럴 수 없었다. 그가 믿어 준 건 마검에 물든 껍데기가 아니라 그 안에 있던 에키네시아였으니까. 그리고 그녀는 그의 기대를 배반했다.

'마검이 아니라 내가 그 믿음을 부순 거지. 내가…… 그가 준 기회를 망쳤어. 이겨 내지 못했으니까…….'

에키는 무릎에 고개를 파묻었다. 대체 왜 그가 자신을 스콰이어로 지명했을까. 그냥 입학 성적이 수석이라서? 2차 시험 때 준기사를 상대로 너무 과했나? 그 준기사가 무언가 말을 전했을까?

아니면 정말로, 기억이 있는 걸까. 나를 알아본 걸까. 하지만 어떻게? 회귀한 후 그와 마주친 적은 없는데? 그럴 리가 없어. 날 알아봤다면 기오사 오너들과 함께 나를 죽이러 오지, 스콰이어 지명 따윌 할 리가.

한 번 봐주었다가 끔찍한 파멸을 맞이한 그다. 두 번째 기회가 온다면 망설임 없이 그녀를 베려 들 것이다. 에키는 그렇게 확신했다. 기억이 남아 있다면 유리엔이 그녀를 증오하지 않을 리가 없으니까. 그래서 그녀는 그를 만나고 싶으면서도 만날 생각은 전혀 하지 않았다.

그런데 스콰이어란다. 계속 그의 곁에 머물러야 하는.

어질어질했다. 그녀는 그 자리에서 꼼짝도 하지 않고 오랜 시간 생각했다. 중간에 몇 차례 마검이 떠들어댔지만 에키가 반응하지 않자 제풀에 지쳐 입을 다물었다.

해가 저물며 창에서 노을이 흘러들었다. 에키는 그제야 자리에서 일어났다. 그녀는 구석에 세워둔 롱소드를 집어 들었다. 그녀의 화려한 짐 중에서 유일하게 투박한 물건이었다. 아젠카 시내에서 대충 구입한 저렴한 검이라 질이 좋지 않았다.

드레스에는 검을 찰 수 없었다. 그녀는 검집에 든 검을 한 손에 쥐고 곧바로 기숙사 뒤의 제7 연무장으로 향했다. 가는 길에 마주치는 생도마다 그녀의 차림새에 움찔 놀라고, 이어서 제 주위의 다른 생도와 무언가를 속닥거렸다. 스콰이어라는 단어가 몇 차례나 들렸다.

연무장 주위에 몰린 인파는 굉장했다.

사관학교는 수업을 해 주진 않아도 훈련을 위한 지원만은 확실하게 해 주는 곳이었다. 연무장도 크기와 종류, 용도별로 여럿이 있었다. 제7 연무장은 자기 전이나 일어난 직후에 잠깐 몸을 푸는 생도들을 위한 공간으로, 허수아비 모형이 몇 개 설치되어 있고 산울타리로 둘러싸인 작은 연무장이었다.

결투를 할 만한 공간은 충분했지만 관람을 할 만한 자리는 없었다. 그래서 생도들은 산울타리 밖이나 허수아비 모형 근처에 다닥다닥 몰려 있었다. 학교에 있는 생도 대부분이 여기에 있는 게 아닐까 의심되는 숫자였다.

입학 첫날 수석과 차석 사이의 결투라는 것만 해도 호기심을 끌 텐데 그중 하나가 기사단장의 스콰이어로 지명되기까지 했다. 결투에는 관심이 없던 생도까지도 모조리 몰려나올 수밖에 없었다. 입회인인 생도 대표가 입을 다물고 있었으면 몰라도, 수많은 생도가 모여 있는 공용 식당에서 얘기해 버렸으니 필연적인 결과였다.

사관학교를 반나절 만에 점령해 버린 소문의 주인공이 다가오자 생도들이 주춤주춤 비켜섰다. 에키는 무표정하게 연무장에 발을 들였다. 앨리스 윈터벨은 이미 와 있었다. 그녀도 스콰이어 지명 이야기를 들었는지 표정이 괴상했다.

"어서 와, 에키네시아 생도."

이안 펠레트로가 사람 좋게 웃으며 인사를 했다. 에키는 대답 없이 고개만 숙여 보였다. 그녀는 앨리스의 맞은편에 섰다.

"뭐, 시간 끌 이유도 없으니…… 바로 시작할까? 선공은 결투 신청자인 앨리스 생도가 하는 걸로."

"예, 감사합니다."

"네."

앨리스와 에키네시아가 동의했다. 그들의 가운데에 선 이안이 가볍게 손바닥을 맞부딪혀 소리를 냈다. 연무장 주위에 빼곡한 생도들의 시선이 그에게로 집중되었다.

"신력 1629년 4월 18일 늦은 오후, 입회인 이안 펠레트로의 주관하에 생도 에키네시아 로아즈, 생도 앨리스 윈터벨이 검의 대화를 시작합니다. 승자에겐 자비와 관용이, 패자에겐 승복과 겸허를, 검에는 명예와 정의가 깃들게 하소서. 아르 세밧티엠."

기도문과 유사한 결투 선언이었다. 창천 기사단의 기원이 신검 카이로스기오사를 신의 증거로 받들던 사도들이었던 터라 창천의 문화에는 이런 종교적인 면이 꽤 남아 있었다. 아르 세밧티엠, '신의 영광 있으라'라는 뜻의 고어 역시 본래는 신관들이 주로 사용하는 표현이었다.

선언이 떨어지자 앨리스가 허리에 찬 검을 뽑아 들었다. 검의 매끈한 은색 몸체는 거울처럼 반질반질했다. 한눈에 보아도 정성 들여 관리하고 꾸준히 길들인 명검이었다.

앨리스는 그 검을 상체 앞에 세워 들었다. 칼날을 곧게 세우고, 손잡이와 칼날 사이의 가드를 입술에 닿을 듯 말 듯 가까이했다가 뗐다. 그 후에 칼끝을 오른쪽으로 늘어뜨렸다. 절도 있는 제국식 기사의 예법이었다.

짧게 자른 금발과 큰 키 때문에 앨리스는 여자라기보다는 우아한 소년처럼 보였다. 아무런 장식이 없는 검푸른 생도복까지 합쳐지자 모범적인 사관생도 그 자체였다.

격식 있는 결투에서 인사를 받았으면 되돌려 주어야 한다. 에키네시아는 검을 뽑으며 검집을 바닥에 아무렇게나 떨궜다.

검에 대한 존중이 그다지 느껴지지 않는 태도였다. 지켜보고 있던 생도들 중 몇이 대놓고 눈살을 찌푸렸다. 그녀의 손에 들린 검도 그러했다. 제대로 손질되지 않은 싸구려 롱소드. 검에 비해 그녀의 옷차림은 생도들이 보기에 과할 정도로 화려했다. 검과 여자는 잘못 끼워맞춘 퍼즐처럼 어울리지 않았다.

에키는 한 손에 검을 쥐고, 드레스 자락을 잡았다. 오른손은 검과 드레스 자락을 동시에 쥐었다. 오른발을 뒤로 옮기면서 몸을 낮추고,

무릎을 살짝 굽혔다 편다. 발을 제자리로 되돌리며 몸을 세우고 허리를 똑바로 편 다음 드레스를 내려놓았다.

 손에 쥔 검을 뺀다면 완벽한 레이디의 예절이었다. 지금까지 사관학교의 생도에게서는 볼 일이 없었던 인사였다.

 사관학교의 관습이건 기사의 예법이건 남성을 기준으로 만들어진 것들이다. 레이디는 지켜야 할 대상이지 기사가 될 수 없으므로, 여생도는 생도가 되는 순간부터 레이디여서는 안 되었다.

 그런데 검을 쥔 레이디라니, 레이디의 인사를 하는 사관생도라니. 아무도 상상해 보지 않은 모습이었다. 그래서 그녀의 인사는 지극히 낯설고, 거부감이 들었다. 생도들 사이에서 어색한 술렁거림이 퍼져 나갔다.

 에키는 생도들의 반응에 관심이 없었다. 사실 그녀는 반쯤 정신을 놓고 있는 상태였다. 유리엔의 스콰이어로 지명되는 일이 벌어질 줄 알았다면 일부러 앨리스를 긁지 않았을 것이다. 머릿속이 엉망진창이라 연기가 잘 되지 않았다.

 그 상태로 검을 쥐고 전투를 준비하니 기세를 숨기기도 쉽지 않다. 적당히 조절해야 할 텐데, 머리가 복잡하니 한바탕 검을 휘두르고 싶었다. 그녀는 아슬아슬하게 그 욕구를 억누르고 있었다. 그나마 상대가 그녀의 기준에선 풋내 나는 어린애여서 투지가 솟지 않는 게 다행이었다.

 그리고 그녀를 마주하고 있는 앨리스는 그 분위기를 감지했다. 앨리스의 회색 눈이 가늘어졌다.

 '뭔가…… 달라.'

 낮에 처음 만났을 때와는 무언가 다르다. 분명 방긋방긋 웃으며 궤변을 늘어놓던 여자였고, 고생도 철도 모르는 귀족 아가씨로 보였다. 그런데 지금의 에키네시아에게서는 억제된 난폭함 같은 것이 스며 나왔다. 겉모양은 온실 속의 화초처럼 곱고 연약한데, 식인 마물이 사람을 흉내 내고 있는 느낌이었다.

앨리스는 손잡이를 고쳐 쥐었다. 손안에 긴장이 들어찼다.

이안 펠레트로가 두 결투자가 준비된 것을 확인하고 제 검을 뽑았다. 그들 사이에 이안의 검이 가로 놓여졌다. 이안은 다시 한번 양측을 번갈아 확인하고는, 단숨에 검을 들어 올려 치웠다. 시작 신호였다.

미리 정한 대로 앨리스가 선공을 했다. 양보받은 예의상 그녀는 빗겨 찌르는 공격으로 시작했다. 목을 꿰뚫을 듯 파고들지만 그 옆을 스쳐 지나가는 공격. 그러나 무척 빨랐다. 어지간하면 속임수인 걸 알아채기 어려울 정도로.

에키는 미동도 하지 않았다. 앨리스의 칼이 목덜미를 스쳐 지나가며 머리카락이 바람에 흩날렸다. 상대가 전혀 반응하지 않자 당황한 건 앨리스였다. 빠르게 검을 회수하며 뒤로 한 걸음 물러났다.

그녀는 앨리스가 물러나 다시 자세를 잡을 때까지도 움직이지 않았다. 앨리스의 두 번째 공격이 들어올 때서야 그녀가 움직이기 시작했다.

대체로 검술이라는 건 결국 기초의 응용이다. 막고, 찌르고, 베는 것. 제국식 검술이니 남부식 검술이니 하는 검술들은 결과적으로 이 기초의 확장에 지나지 않았다.

물론 그 확장이라는 건 아득하리만치 다양했고, 그 많은 검술 유파들에 개인의 특성, 버릇까지 맞물리면 수없이 많은 검술이 만들어졌다. 그래서 어느 정도 완성된 검사의 경우 검술만 보아도 누구인지 구분될 만한 개성을 가지게 된다. 기사 지망생들에게는 상식이었다.

따라서 결투를 지켜보는 생도들은 당황할 수밖에 없었다. 에키네시아 로아즈의 검에서는 개성이 보이지 않았다. 의지도 투지도 색깔도 없었다. 특별한 기술도 쓰지 않는다. 오로지 기본기. 들어오는 검을 막는다. 빈틈이 보이면 찌른다. 공간이 비면 벤다.

그렇다고 교과서에 나올 만큼 깔끔한 자세도 아니었다. 검을 처음 잡은 초심자에게서나 볼 수 있는 마구잡이 형태였다. 우아하고 정제된 앨리스의 검과 비교하면 투박하기까지 했다. 심지어 적극적인 공세도 하지 않았다. 앨리스의 공격에 대한 임기응변 내지는 반사작용에 가까운 대응이 이어질 뿐이다.

그럼에도 불구하고 닿지 않는다. 앨리스의 검이 가는 길에는 항상 에키의 검이 있었다. 혹은 아무것도 존재하지 않았다.

대다수의 생도는 왜 저 마구잡이 대응을 앨리스가 뚫지 못하는지 이상하게 여겼다. 그러나 개중에서 실력이 좋은 몇몇은 확실하게 알아차렸다. 언뜻 보기에는 빠르게 공격을 쏟아붓는 앨리스가 유리해 보였지만 실상 압도하고 있는 건 에키네시아였다.

이건 거의 에키네시아가 앨리스를 가지고 노는 수준이었다. 그녀는 전혀 진지하게 대응하고 있지 않았다. 놀아 달라 칭얼거리는 어린아이를 다른 곳을 보면서 건성으로 쓰다듬어 주는 듯한, 그 정도 수준의 반응. 그럼에도 앨리스는 그녀를 이기지 못하고 있었다.

'지금, 뭐 하자는 거야?'

그 점을 누구보다 명확하게 알아차린 건 당사자인 앨리스였다. 그녀의 얼굴이 점차 창백하게 질려 갔다.

건성건성 움직이는 검에 그녀의 모든 공격이 막혔다. 그 치렁치렁한 옷자락에조차 검이 닿지 않았다. 아무렇지도 않게 칼날을 쳐 내고 그 반동으로 찔러 들어올 때면, 딱히 공격하려는 의지가 보이지 않는데도 그 날카로움만으로도 등줄기에 소름이 돋았다.

모든 공격을 받아 내거나 흘려 버리자 검들이 맞물려 그리는 궤적이 미리 합을 맞춘 검무처럼 보일 지경이었다. 나풀거리는 드레스 자락과 레이스가 달린 소매, 리본의 끈들이 그런 인상을 더했다. 결투라기보다는 무도회의 왈츠와 같은.

결국 앨리스는 뒤로 물러났다. 빈틈을 적나라하게 드러내며 빠지는데도 에키네시아는 따라 들어오지 않았다. 그녀는 그저 제자리에 멈추며 검을 늘어뜨렸다.

앨리스는 벌겋게 달아오른 얼굴로 숨을 몰아쉬었다. 농락당하는 기분이었다. 공격해서 끝을 내지 않는다는 점이 더더욱. 검을 맞대고 있는데도 상대를 해 주지 않는다는 느낌. 그렇게 장난치듯 대응하는 여자는 심지어 굽 높은 여성용 구두까지 신고 있었다.

실력 차이가 심한 기사들과 대련할 때도 이 정도로 비참한 기분이 들진 않았다. 앨리스는 이를 악물며 물었다.

"당신은…… 왜 공격하지 않습니까?"

"……아."

내내 무표정하던 에키의 얼굴에 표정이 돌아왔다. 내심 낭패한 기분이 들었다.

사실 그녀의 검술에도 특징과 개성이 있다. 타인이 흉내 내기 어려운 그녀만의 기술도 물론 있었다. 그런 특징을 드러내고 싶지 않았고, 드러내지 않아도 충분하기 때문에 숨겼을 뿐이다. 하지만 공격을 하지 않고 대응하기만 한 건 의도가 아니라 실수였다.

에키네시아는 마검의 주인이었고, 이성을 잃으면 그 검에 깃들어 있는 살의에 영향을 받는다. 그래서 그녀는 혼란한 상태로 사람을 상대하게 될 때는 아예 공격을 하지 않는 습관이 있었다.

'차라리 빨리 끝냈어야 하는데.'

생각이 계속 다른 곳에 가 있었다. 그렇다고 여기서 사과를 하면 더 모욕을 주게 되겠지. 결투 중에 딴생각이라니. 에키는 입을 다물고 검을 움직였다. 좁은 첫 걸음, 넓은 두 번째 걸음. 두 걸음 만에 앨리스의 코앞에 칼날이 들이밀어졌다.

앨리스가 당황하여 검을 들어 막았다. 같은 높이에서 맞부딪힌 검, 오랜 훈련에 따라 앨리스는 검이 맞닿는 순간 정면을 향해 검을 밀었다. 상대의 검을 타고 미끄러진 그녀의 칼날이 에키의 얼굴을 노리고 찔러 들어갔다.

그 순간 에키의 대응은 간단했다. 손목을 위로 올렸다. 실리는 힘을 거스르지 않고 받아들이며 방향만 바꾸었다. 그 결과 에키의 검을 타고 있던 앨리스의 검은 균형을 잃고 위로 붕 떴다. 에키의 검은 앨리스의 검을 떨쳐 낸 반동을 이용해 반 바퀴 회전했다.

그 칼날은 앨리스의 관자놀이를 향해 휘둘러졌다. 그리고 손가락 반 마디 정도의 간격을 남기고 정확하게 멈췄다. 검의 바람에 앨리스의 짧은 금발이 떠올랐다가 가라앉았다.

낮은 술렁임이 생도들 사이에서 퍼져 나갔다. 에키네시아에게서 처음으로 제대로 된 검격이 나왔다. 검술 교본에도 실려 있는 단순하고 흔한 기술이었다. 그리고 그 첫 공격으로 결투는 끝났다.

"……졌습니다."

앨리스가 토해 내듯 말했다. 에키는 검을 거두고 인사를 했다. 아까와 같은 레이디의 인사. 앨리스에게는 그것이 조롱처럼 느껴졌다.
'이건…… 결투가 아니었어. 저 여자는 전혀 집중하지 않았다.'
속이 들끓었다. 그래도 결투는 결투. 승패는 나왔다. 앨리스는 검을 갈무리하고 반듯하게 허리를 숙였다. 목소리가 떨리는 것은 어찌할 수 없었다.
"제 패배를 인정합니다. 당신에게 더 이상 참견하지 않겠습니다."
"저야말로 실례가 많았어요, 윈터벨 양."
에키는 상당한 진심을 담아 말했다. 그러나 앨리스는 그 사과를 진심으로 듣지 못하는 듯했다. 허리를 펴는 그녀의 눈매가 싸늘했다. 이안이 분위기를 환기하듯 박수를 쳤다.
"수고했어, 둘 다. 아무도 다치지 않아서 다행이네. 참, 첫 순위전 이전의 결투이므로 이 결투는 순위에 반영되지 않아."
이안의 말이 끝나자마자 앨리스는 휙 몸을 돌려 연무장을 빠져나가 버렸다. 결투가 끝난 걸 확인한 생도들도 웅성거리며 자리를 뜨기 시작했다.
꽤 하긴 하는데, 입학 첫날에 스콰이어로 지명될 정도는 아니지 않아? 저게 뭐가 잘하는 거냐, 상대인 금발 애가 못한 거지. 대체 무슨 수로 스콰이어가 된 걸까? 별거 아니잖아. 그래도 마지막 공격은 좋았는데. 그 정도는 나도 할 수 있어. 고작 저런 걸로 스콰이어라면 나도 스콰이어다.
생도들은 그런 대화를 주고받으며 하나둘 떠나갔다. 에키는 아까 내팽개친 검집을 주웠다. 이안이 머쓱하게 웃더니 그녀를 향해 말을 걸었다.

"너, 대단하더라."

"뭐가요?"

"진짜 실력을 볼 줄 모르는 애들 말은 신경 쓰지 마. 뛰어난 검이었어. 순위전이 기대되는걸."

뭔 얘긴가 했더니. 그런 말들에는 전혀 신경 쓰지 않는다. 에키는 대충 인사를 했다.

"감사합니다, 선배님."

"그럼 내일 보자, 에키네시아 생도. 9시야, 잊지 마."

"네."

이안이 부드럽게 말하고는 돌아섰다. 에키는 문득 떠오른 것이 있어 멀어지는 그를 불렀다.

"저, 선배님!"

"응?"

"제가 왜 유리엔…… 단장님의 스콰이어가 된 건지 아세요?"

하마터면 유리엔이라고 부를 뻔했다. 속으로 계속 그렇게 불러댄 탓이었다.

이안이 고개를 기울였다. 유리엔보다는 훨씬 짙어 남색에 가깝게 보이는 푸른 눈동자가 에키를 가만히 훑었다. 관찰하는 것 같은 시선이었다.

"내가 3학년이 될 때까지 단장님의 임시 스콰이어직을 수행한 건 총 세 번이야. 아, 지금도 그분의 임시 스콰이어고. 모실 때마다 참 편했어. 왜 편했을 것 같아?"

"……글쎄요."

"예측하기 쉬운 분이셨거든. 규칙적인 생활, 합리적이면서도 기사도에 어긋나지 않는 판단, 법도에 대한 존중. 그야말로 성검의 주인다운 분이지. 성검 랑기오사가 무엇으로 만들어진 기오사인지는 알지?"

"네."

마검 바르데르기오사가 인간의 악의와 살의를 재료로 만들어졌듯, 성검 랑기오사는 인간의 사명감과 정의로 만들어진 기오사였다. 에키가 끄덕이자 이안이 말을 이었다.

"그분은 충동이나 즉흥을 따라 움직이지 않아. 납득하기 어려운 결정을 내리시는 일도 없어. 그런데 이번 결정은, 글쎄, 이해하기 어렵지. 정말로. 나야말로 너한테 묻고 싶은데."

이안이 눈을 휘며 웃었다. 묘하게 서늘한 웃음이었다. 그가 상냥하게 물었다.

"왜 단장님이 널 스콰이어로 지명했을까? 혹시 그분과 무슨 인연이 있니?"

"……전 그분을 선배님보다도 모르는걸요."

"하하, 하긴 그렇겠지."

그는 어깨를 으쓱이더니 기숙사 쪽으로 걸음을 옮겼다. 에키는 아무도 남지 않은 연무장에 한동안 가만히 서 있었다. 지루해진 마검이 칭얼거렸다.

[야, 가만 서서 뭐 해?]

"어쩐지 어디서 본 듯한 얼굴이다 싶었어. 저 웃는 얼굴 보니까 생각나네."

[뭐? 누구?]

"이안 펠레트로."

[엥, 난 모르겠는데? 조종당하던 시절이야? 내가 깨어나기 전?]

"그래, 그 시절에."

에키는 입술을 비틀었다. 그녀가 아젠카를 몰살시킬 때 저 남자도 있었다. 그녀의 손에 죽은 사람이 너무 많아서, 에키는 그 모두를 기억할 순 없었다. 그녀가 기억하는 건 가족이나 니콜 언니처럼 그녀에게 소중했던 사람과, 유리엔처럼 잊지 못할 기억을 남긴 사람들뿐이었다.

이안 펠레트로는 후자였다. 나쁜 의미로.

"내가 봤을 때는 생도가 아니라 기사였어. 내가 아젠카를…… 그렇게 만들었을 때가 지금으로부터 3년 후였으니까, 3년 안에 마스터가 되나 보네."

[뭐 인상 깊은 일이라도 있었냐?]

"도망치는 사람들한테 방향을 반대로 알려 줬었지."

[무슨 방향?]

"내가 있는 방향."

[……잠깐만, 그러니까 네가 있는 쪽으로 도망치는 사람들을 보냈단 말이야? 일부러?]

"그래. 그리고 어린애부터 노인까지, 내가 그 힘없는 사람들을 죽이는 사이에 달아나려 했지."

[이야, 실리적인 놈이네. 맘에 드는데?]

인간의 악의를 좋아하는 마검은 킬킬 웃어댔다. 에키는 더 이상 말하지 않고 걸음을 옮겼다.

이안 펠레트로는 기사인 자신에게 살려 달라고 매달리는 어린아이에게, 이쪽으로 도망치라고 잘못된 방향을 알려 주면서 무척 상냥하게 미소 지었다. 그 미소는 조금 전 에키를 향한 것과 똑같았다. 정신이 나가 버릴 것 같은 학살의 와중에도 그 장면은 뚜렷하게 기억했다. 민간인들이 자꾸만 그녀 쪽으로 몰려와서 이상했는데, 그 장면을 보는 순간 그의 짓인 걸 알아차렸었다.

이안 펠레트로의 다정한 웃음은 그의 예상보다 더 빨리 다가온 에키네시아를 발견한 순간 추하게 일그러졌다. 그는 제 앞에 있던 아이를 그녀 쪽으로 밀치고 달아났다.

사람은 죽음을 앞두면 본성을 드러낸다. 이안 펠레트로는 그런 자였다.

에키네시아는 그를 죽였다. 물론 그를 죽이기 전에 그녀 쪽으로 밀쳐진 무고한 어린아이도 죽였다. 오랜 시간이 흘렀는데도 선명하게 떠오르는 기억.

"망할."

에키는 욕설을 씹어뱉고는 마른세수를 했다. 이대로 잠들면 악몽을 꾸게 되겠지. 그녀는 기숙사가 아니라 다른 쪽으로 걸음을 옮겼다. 사관학교 밖으로 향했다.

[어디 가냐?]

"확인하러."

[뭘?]

아무도 죽지 않은 아젠카를.

에키는 속으로만 대답을 중얼거렸다.

해가 진 아젠카는 조용하지 않았다. 일을 마치고 퇴근하는 사람들, 산책하는 사람들, 집으로 돌아가는 아이들. 어스름과 가로등 불빛 아래로 사람들이 오갔다.

아젠카는 어느 국가에도 속하지 않으므로 영주나 왕이 아니라 창천 기사단에 세금을 낸다. 그리고 아젠카의 지배자인 현 기사단장은 합리적인 군주였다. 세율은 높지 않았고, 시민을 징발하거나 핍박하지도 않는다. 대륙 최강의 기사단이 터를 잡았으니 마물이 침범하는 일도 거의 없고, 범죄도 별로 일어나지 않는다.

살기 좋은 도시. 오가는 사람들의 얼굴 대부분이 웃고 있다.

에키는 그들 사이를 조용히 걸었다. 웃고 떠들고 걷고 달리는 사람들을 지켜보았다. 모두 살아 있다. 어디에도 피는 흐르지 않는다. 아젠카는 폐허가 아니었다. 그녀가 저지른 짓들은 이제 일어나지 않은 일이 되었으므로.

조금씩 마음이 편해졌다. 에키는 느릿하게 걸음을 옮겼다. 골목을 지나, 시장을 지나고, 운하 위의 다리를 건넜다.

'마지막으로 그곳을 보고 돌아가야지.'

중앙 광장의 가운데에는 꽤 큰 분수대가 있다. 분수대의 중심부에는 신검 카이로스기오사를 든 천사의 모습이 조각되어 있었다. 지워진 과거에, 에키네시아는 시체로 뒤덮여 붉은 피가 흐르는 이 분수대의 앞에서 유리엔을 맞이했었다.

에키는 광장의 인파를 헤치며 분수대로 다가갔다. 맑은 물이 흐르는 깨끗한 분수대를 보았다. 망가지지 않은 현재를 보는 건 가슴이 아릴 정도로 기분 좋은 일이었다. 그녀는 한동안 멍하니 그 분수대를 응시했다.

그러다가 어느 순간 시선을 느꼈다. 그녀의 감각이라면 진작 느꼈어야 할 시선인데 분수대에 정신이 팔려 뒤늦게 알아차렸다. 에키는 뒤를 돌아보았다.

후드를 쓴 남자가 서 있었다. 눌러쓴 후드의 그늘 탓에 얼굴이 잘 보이지 않았다. 남자와 그녀 사이로 사람들이 스쳐 지나갔다. 그가 천천히 걸음을 옮겨 그녀에게로 다가왔다. 가로등 빛이 언뜻 후드 안쪽을 비추었다.

빛을 머금은 은발, 청명한 하늘색 눈동자. 마지막으로 그 얼굴을 본 지가 무척 오래되었으나, 잊을 수 없는 기억으로 새겨진 탓에 한눈에 알아보았다.

유리엔 드 하르덴 키리에가 그곳에 서 있었다.

에키는 못 박힌 듯이 움직이지 못했다. 숨을 쉬는 것을 잊었다. 머릿속에서 생각이 사라지며 시야가 하얗게 물들었다. 후드를 쓰고 있는 유리엔의 모습만이 선명했다.

1632년 가을, 바로 이 장소에서 그녀는 그를 마지막으로 보았었다. 이 분수대 앞에서 그를 죽였다. 그 후 마검을 극복하기 위해 2년 이상, 기오사를 모으기 위해 9년 더. 거의 12년 만이었다. 에키네시아의 기준에서는.

마스터가 되면 극도로 노화가 느려지는 탓에 그는 과거에도 지금도 별 차이가 없었다. 유리엔은 그녀로부터 약간 떨어진 곳에 멈춰 섰다. 팔을 뻗어도 닿지 않지만, 그들 사이로 누가 지나가기엔 애매한 거리.

그는 후드를 벗지 않았다. 기사단장의 은발은 워낙 유명해서 사람이 많은 이런 광장에서 후드를 벗었다간 다들 알아볼 터였다.

그가 말없이 그녀를 내려다보았다.

에키의 키는 그의 턱에 간신히 닿을 정도였다. 그녀가 작다기보다는 그가 워낙 컸다. 그래서 그녀의 시선에서는 후드 아래 그의 얼굴이 고스란히 보였다. 여전히 기사라기엔 지나치게 섬세한, 시인 같은 얼굴이었다.

 그의 눈은 고요하지 않았다. 파란 파도처럼 격랑이 일었다. 그러나 몇 번 눈을 깜박임과 동시에 그 격랑은 거짓말처럼 사라졌다. 에키는 그것을 보고도 인지하지 못했다. 인지할 여유가 없었다. 그녀의 머릿속에는 단 하나의 사실만이 선명했다.

 '살아 있어……'

 그거면 충분했다. 그에게 하고 싶었던 말들, 그에게 묻고 싶었던 것들, 그런 건 다 사치로 느껴졌다. 그가 알아보면 어떻게 하나, 하는 근심도 이 순간에는 떠올릴 수 없었다. 에키는 그저 홀린 듯이 생기가 있는 그의 눈을 응시했다. 살아 있는 사람의 눈은 몹시 아름다웠다.

 긴 정적을 먼저 깬 건 유리엔이었다.

 "……에키네시아 로아즈."

 낮은 목소리가 그녀의 이름을 발음했다. 부른다기보다는 확인하는 것 같은 느낌으로. 자신 앞에 서 있는 여자가 누구인지 스스로에게 들려주듯이.

 "생도."

 그는 뒤늦게 호칭을 붙였다. 에키는 요란하게 눈을 깜박였다. 어떻게 반응해야 할지 알 수가 없었다. 유리엔이 말을 고르듯 입을 열었다 다물었다. 그러다 느릿하게 물었다.

 "나를 아는가?"

 추궁은 아니었다. 떠보는 투도 아니었다. 그저 사실을 확인하듯 건조한 물음이었다. 에키는 그 물음에 비로소 정신을 차렸다. 가장 먼저 한 행동은 눈을 내리깔고 입가를 손으로 가리는 것이었다.

 그가 기억이 있을지도 모르는데 빤히 올려다보다니, 제정신이 아니었다. 아무리 그 시절과는 완연히 다르고 화장에다 망사가 드리운 모자까지 쓰고 있어도 마주보는 건 두려웠다. 그가 자신을 죽인 여자를 알아보는 일만은 피하고 싶었다. 에키는 시선을 피한 채 대꾸했다.

"죄송하지만 누구신지 잘 모르겠어요. 저를 아시나요?"

그에게 기억이 있든 없든, 그를 아는 티를 낼 순 없었다. 창천 기사단과 보통의 백작 영애 사이에는 접점이 없으니까.

그녀의 대답에 유리엔은 잠시 침묵하더니, 희미하게 웃었다. 살짝 휘어지는 입술, 미미하게 올라간 입꼬리, 곱게 흐무러지는 눈매.

'웃었어?'

웃는 건 처음 봤다. 볼 일이 없었으니. 아주 옅은 미소인데도 주위가 밝아지는 느낌이었다. 얼굴에 열이 오르는 느낌이라 에키는 몹시 당황했다. 그런 그녀에게 더 당황할 만한 말이 떨어졌다.

"내가 누구인지, 그대는 알 텐데. 본 적이 있지 않나."

"네?"

되묻는 목소리가 갈라졌다. 들떠 있던 심장이 툭 떨어져 발치에서 나뒹구는 기분이었다.

기억하고 있나? 기억이 있어? 내가 그를 배신하고 죽여 버린, 바로 이 분수대 앞에서의 기억이? 그럼 나는 어떻게 해야 하지? 그에게 뭐라고 말해야 하지?

그녀가 미치기 일보 직전에 그가 담담하게 말을 이었다.

"작년 여름, 탄신 연회 때 말이다."

"……아."

그 뒤가 워낙 강렬해서 반쯤 잊고 있었지만 에키네시아가 유리엔을 처음 본 건 황제 탄신 연회 때가 맞았다. 먼발치에서 구경만 했을 뿐,

춤 한번 같이 춰 본 적 없긴 해도.

작년 일이니 시간을 되돌린 지금도 당연히 있었던 일이다. 그때에도 지금처럼 한껏 꾸민 상태였으므로 알아보는 것도 이상하지 않았다. 이해할 수 없는 건, 대화는커녕 눈도 마주친 적 없는 한갓 백작 영애를 그가 기억하고 있다는 점이었다.

에키는 입술을 우물거렸다. 바짝 마른 입안에서 말을 꺼내기가 쉽지 않았다. 그녀는 간신히 물음을 꺼냈다.

"탄신 연회에서, 저를…… 보셨었어요?"

"그대가 누구인지는 몰랐지만, 그대를 본 기억은 있지. 그대는 나를 보지 못했었나?"

그 연회에 참석했던 사람치고 유리엔을 모르는 사람은 아무도 없을 것이다. 황태자보다도 3황자인 그가 훨씬 더 사람들의 주목을 받았으니까. 창천 기사단장이라는 이유가 가장 크지만 그 이유를 제해도 그는 아름다움만으로 시선을 끄는 남자였다. 에키는 이제야 떠올린 것처럼 과장되게 놀란 표정을 지어 보였다.

"다, 단장님이셨군요! 늦게 알아차려서 죄송합니다."

"단장님이라…….''

유리엔이 미간을 살짝 찌푸렸다. 그는 무언가 생각하더니 작게 고개를 저었다.

"이름으로 부르도록. 내 이름은 유리엔이다."

그는 성을 말하지 않았다. 예전부터 속으로는 계속 그를 이름으로 불렀던 에키는 지레 놀라 급하게 거절했다.

"전 사관생도입니다, 단장님. 어떻게 감히."

"사관생도. 그렇군."

그녀의 거부에 유리엔은 모호한 눈으로 에키를 바라보았다. 에키는 그의 눈을 피했다. 사관생도라기엔 옷차림이 영 아니긴 하지. 그녀는 그가 제 옷차림 때문에 이상하게 여긴다고 생각했다.

그러나 유리엔은 그녀의 드레스를 보고 있지 않았다. 그는 그녀의 하얀 얼굴에 시선을 고정하고 있었다. 그가 나직이 물었다.

"그대는 왜 사관학교에 지원했나?"

"기사가 되고 싶어서요."

"왜 기사가 되고 싶지?"

"……검을 좋아하니까요."

면접 자리에서나 나올 법한 식상한 질문과 식상한 대답. 사관생도와 기사단장이라는 관계를 보면 무난한 대화였다. 에키가 약간 긴장을 풀려는 찰나, 유리엔이 갑자기 그녀에게로 다가왔다. 이제 팔을 뻗으면 닿을 정도로 가까운 거리가 되었다. 혈관이 터져 버릴 것 같았다. 그가 굳어 있는 그녀의 손목을 잡았다.

"훗."

거칠거나 난폭한 움직임은 아니었다. 오히려 느리고 정중했다. 그러나 너무 놀라서, 비명을 간신히 참느라 그녀에게서 괴상한 소리가 났다. 하마터면 쳐 내고 반격할 뻔했다.

유리엔이 그녀의 손을 감싸 쥐고 들여다보았다. 하필 오른손이었다. 그녀가 끼고 있는 실크 장갑 아래에는 마검의 문양이 있었다. 에키의 얼굴에 핏기가 가셨다. 다행히 그는 장갑을 벗기려 들진 않았다. 그런 무례를 범할 성격이 아니었다. 갑자기 그녀의 손을 움켜쥔 것만 해도 그에게는 엄청나게 이례적인 일이었다.

유리엔은 눈으로 그녀의 손을 더듬다가, 엄지로 그녀의 손바닥을 가볍게 쓸었다. 굳은살이라고는 하나도 느껴지지 않는 감촉이었다. 그녀의 손은 작고 부드러웠다.

반면 섬세한 외모와 달리 유리엔의 손은 크고 거칠었다. 기사의 손이다. 에키는 움찔 어깨를 떨었다. 장갑 위에서 이루어지는 별것 아닌 접촉임에도 소름이 돋았다. 그 아래에 마검의 문양이 숨겨져 있기 때문만은 아니었다.

그는 한동안 그녀의 손을 내려다보고 있었다. 내리깐 은빛 속눈썹이 길었다. 그가 속삭였다.

"그대의 손은 검을 즐기는 손이 아니다."

에키는 더 이상 참지 못하고 손목을 비틀어 그에게서 벗어났다. 유리엔은 그녀를 붙잡지 않았다. 파란 눈이 그녀를 응시했다.

"다시 묻지. 그대는 왜 기사가 되려 하나?"

그녀는 입을 다물었다. 왜, 기사가 되려 하냐고? 뭐라고 해야 하지? 아젠카까지 오는 동안 제법 많은 상황에 대해 미리 준비했었지만, 이런 상황은 전혀 예상하지 못했다. 들킨다면 증오하겠지. 들키지 않는다면 관심이 없겠지. 기억이 없다면 더더욱, 엮일 일이 없겠지. 그렇게만 생각했었다. 유리엔이 탄신 연회 때의 그녀를 기억한다며 왜 기사가 되려 하냐고 물을 줄은 상상조차 해 보지 못했다.

에키는 완전히 혼란에 빠진 눈으로 그를 올려다보았다. 유리엔은 대답을 기다리며 그녀를 보고 있었다. 고요하게 응시하는 눈동자가 익숙했다. 어지럽던 마음이 그 눈처럼 가라앉는다. 지워진 과거에, 철문 너머로 그녀의 승리를 기다리던 그의 눈이 떠올랐다. 그를 상대로 거짓말을 쌓아 올리고 싶진 않았다. 그녀는 천천히 입을 열었다.

"행복해지고 싶어서요."

"……."

"이상하게 들리시겠지만…… 진심이에요."

기사가 되는 게 어째서 행복과 연결되는지, 무슨 사연인지 분명히 물으리라고 예상했다. 그러나 유리엔은 묻지 않았다. 그저 그녀에게서 시선을 떼지 않은 채 대답할 뿐이었다.

"그래, 그렇군."

정말 납득했느냐고 묻기가 두려웠다. 이 화제 자체가 그녀에게는 부담스러웠다. 에키는 화제를 돌리기 위해 다른 말을 꺼냈다.

"여기에는 무슨 일로 오셨나요?"

"그대야말로, 입학 첫날에 무슨 일로 여기까지 왔지?"

멀쩡한 분수대를 확인하러. 그녀가 그를 죽였던 사실이 완전히 지워졌는지 제 눈으로 보러 왔다. 그렇게 답할 수 있을 리가 없었다. 그녀는 대강 핑계를 댔다.

"그냥 산책하다 보니 여기였어요."

그녀의 말에 유리엔이 살짝 웃었다. 잘 웃는 사람이었구나. 전혀 몰랐다. 그녀가 보았던 그의 표정들은 무표정이거나, 연민이거나, 고요거나…… 마지막의 그때처럼, 형언할 수 없는 그런 표정들뿐이었으니까.

에키는 멍하니 그 웃음을 보았다. 웃는 얼굴은 더 예뻤다. 그가 딱딱한 말투와 달리 부드러운 어조로 대답했다.

"나도 그대와 같은 이유다."

"산책을 나오셨다고요?"

"……그래."

아무래도 너무 공교로웠다. 하필 여기로 산책이라. 회귀 이전 자신이 죽었던 자리로, 자신을 죽인 여자를 스콰이어로 지명한 날 밤에. 정말 그냥 산책일까? 기억이 없는 게 맞을까? 의심이 돋아나도 확인할 방법은 없었다. 어설프게 떠보는 건 너무 위험했다.

에키는 가만히 그를 올려다보다가 말했다.

"저를, 스콰이어로 지명하셨다고 들었어요."

스콰이어. 기사를 따르는 자. 기사의 동행자. 기사의 곁에서 기사를 보조하며, 전투의 최전선에서도 그 곁을 지키는 자. 기사로부터 경험과 기술을 전수받는 직속 제자.

수습 기간 후에 정식으로 스콰이어가 되면 그녀는 그의 모든 임무에 동행하게 된다. 그의 휴식과 그의 등 뒤를 맡는다. 아무에게나 맡길 만한 일이 아니었다. 적어도 자신을 죽였던 자에게 등을 맡기진 않을 것이다.

그렇다면 역시 기억이 없는 거겠지. 다른 목적이 있어서 그녀를 지명한 게 아니라면.

혹시 무언가 목적이 있는 걸까.

"왜 저를 스콰이어로 지명하셨죠?"

"그대를……."

유리엔이 하려던 말을 멈췄다. 아니, 삼켰다. 미소가 사라지고 깊게 가라앉은 시선이 그녀에게 와 닿았다. 긴 침묵 끝에, 그가 물었다.

"에키네시아 생도. 대련을 청해도 되겠나."

"대련, 이요?"

"그대와 검을 나눠 보고 싶어서."

난데없이 대련이라니. 게다가 조심스럽고 부탁하는 듯한 어조였다. 명령을 해도 충분할 텐데, 아니, 지고한 기사단장과 신입 사관생도라는 현실을 따져 보면 에키가 그에게 대련 한 번만 해 달라고 매달리는 게 정상이었다.

"저, 저는……."

에키는 저도 모르게 주춤 물러났다. 그녀는 절대로 그와 검을 나누고 싶지 않았다. 유리엔은 그녀가 아는 한 가장 강한 기사이자 가장 뛰어난 기오사 오너였다. 그를 상대하면서 그녀의 본래 실력을 드러내지 않을 자신이 없었다. 그렇다고 기뻐 날뛰어도 부족할 상황에 대놓고 거절하기도 어려웠다.

"지금이 아니라도, 언제든, 그대가 괜찮을 때에."

그녀가 당황하자 그가 담담히 덧붙였다. 그러면서 그는 후드를 풀어 내렸다. 느슨하게 묶어 둔 은발이 흘러내리며 가로등 빛 아래로 얼굴이 고스란히 드러났다. 은은한 빛을 받은 그는 후광을 입은 것처럼 보였다.

"왜 그대를 스콰이어로 삼았는지는…… 검을 나눈 후에 답하지."

그가 다가와 에키에게 자신의 망토를 걸쳐 주었다. 그녀의 드레스는 봄나들이용이라 얇았고 어깨를 드러낸 디자인이었다. 그 어깨 위에 검푸른 후드 망토가 내려앉았다. 그는 망토 자락을 가볍게 여며 주었다.

"밤이 서늘하니 산책은 짧게 끝내도록, 에키네시아 생도."

망토의 끈을 여민 손이 느리게 물러났다. 유리엔이 돌아섰다. 눈에 띄는 은발을 고스란히 드러내고 걷자 기사단장을 알아본 사람들이 분분히 물러나며 허리를 굽혔다. 그는 살짝 고개를 끄덕이는 것으로 인사를 받아 주며 멀어졌다. 에키는 그가 더 이상 보이지 않을 때까지 꼼짝도 하지 않고 서 있었다.

[저놈 저거, 뭘 생각하고 있는 거야? 랑기오사 자식, 되게 이상한 주인을 골랐네.]

마검의 중얼거림에 겨우 정신이 들었다. 그녀는 어깨를 덮은 유리엔의 망토를 움켜쥐었다. 손끝이 떨렸다.

그가 지워진 과거를 알고 있는 건지, 왜 탄신 연회 때의 그녀를 기억하고 있는지, 스콰이어로 그녀를 지명한 이유는 무엇인지, 어째서 그녀에게 대련을 청하는지, 대체 지금 무슨 생각을 하고 있는지. 그녀는 아무것도 알 수가 없었다. 이 순간 그녀가 알 수 있는 것은 하나뿐이었다.

어깨를 감싼 망토의 온기.

예상하지도 기대하지도 않았던 그 온기는 어깨로부터 흘러내려 가슴 속으로 퍼져 나갔다. 그러나 온기의 의미는 다른 것들과 마찬가지로 알 수 없었다.

그날 밤, 에키네시아는 악몽을 꾸지 않았다. 대신 이상한 꿈을 꾸었다.

꿈에서 그녀는 아젠카 성의 지하 감옥에 있었다. 익숙한 풍경. 그녀가 갇혀 있던 바로 그 감옥이었다. 사지에 족쇄가 달려 있었지만 그녀는 날뛰지 않았다. 그녀의 몸은 마검이 아니라 그녀 자신의 것이었다.

이중으로 닫힌 철문의 틈으로 눈부신 빛이 스며들었다. 멍하니 그 빛을 보고 있는데 문 너머에서 발걸음 소리가 들렸다. 그가 오고 있다. 어째서인지 그게 유리엔이라고, 곧바로 알아차렸다.

에키는 자리에서 일어났다. 몸을 일으키는 순간 손목과 발목을 얽어매고 있던 족쇄가 부스러져 내렸다. 손발이 가벼웠다. 비틀거리던 걸음은 철문에 가까워지면서 점점 빨라졌다.

그녀는 문을 열었다. 은발의 남자가 빛을 등지고 그녀를 바라보고 있었다. 역광이라 그의 얼굴은 보이지 않았다. 그녀는 그를 올려다보며 활짝 웃었다. 환한 미소를 얼굴 가득 머금고 그를 향해 말했다.

〈나를 기다려 줘서 고마워요.〉

거기서 꿈은 끝났다. 에키네시아는 소리 없이 눈을 떴다. 눈을 뜨고도 한참을 천장만 올려다보았다. 악몽은 아니지만 쓸쓸한 꿈이었다. 그녀는 긴 한숨을 내쉬고 일어났다.

수업이 없는 사관학교는 임시 스콰이어직 수행 외에는 모든 게 자율이었다. 굳이 이른 아침에 일어날 필요는 없었다. 그러나 그녀의 룸메이트인 앨리스는 이미 일어나 있었다.

앨리스는 샤워를 했는지 물기가 남은 몸에 얇은 셔츠와 바지 차림이었다. 침대에 걸터앉아 있는 에키네시아를 발견한 그녀의 표정이 굳었다. 어젯밤 에키가 돌아왔을 때 앨리스는 방 안에 있었다. 그녀는 에키가 남성용이 틀림없는 큰 망토를 뒤집어쓰고 있는 것을 보았다.

입학 첫날 늦은 밤에 학교를 나가더니 남자 망토를 쓰고 돌아오는 룸메이트라니. 앨리스는 결투를 떠올리며 튀어나오려는 한마디를 참았었다.

지금도 마찬가지였다. 앨리스의 시선이 레이스가 하늘거리는 잠옷을 거쳐 에키의 손에 가 닿았다. 그 손에는 하얀 장갑이 끼워져 있었다. 기사용이나 훈련용도 아니고, 얇은 여성용 장갑이었다. 잘 때도 장갑이라니.

"……."

앨리스는 뭐라 할 말이 많은 얼굴이었지만 꾹 눌러 참고 몸을 돌렸다. 그러다 발치에 뭔가 걸렸는지 움찔 멈추더니, 허리를 숙여 그것을 주웠다. 그녀의 미간이 구겨졌다.

"제가 참견하지 않기로 했지만, 이건……."

앨리스가 에키의 침대 위에 그것을 내팽개쳤다. 발령장이었다. 어제 보고 펼친 채로 던져 두고 잊었던 모양이다. 그녀는 턱 아래로 흘러내리는 물기를 손등으로 닦으며 사납게 쏘아붙였다.

"자랑하려는 목적으로 이렇게 펼쳐 뒀습니까? 그러지 않아도 당신이 단장님의 스콰이어가 된 건 잘 알고 있습니다."

앨리스는 대답을 기다리지 않고 생도복 재킷과 검을 집어 들더니 방을 나가 버렸다. 신경질이 났을 테니 문을 쾅 소리 나게 닫지 않을까 했는데 의외로 그런 짓은 하지 않았다.

'내가 되게 짜증 날 텐데, 이 정도면 잘 참네.'

에키는 자느라 부스스해진 머리를 긁적이며 일어나 발령장을 집었다. 문구가 눈에 들어오자 복잡한 심정이 들었다. 어젯밤에 만난 유리엔과 밤새 꾼 꿈까지 합쳐지니 더더욱. 그녀는 발령장을 대충 접어 서랍에 처박았다.

어젯밤에 무슨 정신으로 기숙사에 돌아와 잠들었는지 잘 모르겠다. 제정신이 아니었던 건 확실했다.

유리엔에게 기억이 있다면 그녀를 증오하지 않을 리가 없다. 그녀는 그의 믿음을 배신하고 그의 터전을 몰살시켰으며, 그를 죽였으니까.

마검 때문이라고? 그건 어디까지나 그녀의 입장이었다. 사람을 죽여 놓고 마검 때문이었다, 미안하다, 라고 한다고 해서 그 사람의 가족이나 연인이 그녀를 용서하는 게 가능할까? 사랑하는 사람의 피를 뒤집어쓰고 있는 그녀를 향해 마검 때문이니 어쩔 수 없지, 너는 죄가 없어, 라고 말할 수 있겠는가? 소중한 사람을 죽인 그녀와 마주보며 웃는 것이 가능하겠는가?

그게 가능하다면 인간이 아니라 성자일 것이다.

그럼 유리엔은 왜 알 수 없는 태도를 보이는 걸까. 그가 자신을 죽였던 그녀를 알아보고도 웃을 수 있는 성자라고 믿는 것보다는 다른 이유가 있는 거라고 생각하는 쪽이 합리적이겠지.

기억이 없거나. 기억이 있어도, 그녀가 마검의 악마임을 확신하지 못하고 있거나.

'탄신 연회……'

기억이 없을 경우라면, 작년 황제 탄신 연회 때 그녀가 그의 관심을 끌 만한 짓을 했을 확률이 높았다. 유리엔이 그때 그녀를 봤다고 했으니까. 문제는 에키에게 그 일은 15년이 훌쩍 넘은 과거의 일이라는 점이다.

유리엔을 봤고, 그와 마주치거나 대화를 한 적이 없는 건 확실했다. 그렇다면 그녀가 모르는 사이 그의 관심을 끌 만한 일을 했었나? 무언가 특별한 짓을 했는지 되새겨 보아도 아무것도 기억나지 않았다.

'모르겠어. 젠장.'

에키는 자리에서 일어나 옷장을 열었다. 오늘 입을 드레스를 꺼내며 그녀는 다른 경우를 생각해 보았다. 기억이 있지만, 그녀가 마검의 악마라는 것을 모를 경우.

'의심은 할 수 있겠지. 지워진 과거에는 없었던 사관생도가 나타난 거니까. 그럼에도 확신할 수는 없겠지. 내 신분은 명확하고, 증거는 없잖아.'

실크 장갑으로 감싼 오른손을 노려보았다. 그 아래에는 돌이킬 수 없는 증거가 있었다. 에키는 손바닥을 말아 쥐고 코르셋과 페티코트를 꺼내 침대 위에 던져 놓았다.

'만약 그에게 기억은 있지만, 증거가 없어서 지켜보기만 하는 상태라면. 나를 언제 무슨 짓을 저지를지 모르는 마검의 악마로 의심하고 있다면.'

에키는 쓴웃음을 지었다. 보석함을 꺼내며 중얼거렸다.

"최대한 가까이에 두고…… 감시하겠지. 확신할 수 있는 증거를 찾을 때까지."

[갑자기 무슨 소리야?]

"유리엔이 왜 나를 스콰이어로 지명했는지 알 것 같아서."

[뭐야, 걔가 널 감시하려고 스콰이어로 삼았단 소리야?]

"어디까지나 하나의 가능성이지만."

대련을 하자고 한 것도 확신하기 위해서일까. 그녀가 마검의 악마임을 확신하게 되면 그는 어떻게 할까. 적어도, 어제처럼 웃는 일은 없겠지. 가슴께가 아릿했다. 서랍 위에 접힌 채 놓여 있는 망토가 보였다. 유리엔이 그녀에게 덮어 주었던 망토였다. 에키는 몹시 심란하게 그것을 보다가 눈에 띄지 않도록 서랍 안쪽에 집어넣어 버렸다.

어느 쪽이든 지금 그녀가 할 수 있는 일은 하나뿐이었다. 마검의 악마를 연상할 수 없도록 '에키네시아 로아즈'로만 보이는 것. 그녀는 전투적으로 치장하기 시작했다.

노라 없이 혼자 치장을 하는 건 쉬운 일은 아니었다. 특히 코르셋을 입는 게 힘들었다. 원래 혼자 입으라고 만들어진 게 아니니 어쩔 수 없었다. 그녀는 마나를 이용해 등 뒤의 끈을 당겨 맸다. 마스터들이 보면 기겁할 정도로 정교한 작업이었다.

코르셋을 입고 나서는, 스타킹을 신고 고정을 위해 가터벨트를 착용했다. 페티코트를 입고 그 위에 연한 노란색에 러플이 풍성한 드레스를 걸쳤다. 머리를 빗어 반묶음으로 올린 다음 조화 주위에 프릴과 보석이 둘러진 장신구로 고정했다. 화장을 하고, 귀걸이와 목걸이를 착용하고, 굽이 높은 구두를 신었다.

번거로운 일들이지만 하다 보면 나름 즐거웠다. 거울 속의 자신이 점점 예뻐지는 걸 지켜보는 건 기분 좋은 일이니까.

마지막으로 실크 장갑을 벗고 드레스와 어울리는 수가 놓인 장갑을 꼈다. 볼 때마다 경각심이 드는 손바닥의 문양이 금실로 놓인 수 아래로 가려졌다.

혼자 치장하는 귀족 영애치고는 굉장히 빠르게 끝냈지만, 그래도 시간이 오래 걸린 건 사실이었다. 어느새 9시가 가까워지고 있었다.

에키는 어제의 결투 이후로 손질조차 해 주지 않고 방치해 놨던 롱소드를 들고 방을 나섰다. 그녀에게 검을 소중히 다룬다는 개념은 없었다. 검을 좋아하지도 않는데다, 망가지면 새로 사면 그만이었다.

본관 동쪽 제4 연무장은 작은 공터 정도의 크기였다. 담벼락이 높고 한쪽에 간이 건물에 가까운 정자가 있는 걸 보니 훈련과 토론이 동시에 가능한 공간으로 만들어진 모양이었다.

이안 펠레트로는 그 정자 안의 벤치에 앉아서 그녀를 기다리고 있었다. 그는 혼자가 아니었다. 적갈색 머리의 남자가 그와 마주 앉아 있었다. 에키가 들어서자 이안이 웃으며 손을 흔들었다.

"어서 와, 에키네시아 생도."

그가 어떤 인간이었는지 깨닫고 나니 그 웃음이 찝찝하기 그지없었다. 생각해 보면 아무리 곧 공고가 붙을 거라지만 생도들이 가득한 공용식당에서 스콰이어 이야기를 하고, 거기서 굳이 결투 시간과 장소까지 이야기한 것부터가 수상했다.

'그렇다고 지금 어떻게 할 수 있는 것도 아니니, 앞으로 대할 때 주의하는 수밖에.'

그녀는 속으로만 혀를 차며 인사를 했다.

"안녕하세요, 선배님."

"그래, 잘 잤어? 참, 이쪽은 3학년인 브레드 폰 포움 생도. 인사해."

"에키네시아 로아즈입니다, 브레드 선배님."

이안이 제 앞에 있던 남자를 소개했다. 남자는 에키를 아래위로 훑더니 진득하게 웃었다.

"제법 예쁘네. 걱정 마, 잘 가르쳐 줄 테니."

거북한 미소에 거북한 말이었다. 에키가 미간을 찌푸리자 이안이 미안한 듯한 표정을 지었다.

"원래 내가 예비교육을 해야 하는데, 오늘은 도저히 시간을 내기 어려울 것 같아서 브레드를 불렀어. 브레드 생도는 임시 스콰이어 경험이 많으니까 널 잘 이끌어 줄 거야."

"……네."

불길한 예감이 들었다. 이안은 예의 사람 좋은 미소를 짓고는 에키의 어깨를 친근하게 두드렸다.
"그럼 나중에 보자. 난 가 봐야 해서."
그가 떠나고 나자 연무장에는 그녀와 브레드만이 남았다. 브레드는 비딱하게 앉아서 팔짱을 낀 채 그녀를 쳐다보더니 입을 열었다.
"한 달 후에 정식 스콰이어랬지. 시간이 빡빡하네."
"잘 부탁드립니다."
"우선 오늘 하루 넌 내 스콰이어다. 내 시중을 들도록."
"……예, 선배님."
"로드(Lord)라고 불러야지. 기본이다."
스콰이어는 자신이 따르는 기사를 로드라고 불렀다. 아직 기사도 아닌 사관생도를 향해 부르기에는 과한 호칭이었다. 게다가 그녀를 쳐다보는 시선이 굉장히 끈적끈적했다. 에키는 저도 모르게 구겨지려는 미간을 간신히 사수하고 순순히 고개를 숙였다.
"예, 로드."
"좋아. 그럼 우선 다리를 주물러라."
브레드가 벤치에 기대며 다리를 앞으로 뻗었다. 에키는 순간적으로 어이가 없어졌다. 스콰이어가 기사의 시중을 드는 건 당연한 일이지만, 그 시중에 다리 주무르기 같은 게 포함되던가? 스콰이어는 엄연히 예비 기사지 뭐든 하는 노예가 아니었다.
"다리를, 주무르라고요?"
"로드의 명에 반문을 해? 하라면 해라."
"제가 오늘부터 받기로 한 건 스콰이어 예비교육이 아니었나요?"
"하고 있잖아, 스콰이어 예비교육. 너, 어디서 감히 말대꾸야?"

브레드가 불쾌한 듯 인상을 썼다. 아까 느낀 불길한 예감이 현실이 되어 가고 있었다. 이안 펠레트로는 일부러 자신 대신 이런 놈을 데려다 놓은 게 틀림없었다. 에키는 이를 사려 물고 대꾸했다.

"다리 주무르는 연습이 스콰이어에게 필요한가요?"

"하라면 하지 말이 많아! 스콰이어 안 할 거야?"

브레드가 버럭 고함을 질렀다. 에키는 가만히 서서 그를 내려다보다가, 싸늘하게 물었다.

"어떤 식으로 주무르란 겁니까?"

"이런 것까지 일일이 알려 줘야 하나? 거기에 무릎을 꿇고 앉아서, 부츠를 벗기고 주물러. 아, 장갑은 벗고 맨손으로."

벤치 아래의 바닥을 턱짓하며 말하던 브레드가 비릿하게 웃었다.

"특별히 너에게 맞춤 교육을 해 줄 테니까 나긋하게 해 봐."

"……맞춤 교육이라뇨?"

"네가 들려는 시중에 딱 맞는 교육이지. 어차피 넌 그런 목적으로 생도가 된 거 아니었나?"

"무슨 목적을 말하는 건지 모르겠습니다만."

"치맛자락 살랑거리고 다니면서 모른 척하기는. 다른 사람들이 바보로 보이냐? 기사 하나 잘 물어서 결혼하려고 그러고 다니는 거, 다들 이미 알아. 남자들 보라는 게 아니면 그렇게 꾸미고 다닐 이유가 없잖아?"

어디서부터 지적해야 할지 모를 논리였다. 기사를 물어서 결혼? 남자들 보라고 꾸민다고? 너무 참신해서 생각도 못 해 본 개소리다. 에키는 어디까지 가나 보자는 심정으로 입을 다물고 그를 지켜보았다. 브레드가 그녀의 가슴께를 눈으로 훑었다.

"넌 몸매도 좋고, 얼굴도 반반하니 현명한 선택이지. 입학 성적도 그렇잖아? 어제 결투 보고 다들 알아챘다고. 검도 변변찮은 게 어떻게 수석이 됐나 했더니, 다른 성적은 별로였는데 준기사와 대련한 2차 시험 성적이 압도적이라 수석이 된 거라며?"

"……."

"하긴, 그 수도사 같은 기사단장도 홀렸는데 준기사쯤이야 쉬웠겠지. 뭘 어떻게 녹여 냈기에 입학 첫날에 스콰이어 지명이냐?"

"그런 소문이 돌고 있다고요? 고작 하루 만에?"

"빤히 보이잖아? 뭐, 탁월한 전략이었어. 단장까지 꼬여 냈으니까. 그 고고하신 단장도 남자는 남자네. 입학 전부터 밤시중을 든 모양이지? 스콰이어가 되면 이제 공식적으로 시중을 들 수 있으니 편하겠어. 매일 밤이 아주 뜨겁겠네."

에키는 기가 차서 웃었다.

마검의 악마였던 시절에 평생 먹을 욕설과 저주를 다 들었다. 기오사를 모으던 시절에는 용병들 사이에서, 귀족 아가씨였던 그녀로서는 상상을 초월할 정도의 음담패설도 일상처럼 들었다. 그러니 그녀를 향한 개소리쯤은 어지간하면 듣고 넘겨줄 수도 있었다.

하지만 이건 아니지. 너무 저질이잖아. 거기다 유리엔까지 끌어들여서.

[주인아, 너 지금 짜증 나는 거지? 화났지? 죽여 버려. 간단하잖아? 나를 써 줘, 응?]

그녀의 분노를 감지한 바르데르기오사가 신이 나서 떠들어댔다. 그 독촉이 오히려 그녀를 진정시켰다.

처음부터 눈에 안 띄고 평화로운 생활 따윈 바라지 않았다. 23살에 마스터가 될 예정이면 실력 때문에라도 눈에 안 띄는 게 무리니까. 애초에 잡았던 컨셉이 드레스를 고집하는 성격 이상한 천재 기사 아니었나. 그러니까 성질 더럽고 위아래 없는 인간이란 소리쯤이야 얼마든지 추가되어도 된다. 그게 단장의 밤시중을 들어서 스콰이어를 따냈다는 지저분한 소문보다는 훨씬 낫기도 하고.

진정한 것과 별개로 참아 줄 생각은 없다는 뜻이다. 그녀는 부드럽게 말했다.

"말씀이 좀 심하시네요, 선배님."

"뭐가, 다 맞는 말이잖아? 아, 레이디가 듣기에는 너무 솔직했나?"

그가 비웃음을 띠었다. 그 얼굴을 보던 에키가 치맛자락을 쥐어 약간 들어 올렸다. 스타킹으로 감싼 뽀얀 발목이 드러나자 저절로 브레드의 시선이 그리로 향했다. 그녀는 그 시선을 느끼고 살짝 웃었다. 그리고 웃는 얼굴 그대로 발을 들어 브레드의 정강이뼈를 구두 굽으로 찍어 버렸다.

"억!"

방심하고 있던 브레드가 신음을 흘리며 정강이를 움켜쥐었다. 물론 그가 방심하지 않고 있었다 해도 에키가 그를 걷어차는 데엔 아무 문제도 없었을 것이다. 에키는 몸을 웅크린 그의 등허리를 요령 좋게 걷어차서 벤치 아래로 떨어뜨렸다.

"야, 이게 뭐 하는 짓이야?"

브레드가 고함을 질렀다. 에키는 태연히 대답했다.

"기분이 나빠서요."

"뭐?"

"선배님 말씀에 기분이 더러워졌거든요. 제가 좀 인내심이 부족해서 기분이 나쁘면 참질 못해요. 이해해 주세요."

"이런 미친……."

브레드가 이를 갈며 일어나다가 비틀거렸다. 바지에 가려져서 보이진 않지만 하이힐에 찍힌 정강이의 상태는 몹시 나쁠 게 틀림없었다. 에키는 흐트러진 드레스 자락을 다듬으며 말했다.

"참, 제가 스콰이어 지명이 된 이유는 저도 모르겠는데, 2차 시험 성적으로 수석이 된 이유는 알거든요. 뭘 어떻게 녹여 냈냐고 하셨죠? 말로 설명하긴 어려워서……. 몸으로 체험시켜 드릴게요."

"무슨…… 컥!"

그녀가 검집째로 롱소드를 휘둘러 브레드의 명치를 가격했다. 대비하고 있었음에도 브레드는 그것을 막지 못했다. 지나치게 빨랐다.

정통으로 들어가니 타격감이 시원했다. 에키는 그가 원하던 나긋나긋한 목소리로 말하기 시작했다.

"이런 식으로."

명치를 맞고 숙여진 그의 어깨를 검집으로 밀었다. 비틀거리는 순간 발목 안쪽을 걷어찼다.

"빈틈이 너무."

균형을 잃은 브레드는 그대로 바닥에 고꾸라졌다. 그녀는 엎어진 그의 등을 지그시 밟았다.

"훤하게 보이더라고요, 준기사님도."

"크, 으…… 예쁘다고 좀 봐줬더니 미친년이, 선배에게 이런 짓을 하고도 괜찮을 줄 알아? 내가 널, 헉……!"

콱 소리를 내며 롱소드가 검집째로 그의 귀를 스치며 바닥에 박혔다. 질겁한 브레드가 입을 다물었다. 에키는 그를 내려다보며 말했다.

"네, 괜찮을 거 같아요. 제가 입학하기 전에 안내 책자를 열심히 읽어 봤거든요. 사관생도가 퇴학 처리되는 경우는 다섯 가지, 어머, 다섯 가지 맞던가? 하여간 그중에 이런 경우는 없었어요. 제가 검을 뽑은 것도 아니고, 생도끼리의 소소한 다툼 정도니까요. 안타깝네요, 선배님."

브레드가 몸을 들썩였다. 그러나 그는 가느다란 구두 굽의 아래에서 벗어날 수가 없었다. 에키가 그의 움직임에 맞춰서 미묘하게 위치를 바꿔 가며 밟아댔기 때문이었다. 근육이 움직이려는 방향을 정확하게 힐로 짓눌러 버리니 꼼짝할 수가 없었다.

브레드도 사관생도였다. 그 역시 아젠카 밖에서는 천재 소리를 들을 만한 실력을 가지고 있었다. 그럼에도 이렇게 무기력하게 당하는 건 에키와 그의 격차 탓이었다. 물론 새파랗게 어린 신입생의, 그것도 보석으로 장식된 여성용 구두에 짓눌린 브레드는 이성이 나가서 그런 사실을 깨달을 수가 없었다. 그는 고통과 수치로 얼굴을 일그러뜨리고 악을 썼다.

"당, 당장 비키지 못해? 너, 너, 이런 식으로 굴면 스콰이어 지명이 취소될 수도 있어! 단장님께 다 보고할 테니까!"

"보고하세요. 전 스콰이어 안 되어도 괜찮아요. 그런데 그럼 제가 왜 기분이 나빠졌는지도 보고해야겠네요? 방금 저한테 하신 말씀들도 다 단장님께 알려 드리려고요? 밤시중이라든가?"

"이, 이……! 증거 있어? 증인도 없지! 하지만 네가 선배를 먼저 공격한 건 증거가 명백하잖아! 내가 널 가만둘 줄 알아?"

브레드가 발악을 했다. 에키가 후배한테 얻어터진 게 자랑이냐고 그를 비웃으려는 찰나, 다른 목소리가 끼어들었다.

"증인은 내가 해 주지."

흑발의 남자가 제4 연무장으로 들어오며 말했다. 구릿빛 피부에 근육으로 꽉 찬 큰 덩치 탓에 어슬렁거리는 걸음이 사자나 표범이 걸어오는 것처럼 묵직했다. 맹수 같은 노란 눈은 나른한 듯 반쯤 감겨 있었다.

에키는 처음부터 연무장 근처에 있던 저 남자의 기척을 눈치채고 있었다. 그래서 더 거침없이 지른 것이기도 했다. 멀쩡한 사람이라면 브레드가 떠든 말을 듣고도 그녀에게 뭐라 하기는 어려울 거고, 브레드 같은 놈이면 보고 겁이나 먹으라고. 물론 기겁해서 막 나가는 여자니 건들지 말자 하는 소문을 퍼뜨리면 그것도 나쁘지 않았.

그녀는 여전히 브레드의 등을 밟은 채로 다가오는 남자를 돌아보았다.

"누구시죠?"

"바라하 이슬라프, 3학년. 넌 에키네시아 로아즈지?"

"네, 바라하 선배님."

남자는 벤치에 앉더니 베이컨이 듬뿍 들어간 샌드위치를 꺼냈다. 그가 태연히 그걸 우물거리며 손짓했다.

"아, 하던 거 계속해. 저놈 떠드는 건 다 들었으니까."

"……감사합니다."

"제기랄……."

브레드는 바라하라는 남자를 본 순간부터 조용해졌다. 그가 욕설을 뇌까리며 고개를 파묻었다. 에키는 가만히 그것을 내려다보다가 꽂았던 검집을 들어 올리며 물었다.

"브레드 선배님, 혹시나 해서 여쭙는데요. 갑자기 깨달음이 와서

아, 내가 정말 잘못했구나, 못 할 말을 했어, 하는 생각이 드시나요?"

"뭔 헛소리야?"

"그럴 줄 알았어요. 그럼 그냥 꺼지세요. 앞으론 입조심 좀 하시고요."

에키는 발을 치우고 물러났다. 브레드가 벌떡 일어나다가 고통으로 몸을 뒤틀며 신음을 흘렸다. 그는 바라하를 잠깐 돌아보더니, 목 끝까지 올라온 욕설들을 억지로 눌러 담는 듯한 낯이 되었다.

"너, 너…… 후회하게 될 거다."

잇새로 씹어뱉듯 그런 말을 남기고 브레드가 연무장 밖으로 나가 버렸다. 절뚝거리면서도 꽤 빨랐다. 그것을 지켜보고 있던 바라하가 툭 던지듯 말했다.

"더 때려도 되는데."

"가망 없는 인간한테 시간 낭비 하고 싶지 않아서요. 경고는 이 정도면 충분할 테고요."

"별로 경고를 알아들은 기색이 아니던데?"

"또 저러면 반복 학습을 해 줘야겠죠. 떠들 때마다 정강이를 구두 굽으로 찍히다 보면 아파서라도 입을 다물지 않겠어요?"

그녀의 말에 그가 픽 웃었다. 그러곤 남은 샌드위치를 한입에 먹어 치우더니 빈 봉지를 대강 주머니에 구겨 넣었다.

"대충 들어 보니, 스콰이어 예비교육을 하는 중이었던 모양이지?"

"네."

"왜 저 머저리가 그걸 하고 있어?"

"저 사람 유명한가요?"

"나름. 끼리끼리 모인 클럽이 있거든. 사관학교가 자기네 저택인 줄

아는 멍청이들이."

에키의 미간에 주름이 잡혔다. 저런 게 하나도 아니고 모여 있는 클럽이 있다니. 기사 지망생은 앨리스 같은 애들만 있을 줄 알았는데.

'아, 하긴. 이안 펠레트로 같은 놈도 있지. 사관학교라 해서 뭐 특별할 건 없구나.'

바라하가 이가 드러나는 비웃음을 지은 채 말했다.

"저놈은 임시 지명도 받아 본 적이 없는 놈이야. 네가 부탁했을 것 같진 않고, 누가 저거한테 스콰이어 예비교육을 맡겼지?"

"……생도 대표님이요. 원래 대표님이 해 주시기로 했는데, 오늘은 시간이 없으시다고."

"흠."

그는 무언가 고민하는 듯 턱을 괴더니 노란 눈으로 에키를 훑었다. 담백한 눈빛이었다. 그의 시선이 그녀가 들고 있는 싸구려 롱소드와 드레스의 풍성한 러플을 오갔다.

"에키네시아 로아즈."

"네, 선배님."

"드레스는 왜 입고 다니는 거지?"

"사관생도의 복장은 자율 아니었나요?"

"아, 지적하는 게 아니라, 궁금해서."

줄곧 듣게 될 질문이었다. 에키는 선선히 대답했다.

"취향이라서요. 치장하는 게 즐겁거든요."

그 대답이 흥미로운지 바라하가 입꼬리를 올렸다. 그는 턱짓으로 구두를 가리켰다.

"구두는 불편하지 않나? 아까 보니 나름 유용해 보이긴 했지만."

"익숙해서 불편하지 않아요. 그리고 드레스 아래에 가죽 신발은 어울리지 않는걸요."

"……장갑은 왜? 가죽 장갑도 아니고 실크라, 검을 쥐기엔 미끄러워 보이는데."

"손이 상하는 게 싫어서요. 그리고 실크 장갑이 가죽 장갑보다 예쁘잖아요?"

바라하의 입술이 실룩거리고 있었다. 웃음을 참고 있는 게 틀림없었다.

"예쁜 게 좋다면서, 검은 왜 그런 못생긴 싸구려를 들고 다니지?"
"손질하기 귀찮으니까요. 날이 상하면 버리고 새로 살 거예요."
"푸핫."

그는 더 이상 참지 못하고 웃음을 터뜨렸다. 비웃음이 아니라 유쾌한 웃음이었다. 에키는 낄낄거리는 그를 이상한 것을 보듯 쳐다보았다. 취향이 특이한 남자였다. 앨리스 같은 반응이 정상이지.

웃음을 어느 정도 수습한 바라하가 싱글거리며 말했다.

"아까도 그렇게 생각했지만, 볼수록 재미있네. 마음에 들어."
"……좋게 봐주셔서 감사합니다."
"좋아, 네 스콰이어 예비교육은 내가 해 주지. 생도 대표한테는 알아서 말할 테니까 걱정 말고."

해 주겠다는데 마다할 필요는 없었다. 스콰이어로서 어떻게 행동해야 하는지 배우긴 해야 하니까. 좀 특이한 취향 같긴 해도 브레드처럼 헛소리를 할 인간은 아닐 테니 잘된 셈이었다. 에키는 고개를 숙여 인사를 했다.

"감사합니다. 오늘 하루 잘 부탁드릴게요."

"하루 아닌데?"

"네?"

"앞으로 쭉 내가 해 주겠다고. 네가 정식으로 스콰이어가 될 때까지."

바라하가 벤치에서 일어났다. 그의 허벅지는 에키의 허리보다 굵었다. 그 앞에 서니 가느다란 그녀는 한 줌밖에 되지 않았다. 잘생긴 얼굴이었지만 키도 크고 덩치도 커서 똑바로 서서 내려다보니 위압감이 대단했다.

그럼에도 에키는 전혀 위축되지 않았다. 그녀의 눈에는 두려움은커녕 긴장조차 없었다. 바라하는 그녀의 그런 점도 꽤 마음에 든 모양이었다. 그가 씩 웃으며 그녀를 향해 아젠카식 경례를 했다.

"아르 세밧티엠."

팔꿈치를 어깨 높이로 들고, 가슴 앞에서 양손을 기도하듯 맞잡았다가 떼며, 고어를 읊었다. 사도들의 기도 자세에서 유래된 창천의 인사방식이었다.

"다시 소개하지. 바라하 이슬라프, 3학년, 부기사단장이며 기오사 오너이신 바론 틸리어스 경의 스콰이어다. 잘 부탁한다, 스콰이어 후배."

에키의 표정이 흐트러졌다. 부기사단장 바론의 스콰이어라고? 그 말을 들은 순간 그녀가 떠올린 것은 '망했다'라는 한마디였다. 어쩐지 바라하를 보자마자 브레드가 꼬리 내린 개처럼 굴더라니.

"스콰이어셨어요?"

"어. 2년 전부터. 내가 널 교육하겠다고 하면 생도 대표도 별말 없을 거야. 저런 놈이랑 얽힐 일도 없고, 저놈 클럽도 헛소리를 하진 못하겠지."

머저리와 머저리의 클럽이 몰려와 헛소리를 하는 것이 그녀가 목을 베었던 기오사 오너의 스콰이어에게 교육을 받는 것보다 마음이 편했다. 에키는 급히 고개를 저었다.

"전 괜찮아요, 선배님. 그렇게까지 해 주시지 않아도 돼요."

"내가 필요해서 하는 거다. 네가 정식 스콰이어가 되면 나하고 같이 일할 때가 많아질 테니까. 내 로드가 부기사단장님이고, 넌 단장님의 스콰이어잖아?"

"……아."

그녀는 유리엔에게 정신이 팔려서 완전히 잊고 있었다. 유리엔의 스콰이어가 된다는 건 다른 기오사 오너들과도 자주 마주치게 된다는 소리였다. 그중 누가 지워진 과거를 기억하고 있을지도 모르는데. 갑자기 미래가 아득하게 어두워지는 기분이었다.

바라하가 어깨를 으쓱였다.

"생도 대표란 놈이 자기 대신으로 저런 머저리를 데려다 놓은 걸 보니, 이대로 뒀다간 너하고 같이 일할 때 내가 고생할 것 같단 말이지. 그러니 미리미리 가르쳐 놔야겠어."

"가, 감사합니다……."

바론의 스콰이어인 그와 얽히고 싶지 않았다. 그럼에도 거절할 수는 없었다. 거절할 명분도 없고. 그를 피한다고 해도, 어차피 스콰이어가 되고 나면 다른 기오사 오너들과 계속 마주치게 될 테니까.

'모자하고 장갑을 더 맞춰야겠어. 화장품도 좀 더 사고.'

더 화려하게 꾸미고 다녀야겠다. 절대 못 알아볼 정도로. 그녀는 우울하게 그런 생각을 했다. 그사이 바라하는 무언가 생각하듯 손가락을 꼽아 보더니 고개를 끄덕였다. 그가 돌아서며 말했다.
"일단 따라와. 줄 게 있거든."
"아, 네."
그는 연무장을 벗어나 걷기 시작했다. 에키는 그의 뒤를 따라 걸었다. 뒤에서 보니 등이 무척 넓었다. 생도복 차림인데 재킷을 입지 않고 있어서 팽팽한 셔츠 아래로 잘 단련된 근육이 고스란히 드러났다.
눈에 띄는 덩치에, 바론의 스콰이어이기까지 한데 왜 죽였던 기억이 없지? 그녀가 기억하는 아젠카의 피해자 중에는 저 남자가 없었다. 그를 따라 걸음을 옮기며 그녀는 계속해서 기억을 뒤졌다. 그러다 퍼뜩 무언가가 떠올랐다.

"부기사단장님은 오늘도 묘지에 가셨나?"
"그렇지, 뭐. 스콰이어를 그렇게 잃으셨으니……. 이렇게 비바람에 번개가 칠 때면 생각이 나시는 모양이야."
"벌써 3년 전인가, 그 마물 토벌. 엊그제 일 같은데."
"그때 피해가 워낙 컸으니까."

이중문 너머의 간수들이 나누던 대화. 정확하진 않겠지만 대강 저런 내용이었다. 한 번이 아니라 번개가 치고 비가 쏟아붓는 날이면 거의 매번 비슷한 대화가 오간 덕에 기억에 남아 있었다.
에키는 창백해진 얼굴로 고개를 들었다. 그녀가 아젠카를 몰살시킬 때 저 남자는 존재하지 않았다. 그 전에 이미 사고로 사망했기 때문에. 그리고 그녀가 감옥에 있던 시기의 3년 전이면 바로 올해였다.
올해의 마물 토벌 때 바라하 이슬라프는 죽는다. 그리고 아젠카의 시민들을 살리기 위해 끝까지 그녀를 막아섰던 부기사단장은, 번개가 치는 날이면 죽은 스콰이어의 묘지를 찾아가게 될 것이다.

에키는 멍하니 걷다가 갑자기 멈춘 바라하의 등에 부딪힐 뻔했다. 그가 멈춘 곳은 남자 기숙사 앞이었다.

"여기서 잠깐 기다려."

바라하가 그녀를 돌아보고 말하더니 기숙사 안으로 사라졌다. 에키는 그 자리에 가만히 서 있었다. 시선은 기숙사의 붉은 벽돌을 타고 오르는 담쟁이넝쿨에 닿았지만 그녀는 그것을 보고 있지 않았다. 기숙사를 드나드는 학생들이 드레스를 입은 그녀를 흘깃거리며 속닥였지만 하나도 귀에 들어오지 않았다.

에키네시아는 생각을 하고 있었다.

그녀가 시간을 되돌린 건 행복해지기 위해서였다. 자신의 손에 죽은 사람들이 모두 살아나는 것을 원했다. 그 외의 다른 것들은, 솔직히 전혀 염두에 두지 않았다. 시간을 되돌린다는 의미를 깊게 고민해 본 적이 없다는 소리다.

'미래를 아는 거나 마찬가지야. 그리고 알고 있으면 바꿀 수도 있지.'

그녀는 과거를 바꾸기 위해 돌아왔다. 돌아온 것으로 그녀가 바랐던 목적은 이미 반쯤 달성되었다. 그래서 미래에 대한 정보로 그녀가 할 수 있는 것들에 대해 생각해 보지 못했다.

에키는 앞으로 있을 굵직굵직한 사건들을 알고 있었다. 마검에 휘둘리고, 극복한 후에는 기오사를 모으느라 바빴던 터라 자세한 건 몰라도, 그런 그녀의 귀에까지 들려오는 큰 사건들은 분명히 있었다. 그리고 그녀에겐 그것을 바꿀 수 있는 힘이 있었다.

'할 수 있는 만큼은⋯⋯ 바꿔 볼까.'

그 모든 일들에 손을 뻗겠다는 소리는 아니다. 어디까지나 그녀의 손에 닿는 범위까지만. 주위가 불행한 것을 보고 싶지는 않으니까. 티 나지 않게, 들키지 않도록, 조심스럽게.

예를 들면, 곧 죽게 될 바라하 이슬라프를 살려 내는 것처럼.

'기오사 오너들에게 기억이 있는지도 이걸로 시험해 볼 수 있어.'

만약 지워진 시간들을 기억한다면, 그녀보다 기오사 오너였던 자들이 훨씬 더 잘 알 터였다. 곧 있을 마물 토벌에서 스콰이어 바라하가 사망한다는 걸. 그럼 그들도 당연히 그를 살리려 움직이겠지. 그걸 지켜보면 누가 기억이 있는지 알아낼 수 있을 것이다. 아무도 그의 죽음을 막지 못한다면, 그녀가 막으면 된다.

'막을 수 있는데 내버려 둘 이유는 없어. 그래, 살려 내자.'

에키는 지그시 눈을 감았다 떴다. 보라색 눈동자가 선명한 빛을 품었다.

"기다렸지?"

그사이 기숙사에서 나온 바라하가 그녀에게로 다가왔다. 그는 책을 한 권 손에 쥐고 있었다. 커다란 그의 손에 잡혀 있으니 평범한 크기의 책이 소책자처럼 보였다. 그가 그녀에게 그 책을 내밀었다.

"일단 오늘은 이걸 읽어 봐라. 숙제다."

에키는 책을 받아 들었다. 받고 보니 책이라기보다는 메모와 노트를 엮은 묶음에 가까웠다. 손때가 묻은 가죽표지에는 '스콰이어 교본'이라고 쓰여 있었다.

"선배들의 경험이 담겨 있는 책이다. 돌려줄 필요는 없어. 네가 가지고 있다가, 네 후배 스콰이어가 생기면 그놈한테 물려줘."

"감사합니다."

"그럼, 난 로드께 가 봐야 해서. 그거 보고, 내일 아침 같은 시각에 아까 그 연무장으로 나와."

"저, 선배님."

"응?"

"……창천 기사단의 마물 토벌이 매년 봄에 있잖아요. 저도 그때 스콰이어로서 따라갈 수 있을까요?"

"이번에는 힘들 텐데. 5월 10일이니까, 네 수습 기간이 끝나기 전이야. 정식 스콰이어면 몰라도 수습 상태인 신입생을 데려갈 리가 없지."

"그럼 참가할 방법이 없나요?"

에키가 약간 초조하게 물었다. 바라하가 가만히 그녀를 내려다보더니 빙긋 웃었다.

"실전을 경험하고 싶어서?"

"아, 네."

"생각보다 적극적이군."

"검을 다루는 사람으로서 당연한 일이죠."

"넌 검에 집착하지 않잖아?"

바라하는 아무렇지도 않게 물었다. 에키가 멈칫했다. 그렇게 티가 나나. 그녀는 그다지 검을 좋아하지 않았다. 그녀가 겪은 일들을 생각하면 당연한 일이었다. 잘하는 일이고, 유용하기 때문에 검을 손에 놓지 않을 뿐.

"그렇게 보이나요?"

"뭐, 아니면 말고. 참가하고 싶으면 곧 있을 신입생 순위전에서 3위 안에 들어라. 신입생이라도 상위 세 명은 임시 스콰이어로 데려가니까."

원래 순위전은 학년을 따지지 않고 통합으로 치러졌다. 하지만 갓 입학한 신입생들은 특별히 입학 직후에 신입생끼리 순위를 한 차례 매겼다. 다음 순위전의 대진표를 짤 때 신입생의 실력을 참고해서 배정하기 위해서였다. 입학 성적은 여러 요소가 합쳐진 성적이라 활용하기 애매했다.

"상위 세 명만 데려가는 건가요?"

"창천의 마물 토벌은 다른 나라에서 하는 것처럼 전시용이 아니거든. 실전이지. 그 정도 실력은 있어야 방해가 안 된다는 소리야."

"그렇군요……."

"자신 없나, 수석 입학생?"

바라하가 도발하듯 물었다. 그의 노란 눈이 장난기를 담은 채 그녀를 관찰했다. 에키는 입꼬리를 올리며 웃었다.

"아뇨."

그녀는 드레스 자락을 쥐고 무릎을 살짝 굽혔다 펴며 인사를 했다. 그리고 그를 올려다보며 답했다.

"마물 토벌 때도 잘 부탁드리겠습니다, 바라하 선배님."

담담한 선언이었다. 바라하의 눈이 만족스럽게 반짝였다.

"좋아, 입학 첫날에 스카이어로 지명된 생도라면 그 정도는 되어야지. 신입생 순위전을 기대하겠어, 에키네시아 로아즈."

"감사합니다."

"숙제 잘해 와, 내일 검사할 테니까."

바라하가 웃으며 자리를 떴다. 에키는 책을 쥔 채 돌아섰다. 기숙사로 돌아가는 그녀의 뇌리에서 마검이 떠들었다.

[주인아, 너무 높은 순위는 안 할 거랬잖아? 근데 3위 하려고?]

"아니, 1위."

[엥?]

"어차피 스콰이어가 되어 버렸으니, 기오사 오너를 피해 다닐 이유가 없어졌잖아."

이제 기오사 오너와 마주치지 않기 위해 최상위권을 피할 필요가 사라졌다. 오히려 이례적인 스콰이어로 지명된 만큼, 압도적인 실력으로 다른 생도들의 의심과 불만을 닥치게 만드는 편이 더 나을 터였다. 물론 상식적으로 납득 가능한 수준은 유지해야겠지만.

"밤시중이니 뭐니 하는 뒷말이 다시는 나돌지 못하게 해야겠어."

에키가 서늘하게 웃자 마검이 의아한 듯 물었다.

[진짜 많이 화났구나. 근데 왜 걜 안 죽였어?]

"화난다고 다 죽이면 살인마지."

[너 예전엔 그랬잖아? 그럼 살인마 맞네.]

에키가 우뚝 걸음을 멈췄다. 주위에는 아무도 없었다. 애초에 사람이 없었기에 마검에게 대꾸해 준 것이기도 하고. 그녀는 온기가 완전히 사라져 자수정처럼 보이는 눈으로 오른 손바닥을 내려다보았다.

"넌 그렇게 말할 자격이 없어, 발."

[야, 내가 조종한 것도 아니잖아! 네가 살의를 받아들인 거지!]

"……."

에키는 이를 악물었다. 회귀 이전, 바르데르기오사의 자아를 깨운 후 기오사를 모으던 시절. 그 초기에 그녀는 마검의 영향으로 살인마나 다름없는 짓을 몇 번 했었다. 그녀를 조종했던 껍데기와 다르다 해도 저것이 살육에 특화된 마검임을 확실히 깨닫게 해 주는 일들이었다.

누군가에게 극도로 분노하면, 마검에 깃들어 있는 살의로 이루어진 마나가 그녀의 살의를 따라 대상을 죽인다. 몸이 저절로 죽이기 위한 최적의 경로를 찾아낸다. 그건 마검이 가진 능력이기도 했다. 모든 기오사는 특별한 능력을 가지고 있으므로.

처음에는 마검에 이런 기능이 있는 줄 몰랐다.

그녀가 최초로 바르데르기오사의 힘을 알게 된 건 뒷골목의 정보상인 덕분이었다. 아젠카가 몰살당한 후 거기에 있던 기오사들이 어떻게 되었냐는 물음에, 정보상인은 별 도움이 되지 않는 정보를 늘어놓은 다음 쓸데없는 말을 덧붙였다.

"유리엔? 역대 최악의 단장이지. 그따위 악마를 동정하는 바람에 기사단 자체가 사라졌잖아. 최연소 마스터니, 최연소 단장이니 떠받들어 주니까 콧대만 올라가서는 제멋대로 굴고. 그 탓에 다 죽어 버렸지. 개새끼야, 개새끼. 그런 놈은 진작 찢어 죽였어야 해."

맞는 말이긴 했다. 그녀 때문에 유리엔은 최악의 기사단장, 창천 기사단을 멸망시킨 단장으로 역사에 이름을 남겼으니까.

그래도 그녀는 그 말을 듣고 분노할 수밖에 없었다. 유리엔을 개새끼라고 부르는 눈앞의 늙은이를 죽여 버리고 싶었다. 그 분노로 뇌리가 하얗게 불탈 정도로.

눈을 한 번 깜박였을 때, 이미 그녀의 손에서 튀어나온 마검은 늙은 정보상의 머리를 날려 버린 후였다. 마검에서 뱀처럼 기어 나온 검은 마나가 그 몸뚱이를 난도질했다. 그녀는 아연해져서 그 피바다를 보다가, 소리를 듣고 쫓아온 상인의 호위들을 피해 달아났다.

그 이후에 바르데르기오사로부터 마검의 힘에 대해 들었다. 방심하거나, 이성을 잃거나, 살의를 느끼게 되면 마검이 품고 있는 살의의 마나가 그녀를 조종할 수도 있다는 것을 깨달았다. 알고 나서도 몇 번이나 그녀는 실수를 했다. 그런 과정을 거치며 그녀는 강제로 자제심을 키웠다. 아무리 분노해도 머리 한구석은 차갑게 유지되도록.

그녀는 씁쓸하게 중얼거렸다.

"이제 다시는 물들고 싶지 않으니까."

노력은 헛되지 않아서 기오사를 다 모아 갈 무렵에는 실수를 한 적이 없었다. 지금은 거의 완벽하게 통제할 수 있었다. 그래도 그녀는 이 빌어먹을 마검을 버리고 싶었다.

[글쎄, 평생 동안 그럴 수 있다면 신이지. 인간이 어떻게 늘 이성을 유지하냐?]

"그런 일이 생기기 전에 널 버려야지."

[그러지 말고, 내 전 주인처럼 써먹으라니까? 간간이 피 맛을 좀 보면 화풀이도 되고, 나도 좋고. 아무나 죽이기에 찜찜하면 나쁜 놈만 골라 죽이면 되지. 죽어 마땅한 놈들은 많잖아. 아, 이안 펠레트로 그놈은 어때? 나쁜 놈이니까!]

"입 다물어."

[쳇.]

에키는 멈췄던 걸음을 옮겼다. 그녀의 영혼으로 조그맣게, 마검이 속살거렸다.

[네가 사람을 안 죽인 지 얼마나 됐는지 알아?]

"……."

[계속 누적되고 있어, 해소되지 못한 살의가. 난 진지하게 충고하는 거

다? 죽어 마땅한 놈을 하나 찾아서 죽여. 이안이나 브레드나, 적당한 놈 많잖아?]

"닥치라고 했어. 결정은 내가 해."

그녀가 이를 갈며 말하자 마검이 비로소 조용해졌다. 에키는 심란한 기분을 마른세수 한 번으로 털어 내고는 방으로 향했다.

방 안에는 앨리스가 책상에 앉은 채 무언가를 쓰고 있었다. 에키가 들어서자 그녀가 고개를 까닥였다. 그녀는 에키를 싫어하면서도 인사는 꼬박꼬박 하곤 했다.

"로아즈 양, 전보가 왔습니다."

앨리스는 별로 내키지 않는 어조로 말하며 두 통의 봉투를 건넸다.

"고마워요, 윈터벨 양."

"……"

앨리스가 휙 고개를 돌려 버렸다. 에키는 신경 쓰지 않고 봉투를 들고 의자에 앉았다. 한 손으로 페이퍼 나이프를 찾으며 봉투의 겉면을 확인했다.

'하나는 예상대로 집에서 온 거고.'

두툼한 첫 번째 봉투를 내려놓았다. 마나 전보로 메시지를 보내는 건 내용이 길어질수록 가격이 천정부지로 치솟는데, 이렇게 두툼하게 보낸 걸 보니 부모님이 어지간히 걱정하시는 모양이었다. 물론 화도 나셨을 테고, 황당하시겠지. 에키는 옅은 한숨을 쉬었다.

두 번째 봉투는 얇았다. 니콜에게서 온 것이었다. 에키는 그것을 먼저 뜯어보았다.

—추적 중, 확신할 수는 없으나 하얀 사자의 꼬리가 보임.

짧은 한 줄이었다. 그것을 읽은 에키의 낯에서 핏기가 가셨다. 은사자는 키리에 황실에서 사용하는 문장이었다. 로아즈 백작가가 속해 있는 제국의 황족들이자, 유리엔이 속해 있는.

'황가가 로아즈에 있던 마검과 관계가 있다고?'

에키는 멀거니 그 종이를 내려다보았다. 안 그래도 복잡하던 머리가 더 아파 오기 시작했다. 그녀는 종이를 구겨 버렸다.

3막.
보이는 것과 보이지 않는 것

날짜가 순식간에 흘러 신입생 순위전이 이틀 앞으로 다가왔다.

브레드를 쫓아낸 다음 날에, 이안이 바라하에게 말을 전해 듣고 찾아와 에키에게 브레드의 일에 대해 사과를 했다.

"미안, 그 녀석이 그런 놈인 줄 난 전혀 몰랐어. 마침 브레드 생도가 시간이 비어 있어서 맡긴 거였는데. 그놈과 관련된 일로 네게 어떤 불이익도 생기지 않을 거야. 그 점은 걱정하지 마. 정말 미안하다."

그는 진심으로 미안하게 느껴지는 목소리로 그렇게 말했다. 그 뒤로 지금까지 브레드나 브레드의 클럽은 눈에 띄지 않았다. 분명히 떼로 몰려들어 시비를 걸 거라고 생각했었는데, 이안이 무언가 말을 하긴 한 모양이었다.

에키에게 과거의 기억이 없었다면 브레드가 이상한 놈일 뿐 이안 펠레트로는 괜찮다고 여겼을지도 몰랐다. 겉과 속이 다른 인간은 많이 봤지만 그는 그중에서도 특히 비뚤어진 자였다. 무슨 꿍꿍이인지 영 의심스러웠다.

이안이 경고했던 것과 달리 클럽 영입 경쟁도 그다지 치열하지 않았다. 그녀가 스콰이어로 선정된 과정에 의문을 품은 생도가 많았기 때문이었다. 에키네시아에게는 여전히 떨떠름한 시선이 따라붙었다.

좋지 않은 소문이 계속 도는 듯했다. 신입생 순위전에서 입 닥칠 만한 실력을 보여 주기 전까지는 어쩔 수 없는 일이었다.

그리 유쾌한 상황은 아니었지만 그렇다고 힘들지는 않았다. 그녀에게는 고작 사관학교의 소문 따위보다 훨씬 골치 아픈 고민거리가 많았으니까.

물론 그런 소문을 믿지 않는 생도들도 꽤 있었다. 바라하가 대표적이었다. 그는 소문을 듣고 미친 듯이 웃었다.

"단장님을 안다면 예쁜 애가 꾸미고 다닌다고 넘어갈 사람이란 생각은 절대 못 할 텐데 말이지. 자, 그대로 쭉 손을 내리면서 잘 살펴. 혹시 부은 곳이 있거나 다른 부위보다 뜨거운 곳이 있는지 봐야 해."

"네, 선배님."

에키는 그에게 말을 돌보는 법을 배우고 있었다. 전장에까지 하인이 따라오지는 않으므로, 막사에서 기사의 말을 돌보는 건 스콰이어의 일이었다. 그녀는 검은 장갑을 낀 손으로 말의 다리를 조심스럽게 훑어 내려갔다.

"다음은 한 손으로 발굽을 들고……. 그렇지. 이제 발굽파개로 발굽에 끼어 있는 돌멩이 같은 걸 파내 줘. 발꿈치에서 발끝 방향으로 살살."

"네."

에키가 발굽을 손질하는 동안 말은 푸르륵거리며 머리를 한 번 털었을 뿐, 얌전히 서 있었다. 바라하는 기특하다는 듯 말의 콧잔등을 어루만졌다. 대리석 조각상처럼 매끄럽고 커다란 말은 전체적으로 흰색이었는데 털에 묘하게 황금빛이 돌았다. 유리엔의 애마로, 이름은 실피드였다.

"어차피 스콰이어는 로드의 말을 주로 돌보니까, 처음부터 그 말로 연습하는 게 나아. 말들도 성격이 꽤 달라서. 실피드는 얌전해서 돌보기 편하지."

"선배님도 실피드를 돌보셨었나요?"

"부단장님의 스콰이어가 되기 전엔 나도 단장님의 임시 스콰이어를 해 본 적이 있거든. 아, 솔은 뻣뻣한 걸로 해라. 얘는 세게 빗어 주는 걸 좋아하니까. 목에서부터 빗어 내려가면 된다."

에키는 조심스럽게 실피드의 털을 빗겼다. 그녀를 살피던 바라하의 시선이 드레스 끝단에 닿았다. 창천의 마구간은 굉장히 깨끗한 편이었지만, 그래도 동물이 사는 곳에는 한계가 있었다. 에키가 일부러 종아리쯤 오는 외출용 드레스를 입고 왔어도 지푸라기와 먼지로 끝자락이 더러워질 수밖에 없었다.

"너, 옷이 더러워졌는데."

에키는 그 말에 아래를 힐긋 보고는, 아무렇지도 않게 솔질을 계속했다.

"괜찮아요, 이 정도는."

바라하가 흥미롭다는 표정으로 턱을 문질렀다.

"넌 어쩐지 볼수록 겉보기랑 성격이 좀 다른 거 같단 말이지."

"제가요?"

"보기에는 마구간 같은 곳엔 발도 안 들일 모양새를 하고서, 의외로 신경을 안 쓴단 말이야. 그렇다고 드레스가 취향이라는 게 거짓말 같지는 않은데. 참 재미있어."

그야 양쪽 다 그녀니까. 필요하면 오물에 뒹구는 것도 아랑곳하지 않는 것도 그녀고, 예쁜 것이나 치장을 좋아하는 것도 그녀였다. 성격이 겉보기와 약간 다른 건 사실이지만.

바라하는 덩치는 곰처럼 크면서 의외로 눈치가 빨랐다. 할 말은 대놓고 하는 성격에 시원시원한 편이라 그와 있는 건 꽤 편했다. 가끔 예리한 질문을 던져서 곤란하긴 해도.

에키는 웃으며 말을 돌렸다.

"바라하 선배님, 갈기도 그냥 빗으면 되나요?"

"아니, 손가락으로 먼저 엉킨 걸 풀어 줘야 해. 안 그러면 끊어지거든. 보여 주지."

바라하가 그녀의 뒤로 다가왔다. 그는 제 덩치가 주는 위압감을 잘 알아서 저보다 약한 여성이나 어린아이 앞에서는 움직임을 조심하는 편이었다. 덩치가 있는 남자들도 그가 갑자기 움직이면 움찔 놀라곤 했다. 놀라지 않는 건 기척을 잘 감지하는 기사들뿐이었다.

그러나 에키는 처음부터 단 한 번도 놀라는 기색을 보인 적이 없었다. 그래서 바라하는 그녀 앞에서 계속 편히 움직였다. 그녀는 지금처럼, 등 뒤에 커다란 그가 바짝 다가와도 두려워하지 않는다.

가까이 붙자 그녀에게서 좋은 향이 났다. 귀족 영애들에게서 맡을 수 있는 향수와 화장품이 뒤섞인 꽃내음 같은 것. 연한 분홍색 머리카락 사이로 보이는 목이 그의 한 줌에 잡힐 것처럼 가늘다. 아무리 봐도 화초인데 맹수 같은 그를 뒤에 두고도 긴장이라곤 없었다. 사관학교에서 가장 레이디다운 모습을 하고 있지만 코앞에 피바다가 펼쳐져도 눈 하나 깜짝 안 할 것 같다.

'재미있단 말이지, 정말.'

바라하는 웃으며 그녀의 어깨 너머로 손을 뻗어 실피드의 갈기를 손끝에 감았다. 그녀가 잘 볼 수 있도록 손가락을 움직여 보였다.

"이런 식으로 대충 엉킨 것들을 풀고 나서 빗질을 해."

"그렇군요. 제가 해 봐도 될까요?"

"그래, 쥐어 봐. 응, 그렇게. 참, 그리고 원래는 몸을 빗기 전에 갈기를 먼저……."

입구 쪽에서 덜컹거리는 소리가 났다. 실피드의 갈기를 나란히 손에 감고 있던 에키와 바라하가 동시에 고개를 돌렸다. 어디서 보아도 한눈에 띄는 남자가 거기에 있었다. 간편한 복장의 유리엔이 마구간 안으로 들어섰다.

에키를 거의 감싸듯이 서 있던 바라하는 그녀의 감각이 날카롭게 일어서며 긴장하는 것을 느낄 수 있었다. 무서울 게 없듯이 굴더니 단장님은 무서운가? 무서워할 이유가 없는 분인데. 그는 의외라고 생각했다.

그사이 유리엔은 느리지도 빠르지도 않은 걸음으로 그들에게로 다가왔다. 그의 시선은 바라하에게 가 닿았다. 바라하가 창천식 경례를 행했다.

"바라하."

"아르 세밧티엠. 예, 단장님."

"바론 경이 그대를 찾고 있다. 가 보도록."

"알겠습니다. 에키, 솔질을 마저 해 주고 돌아가. 나머진 다음에. 아, 혹시 단장님, 실피드를 쓰려고 오신 겁니까?"

바라하는 에키를 가르치기 시작한 이후, 그녀의 청에 따라 그녀를 애칭으로 부르기 시작했다. 에키를 향해 말을 하던 그는 유리엔에게 말을 쓸 거냐고 물으려 고개를 들었다. 그가 고작 스콰이어를 부르는 것을 전달하러 마구간까지 왔을 리는 없으니까.

3막. 보이는 것과 보이지 않는 것 | 175

"그래. 스콰이어 예비교육 중이었나?"

담담히 답하는 유리엔의 시선이 가까이 붙어 있는 그들 사이에 머물렀다. 바라하는 본능적으로 한 걸음 물러났다. 그러고는 스스로의 행동에 의아함을 느꼈다. 내가 왜 물러났지?

"예, 그렇습니다. 그저 솔질 중이었을 뿐이니 중단해도 괜찮습니다. 에키, 마무리하고 돌아가도록 해."

"네, 선배님."

에키는 반사적으로 대답했다. 전혀 대비하지 않은 상황에서 유리엔이 등장한 순간부터 그녀의 정신은 반쯤 나가 있었다. 그녀가 이상해 보여서 바라하가 무언가 말을 더 하려는 찰나, 유리엔이 말했다.

"바라하. 바론 경에게 가 보라고 했을 텐데."

"아…… 네, 감사합니다."

바라하는 고개를 숙이며 대답하고는 마구간 밖으로 걸음을 옮겼다. 에키는 이 자리에서 벗어나고 싶어 얼른 솔과 발굽파개를 통 안에 정리했다.

마음이 급하니 손놀림이 어설펐다. 통의 테두리에 부딪힌 솔이 밖으로 굴러떨어졌다. 유리엔이 그것을 주워 들었다. 에키는 멍하니 그가 내미는 솔을 보았다. 푸른 눈이 가만히 그녀를 들여다본다. 그가 나직이 물었다.

"내가 불편한가?"

"네?"

"대련을 청한 것이 부담스러웠다면…… 잊어도 된다."

바보가 된 것 같았다. 그의 행동과 그가 무슨 생각일지에 대해 그렇게 열심히 생각해 놓고서는, 정작 예상치 못한 순간 그의 앞에 서니 하나도 생각나지 않았다. 대련이란 단어를 듣고서야 겨우 그녀는 자신이 그에 대해 추리했던 것들을 떠올렸다. 에키는 간신히 손을 움직여 솔을 받아 들었다.

"아닙니다, 단장님."

"아니라니, 무엇이?"

"대련이 부담스럽다기보다는, 과분했을 뿐이에요. 마음의 준비가 되면 말씀드리겠습니다. 그, 그리고 전에 망토는 감사했습니다. 곧 돌려드릴게요."

에키는 빠르게 말을 쏟아 놓으며 솔을 통 안에 던져 넣었다. 도망치듯 돌아서려는 그녀를 유리엔의 말이 붙잡았다.

"불편한 건 사실이란 뜻이군."

"……."

그에게는 되도록 거짓말을 하고 싶지 않았다. 그래서 입을 다물었다. 에키는 당연히 유리엔이 불편했다. 그의 앞에 있으면 온 정신이 그에게 쏠리며 온갖 추측이 뇌리를 점령한다.

나를 증오하고 있을까, 기억이 있는 걸까, 지금 나를 관찰하고 있는 걸까, 내가 마검의 악마인지 시험하는 걸까.

거기에 이젠 마검의 출처가 그의 가문인 황가일지도 모른다는 가능성까지 끼어들었다. 의문투성이. 긴장감. 그럼에도 불구하고 살아 있는 그를 볼 때마다 드는 반가움. 기쁨. 죄책감과, 그리고 아직 남아 있는 부서진 감정의 파편들.

돌아선 등 뒤로 그의 시선이 느껴졌다. 따가운 시선은 아니었다. 곧 안장을 채우는 소리와 고삐를 잡아당기는 소리가 들렸다. 유리엔이 실피드를 꺼내고 있었다.

"그대는 곧 내 스콰이어가 될 테니, 나를 불편하게 여기지 않았으면 한다."

부담을 주고 싶지 않은지, 다른 행동을 하며 가볍게 흘리듯 하는 말이었다. 에키는 심호흡을 하고 돌아섰다. 실피드의 고삐를 쥔 그가 다가오고 있었다. 금빛이 도는 하얀 말은 은발의 그와 무척 잘 어울렸다.

"하나만…… 여쭤봐도 될까요, 단장님."

유리엔은 대답하지 않았다. 대신 파란 눈동자가 그녀를 향했다. 에키는 꿀꺽 침을 삼키고 입안에서 말을 몇 번 굴렸다. 다음에 그와 마주치면, 이걸 꼭 묻자고 생각했었는데. 그녀의 기억 속에서는 도저히 찾아낼 수 없는 대답이어서. 그녀는 간신히 질문을 꺼냈다.

"작년 탄신 연회 때, 저를 보셨다고 하셨죠. 저는 단장님과 말을 나눈 적도 없는데, 어떻게 저를 아셨나요? 제가…… 무언가 실례를 했던가요?"

그녀의 옆까지 다가온 유리엔이 걸음을 멈췄다. 실피드가 투레질을 하며 따각거렸다. 그의 시선은 언제나 그녀의 영혼까지 뚫어 보는 것처럼 느껴진다. 에키는 오른 손바닥을 움켜쥐고 싶은 것을 참았다. 그는 조용히 대답했다.

"그런 일은 없었다. 그저 그대가 눈에 띄었을 뿐."

"눈에 띄었다고요? 제 머리카락 때문인가요?"

분홍색 머리칼은 은발보다 더 드물었다. 외가 쪽에서 물려받은 머리색인데, 외가에서도 드문 터라 그녀를 분홍 머리 영애로 기억하는 사람이 꽤 되었다. 그녀의 가문인 로아즈 백작가는 지나치게 무난해서 그녀의 머리색보다도 인상적이지 못했다. 그런 거라면 납득이 갔다.

그러나 유리엔은 고개를 저었다.
"……아니, 개인적인 관심이었다."
전혀 예상하지 못했던 답이었다. 에키는 얼떨떨하게 되물었다.
"개인적인 관심이라니, 무슨 뜻이신지……."
유리엔이 웃었다. 웃을 때 살짝 접히는 눈매가 예뻐서 저절로 시선이 갔다. 에키가 그 웃음에 정신이 팔린 사이 그가 한 걸음 다가왔다. 다가오는 손에 그녀가 흠칫 몸을 굳혔다.
그는 어깨 아래로 흘러내린 그녀의 머리카락에 손을 대었다. 길게 굽이치는 분홍색 머리카락 사이로 손가락이 한 마디 정도 파고들었다. 머리를 빗어 넘기듯 움직인 손은 곧 지푸라기를 쥐고 떨어져 나갔다. 유리엔은 그녀의 머리에서 떼어 낸 지푸라기를 바닥에 털어 버리며 말했다.
"그 질문도 대련 이후에 답하도록 하지."
"……대련 요청, 부담스러우면 잊어도 된다고 하셨잖아요."
에키는 저도 모르게 볼멘소리를 냈다. 유리엔이 이번에는 소리 내어 웃었다. 입가를 손으로 가리고 짧게 웃음소리를 흘렸다. 에키는 또 그 웃음에 넋을 잃었다.
아니, 무슨 남자가 웃는 게 저렇게 예쁘지. 고고하게 생겼으면서 웃기는 또 왜 저렇게 잘 웃고.
"그대가 싫다면 강요할 수는 없겠지만……. 내가, 그만큼 절실히 그대와의 대련을 바란다는 뜻이다."
유리엔은 조용조용한 목소리로 말하고는 더 이상의 물음을 거부하듯 걸음을 옮겼다. 그가 실피드와 함께 마구간 밖으로 나갔다. 에키는 그를 붙잡지 못했다. 머리가 지끈거렸다. 긴장했다가 홀렸다가 짧은 사이에 폭풍을 겪은 기분이었다.

[저놈, 기억 있는 것 같아? 왜 저렇게 대련에 집착해? 네 말대로 저놈이 네 정체를 확신하려고 저러는 거 아냐?]

그녀만 남자 마검이 말을 걸어왔다. 에키는 어쩐지 열이 오른 뺨을 손등으로 꾹꾹 문지르며 대꾸했다.

"유리엔을 놈이라고 부르지 마, 발."

[내 맘이야. 아오, 답답해! 주인아, 랑기오사하고 나하고 한 번만 부딪히게 해 주면 안 돼? 그럼 걔한테 말 걸어서 깨어 있는지 확인할 수 있는데.]

"미쳤어? 내가 널 꺼내게?"

[야, 주인아, 그럼 그냥 쟤한테 대놓고 물어보자. 나한테 죽은 거 기억하냐고 물어봐, 응? 뭔 소리냐고 못 알아들으면 농담이라고 하고, 기억한다고 하면 한판 뜨면 되지!]

"넌 되도록 말하지 마라. 속 터지니까."

에키는 짜증스럽게 오른 손바닥을 노려보았다. 마구간 밖으로 걸음을 옮기는 그녀에게 마검이 투덜거렸다.

[그럼 이렇게 애매한 상태로 계속 눈치만 볼 거야?]

"마물 토벌이 곧이야. 그때 바라하 선배를 어떻게 하는지 지켜보면 확신할 수 있겠지. 지금은…… 정말 모르겠어. 연회 얘기만 아니었으면 좀 알기 쉬웠을 텐데. 대체 연회 때 나한테서 뭘 본 거야?"

[개인적인 관심이라며. 그게 무슨 뜻인데? 인간들은 보통 어떨 때 저런 말을 해?]

"그……"

에키는 대답하려다 말고 말을 중단했다. 어떨 때 그런 표현을 쓰냐고? 순간 떠오른 것이 있었다. 그러나 그녀는 유리엔이 자신을 향해 그런 부드러운 감정을 보이는 것을 도저히 상상할 수 없었다. 정확히는, 상상해서는 안 된다.

그녀는 그의 마지막 순간을 되새겼다. 피에 물들어 눈을 감지도 못했던 그를 떠올리자, 삽시간에 몽글거리던 무언가가 바스러졌다. 에키는 쓴웃음을 띠었다.

[왜 말을 하다 말아?]

"사람이 오잖아."

둘러대는 말은 아니었다. 기숙사 쪽으로 향하는 그녀에게 다가오는 사람이 확실히 있었다.

"오늘도 드레스가 예쁘네, 에키네시아 생도! 연두색도 잘 어울려!"

헤벌쭉 웃는 짙은 피부의 여자는 에키보다 키가 한 뼘쯤 작았다. 한 가닥으로 길게 땋은 검은 머리에, 서부 유목민 출신 특유의 자그만 몸집 탓에 소녀 같은 인상이었다. 하지만 그녀는 스물두 살로 에키의 연상인 데다 2학년 선배였고, 위즈덤이라는 클럽의 클럽장이었다.

그리고 그녀는 에키네시아에 관한 소문에 아랑곳하지 않는 생도 중 하나였다. 심지어 드레스 차림까지 예쁘다며 좋아했다. 어떻게 보면 바라하보다도 특이한 생도였다.

"안녕하세요, 파티마 선배님."

에키는 대강 인사를 하고 그녀를 지나쳐 걸었다. 파티마가 종종거리며 그녀를 따라왔다. 폴짝거리는 걸음을 따라 길게 땋은 머리가 달랑거리는 게 강아지 꼬리 같았다. 그녀가 머루알처럼 까만 눈을 반짝이며 에키를 올려다보았다.

"에키네시아 생도, 칭찬해 줬으니까 우리 클럽 와라."

"선배님, 전 아무 데도 가입 안 할 거라고 말씀드렸잖아요."

"우리 클럽은 아무 데가 아닌데. 좋은 곳인데. 이름도 멋지잖아, 위즈덤! 듣자마자 아젠카를 이끌 지식인의 풍취가 느껴지지 않아?"

에키는 한숨을 쉬었다.

"사관학교 클럽인데 지식인이 의미가 있나요?"

"기사라고 몸만 쓰면 된다는 촌스러운 사고방식은 버려! 지혜로운 기사가 되자! 그러니까 위즈덤에 와라!"

"전 정말 클럽 안 들어가요, 선배님. 이제 그만 포기하시는 게 어떨까요?"

"싫어, 난 포기 안 해! 네가 위즈덤에 들어올 때까지!"

"대체 왜 그렇게 절 영입하려 하세요? 다른 클럽들은 아무 데도 안 그러는걸요."

"걔네가 바보인 거지. 아주 좋아, 걔들이 바보인 덕에 지혜로운 난 훌륭한 인재를 혼자 꼬실 수 있으니까!"

"제가 훌륭한 인재라고요?"

"그럼, 인재가 아니야?"

파티마가 눈을 휘며 웃었다. 눈동자가 커서 눈매가 가늘어지면 흰자가 거의 보이지 않았다. 이런 점도 강아지같이 예쁘다. 그리고 에키는 예쁜 것을 좋아했다. 클럽에 들라며 계속 귀찮게 구는 파티마가 싫지 않은 이유 중에는 그 외모도 있었다. 물론 가장 큰 이유는 그녀가 소문 따위에 휘둘리지 않고 에키를 바라보기 때문이지만.

"난 위즈덤의 초대 클럽장이라고. 내 감이 말하는데, 넌 진짜, 진짜 대박 날 인재야. 그러니까 다른 클럽들이 눈치채기 전에 빨리 침 발라놔야 해."

"저한테서 뭘 보고 그러시는지 모르겠어요, 선배님."

"내가 신입생들을 얼마나 열심히 보고 다니는데. 결투나 훈련도 거의 다 봤어! 영입 대상 리스트도 있단 말이야. 물론 에키네시아 로아즈, 네가 영입 대상 1번이야!"

"그 리스트에는 또 누가 있는데요?"

에키는 피식 웃으며 물었다. 그녀가 관심을 보이자 파티마가 확 밝아진 얼굴로 손을 꼽았다.

"일단, 내가 제일 주시하는 건 널 포함해서 세 명이야. 장담하는데, 이 셋이 신입생 순위전에서 1위, 2위, 3위가 될걸. 그럼 너도 내 안목을 인정하겠지? 우선 기오사 오너인 테레사 폰 프랑 알마리 경의 남동생 되는 미하일 생도랑……."

에키는 아슬아슬하게 동요를 숨길 수 있었다. 테레사의 남동생이라면 그녀가 아는 사람이었다. 회귀 이전에 아젠카에서 죽였던 기억이 있으니까. 금발의 여기사가 자신과 닮은 소년의 시체를 끌어안고 울부짖던 모습이 기억 속에 남아 있었다.

그녀가 흠칫한 것을 알아채지 못한 파티마는 생긋 웃으며 말을 이었다.

"그리고, 너랑 룸메이트인 앨리스 윈터벨 생도! 그 애도 정말 훌륭하지. 진짜배기 인재야. 지금은 좀 슬럼프인 것 같지만."

"……슬럼프요? 윈터벨 양이?"

"너흰 룸메이트인데 서로를 되게 어색하게 부른다? 사이 안 좋아? 하긴 첫날부터 결투했었지."

파티마가 갸웃거렸다. 그녀와 대화하며 걸었더니 벌써 여자 기숙사가 보였다. 파티마는 기숙사 뒤에 조성된 전나무 숲을 가리켰다.

"숲 안에 제9 연무장 있는 거 알지? 앨리스 생도는 주로 거기에서 훈련해. 한번 가서 보면 너도 알걸. 가 봐. 네가 꼭 봐야 할 거 같아."

"제가 봐야 할 거라고요? 왜 그렇게 생각하세요?"

"내가 보기엔, 앨리스 생도가 슬럼프에 빠진 게 아무래도 너 때문인 것 같거든."

예상치 못한 말에 에키는 당황해서 눈만 깜박였다. 파티마가 묘한 미소를 짓더니 에키의 등을 툭 밀었다.

"룸메이트끼리는 친하게 지내야지! 너흰 잘 맞을 거야!"

잘 맞는다니, 그럴 리가. 에키가 무어라 하기도 전에 파티마는 손을 흔들고는 빠르게 달려갔다.

"조언해 줬으니까, 친해지면 둘이 같이 위즈덤에 들어오는 거다? 설마 배신하진 않겠지? 기다릴 거야!"

"……."

에키는 황당한 눈으로 멀어지는 땋은 머리를 바라보았다. 이어 기숙사 뒤 전나무 숲 쪽으로 시선을 돌렸다.

앨리스 윈터벨에게는 내내 미안한 감정이 남아 있었다. 자신이 편하자고 일부러 그녀를 긁어 놓고, 결투까지 대강 해 버린 데다, 여러모로 안 좋은 모습을 많이 보여 줬다. 자신 때문에 슬럼프라는 파티마의 말을 곧이곧대로 믿지는 않지만…….

[가 보려고?]

"일단은."

그녀는 숲 안쪽으로 향하는 오솔길에 발을 들여놓았다. 어차피 할 일도 없었다. 바라하가 자리를 비웠으니 스콰이어 교육을 받을 수 있는 것도 아니고, 유리엔 문제는 생각해 봤자 마물 토벌 때까지는 답이 나오지 않는다.

마검의 출처에 대해서는 자세한 조사 상황을 알려 달라는 전보를 니콜에게 보내 놓았다. 답장이 올 때까지 그녀가 할 수 있는 건 딱히 없었다. 순위전을 대비해서 훈련한다는 건 그녀의 실력을 생각해 보면 무의미한 짓이고.

하늘을 향해 울창하게 뻗은 전나무들 사이로 햇빛이 내리꽂혔다. 숲 안쪽은 조용했다. 안으로 들어갈수록 숲의 냄새가 깊게 몸을 휘감았다. 제9 연무장은 숲을 가로지르는 오솔길에서 약간 벗어난 곳에 그저 숲속의 빈터인 것처럼 자연스럽게 자리 잡고 있었다.

사관학교의 연무장은 무척 많았다. 그러니 이런 외진 곳에 있는, 별다른 시설조차 없는 연무장은 생도들이 잘 찾지 않는다. 주위에 느껴지는 인기척은 딱 한 명이었다.

제9 연무장의 바닥은 다른 연무장과 달리 잡초와 잔디가 뒤섞인 풀밭이었다. 그 한가운데에서 땀에 젖은 흰 셔츠 차림의 여자가 검을 움직이고 있었다. 검푸른 생도복 재킷이 근처의 나뭇가지에 아무렇게나 걸려 바람에 간간이 흔들렸다.

다른 사람의 훈련을 훔쳐보는 건 무례한 일이었다. 에키는 일부러 발걸음 소리나 기척을 죽이지 않고 연무장으로 다가갔다. 그러나 검에 정신이 팔린 앨리스 윈터벨은 그녀가 다가오고 있는 것을 눈치채지 못했다.

에키는 연무장의 가장자리에 선 채 앨리스의 움직임을 지켜보았다. 그녀는 가상의 적을 상대로 검을 휘두르고 있었다. 전나무 가지 사이로 떨어진 햇빛이 그녀의 짧은 금발 위로 부서졌다. 땀방울이 검의 궤적을 따라 후두둑 흩뿌려진다.

에키네시아는 불공평하게 느껴질 정도의 천재였다. 그녀에게 주어진 불행이 그 거대한 재능을 타고난 대가가 아닌가 의심될 정도로. 제대로 검을 익힌 적이 없음에도 마스터 이상의 경지에 이른 바탕에는 그 재능이 있었다.

물론 무지막지한 실전 경험과 몸으로 체득한 마검이 움직이는 방식 덕도 크긴 했다. 마검은 살육을 위해 가장 효율적인 방식으로 움직이며, 검술이란 곧 효율적으로 상대를 죽이는 방식이니까.

그래서 그녀는 한눈에 알아보았다. 앨리스의 무엇이 문제인지, 원인이 어떤 것인지, 그것을 어떻게 극복할 수 있는지까지도.

앨리스의 회색 눈동자는 그녀가 원래 가지고 있던 품위를 잃고 방황하고 있었다. 그녀의 검은 제 길을 잃었다. 그리고 그건 파티마의 말대로 에키네시아의 탓이었다.

'나와 했던 결투 때문이었구나.'

앨리스의 검은 원래 빠르고 정확하며 정제된 형태였다. 딱 한 번 결투해 보았을 뿐이지만, 그녀의 검술은 우아하게 느껴질 정도로 깔끔했었다.

그런데 지금의 그녀는 그 정확성을 잃고 마구잡이로 검을 휘둘렀다. 자세가 투박하게 무너졌다. 어울리지 않는 거친 궤적이 그녀의 검술에 섞여 들어갔는데, 본인과 맞지 않아서 기존의 장점마저 흐트러지고 있었다.

결투했을 때 에키의 검이 그녀에게 영향을 준 모양이었다. 그 투박하고 자기 색조차 없는 조건반사에 가까웠던 검의 잔상이 지금의 앨리스에게서 보였다. 아무래도 에키네시아 같은 괴상한 생도에게, 그것도 입학 첫날에 겪은 패배니 충격적이었겠지.

해결 방법은 간단했다. 그 잔상을 지워 버리고 원래의 앨리스다운 검으로 돌아가면 된다. 그러나 잊어버리려 한다고 쉽게 잊힐 만한 일이었다면 애초에 잔상으로 남지도 않았을 것이다. 앨리스 스스로 벗어나려면 꽤 오랜 시간이 필요할 터다.

에키는 한동안 고민했다. 타인의 검에 참견하는 것 역시 무례한 일이었다. 그녀가 상급자나 선배도 아니고, 그렇다고 앨리스와 절친하지도 않다. 오히려 사이가 나빴다.

정식으로 검을 배워 본 적이 없는 에키는 누군가를 가르쳐 본 적도 당연히 없었다. 앨리스가 그녀에게 도와 달라고 한 것도 아니다. 도와주려 하면 오히려 모욕으로 느끼거나 화를 낼지도 모른다.

어떻게 생각해도 못 본 척 이대로 돌아서는 게 정답이었다. 그러나 에키는 얕게 한숨을 쉰 다음, 들고 다니던 싸구려 롱소드를 뽑았다. 검집을 바닥에 아무렇게나 내던지고 앨리스가 휘두르는 검의 반경 안으로 발을 들였다. 눈먼 칼날이 옆구리 쪽으로 베어 오는 것을 가볍게 막았다.

챙, 하고 칼날이 맞부딪히는 소리가 났다.

"……!"

그제야 에키네시아의 존재를 눈치챈 앨리스가 소스라치게 놀랐다. 어지간히 집중하고 있었던 듯했다. 맞닿은 검을 떨어뜨리며 그녀가 뒤로 물러났다. 앨리스가 흐트러진 호흡을 가라앉히는 동안 에키는 검을 늘어뜨린 채 가만히 서 있었다.

"……이게 무슨 짓입니까, 로아즈 양?"

앨리스가 싸늘하게 물었다. 에키는 생긋 웃었다.

"저랑 대련 한 번 해요, 윈터벨 양."

"제가 받아 본 것 중에서 가장 무례한 대련 요청이군요. 당신은 정말이지……."

앨리스의 낯이 일그러졌다. 지금부터 훨씬 더 무례한 일을 할 예정인 에키는 그녀의 지적에 아랑곳하지 않았다. 이제부터 그녀가 할 일은 기사들의 입장에서 보면 기적에 가까운 행운이었지만, 그녀는 그에 대한 감사나 보답을 바랄 생각은 없었다.

'욕이나 먹지 않으면 다행이지. 그래도 이게 가장 확실하고 빠르게 내 잔상을 지워 버릴 방법이니까.'

에키가 검을 똑바로 겨누었다. 그녀는 비웃듯이 한쪽 입꼬리를 올리며 말했다.

"저한테 지는 것이 두려운가요?"

앨리스의 눈동자에 불이 붙었다. 그녀의 눈썹 끝이 파르르 떨린다. 검을 쥔 손에 힘이 바짝 들어가는 게 보였다. 앨리스는 이를 악문 채 대꾸했다.

"기사가 될 자가 패배를 두려워할 거라고 생각합니까? 그런 문제가 아니잖습니까."

"그럼 그냥 대련하면 되잖아요. 저하고 대련해요, 윈터벨 양."

"방식이 잘못되었다고 말하고 있는 겁니다! 혼자 수련 중인 사람의 검에 제멋대로 끼어들어 막아 놓고서 대련이라뇨?"

"아, 그건 미안해요. 워낙 집중하고 있어서 부르기가 미안했어요."

"부르는 것보다 끼어드는 것이 훨씬 무례합니다!"

"그건 미처 몰랐네요."

에키가 눈을 깜박이며 대꾸했다. 물론 거짓말이었다. 화를 돋우려고 일부러 끼어들었다. 정중하게 대련을 청하면 별로 자극이 되지 않을 테니까. 예상대로 앨리스는 왈칵 화를 내었다.

"당신은 정말로 기사가 될 생각이 있긴 합니까? 검을 쥔 자가 예절도 법도도 지키지 않으면 뒷골목의 무뢰배들과 뭐가 다릅니까?"

"앞으론 주의하죠. 어쨌든 그래서 대련할 거예요, 말 거예요?"

그녀는 땅에 짚은 롱소드를 장난치듯 빙글빙글 돌리며 물었다. 검에 대한 존중이라고는 정말 눈곱만큼도 보이지 않았다. 앨리스는 분노로 붉어진 얼굴로 제 검을 고쳐 쥐었다.

"검을 드십시오."

"고마워요. 귀찮은 인사는 생략해요, 우리. 그럼."

에키는 제멋대로 결정하고는 검을 들어 올렸다. 앨리스가 자세를 바로잡을 틈도 주지 않고 곧바로 찔러 들어갔다. 당황한 그녀는 어정쩡한 자세로 검을 받았다.

그것을 시작으로, 에키네시아는 결투 때와는 완전히 다른 모습을 보이기 시작했다. 쉼 없이 공격이 몰아쳤다. 빠르고, 정확하고, 군더더기가 없는 방식으로. 종아리까지 오는 드레스 자락이 그녀의 다리에 휘감겼다가 풀리길 반복했다. 가느다란 여성용 구두가 남기는 발자국이 일정한 박자를 이루었다.

앨리스는 정신없이 그녀의 공격을 막아 내다가 어느 순간 그 리듬을 알아차렸다. 찔러 들어오는 검의 궤적, 팔의 움직임, 시선의 처리, 방어하는 형태, 스텝, 무게중심을 옮기는 법.

'말도 안 돼.'

결투 때와는 완전히 다른 사람처럼 느껴졌다. 깔끔하고 우아한 검술. 잘 정련된 동작. 너무나 익숙한 방식이었다. 에키네시아는 앨리스와 완전히 똑같은 검술을 펼치고 있었다.

'아냐, 이건 오히려 더……!'

같지 않다. 이런 기분을 느껴 본 적이 있었다. 사관학교에 오기 전, 앨리스에게 검술을 가르쳤던 기사와 대련할 때. 자신과 같지만 보다 완성된 검술을 보는 느낌.

저도 모르게 앨리스의 눈이 에키의 동작을 좇았다. 이상적으로 여기던 검이 펼쳐진다. 그녀는 에키의 검을 지켜보느라 들어오는 공격을 반사적으로 막기만 했다. 결투 때 에키네시아가 앨리스의 검을 막기만 하던 것처럼.

그러자 에키의 검이 약간 바뀌었다. 넋을 놓고 그것을 지켜보던 앨리스는 금세 알아차렸다. 에키네시아는 지금, 그 결투 때 앨리스가 했던 공격을 똑같이 따라 하고 있었다.

목을 스쳐 가는 속임수, 물러남, 다시 앞으로 다가오며 상단 베기, 가로막히는 순간 빗겨 흘러내리고, 종아리를 노리며 찌른다.

오싹 소름이 돋았다. 손아귀에서 힘이 빠져나갔다. 검을 나누는 중에 손에서 힘을 뺀다는 건 치명적인 일이었다. 에키의 검과 부딪힌 앨리스의 검은 그녀의 손에서 벗어나 날아갔다. 떨어진 검이 잔디밭을 굴렀다.

앨리스는 혼이 빠져나간 듯한 얼굴로 에키를 바라보았다. 에키는 검을 거두었다. 날아간 앨리스의 검 쪽으로 다가가, 그것을 주워 앨리스에게로 내밀었다.

"더 할래요?"

"방금, 방금 그건, 대체……? 대체 뭐였습니까? 어떻게?"

"네? 더 안 할 건가요?"

에키는 뻔뻔한 얼굴로, 그러나 내심은 조심스럽게 앨리스의 기색을 살폈다.

앨리스가 만약 브레드 같은 인간이었다면 미친 듯이 화를 냈을 것이다. 혹은 그녀에게 검을 보는 눈이 부족했다면 에키네시아가 뭘 한 건지 알지도 못했을 것이다. 또한 그녀가 검을 진지하게 파고드는 성격이 아니었다면 이 순간 느껴지는 불쾌감을 더 중시했을 것이다. 보고 따라잡을 자신이 없었다면 절망에 휩쓸렸을 것이다. 속이 좀 더 좁았다면 열등감에 빠져 질투했을 것이다.

그러나 앨리스는 어느 쪽도 아니었다. 그녀는 커다랗게 뜬 눈으로, 더듬더듬 에키가 내민 제 검을 받아 들었다.

"다, 다시, 다시 부탁드립니다."

에키는 대답하지 않고 검을 들었다. 그녀는 똑같은 방식으로 공격했다. 앨리스가 했던 것처럼, 그러나 점점 더 완벽한 형태로. 에키네시아의 공격은 같은 순서로 들어왔지만 반복될 때마다 조금씩 더 깔끔해졌고, 받아치는 앨리스는 계속해서 다르게 그것을 막아 보았다.

그녀는 그 뒤로 몇 차례 더 검을 놓쳤다. 그때마다 에키는 기다렸고, 앨리스는 급하게 다시 검을 주워서 자세를 잡았다. 한마디 말도 없이 대련이 이어졌다.

해가 기울기 시작할 때쯤, 에키는 검을 거두었다.

"수고했어요, 윈터벨 양."

앨리스는 온몸이 흠뻑 젖어 어깨가 들썩일 정도로 숨을 몰아쉬었다. 에키 역시 앨리스 정도는 아니어도 땀투성이였다. 일부러 마나를 사용하지 않고 순수하게 검을 휘두른 탓이다. 에키가 아까 내던졌던 검집을 주워 검을 집어넣는 동안, 앨리스는 꿈에서 깨어나지 못한 듯한 얼굴로 서 있었다. 그녀는 에키가 연무장 밖으로 걸음을 옮기자 비로소 정신을 차렸다.

"로아즈 양!"

"네, 윈터벨 양."

"지금……. 그러니까, 당신이, 저한테……."

앨리스는 횡설수설했다. 에키는 잠깐 기다리다가 말했다.

"대련을 했죠."

"예?"

"생도끼리 그저 대련한 것뿐이에요. 흔한 일이잖아요, 사관학교에서는?"

에키가 아무렇지도 않게 하는 말에 앨리스의 표정이 변했다. 그녀는 침착해진 눈으로 에키를 바라보았다.

"전 바보가 아닙니다."

앨리스의 목소리 끝이 가늘게 떨렸다. 에키네시아 로아즈만 아니었다면 이번 연도 수석이었을 그녀는, 뛰어나기에 더 명확하게 알아차렸다.

에키네시아는 앨리스에게 기연을 베풀었다. 그녀와 같지만 더 발전되고 완벽한 검술을 반복적으로 보여 주었다. 앨리스가 앞으로 걸어야 하는 길을 직접 손을 잡고 이끌어 준 거나 다름없었다. 잡다한 잔상 따위는 하나도 남지 않았다. 목표로 하던 형태를 눈앞에서 보았기 때문에.

대련하는 내내 에키네시아는 말이 없었다. 그러나 앨리스는 그녀가 하는 말을 쉼 없이 들은 기분이었다. 귀가 아니라 몸과 눈으로.

이렇게 움직이면 조금 더 나아질 거야. 여기서는 이런 식으로 하는 편이 네게 어울리면서도 더 유용할 거야. 이 경우에는 팔꿈치를 올리는 게 검에 실리는 힘이 달라져서 위력적이야. 이럴 때는 조금만 각도를 달리하면 더 예리해지지.

 네 검은 더 강해질 수 있어. 봐, 이렇게. 헤맬 필요 없어. 이렇게 하면 돼.

 이것이 얼마나 엄청난 행운인지 알기 때문에 말이 제대로 나오지 않았다. 앨리스는 오늘 이후 자신의 검이 완전히 달라지리란 것을 예감했다. 그녀는 보다 날카롭고 보다 예리해질 것이다. 속에서 무언가가 벅차올라 말이 더듬거렸다.

 "로아즈 양, 당신이, 제게……."

 "저는 아무것도 하지 않았어요."

 에키가 앨리스의 말을 끊었다. 그녀는 관자놀이를 타고 흘러내리는 땀을 손등으로 훔치며 못을 박듯이 다시 말했다.

 "아무것도, 안 했어요. 그냥 당신이랑 대련을 했을 뿐이니까."

 "……아무것도 안 했다고요?"

 "네, 수련을 방해해서 미안해요. 전 좀 씻어야겠어요. 욕실 먼저 쓸게요, 윈터벨 양."

 에키는 장갑에 묻어난 땀을 찝찝한 것 보듯 노려보고는 미련 없이 돌아섰다. 앨리스는 멍하니 멀어지는 그녀를 보다가 급하게 뒤따라왔다. 나뭇가지에 걸어 둔 재킷을 챙길 정신도 없었다.

 "로, 로아즈 양. 당신은 대체……. 그러니까……. 진심입니까? 방금 그 대련이, 그냥 대련이라고요?"

 "대련이 대련이지, 뭐 다른 게 있나요?"

 "……이 대련 이후 제 검이 완전히 달라진대도 말입니까?"

 "그게 저랑 무슨 상관이 있겠어요? 윈터벨 양이 노력한 결과겠죠."

 "아뇨, 당신 덕분입니다."

앨리스가 정직하게 말했다. 그녀의 눈동자는 곧았다. 에키를 보는 시선이 이전과는 확연히 달라져 있었다. 묘하게 반짝거리는 느낌.

에키가 노렸던 것은 자신이 결투 때 앨리스에게 남긴 검의 잔상을 더 강렬한 이미지로 지우는 것이었다. 그것을 위해 앨리스를 자극했고, 그녀에게 가장 인상적일 잔상, 즉 앨리스의 검술을 보여 주었을 뿐이다.

누군가 자신을 흉내 내는데, 더 잘하면 얼마나 기분이 나쁘겠는가. 그게 도움이 되건 말건 화를 내거나 불쾌해할 거라고 예상했다.

"감사합니다, 로아즈 양."

그러니 이렇게 반짝이는 눈으로 쳐다볼 줄은 몰랐다. 대놓고 감사 인사를 할 줄은 더더욱 몰랐고. 에키는 몹시 당황했다. 그녀는 그 시선을 피해 눈을 돌리며 딱 잘라 말했다.

"감사 인사를 들을 일을 제가 했던가요? 대련을 한 번 했을 뿐인데."

앨리스가 뚫어져라 그녀를 쳐다보았다. 그러더니 빙그레 웃었다.

"알겠습니다. 그렇다고 치지요."

그 웃음을 보자 민망한 기분이 들었다. 그녀에게 바짝 붙어 걸으며 쏟아지는 시선을 받으니 부담스럽기까지 했다. 얼굴이 달아오를 것 같아서 그녀는 톡 쏘듯이 말했다.

"좀 떨어져서 걸어요, 윈터벨 양."

"네?"

"땀 냄새 나요."

"……."

앨리스는 멍하니 에키를 보더니 두어 걸음 떨어졌다. 거리를 두고 걸으며 그녀가 항변하듯 말했다.

"로아즈 양도 땀 냄새가 납니다만."

"알아요. 그래서 씻으러 가고 있잖아요. 다시 말해 두지만 제가 먼저 씻을 거예요. 먼저 말했으니까."

"네, 알겠습니다. 먼저 욕실 쓰세요."

일부러 톡 쏘며 말하는데도 앨리스는 묘하게 웃고 있었다. 기분이 몹시 좋아 보였다. 정확히는 기분이 좋다 못해서 반짝이는 시선이 에키에게서 떨어지지가 않았다. 전나무 숲의 오솔길을 걸으며 그녀가 중얼거렸다.

"제가 로아즈 양에 대해 많이 오해하고 있었군요."

"아뇨, 뭔지 몰라도 오해 아닐 거예요."

"겉보기에 휘둘리다니, 기사가 될 자격이 없는 건 저였습니다."

"저기요, 윈터벨 양?"

"저는 당신이 검에 관심도 없고, 기사의 길을 진지하게 생각하지도 않는 사람인 줄로만 알았습니다. 제가 편견에 찌들어 있었군요. 조금 전의 대련을 통해 깨달았습니다. 당신은 사실은 누구보다 검을 진지하게 대하는 사람입니다. 로아즈 양, 사소한 외양에 매몰되어 당신을 멋대로 판단해서 미안합니다."

진지하고 정중한 사과였다. 에키는 온몸에 소름이 돋는 것을 느끼며 고개를 마구 저었다.

"아뇨, 윈터벨 양. 그거 편견 아니에요. 저 검 별로 안 좋아해요."

"네, 알겠습니다. 그것도 그렇다고 치지요."

앨리스는 여전히 웃는 얼굴로 대답했다. 그녀를 바라보는 회색 눈동자가 너무 맑고 곧아서, 에키는 할 말을 잃고 시선을 돌려 버렸다. 이런 식의 호의는 받아 본 적이 없어서 적응이 되질 않았다.

스무 살 이전까지는 가족과 니콜을 제외하면 적당한 거리를 유지하는 귀족 영애들과의 친분만이 있었다. 지워 버린 과거에는 마검 시절의 저주와 원한, 또는 그 이후 기오사를 모으던 시절의 메마른 관계들뿐이었다.

이렇게 깨끗한 호감이라니. 그것도 그녀를 뭔가 대단한 사람처럼 착각하고 있는 상태로. 차라리 불쾌해했으면 쉽게 대응했을 텐데. 더 큰 문제는 민망하면서도 따뜻한, 묘한 기분이 든다는 점이었다.

에키는 어떻게 해야 할지 알 수가 없어서 앨리스 쪽을 돌아보지 않고 빠르게 걸었다. 방에 도착하자마자 냉큼 욕실로 들어가 버렸다.

앨리스는 앞서서 방문을 열었던 에키가 뒤따라 들어오는 자신을 위해서 잠깐 문을 잡고 있던 것을 보았다. 그녀는 에키가 욕실로 들어갈 때까지 웃음을 참느라 애썼다.

다음 날 아침, 일어나자마자 에키는 몸이 무거운 것을 느꼈다.

[그러게 왜 마나를 안 썼어?]

앨리스는 새벽부터 어제 얻은 것들을 완전히 체득하기 위해 나가서 없었다. 에키는 침대에 푹 파묻힌 채 손을 들어 보았다. 흰 장갑을 벗고 맨손을 보자 보드라운 손에 물집이 잡힌 게 보였다. 그녀는 한숨을 쉬었다.

"아니, 앨리스 윈터벨이 너무 진지해서."

[야, 너 자꾸 옛날 몸이 아니라는 거 까먹는 거 같다?]

"시끄러. 마나 쓰면 똑같아."

[어젠 안 썼잖아.]

"분위기에 휩쓸렸다고."

확실히 몸 상태가 나빴다. 워낙 요령과 기술이 좋아서 실제 체력보다 훨씬 잘 버티긴 하지만, 그녀의 몸은 검을 잡은 지 두 달도 되지 않은 귀족 영애 그 자체였다. 마나로 받쳐 주지 않으면 아무리 효율적으로 몸을 움직여도 한계가 있었다. 한창 움직일 때야 열이 올라 있으니 잘 티가 나지 않지만, 다음 날엔 이런 식으로 후유증이 오게 되는 것이다.

온몸이 근육통으로 비명을 질렀다. 이마를 짚어 보니 열도 약간 있었다. 에키는 장갑을 도로 끼고 비척비척 일어나며 신음을 흘렸다.

"아야야."

[어휴, 등신.]

"망할 마검, 닥치지 못해?"

투덜거리며 침대에서 벗어나던 그녀는 테이블 위에 놓여 있는 쟁반을 발견했다.

기숙사의 방은 양쪽에 각자의 침대, 책상, 옷장, 서랍장이 있었고 중앙에 테이블과 의자, 책장, 소파와 러그가 있는 형태였다. 사이에 커튼을 칠 수 있어서 제법 개인 공간이 보장되었다.

그 커튼을 젖히고 욕실로 가려고 나오니 테이블 위가 눈에 띄었다. 쟁반에는 뚜껑이 덮인 수프 그릇과 빵, 샐러드, 음료 컵이 가지런히 놓여 있었다. 공용 식당에서 가져다 놓은 아침 식사가 틀림없었다. 메모지 한 장 없었지만 누가 가져다 둔 것인지는 명백했다. 앨리스 윈터벨.

에키는 멍하니 그 쟁반을 내려다보았다. 가슴께가 이상하게 일렁거렸다. 머릿속에서는 마검이 미친 듯이 웃어댔다.

"그만 웃어, 머리 울리니까."

[야, 걔 되게 귀엽네. 귀찮게 굴 줄 알았는데……. 그때 죽였으면 아까울 뻔했어.]

그녀는 마검의 말을 무시하고 아침 식사를 했다.

오늘도 바라하와 마구간에서 만나기로 했다. 원래 바라하는 다음 날이 신입생 순위전이니 이날은 스콰이어 교육 대신 개인 훈련을 하지 않겠냐고 물었었는데, 에키가 필요 없다고 거절했었다.

'개인 훈련 하겠다고 할 걸 그랬네.'

씻고 나와서 오늘 입을 옷을 챙기며 에키는 뒤늦게 후회했다. 움직일 때마다 온몸이 아팠다. 약간 있던 열이 전신에 퍼지는 게 아무래도 몸살이 올 모양이었다.

아프다고 쉴 생각은 없었다. 에키네시아는 마스터 위의 경지에 이른 초인이었다. 마나를 사용하면 몸살이고 뭐고 무시하고 움직일 수 있었다. 굳이 마나를 쓰지 않아도 티 나지 않게 움직이는 것도 가능했다. 겨우 몸살에 쉬어야 할 정신력이었다면 9년이나 기오사를 모으지도 못했을 것이다. 물론 그 정신력이나 마나로 몸살을 낫게 하는 건 불가능하지만.

오늘도 마구간이니 종아리쯤 오는 짧은 드레스를 골랐다. 짙은 갈색에 베이지색 레이스가 달린 것이었다. 봄 드레스라 얇긴 해도 제법 따뜻한 재질인 데다, 긴 팔에 목 부분도 올라와 있어 좋지 못한 몸 상태에 도움이 될 듯했다.

에키는 느릿느릿 옷을 걸치다가 귀찮아져서 의자에 걸터앉았다. 마나를 이용해서 스타킹을 신고 장신구를 달았다. 물집이 잡힌 손에는 짙은 색의 장갑을 꼈다. 팔이 무거워서 마나를 불어넣어 화장품들을 움직여서 화장을 했다.

의자에 앉아서 손가락 하나 까닥 안 하고 치장을 하는 꼴을 본 바르데르기오사가 기가 찬다는 듯 중얼거렸다.
[마나로 화장을 하다니 낭비도 정도가 있지……]
"지금은 팔 움직이는 게 더 귀찮아."
평소보다 오래 걸렸다. 에키는 얼굴에 열이 오른 게 티가 나지 않는지 마지막으로 확인한 다음 방을 나왔다.

창천의 마구간에는 바라하가 이미 와 있었다.
"어서 와. 근데 정말 내일이 신입생 순위전인데, 말이나 돌보고 있어도 되겠어?"
"네, 배울 게 많잖아요. 수습 기간이 한 달밖에 안 되는 데다 중간에 마물 토벌까지 다녀올 걸 생각하면 시간이 부족하죠."
"……네가 3위 안에 못 들 거라곤 생각하지 않는데, 그래도 너무 당연하게 생각하는 거 아니냐, 에키? 사관생도들을 얕보지 말라고."
바라하가 헛웃음을 흘렸다. 에키는 그의 뒤를 따라 마구간으로 들어가며 아무렇지도 않게 답했다.
"얕보는 게 아니에요."
"그럼?"
"제 실력을 잘 파악하고 있을 뿐이죠."
바라하가 입술을 실룩이더니 요란하게 웃음을 터뜨렸다. 그는 웃느라 제대로 말도 하지 못하고 손짓으로 실피드 쪽을 가리켰다.
"푸흡, 흠, 오늘은, 크흠, 어제 못했던 갈기랑 꼬리 손질을 마저 하자. 그다음에 안장을 얹고 장비를 챙기는 법을 가르쳐 줄게."
"네, 감사합니다."

실피드는 오늘도 얌전했다. 에키는 바라하가 시키는 대로 빗질을 하고, 안장을 채우고 안장 가방 등의 마구(馬具)를 하나하나 챙겼다. 혹시나 또 유리엔이 나타날까 봐 내심 긴장했지만 다행히 그는 나타나지 않았다.

느지막한 오후가 되자 바라하가 말했다.

"여기까지. 아무리 그래도 내일이 순위전이니."

"전 정말 괜찮은데요."

"어차피 나도 오후에는 로드께 가 봐야 해. 그러고 보니 어제는······."

바라하가 말하다 말고 이맛살을 찌푸렸다. 어제 단장의 말을 듣고 바론을 찾아갔던 게 생각났다.

"퇴근하기 전에 한 번만 들르라는 거였는데. 벌써 왔나?"

왜 부르셨냐고 묻자 바론이 당황하며 한 말이 저것이었다. 단장님이 로드의 말을 잘못 들었던 걸까.

"바라하 선배님?"

"어, 아무것도 아냐. 어쨌든 나도 가 봐야 하니까. 여기까지만. 내일 순위전 잘해라. 구경하러 갈 테니."

"네, 알겠습니다. 오늘도 수고하셨어요."

에키가 드레스 자락을 쥐고 가볍게 인사를 했다. 그녀가 워낙 태연한 터라, 바라하는 끝까지 그녀의 몸 상태를 알아차리지 못했다.

그와 헤어져 마구간을 나온 다음 에키는 곧바로 근처의 수돗가로 향했다. 지푸라기와 먼지를 털어 내고 손을 씻고 나서 찬물에 손수건을 적셔서 뺨에 꾹 눌렀다. 열이 오르자 어질했다.

"가서 잠이나 자야겠다."

[너 아픈 건 처음 보는 것 같다. 다치는 건 많이 봤는데.]

"몸이 단련이 안 되어 있으니 별수 없잖아. 제대로 몸 만들려면 1년은 잡아야……."

퉁명스럽게 대꾸하던 에키는 뚝 말을 멈췄다. 누군가가 다가오고 있었다. 그다지 만나고 싶지 않은 사람의 기척이었다.

'이안 펠레트로.'

되도록 피하고 싶었지만, 수돗가의 입구는 하나였다. 이안은 수돗가 쪽으로 오고 있었다. 마주칠 수밖에 없었다.

에키는 한숨을 쉬고 손수건을 챙긴 다음 입구 쪽으로 향했다. 역시나 입구로 나가자마자 다가오는 이안이 보였다. 이안은 밝게 웃었다.

"아, 에키네시아 생도. 찾고 있었어. 바라하 생도가 조금 전에 마구간에서 헤어졌다고 해서, 혹시 수돗가에 있지 않을까 했는데."

"안녕하세요, 선배님. 무슨 일이신가요?"

"신입생 순위전 대진표를 정해야 하거든."

이안이 품에서 가죽 주머니를 꺼냈다. 그가 입구를 묶은 줄을 풀고 약간 벌린 주머니를 그녀에게 내밀었다.

"전적이 없으니까, 추첨으로 대진표를 정해. 뽑아 보렴."

"네."

에키는 순순히 주머니에 손을 넣었다. 접힌 쪽지들이 안에 있었다. 그중에 아무것이나 쥐는데, 이안이 웃는 얼굴로 말했다.

"네가 3위 안에 들어서, 마물 토벌 때 꼭 참가할 거라고 결심했다며?"

"아…… 네. 바라하 선배님께 들으셨나요?"

"응. 하긴, 단장님의 스콰이어가 될 생도가 3위 안에도 들지 못하면 말도 안 되지. 안 그래? 아, 부담을 주려는 의도는 아니야."

"네, 알아요."

별로 길게 대화하고 싶지 않았다. 에키는 대강 대답하며 쪽지를 뽑았다. 접혀 있는 종이를 펴 보니 8번이라고 쓰인 숫자가 보였다.

"운이 나쁜 편이네, 에키네시아 생도."

이안이 혀를 차더니 대진표를 꺼내 8번 칸에 에키의 이름을 적었다. 그리고 그것을 그녀에게 보여 주었다.

순위전은 토너먼트 방식이었다. 이긴 사람이 올라가고 진 사람은 떨어지는 구조. 당연히 대진운에 따라 실력이 좋아도 낮은 순위를 기록하게 되는 경우가 있었다. 그것을 보완하기 위해 결투로 순위를 바꿀 수 있긴 했다.

"첫 상대가 미하일 생도야. 미하일 생도는 알고 있지?"

에키의 이름 옆에는 미하일 폰 프랑 알마리라는 이름이 적혀 있었다. 기오사 오너 테레사의 남동생. 파티마가 이야기했던, 가장 주시하는 세 명의 1학년 중 하나.

"이기고 올라가면 다음은 앨리스 생도네. 뭐, 앨리스 생도는 네가 결투로 이겼었으니까. 물론 미하일 생도부터 이겨야겠지만. 난 네가 잘하리라 믿어. 기대할게."

이안이 웃는 얼굴로 에키의 어깨를 두드렸다. 이 대진표가 우연일까. 우연이 아니라는 직감이 강하게 들었지만 에키는 그냥 고개를 끄덕였다.

"감사합니다, 선배님."

어차피 대진표가 어떻게 되건 그녀는 신경 쓰지 않았다. 이안이 아무렇지도 않은 그녀의 얼굴을 내려다보며 무어라 말을 하려는 찰나,

에키가 움찔 몸을 굳혔다. 예민한 그녀의 감각에 다른 사람이 느껴졌다. 정갈한 걸음걸이. 유리엔이 근처를 지나가고 있었다.

"에키네시아 생도?"

이안이 의아하게 그녀를 불렀다. 에키는 얼른 긴장한 기색을 지웠다.

"네, 선배님."

물론 겉으로만 지웠을 뿐, 온 감각은 유리엔 쪽으로 가 있었다. 유리엔은 마구간 입구 쪽으로 향하다가 갑자기 멈췄다. 그녀만큼은 못 되어도 유리엔 역시 감각이 넓을 것이다. 수돗가 앞에 있는 에키와 이안의 존재를 알아채기엔 충분할 만큼. 그가 마구간으로 들어가는 대신 수돗가 쪽으로 오기 시작했다.

'실피드 가지러 온 거면 실피드한테 가지, 왜 이쪽으로 오는 거야……'

안 그래도 어지럽고 피곤한데. 속으로 투덜거리던 에키는 문득 다른 생각이 떠올랐다.

'처음부터 날 확인하러 온 건가?'

그녀가 마검의 악마일지도 모른다고 의심하고 있다면, 그녀를 계속 관찰하려 하는 게 당연했다. 다른 사람과 단둘이 있으면 불안하게 여길지도 모른다. 그의 입장에선 언제 돌변할지 모를 살인마가 자신의 터전에서 돌아다니는 거니까.

그렇게 생각하면 자주 마주치는 게 자연스러웠다. 계속 감시하고, 그녀가 모르는 곳에서 매일 보고를 듣고 있을 수도 있다. 하루빨리 스콰이어로 만들어 시야에 닿는 곳에 두고 싶어 할 것이다. 그녀가 시한폭탄으로 보일 테니.

만약, 기억이 없으며, 작년의 탄신 연회 때 그녀에게서 뭔가를 본 탓에 그녀를 주시하고 있는 경우라면, 자꾸 마주치는 이유는…….

"아니, 개인적인 관심이었다."

유리엔이 했던 말이 뇌리에 맴돌았다. 에키는 저도 모르게 고개를 저었다. 열이 올라 머리가 이상해졌나. 난데없이 낭만 소설 같은 상상이 떠오르고 난리다.

"에키네시아 생도, 내 말 듣고 있어?"

"아, 네? 죄송합니다. 뭐라고 하셨었죠?"

"브레드 생도가 너한테 사과하고 싶다는데."

"……네?"

이건 또 무슨 개소리지. 하도 어이가 없어서 유리엔에 대한 생각마저 날아가 버렸다. 이안은 부드럽게 웃는 얼굴로 말했다.

"뒤늦게 생각해 보니 여러모로 자신이 실수한 것 같다고, 사과하고 싶다고 해서. 브레드 생도가 너하고 만날 자리를 만들어 달라고 나한테 부탁을 했거든. 넌 어떻게 생각하니?"

"만나서 사과하고 싶다고 했다고요? 저한테, 브레드 선배님이?"

"응. 네가 용서해 줄 마음이 없으면 거절해도 돼. 그 녀석이 사과하고 싶다고 해서 네가 사과를 받아 줄 의무가 있는 건 아니니까."

대체 무슨 수작일까. 에키는 미간을 모았다. 브레드 폰 포움을 그녀가 잘 아는 건 아니지만, 그 짧은 만남만으로도 그가 반성할 거란 생각은 도저히 들지 않았다. 하다못해 에키가 순위전에서 뒷말이 나올 수 없는 실력을 보인 이후라면 몰라도, 아직 순위전도 하지 않은 상태다. 게다가 이 말을 전해 주는 게 이안 펠레트로란 말이지. 수상한 냄새가 풀풀 났다.

"언제 만나자고 하시는데요?"

"가능하면 오늘 저녁이라도 만……."

이안의 말끝이 흐려졌다. 에키는 그가 말을 멈춘 이유를 잘 알았다. 이안이 급히 인사를 했다.

"아르 세밧티엠. 단장님을 뵙습니다."

뒤돌아보기가 부담스러웠다. 그녀는 내키지 않는 마음으로 고개를 돌렸다. 역시나 유리엔이 그들 쪽으로 다가오고 있었다. 그의 시선이 에키네시아를 넘어서 이안에게 가 닿았다.

"사과라니, 무슨 소리지?"

"……생도 간의 다툼이 있었습니다."

이안이 어색하게 웃는 얼굴로 답했다. 유리엔의 시선은 이안의 얼굴에 길게 머물렀다. 표정 없이 서늘한 낯이었다. 그는 곧 에키를 돌아보았다.

"어떤 다툼인가, 에키네시아 생도?"

"개인적인 일입니다, 단장님."

에키는 딱 잘라 말했다. 그에게 알릴 생각은 없었다. 도움받을 생각도 물론 없다. 그럴 만한 관계도 아니고, 도움이 필요하지도 않았다. 이안 펠레트로가 대진표에 수작을 부리건, 브레드가 사과한답시고 무언가 이상한 짓을 하건 간에.

유리엔이 단호한 표정의 에키를 내려다보았다. 그가 고개를 살짝 기울였다. 미미하게 갸웃거리는 느낌. 눈매가 가늘어지더니 푸른 눈이 찬찬히 그녀의 얼굴을 살핀다. 곧 그는 에키에게서 시선을 떼고 이안을 바라보았다.

"생도 대표. 에키네시아 생도에게 더 할 말이 남았나?"

"예? 아…… 그게."

이안은 난처한 얼굴이 되었다. 에키가 그를 향해 말했다.

"사과하고 싶으면 직접 찾아오라고 전해 주세요, 선배님."

"……알았어, 그렇게 전해 줄게."

이안은 일그러지려는 얼굴을 능숙하게 미소로 마무리했다. 기다리고 있던 유리엔이 덤덤한 목소리를 냈다.

"끝났으면 가 보도록. 에키네시아 생도와 할 말이 있다."

"알겠습니다, 단장님. 그럼."

그는 유리엔을 향해 경례를 하고 떠나갔다.

에키는 아래를 내려다보고 있었다. 할 말은 또 뭘까. 이안이 완전히 멀어지고 나자 유리엔의 시선이 그녀에게 와 박혔다. 안 그래도 어지러운 머리가 빙글빙글 도는 기분이었다. 그녀는 고개를 들지 않았다.

"무언가……."

유리엔은 말을 꺼내 놓고 멈추더니 한참을 머뭇거렸다. 그가 얕게 한숨을 쉬는 것이 느껴졌다. 에키는 결국 고개를 들었다. 푸른 눈동자가 모호한 빛을 띠고 그녀를 보고 있었다.

"……내가, 그대를 도울 일이……."

말끝이 흐리고 몹시 조심스러웠다. 그 탓에 에키는 그의 말을 제대로 알아듣지 못했다. 그녀는 망설이다가 입을 열었다.

"죄송하지만 제대로 못 들었습니다, 단장님."

"……아니, 아니다."

유리엔이 쓴웃음을 띠더니 한 손으로 입가를 가렸다. 그는 다시 그녀의 얼굴을 구석구석 들여다보고, 이어 돌아서며 말했다.

"따라와라, 에키네시아 생도."

"네."

마음 같아선 그냥 돌아가서 침대에 파묻혀 잠이나 자고 싶었다. 그러나 그럴 수는 없었다. 에키는 순순히 그의 뒤를 따라갔다. 유리엔은 마구간을 지나 창천 기사단 본부 건물 앞에서 멈추더니, 잠깐 기다리라고 말하고는 안에 들어갔다. 잠시 후에 그는 무언가를 들고 밖으로 나와 다시 걷기 시작했다.

에키는 아무 생각 없이 그의 뒤를 따라 걸었다. 유리엔은 똑바로 등을 펴고, 자로 잰 듯이 반듯하게 걷는다. 걸을 때 소리가 거의 나지 않았다. 오랜 훈련과 타고난 우아함이 걸음걸이에서도 묻어났다. 느슨하게 묶어 둔 은발이 일정한 박자로 흔들렸다. 그늘진 부분은 회백색, 햇빛을 받는 부분은 하얗게 반짝거리는 게 순은을 가늘게 뽑아 모아 둔 것 같다.

머리가 멍하니 내내 그런 것만 눈에 담고 있었다. 그러느라 에키는 여자 기숙사 앞에 도착했다는 것을 뒤늦게 알아차렸다. 다음 날이 신입생 순위전이라서 다들 훈련 중인지 기숙사 근처는 조용했다.

기숙사 입구에서 유리엔이 그녀에게 다가왔다. 그는 작은 종이봉투를 내밀었다. 에키가 얼떨떨하게 그것을 받아 들자, 그가 희미하게 웃었다.

"무리는 하지 말도록."

나직한 목소리, 다가온 손이 살짝 어깨 위에 얹혔다가 떨어졌다. 새털이 스치는 것처럼 가벼운 접촉이었다. 그는 대답을 기다리지 않고 떠났다.

에키는 그가 사라지고 나서야 손에 들린 종이봉투를 내려다보았다.

봉투를 열자, 그 안에는 작은 유리병과 납작한 금속 통이 각각 두 개씩 들어 있었다. 그녀는 방에 돌아가서 책상에 앉아 그것들을 하나하나 꺼내 보았다.

창천의 매 문양이 새겨진 푸른색 금속 통과 붉은색 금속 통. 그것들은 꽤 유명한 물건이라 보자마자 무엇인지 알 수 있었다. 창천 기사단원들이 사용하는 특수 제작 연고였다.

아젠카 대신전 신관들의 축복이 섞인 것으로, 외상 치료에 효과를 보이는 붉은 통과 늘어난 인대나 근육통 등에 효과가 좋은 푸른 통이 있다고 들었다. 그 뛰어난 효과와 함께 돈이 있어도 구하기 어려운 걸로 유명한 물건이었다. 신관들이 수제로 소량만 만드는 탓에 창천의 기사들만 쓸 수 있었다.

그 귀한 연고가 두 종류 다 들어 있었다. 다음으로 유리병들을 확인해 보았다.

두 개의 유리병 중 갈색 유리병에는 라벨이 붙어 있었다. 항생제 시럽. 다른 하나의 투명한 유리병 안에는 노르스름한 조각들이 꿀에 절여져 있었다. 뚜껑을 열어 보니 생강 향이 달콤한 꿀 냄새 사이로 강하게 풍겼다. 생강차였다.

에키는 그것들을 책상 위에 늘어놓고 멀거니 바라보았다. 아무리 보아도 내용물은 변하지 않았다. 몸살에 걸린 환자에게 줄 법한 물건들.

"……어떻게 안 거지?"

[뭘? 이게 뭔데 그래? 독이야?]

마검이 해맑게 물었다. 에키는 대꾸하지 않고 벌떡 일어나 거울을 들여다보았다. 화장까지 해 둔 얼굴은 어딜 봐도 아픈 것으로는 보이지 않았다. 오전 내내 곁에 붙어 가르치던 바라하도 전혀 몰랐지 않나.

그녀는 책상으로 돌아와 생강차 병을 만지작거렸다. 매끄러운 유리의 감촉을 따라 손을 내리다가, 책상에 엎드려 고개를 파묻었다.

[응? 왜 그래? 너 얼굴이 빨개졌다? 열 올라?]

"몰라, 닥쳐."

기분이 몹시 이상했다. 톡 쏘는 냄새와 달콤한 냄새가 뒤섞인 생강차 향처럼.

그가, 기억하지 못했으면 좋겠다. 작년 탄신 연회 때 처음 서로를 보고, 그때 서로를 기억하게 되어서, 아젠카에서 재회한 거였으면 좋겠다. 그런 생각이 들었다.

4월 26일, 신입생 순위전이 있는 날이 밝았다. 아침부터 부슬부슬 봄비가 내렸다.

신입생 순위전은 본관 바로 옆에 있는 별관 안에서 열렸다. 비가 오지 않았다면 본관 앞 대연무장에서 했을 텐데, 비가 오는 바람에 실내 훈련장에서 열리게 되었다.

훈련장 입구에 대진표가 붙어 있었다. 곱슬거리는 금발의 소년이 그 앞에 서서 대진표를 뚫어져라 바라보았다. 황금을 가져다 쏟아부은 것처럼 반짝이는 머리카락과 연두색에 가까운 초록색 눈동자, 도자기처럼 흰 피부와 반듯한 코, 발그레한 입술까지. 소년은 명화에서 튀어나온 천사처럼 보였다.

"미하일, 뭐 하냐?"

밤색 머리의 생도가 어슬렁거리며 다가와 그의 어깨에 팔을 올렸다. 미하일은 눈살을 찌푸린 채 자신의 룸메이트이자 동기인 그를 돌아보았다.

"테오. 내 1차전 상대 말이야."

"왜? 누군데?"

"그 여자 맞지?"

미하일이 대진표를 가리켰다. 테오가 그가 가리킨 곳에 적힌 이름을 읽었다. 에키네시아 로아즈. 그는 참지 않고 푸흡, 하고 웃음을 흘렸다.

"야, 야. 네 1차전 진짜 기대된다."

"뭐가."

"레이디와 천사의 대결이라니, 그림 되잖아. 안 그래? 눈호강 제대로 하겠네."

테오가 낄낄거리며 미하일의 어깨를 두드렸다. 미하일은 인상을 쓰고 그를 노려보았다.

"천사라고 부르지 말랬지."

"네 얼굴 보면 누구든 간에 천사라는 별명에 동의할 텐데."

"지랄하네."

미하일이 욕설을 내뱉으며 테오의 엉덩이를 걷어찼다. 테오는 얻어맞으면서도 웃음을 그치지 않았다. 미하일은 짜증스럽게 흘러내린 머리카락을 쓸어 올렸다.

그는 창천 기사단에 세 명뿐인 기오사 오너이자, 유일한 여성 기오사 오너인 테레사 폰 프랑 알마리의 늦둥이 동생이었다.

열한 살 차이가 나는 누님은 미하일의 기사단 입단을 반기지 않았다. 누가 봐도 곱고 여린 소년은 외모 그대로 어린 시절에 몸이 약했다. 테레사가 아젠카로 떠날 때까지도 쭉 그랬다. 사춘기 이후 건강해지며 검술에 재능이 있는 것도 깨달았지만, 테레사에게 미하일은 언제나 연약한 막냇동생일 뿐이었다.

"상대가 누구든 뭔 상관이야. 이기고, 내가 1위를 할 거야. 마물 토벌에 참가해서 활약하면 누님도 날 좀 달리 보시겠지. 난 이제 누님이 걱정할 어린애가 아니라고."

미하일이 다짐하듯 중얼거렸다. 옆에서 그의 말을 들은 테오는 피식 웃으며 한마디 했다.

"하여간 누님바라기라니까."

"닥치지 않으면 그 주둥이가 두 번 다시 나불대지 못하게 만들어 주지."

"그러다 '레이디'한테 지면 어쩌려고?"

"져? 내가?"

미하일은 붉은 입술을 끌어 올리며 웃었다.

"그런 계집애한테 내가 질 것 같아?"

"제일 계집애같이 생긴 게 뭐래. 야, 그래도 에키네시아 로아즈 재가 입학 수석이었잖아. 넌 3등이고."

"넌 소문 못 들었어?"

"무슨 소문? 아, 레이디가 부정 입학이었을 거라는 거?"

에키네시아 로아즈의 입학 성적과 스콰이어 지명을 둘러싼 뒷소문은 거침없이 부풀어 오른 상태였다. 누가 봐도 이해하기 어려운 스콰이어 지명에, 입학 첫날 결투 때도 별로 탁월한 모습을 보이지 않았기 때문이었다.

소문의 시작은 브레드를 위시한 몇몇 질 나쁜 이들이었지만, 요즈음에는 생도들 중 대부분이 그 소문을 알고 있었다. 대다수가 아는 소문은 때로 모두가 알고 있다는 이유만으로 진실로 치부된다. 근거가 없으면 이 정도로 소문이 나돌겠냐는 의심이 드는 것이다.

"수상하긴 해. 아무리 그래도 첫날에 스콰이어 지명은 좀 심하잖아. 뭐 세기의 천재 같은 것도 아닌데."

"오늘 적나라하게 까발려지겠지, 그 계집애의 진짜 실력이."

"하여간 곱상하게 생긴 게 입은 험해 가지고. 네 누님은 너 이러는 거 아시냐?"

"누님께서 아시는 날엔 네놈부터 족칠 거야."

녹색 눈동자가 험악하게 번뜩이자 테오가 쯧쯧 혀를 찼다.

"그래도 내가 너보다 형인데, 이 자식아."

"고작 한 살 차이 나는 동기 주제에 형은 개뿔이."

미하일이 비웃으며 검을 챙겨 들었다. 신입생 순위전이 시작될 시간이었다.

실내 훈련장의 관람석에는 생도들이 이미 빽빽하게 앉아 있었다. 신입생들의 실력을 알아 놔야 다음 전체 순위전에 대비하기 쉬우니, 대부분의 생도가 참석할 수밖에 없었다. 순위전을 진행하는 생도 대표는 도와주는 몇몇 3학년과 함께 중앙에 서 있었다.

미하일은 관람석 아래에 있는 대기실로 향했다. 전면이 뚫려 있는 대기실이라 중앙의 경기장이 잘 보였다. 이미 대부분의 신입생이 와서 기다리고 있었다.

"야, 걔 저기 있네."

테오가 미하일의 옆구리를 꾹 찌르며 속삭였다.

에키네시아 로아즈는 모여 있는 생도들 중에서도 눈에 띄었다. 길게 늘어뜨린 분홍색 머리카락에 하얀 드레스. 짧은 장식용 베일이 달린 금색 리본으로 머리칼을 반쯤 묶어 올렸다. 손에는 흰 장갑, 하얀 스타킹에 흰 리본 구두까지. 포인트로 달린 금장식과 드레스의 가장자리에 금실로 놓은 수 외에는 온통 흰색이었다. 그녀의 귓가에서 진주 귀고리가 달랑거렸다.

테오는 낮게 휘파람을 불었다.

"예쁘긴 예쁘네. 시커먼 생도들 틈에 있으니 눈도 즐겁고."

"기사가 되는 데 예쁜 게 무슨 쓸모가 있다고. 아, 쟤는 쓸모가 있으려나? 소문대로라면."

미하일은 입꼬리를 비틀었다. 예쁘장하긴 해도, 그가 보기에는 저 여자보다 누님인 테레사가 훨씬 아름다웠다.

에키네시아 로아즈의 근처에는 아무도 없었다. 그녀의 주위는 보이지 않는 벽이라도 있는 것처럼 비어 있었다. 속속 도착하는 생도들은 그 근처를 피해 다른 곳에 앉았다. 그 와중에, 막 들어온 생도 한 명이 그녀에게로 똑바로 다가갔다.

"저거 앨리스 윈터벨이잖아?"

각 잡힌 생도복을 입은 앨리스는 에키네시아에게 다가가 무어라 말을 걸었다. 건성으로 대꾸하던 에키네시아는 그녀가 자신의 옆에 앉자 화들짝 놀랐다. 앨리스가 웃으며 말을 하고, 그 말을 들은 에키네시아는 당황한 듯 시선을 피하다가 턱을 괴고 한숨을 쉬었다.

그리고 아주 살짝 미소를 띠었다. 감추려다 흘러넘쳐 어쩔 수 없이 새어 나오는 것 같은 웃음을. 난처하고 부끄러워하면서도, 숨길 수 없는 기쁨이 묻어나는 표정이 그녀의 얼굴에 짧게 스쳐 지나갔다.

"......어."

그녀를 계속 보고 있었던 미하일은 그 웃음도 보았다. 순간 속에서 무언가가 덜컹했다.

"어, 어?"

소년은 멍청이처럼 중얼거렸다. 뭐, 뭐야, 이 느낌은. 방금 본 게 뭐였지? 아니, 그냥 계집애가 조금 웃은 거잖아. 미하일은 손으로 눈을 문지르고, 다시 에키네시아 쪽을 봤다가, 제 뺨을 스스로 때렸다.

"뭐 하냐?"

테오가 황당하다는 어조로 물었다. 미하일은 한쪽 뺨이 벌겋게 달아오른 상태로 정면 경기장에 시선을 고정했다.

"아무것도 아냐."

속이 기묘하게 들끓었다. 미하일은 그것을 분노로 바꾸었다. 남자를 홀리려고 드레스나 입고 다니는 계집애한테 한눈을 팔다니. 스스로가 한심하고 창피했다. 18세, 사관학교 입학 기준상 최연소인 소년은 검집을 쥔 손에 꾹 힘을 주었다. 빨리 자신의 차례가 오길 빌었다.

"7번, 미하일 폰 프랑 알마리! 8번, 에키네시아 로아즈!"

생도 대표 이안이 소리를 높여 그들을 호명했다. 미하일은 튕기듯 자리에서 일어나 경기장으로 나갔다. 그의 맞은편에 에키네시아가 사뿐사뿐 다가와 섰다. 하얀 드레스 차림의 여자를 앞에 두자 순위전 경기장이 아니라 무도회장에 서 있는 기분이었다.

여기가 무도회장이었다면 가슴에 손을 대고 우아하게 인사를 하고, 춤을 청했겠지. 미하일은 무심코 그런 생각을 했다가 얼굴을 일그러뜨렸다. 쓸데없이 꾸미고 다녀서 이따위 생각을 하게 만들다니. 다 저 계집애 탓이었다. 레이디고 뭐고 박살을 낸 다음 잊어버려야지. 소년은 화가 난 눈으로 에키네시아를 노려보았다.

"······승자에겐 자비와 관용이, 패자에겐 승복과 인정을, 결투자들의 검에는 명예와 정의가 깃들게 하소서. 아르 세밧티엠."

진행을 돕는 3학년이 검을 뽑아 들어 그들 사이에 겨눈 채 관용적인 결투 선언을 하고 물러났다. 겨눠진 검이 사라지는 순간 대결이 시작되었다.

미하일은 검을 세로로 세워 들었다. 그의 가문인 프랑 알마리의 검술은 굳건한 방어와 그를 기반으로 한 반격에 특화되어 있었다. 테레사는 그 검술로 마스터가 되었고 기오사 오너의 자리까지 올랐다. 미하일은 자신의 검술을 의심하지 않았다.

'와라. 오기만 하면······!'

에키네시아는 바로 달려드는 대신 검을 비스듬히 늘어뜨린 채 미하일을 훑어보았다. 보라색 눈동자가 소년의 모습을 비춰 냈다. 미하일은 짜증이 났다. 빨리 공격하기나 하지, 뭔 생각을 하고 있는 거야, 저 여자는.

그 순간 그녀가 발을 내디뎠다. 하나, 한 걸음 크게 내딛고, 둘, 늘어뜨려져 있던 검이 반원의 궤적을 그리며 솟구친다. 미하일은 그 궤적을 가늠하며 검을 받아칠 준비를 했다. 그리고 셋.

챙그랑.

미하일의 검이 허공을 날았다. 공중에 붕 떴던 검이 경기장 바닥에 떨어질 때까지 무슨 일이 일어난 건지 아무도 파악하지 못했다. 바닥에 떨어진 검이 요란한 소리를 내며 굴러갔다.

미하일은 비어 버린 제 손을 멍하니 내려다보았다. 훅 하고 가벼운 바람이 끼쳐 와 앞머리를 날렸다. 그는 고개를 들었다. 칼끝이 이마 바로 앞에 멈춰 있었다. 그 칼의 너머에서, 보라색 눈동자가 귀여운 어린아이를 보듯 소년을 향해 곱게 휘었다.

"……8번, 에키네시아 로아즈 승리."

"뭐, 뭐야?"

"지금 어떻게 된 거야?"

"봤어?"

"아니, 이게 무슨…….""

3학년의 얼떨떨한 선포 이후에 봇물 터지듯 웅성거림이 터져 나왔다. 에키네시아는 태연히 검을 거두고 대기실로 되돌아갔다. 바닥에 구두 굽이 부딪히는 소리가 또각또각 선명했다.

미하일은 넋을 빼앗긴 것처럼 굳어 있었다. 다가온 3학년이 그를 툭툭 쳐서 정신을 차리게 만들었다. 그러자 미하일은 목덜미부터 이마 끝까지 새빨갛게 달아올라서 대기실이 아니라 밖으로 나가 버렸다.

테오는 제 룸메이트가 어이없게 패배한 것이 부끄러워 달아났으리라고 생각하고 뒤따라 나갔다. 그는 한동안 훈련장 주위를 뒤지다가 겨우 화려한 금발을 찾아냈다. 미하일은 실내 훈련장 외곽 모퉁이에 서서 벽에 머리를 박고 있었다.

"미하일, 너 방심했……?"

반쯤은 놀릴 마음으로 그의 어깨를 쥐었던 테오는 돌아보는 소년의 눈빛을 보고 뒷말을 삼켜 버렸다. 얼굴은 여전히 빨갛고 초록색 눈은 몽롱하게 풀려 있었다. 천사 같은 소년이 그런 표정을 하자 묘하게 위험해 보였다. 테오는 당황해서 말을 더듬으며 그의 등을 두드려 주었다.

"너, 너 괜찮냐? 야, 살다 보면 실수할 수도 있지. 괜찮아, 괜찮아."
"실수한 거 아니야."
"뭐?"
"실수 아니라고. 넌 못 봤냐?"
"뭘 봐?"
"모르면 됐어, 새끼야. 평생 모르고 살아. 원래 아는 만큼 보이는 거지."
"이게 돌았나, 뭐라는 거야?"

미하일은 발갛게 달아오른 뺨을 손으로 꾹꾹 눌렀다. 그는 홀린 듯한 목소리로 중얼거렸다.

"누님 같은 여자는 처음 봤어."
"……."

테오는 제 룸메이트가 단칼에 패배한 충격으로 정신을 놨다고 판단했다. 미하일은 몇 차례 얼굴을 문지르고 양손으로 뺨을 짝 치더니 눈빛을 침착하게 가라앉혔다.

"가자."
"어딜 가?"
"마저 봐야지. 그 사람 경기는 한 경기도 놓치면 안 돼."
"……누구? 레이디?"
"그래, 빨리 따라와. 그리고 눈알 빠지도록 집중해서 이번엔 놓치지 말고 봐. 그럼 나중에 나한테 감사하게 될걸."

미하일이 테오를 잡아끌듯 붙잡고 관람석으로 향했다. 테오는 얼이 빠져서 질질 끌려가다가 그의 팔을 떼어 냈다.

"야, 넌 떨어졌지만 난 경기 남았거든?"

"아."

미하일의 눈이 깜박거렸다. 그러더니 심각한 표정이 되었다.

"나 떨어진 거지?"

"이 자식이 아까부터 헛소리를 자꾸 하네."

"마물 토벌은 꼭 참여하고 싶은데."

"포기해, 가서 발 닦고 잠이나 자."

"됐어, 순위전 끝나고 3위 안에 든 놈한테 가서 결투 신청하면 되니까."

미하일이 스산하게 웃었다. 테오는 기가 차서 콧방귀를 뀌었다.

"1차전에서 레이디의 칼 한 방에 나가떨어진 게 퍽이나. 쪽팔리지도 않냐? 넌 아무래도 수련 좀 더 해야겠다."

"이번 순위전이 끝나고 나면."

미하일이 관람석 쪽으로 향하며 테오의 어깨를 꾹 쥐었다. 소년은 금빛 속눈썹을 내리깔며 꿈결처럼 속삭였다.

"그녀에게 진 걸, 누구도 쪽팔리게 여기지 않을 거야."

"……그게 무슨 뜻이야? 레이디한테 지는 게 당연하다고?"

"보면 알게 돼. 그러니까 잘 보라고. 너야말로 수련이 더 필요하겠어."

미하일은 테오를 밀어내며 관람석 계단 쪽으로 향했다. 테오는 이해할 수 없다는 듯 뒷머리를 긁적이고 대기실로 돌아갔다.

에키네시아 로아즈는 아무 생각이 없었다. 근육통 연고를 바르고 항생제에 생강차까지 달여 마신 다음 푹 잤지만, 그래도 몸이 약간 무거웠다. 그래서 그녀는 만사가 귀찮았다.

'피곤하니까 빨리 끝내야지.'

신입생 순위전에서 1위를 하기로 결심하고 나서, 그녀는 어느 정도 쇼를 보여줄 생각이었다. 별건 아니고, 풋내기 생도들의 시선을 사로잡을 만한 화려한 기교로 대결을 이끌 생각이었단 소리다.

그런데 몸살기가 남아 있으니 그런 것도 귀찮았다. 어차피 더러운 소문이 나돌지 않을 정도로 압도하기만 하면 되는 거 아닌가. 그녀는 1차전 상대인 미하일의 앞에 서면서 최대한 빨리 끝내 버리기로 결심했다.

소년이 자세를 잡는 것을 보자 아련한 기억이 떠올랐다. 디트리히를 도망시키기 위해 그녀를 물고 늘어졌던 기오사 오너 테레사와 같은 준비 자세였다.

'남동생이니, 당연하겠지.'

에키는 미하일을 죽였던 상황은 잘 기억나지 않았다. 짚단 베듯 쓰러뜨렸던 많은 자들 중 하나였을 뿐이다. 아젠카에 뒤늦게 도착했던 테레사가 미하일의 시체를 붙들고 오열하는 것을 보았기 때문에 그녀는 미하일을 기억하게 되었다.

테레사는 방어에 특화된 검술을 구사했었다. 그녀의 검은 견고하고 드높으며 아름다운 성벽 같았다. 그 검술은 그녀의 성향과도, 그녀의 기오사인 디몽기오사와도 무척 잘 어울렸다. 디몽기오사는 인간의 슬픔과 보호 본능을 재료로 만들어진, '지키기 위한 검'이니까.

'누나를 롤모델로 삼았구나. 그런데 방어형 검술이랑 본인 성향이

좀 안 맞는 것 같은데.'

검을 든 자세만으로도 대강 느껴지는 바가 있었다. 테레사의 검과 싸워 본 덕이었다.

'테레사를 봐서라도, 기회가 닿으면 조언해 줄까…….'

에키는 그런 생각을 하며 검을 들었다. 그리고 훤히 보이는 약점을 이용해 소년의 검을 단번에 후려쳐 날렸다. 이어 미간에 검을 겨누어 대결을 끝내 버렸다.

넋이 나간 얼굴이 풋풋했다. 살아 있는 얼굴. 테레사도 살아 있을 것이고, 분명 둘은 사이좋은 남매겠지. 시간을 되돌린 보람이 여기서도 느껴졌다. 그게 기분이 좋아서 에키는 약간 웃었다.

대기실에 돌아오니 앨리스가 다가왔다. 그녀는 초롱초롱한 눈으로 에키를 바라보며 속삭였다.

"저와 대련할 때와는 또 다른 모습을 보이는군요, 로아즈 양."

"……그냥 이름으로 불러요, 윈터벨 양."

"그래도 됩니까?"

"편히 말해도 되고요. 간지러워서 못 견디겠어요."

거리감이 있을 때는 존대나 정중한 호칭도 아무렇지 않았는데, 숭배하는 듯한 시선을 받으며 저런 말을 들으니 민망해 죽겠다. 에키는 벼르던 말을 하고는 드레스가 구겨지지 않게 조심해서 자리에 앉았다. 몰려드는 다른 생도들의 시선은 신경도 쓰지 않았다.

"편하게 부르면…… 다음에 또 대련해 줄 겁니까?"

앨리스가 물었다. 에키는 경기장 쪽에 시선을 둔 채 고개를 끄덕였다.

"그래요, 앨리스."

"감사합니다, 에키네시아."

"에키."

"……네, 에키."

"말 놓으라니까요?"

"그건 좀……."

앨리스가 머뭇대더니 볼을 옅게 붉혔다. 에키가 그녀를 돌아보자 앨리스가 조그맣게 말했다.

"아, 아직 각오가 덜 되었습니다."

"……각오가 필요한 일이에요?"

"네. 에키는 말을 놔도 됩니다."

"앨리스가 안 놓는데 저만 말을 놓으면 이상하잖아요. 됐어요, 그럼."

1차전은 빠르게 진행되었다. 앨리스는 손쉽게 2차전에 올라왔다. 이제 2차전이다. 에키는 여전히 제 옆에 딱 붙어 앉아 있는 앨리스를 돌아보았다.

"2차전, 앨리스랑 저인 거 알고 있죠?"

"물론입니다. 기대하고 있습니다."

"……."

빨리 끝내려고 했는데, 기대감으로 반짝이는 회색 눈을 보자 도저히 그럴 수가 없었다. 에키는 깊은 한숨을 쉬었다.

이후 이어진 에키네시아 로아즈와 앨리스 윈터벨의 대결은 그야말로 명경기였다. 동시에 그것은 비슷한 실력자 간의 대련이라기보다는 지도 대련에 가까웠다. 월등히 실력이 위인 자가 아직 부족한 자를 상대로 가르치듯 진행되는 대련. 이 자리의 모든 사관생도가 자신들에게 검을 가르친 스승을 상대로 경험해 본 바로 그것이었다.

3막. 보이는 것과 보이지 않는 것

이기는 것이 적당히 유도하며 가르치는 것보다 훨씬 쉽다. 당연한 일이다. 남을 가르친다는 건 그저 실력이 위인 것만으로 되는 일이 아니니까. 까마득한 곳에서 해답지를 보듯 내려다보며 이끌어야 가능한 일이었다.

길게 이어진 수준 높은 검투는 마지막에 에키네시아의 검이 앨리스의 목덜미 앞에서 멈추는 것으로 끝이 났다. 관람석에는 쥐죽은 듯한 침묵이 깔렸다.

사관생도들은 바보가 아니었다. 앨리스가 얼마나 뛰어난지 그들도 알았다. 지금 이 자리에서 앨리스의 검 앞에 자신을 세워 봤을 때 승리를 자신할 수 있는 생도는 얼마 되지 않았다.

그럼, 그 앨리스를 상대로, 그것도 신입생 순위전이라는 자리에서, 지도 대련을 한 저 '레이디'는 대체 어느 정도란 건가. 가늠조차 잘 되지 않았다. 마나를 쓰지 못하는 것을 빼면 검술만으로는 창천의 정식 기사들과도 해 볼 만하지 않을까. 불편한 드레스에 굽 높은 구두를 신은, 스무 살짜리 여자가 말이다.

"세기의 천재…… 맞네."

넋 놓고 지켜보던 테오는 신음처럼 중얼거렸다.

사관생도는 모두 천재 소리를 들으며 아젠카까지 왔다. 테오도 숱하게 들어 본 말이었다. 천재. 뛰어난 재능.

사관생도가 되고 나서는 다들 뛰어나서 세상에 천재가 정말 많구나, 생각했었다. 천재 위의 천재, 예를 들면 룸메이트로 지켜본 미하일, 알음알음 실력이 알려진 앨리스 같은 녀석도 있었고.

하지만 '레이디'는 미하일을 한 번의 공격으로 패배시켰고, 앨리스를 상대로 지도 대련을 했다. 저런 존재는 대체 뭐라고 불러야 할까.

세기의 천재라는 표현도 부족해 보였다.

앨리스와의 2차전 뒤로는 일사천리였다. 에키네시아는 단 한 번의 공격으로 모든 상대의 검을 날려 버렸다. 누구도 그녀의 검을 받아 내지 못했다. 앨리스만 예외로 상대해 준 거라는 걸, 그녀의 실력이 아득한 윗줄에 있다는 걸 누구도 부정할 수가 없었다.

이제 다른 생도들의 경기는 뒷전이었다. 사관생도들은 대부분 에키네시아의 동작 하나라도 더 보려 애썼다. 뛰어난 기사의 검은 지켜보는 것만으로도 배움을 얻기도 하므로.

"단장님은 알고 계셨나 봐. 그러니 스콰이어로……."

"맙소사. 방금 봤어? 저걸 어떻게 이겨."

"소문은 어떤 새끼가 낸 거야? 부정 입학? 놀고 있네."

"야, 이건 반칙 수준 아니냐? 저런 애가 우리랑 같은 사관생도라고?"

"준기사들한테도 안 밀리겠는데? 아니, 기사를 상대해도 되겠다."

"그래도 마스터는 아니잖아. 마나를 못 쓰면 소용없지."

"하긴, 검술만 뛰어나고 마나 친화력은 부족해서 준기사에 계속 머무는 분도 있으니까……."

"아직 스무 살 아냐? 그럼 모르는 일이지. 몇 년 안에 마스터가 되지 않을까?"

"대체 어디서 저런 괴물이 튀어나왔어? 누구 로아즈 가문 아는 사람?"

대기실과 관람석에 웅성거림이 퍼져 나갔다. 신입생 순위전은 예상보다 훨씬 이른 시간에 끝나 버렸다. 에키네시아의 경기가 전부 빨리 끝난 탓이다. 그녀는 결승전조차 한 번의 공격으로 끝냈다.

"에키네시아 생도, 축하해. 다음 순위전 또는 결투가 있을 때까지

년 1학년 중에서 1위야."

순위전이 끝난 다음, 이안이 그녀에게로 다가오며 말했다. 그가 다정한 미소를 띠었다.

"난 네가 잘할 거라 생각했지만……. 예상한 것보다 더 잘하더라. 전체 순위전 때엔 다들 긴장하겠어. 상위권이 난리가 나겠는데? 정말 대단해."

"과찬이셔요."

에키는 이안의 말을 귓등으로 들으며 속으로 내일의 근육통을 걱정했다. 몸살기가 남은 상태로 순위전을 치렀으니 내일은 온몸의 근육이 파업을 선언할지도 모르겠다. 특히 앨리스와의 2차전에서 좀 무리를 했다. 은근슬쩍 마나를 사용해서 근육의 피로를 지탱하긴 했지만.

'연고를 바르고, 생강차를 마신 다음, 일찍 자야지.'

유리엔이 준 생강차 생각을 하니 가슴께가 간질간질했다. 몰려드는 생도들의 관심이나 풋내기들을 상대로 한 순위전 결과 같은 것은 그녀에게는 머릿속의 생강차만도 못했다. 다른 생각에 빠져 있는 그녀를 향해 이안이 계속해서 말했다.

"단장님이 왜 너를 스콰이어로 지명하셨는지 확실히 알겠어. 그분은 네 재능을 알아보신 거로구나. 비결이 뭐니? 로아즈 가문이 검으로 유명한 곳은 아닌데."

이안의 눈이 가느스름했다. 다른 생도들은 생도 대표가 얘기하고 있는 탓에 그녀에게 다가오지 못하고 주위에서 기웃거리고 있었다. 에키는 검을 챙겨 들며 대답했다.

"글쎄요, 저도 잘 모르겠어요."

"누구에게 배웠어? 혹시 단장님께 예전부터 배우고 있었니?"

"아뇨, 독학이에요."

"……혼자서 검을 익혔다고?"

"예. 선배님, 이만 돌아가 봐도 될까요? 조금 지쳐서요."

"아, 그래, 피곤하겠구나. 자꾸 붙잡아서 미안해."

이안이 상냥하게 말하며 물러났다. 그러나 에키에게 달라붙은 그의 시선은 진득했다. 브레드 같은 음탕한 진득함이 아니라, 무언가 다르게 느껴지는, 비틀린 시선. 회귀 전에 그의 본색을 보지 못했다면 알아채지 못했을 아주 잘 감춰진 눈빛이었다.

'차라리 대놓고 사고를 쳐 줬으면 좋겠네.'

에키는 그가 두렵지는 않았다. 대진표에 부리는 수작 정도는 같잖고, 무슨 짓을 하든 이안이 그녀에게 큰 위협이 되진 못할 것이다. 다만 근처에 맴돌게 두는 게 찝찝하고 성가셨다.

생도 대표가 물러나자 사관생도들이 슬금슬금 접근했다. 그들은 에키에게 쉽게 말을 걸지 못하고 서로 눈치만 보았다. 내내 무시하고 소문에만 휘둘리다가 순위전 결과를 보자마자 들이대기는 아무리 그래도 민망한 모양이었다.

물론 눈치를 볼 필요가 없는 생도도 있었다. 파티마가 땋은 머리를 달랑거리며 달려오더니 활짝 웃었다.

"에키네시아 생도! 역시 내 눈은 틀리지 않았어! 1위 축하해!"

"감사합니다, 파티마 선배님."

"앨리스 생도랑 미하일 생도가 2, 3위가 될 줄 알았는데. 대진표가 영 꼬였네. 그래도 결과적으로는 내 말대로 될걸. 어때, 내 혜안이? 위즈덤에 대한 신뢰가 막 생기지 않아?"

까만 눈이 데구르르 구르더니 의기양양한 빛을 띠었다. 파티마는 에키의 대답을 기다리지 않고 발돋움을 하여 그녀의 머리를 살짝 쓰다듬었다.

"이참에 우리 클럽의 대단함을 더 얘기하고 싶지만, 순위전 하느라 피곤했을 테니까 나중에! 고생했어, 푹 쉬어! 다음에 보자!"

혼자 재잘재잘 말한 파티마가 손을 흔들고 떠나갔다. 그녀는 물러나며 주위의 생도들에게 은근한 견제의 눈빛을 던졌다. 이제 와서 클럽 영업을 하기엔 민망하지 않냐, 너희는? 이런 느낌의 시선이었다. 안면몰수하고 들이대기가 어려워진 생도들은 머쓱하게 멀어졌다. 그들은 삼삼오오 흩어지며 오늘의 순위전에 대해 떠들기 시작했다.

파티마의 그런 행동이 에키는 내심 고마웠다. 괜히 몰려들면 귀찮기만 하니까.

그러고 보니 저 많은 생도 중에 바라하가 보이지 않았다. 부단장의 스콰이어라 바쁜 사람이다 보니 갑자기 일이 생긴 모양이었다.

그녀는 방으로 돌아가려다 아직 대기실에서 검을 손질하고 있는 앨리스를 발견했다.

"앨리스, 같이 가요."

"아, 네!"

앨리스가 벌떡 일어나더니 황급히 짐을 챙겼다. 에키는 그녀가 떨군 헝겊 조각을 주워 주며 말했다.

"순위, 괜찮아요? 앨리스의 실력에 비해 많이 낮은 순위가 되었는데."

"상관없습니다. 순위보다 더 중요한 걸 얻었으니까요. 당분간 제 검을 다듬는 데 집중할 생각입니다."

앨리스가 빙그레 웃었다. 에키는 정말로 '기사다운' 그녀의 대답에 속으로 감탄했다. 진짜 반듯하다. 이런 애가 기사가 되어야지. 그녀는 불쑥 솟구치는 말을 참지 않았다.
"난 앨리스가 꼭 창천의 기사가 되었으면 좋겠어요. 당신은 기사에 정말 잘 어울리니까."
충동적으로 한 말이었지만 후회되지는 않았다. 살아난 니콜과 이야기하면서 과거에 솔직하지 못했던 것을 후회했었으므로. 에키의 말에 앨리스가 멍하니 그녀를 돌아보았다. 에키는 진심으로 미소 지었다.
"필요하면 언제든 제게 대련을 청해 주세요, 앨리스. 당신이라면 검을 나누어도 즐거울 것 같아요."
에키에게 검이란 악몽과 떨어뜨릴 수 없는 살육의 도구였다. 검을 쥘 때면 끈적거리는 피가 손끝에 휘감기는 기분이 들곤 했다. 검술은 효율적으로 사람을 죽이기 위한 기술일 뿐이라고 생각했었다.
그러나 앨리스와 검을 나눴을 때는 달랐다. 바르데르기오사에게 분위기에 휩쓸렸다고 한 말은 거짓이 아니었다. 그때는 정말로, 진지하고 올곧게 검을 대하는 앨리스에게 물드는 기분이었다.
앨리스에게 검은 자신이 걷는 길이자 스스로를 갈고닦는 방법이었다. 그녀는 동화 속 기사들처럼 순수한 '기사'를 꿈꾸고 있었다. 그리고 에키는 그런 그녀의 고지식함이나 순수함이 싫지 않았다. 그녀가 동경한다는 테레사의 디몽기오사가 떠올랐다.
바르데르기오사가 마검이라 불리듯 디몽기오사는 수호검이라고 불린다. 소중한 것을 잃은 인간들의 슬픔과, 그것을 지키고 싶어 하는 마음들을 재료로 대장장이가 만들어 낸 검. 그 검은 자신을 희생해서라도 지키고 싶은 것이 있는 자에게만 제 몸을 허락한다.

회귀 이전 에키가 기오사를 모을 때, 오너의 조건을 만족하지 못한 탓에 손에는 넣었어도 사용하는 건 불가능했던 기오사들도 있었다. 하지만 디몽기오사는 에키도 쓸 수 있었던 기오사 중 하나였다. 소중한 사람들을 모조리 잃어 생겨난 깊은 슬픔 때문이었다.

죽이기 위해서가 아니라 지키기 위해 검을 쥐는 자도 있는 법이다. 타인과 관계없이 스스로를 단련하고 싶어 검을 쥐는 자가 있듯이.

곧고 반짝이는 사람들. 그런 상대와 검을 나누는 건 말보다 더 깊은 대화처럼 느껴졌다. 그래서 앨리스와 했던 대련은 즐거웠다. 무리해서 몸을 움직일 만큼.

앨리스는 눈을 크게 떴다가, 눈매를 접으며 웃었다. 볼이 옅게 상기되었다. 그녀가 에키의 손을 잡았다. 오른손. 마검의 문양을 가린 장갑 위로 따뜻한 체온이 느껴졌다.

"감사합니다, 에키. 당신을 알게 되어 너무나 기쁩니다."

"가, 갑자기 왜 손을 잡아요?"

"그냥요. 안 됩니까?"

"……아뇨, 뭐."

에키는 당황해서 투덜거리면서도 손을 빼지는 않았다. 순위전을 치른 앨리스에게서는 땀 냄새가 풀풀 났지만 그것을 지적하지도 않았다. 그들은 또래의 어린아이들처럼 손을 잡고 기숙사로 돌아갔다.

그로부터 5일 후, 사관학교 본관 게시판에는 마물 토벌 공고가 붙었다. 올해의 토벌 대상 지역은 대륙 북부에 있는 흰 까마귀 협곡이

었다.

창천 기사단은 의뢰가 들어올 경우에 마물을 토벌하러 움직인다. 의뢰 내용과 마물의 규모에 따라 기오사 오너나 정식 기사, 준기사, 임시 스콰이어를 해 줄 생도들을 뽑아 묶어서 파견하는 식이다.

그러나 창천은 매년 봄마다 의뢰와는 별개로 유난히 마물이 창궐하는 지역, 특히 타국에서 처리하기 어려워하는 지역을 선정해 토벌하곤 했다. 기오사를 수호하는 집단이자 신검을 모시던 사도들의 후예로서 행하는 의무였으나, 나름 실익도 꽤 있었다. 창천 기사단이 얼마나 강한지 선전이 되기 때문이다.

마물은 자연적으로 발생하여 번식으로 증가한다. 발생 과정에 대한 논의가 분분했지만, 그런 학문적인 논의는 마탑의 머리 흰 현자들이 할 일이었다. 보통 사람들은 꺼림칙하거나 흉한 일이 발생하고 나면 그 근처에서 마물이 늘어난다는 것만 알았다.

일단 마물이 생겨나면 보통 동물과는 비교할 수도 없는 속도로 번식하며 개체 수가 급증했다. 마물의 종류에 따라 생태는 달랐지만, 대부분의 경우 군락을 이루며 주위 인간들을 습격했다.

흰 까마귀 협곡은 작년 여름쯤 전쟁터가 된 곳이었다. 북부 소왕국들의 국경선 근처에 있는 그 협곡은 매복 작전에 이용되어 많은 병사들의 무덤이 되었다. 사람이 많이 죽은 전쟁터는 얼마 지나지 않아 대규모 마물의 소굴이 된다. 흰 까마귀 협곡도 예외는 아니었다.

기사단장을 포함한 기오사 오너 셋, 전원이 마스터인 정식 기사 20여 명, 준기사 70여 명, 스콰이어 여덟 명, 임시 스콰이어로 동행하는 사관생도 상위 30명, 신입생 상위 세 명. 절대적인 숫자는 군대에 비해 적어도 무력의 규모를 따지면 작은 나라 하나쯤은 상대할 수준의 인원이 이번 토벌에 동원될 예정이었다.

"평소보다 규모가 큰데?"

"흰 까마귀 협곡 상태가 많이 안 좋나 보지."

"부단장님이 동원 규모를 늘렸다고 하시더라. 단장님 지시라는 소문이 있던데."

"규모는 늘렸는데 왜 사관생도 수는 작년이랑 똑같냐?"

"위험하니까 그렇지. 생도들이 많으면 보호할 인원도 늘어나잖아."

"인원 보니까 올해는 잡무 겁나 하겠네. 생도 한 명당 보조해야 할 준기사가 몇 명이냐, 이거."

"그래서 가기 싫어? 싫으면 너 대신 내가 간다."

"미쳤어? 이런 좋은 기회를 놓치게."

게시판 앞에서 생도들이 모여 웅성거렸다. 공용식당에서 식사를 마치고 나오던 에키도 그것을 보았다. 공고문 하단에 신입생 세 명의 이름이 선명했다.

—에키네시아 로아즈, 앨리스 윈터벨, 미하일 폰 프랑 알마리.

신입생 순위전에서 1, 2, 3위를 했던 생도 중에 순위를 유지한 건 에키네시아 혼자였다. 에키는 함께 식사를 한 앨리스를 의문스럽게 올려다보았다.

"순위 신경 안 쓰고 당분간 검을 다듬는 데 집중할 거라면서요, 앨리스?"

"2위였던 생도와 이틀 전에 결투를 했습니다. 실전 경험을 할 수 있는 기회를 놓치고 싶지 않았거든요."

앨리스가 태연히 대꾸했다. 에키는 헛웃음을 흘렸다. 사실 그녀는 앨리스가 토벌에 참여하지 않기를 바랐다. 이번 마물 토벌은 꽤나 위험할 테니까. 그녀는 공고문에서 아는 이름들을 확인했다.

'스콰이어 바라하 이슬라프. 역시 참여하네. 아, 파티마 선배님도 있구나. 그리고 별로 안 반가운 이름도 있고.'

이안 펠레트로도 목록에 이름이 올라가 있었다. 브레드 폰 포움은 없었다. 2, 3학년 중에서 상위 30명만 참가하니 실력이 모자란 그는 없는 게 당연했다. 에키는 가라앉은 눈으로 아는 이름들을 들여다보았다.

[주인아, 마물 토벌 중에 슬쩍 이안 죽이자. 정신없을 테니까 들키지도 않을 거고, 피 맛도 보고, 성가신 것도 치우고, 살의도 좀 해소하고. 어때? 좋은 아이디어지?]

마겸이 속살거렸다. 에키는 그 말을 무시했다. 아무리 쓰레기라도 당장 죄를 지은 것도 아닌 자를 화풀이로 죽일 생각은 없었다. 한 번 그러기 시작하면 또 마겸에 물들어 버릴지도 모른다. 그녀는 웬만하면 사람을 죽이고 싶지 않았다.

'그보다……. 지켜봐야지.'

바라하 이슬라프를 포함한 그녀가 아는 사람들을 지켜볼 것이다. 누구도 죽거나 다치지 않도록. 그리고 또, 기오사 오너들이 어떻게 행동하는지를 지켜봐야 했다.

'디트리히 사루아는 아직 준기사였지. 3년 안에 기오사 오너가 되겠지만, 지금은 기오사 오너가 아니야.'

붉은 머리의 남자에게는 기오사가 없었다. 그럼 남은 기오사 오너는 세 명.

'바론 틸리어스. 테레사 폰 프랑 알마리. 그리고…… 유리엔.'
 셋 중 지워진 과거를 기억하는 자가 있는지, 이번 마물 토벌 때 알아낼 수 있기를. 그리고 유리엔은…… 제발 기억하고 있지 않기를.
 에키는 그렇게 기원하며 공고문 앞을 떠났다. 출발은 5월 10일, 앞으로 9일 후였다.

4막.
이해할 수 없는 것과 확실한 것

신력 1629년 5월 10일, 창천 기사단은 북부 흰 까마귀 협곡에 마물 토벌단을 파견했다.

협곡 근처까지는 마나 열차로 이동했다. 창천은 열차 하나를 아예 통째로 세를 내었다. 가장 가까운 역에 도착한 다음에는 말과 마차를 이용하여 협곡으로 향했다. 토벌단이 흰 까마귀 협곡 입구에 도착하여 베이스캠프가 될 막사를 치기 시작한 건 출발한 지 이틀이 지난 5월 12일, 늦은 저녁이었다.

스콰이어를 제외한 모든 사관생도에게는 각자 보조해야 할 기사들이 배정되었다. 신입생인 앨리스와 미하일은 준기사 세 명씩을 담당했다. 그리고 에키네시아의 담당은 딱 한 명이었다. 유리엔 드 하르덴 키리에.

"어차피 네 수습 기간도 8일밖에 남지 않았으니 말이야. 당연한 일이지."

바라하가 다가오더니 에키의 손에 들려 있던 가방을 빼앗아 들었다.

"안 들어 주셔도 괜찮아요."

"뭐 어때, 같은 방향이잖아? 신입생 순위전 얘기는 많이 들었어. 못 봐서 아쉽군."

그가 앞서 걷기 시작했다. 에키는 별수 없이 그의 뒤를 따랐다.

앨리스를 포함한 사관생도들은 준기사들 막사 근처에 친 생도용 막사를 배정받았다. 그에 비해 스콰이어들은 각자의 로드 바로 옆에 개인용 막사를 배정받는다. 에키 역시 기사단장의 막사 옆에 개인 막사가 주어졌다. 그녀는 아직 정식 스콰이어가 아니었지만 이미 정식 스콰이어로 취급되고 있었다.

토벌단에는 따로 하인이 따라오지 않는다. 그러므로 막사를 설치하는 건 스콰이어의 일이었다. 준기사들은 생도들과 함께 캠프를 만들고, 기사들은 도착하자마자 따로 모여 회의를 했다. 이미 해가 진 터라 횃불의 빛에 의지하여 다들 바쁘게 막사를 세웠다. 에키와 바라하는 그들 사이를 가로질러 갔다.

오늘 에키네시아는 짙은 남색에 프릴만 가미된, 원피스에 가까운 단순한 여행용 드레스 차림이었다. 머리에는 짧은 망사와 보석이 달린 남색 벨벳 모자를 썼다. 장갑도 수가 놓아져 있고 얇긴 해도 실크가 아닌 가죽이었다.

평소에 비하면 수수한 차림이었으나 그럼에도 불구하고 그녀는 몹시 눈에 띄었다. 몇몇 준기사는 그녀가 지나가자 휘익 휘파람을 불었다.

"저 아가씨는 누구야? 바라하 애인?"

"사관학교의 '레이디'잖아. 소문 못 들었냐?"

"아, 그 단장님의 스콰이어로 지명된 애? 설마 했는데 진짜 아가씨네, 아가씨."

"실력은 좋다던데, 실전은 다르지. 저래서야 마물 보면 기절하는 거 아니냐?"

그녀의 뒤로 수군거림이 꼬리처럼 달라붙었다. 에키는 그런 말들에는 별로 관심이 없었다. 그녀가 신경 쓰는 건 훨씬 중요하고 위험한 문제였다.

이동할 때는 생도들과 함께여서 기오사 오너들과 마주칠 일이 없었지만, 이제부터는 그들과 계속 마주치게 될 터였다. 긴장이 되었다. 화장에 힘을 주고 망사가 달린 모자를 골라 쓰긴 했지만 여전히 불안했다. 그녀는 저도 모르게 모자 끝을 꾸욱 눌렀다.

준기사들을 지나쳐 기사들의 막사가 세워지고 있는 곳, 그중에서도 중앙에 도착한 바라하가 에키의 가방을 내려놓았다. 그 자리에는 이미 짐들이 쌓여 있었다.

"네 막사는 여기. 단장님의 막사는 이 자리에 설치하면 돼. 내가 도와주지."

"아뇨, 제가 할 수 있어요. 선배님도 막사를 설치하셔야 하잖아요."

"난 30분이면 돼."

"전 정말 괜찮습니다, 선배님."

"됐어, 금방 끝내 줄 테니까."

바라하가 어깨를 으쓱이더니 막사의 중심 기둥을 들어 올렸다. 그는 그녀가 말릴 틈도 없이 기사단장의 막사를 설치하기 시작했다. 근처에서 막사를 설치하고 있는 준기사와 생도들이 그 모습을 보며 수군거리는 게 예민한 에키의 청각에 걸려들었다.

레이디답네. 힘한 일은 하기 싫은가 보지. 은근슬쩍 남에게 시키는 걸 봐. 레이디잖아. 레이디, 레이디. 비꼬는 말들. 이런 소리가 나올 거라고 생각했다. 그다지 달가운 도움은 아니었지만 바라하 입장에선 순수한 호의라는 걸 알기에 거절하기도 어려웠다.

뭐, 언제는 평판에 신경을 썼던가. 에키는 보이지 않게 한숨을 쉬고는 그를 도와 천막을 꺼냈다.

터를 고르고, 기둥을 세우고, 카펫을 깔고, 천막을 덮고, 간이침대와 가구를 배치했다. 순식간에 그럴듯한 막사가 완성되었다. 바라하가 몹시 능숙한 덕이었다. 그와 함께 이번에는 에키의 막사를 설치하는데, 능청스러운 목소리가 끼어들었다.

"이야, 전장에서 불타는 사랑이야? 훈훈하네."

"후배를 돕는 것뿐입니다, 디트리히 경."

바라하가 눈살을 찌푸리며 대꾸했다. 타는 듯이 새빨간 머리에 미끈하게 잘생긴 남자가 한량 같은 걸음걸이로 그들 곁으로 다가왔다. 아는 얼굴이었다. 에키는 그를 보자마자 급히 모자챙을 누르다가, 느리게 손을 떼었다.

디트리히 사루아. 테레사에 의해 가로막힌 에키네시아로부터 달아나서, 유리엔에게 아젠카의 소식을 전달하려던 기오사 오너.

밤의 그늘이 잠식한 숲, 그가 남긴 흔적을 짐승처럼 추적해 가던 자기 자신, 가쁘던 숨소리, 일그러진 얼굴, 절규와 신음, 겨누어지는 기오사, 말라붙은 테레사의 피 위로 그의 피를 뒤집어쓰던 기억. 그것들은 끔찍해서 더 생생했다.

그러나 1629년의 디트리히 사루아는 기오사 오너가 아니었다. 그는 아직 마스터가 되지 못한 준기사일 뿐이다. 그가 에키처럼 자신의 기오사를 깨웠다면 회귀할 때 기오사와 함께였을 것이다. 디트리히의 레밍기오사는 에키의 바르데르기오사와 달리 행방이 명확한 기오사라 몰래 가지고 있는 것도 불가능했다.

'역시 확실해. 디트리히에게는 지워진 과거의 기억이 없어.'

에키는 모자챙에서 손을 떼고 숙이고 있던 고개를 들었다. 망사 너머로 눈이 마주쳤다. 디트리히의 붉은 눈이 재미있다는 듯 휘었다.

"꽃 같은 아가씨네. 애인 맞지, 바라하?"

"애인 아닙니다. 몇 번을 말합니까?"

"그래, 그래, 아직은 애인이 아니라는 거지? 힘내라, 짜식."

디트리히가 능글맞게 말하며 바라하의 등을 두들겼다. 바라하가 그의 팔을 밀어내며 인상을 찌푸렸다.

"장난치지 마십시오, 디트리히 경."

"애인도 아니고, 꼬시는 중도 아니면, 뭐 하러 막사 설치까지 도와주냐?"

"마음에 드는 후배를 도와주는 게 잘못입니까?"

"어, 별로지. 지금 같은 상황에선."

"......예?"

디트리히가 흘깃 에키를 돌아보았다. 그러곤 자신보다 큰 바라하의 목에 팔을 걸어 휙 아래로 끌어내렸다.

"네가 도와주는 게 남들 눈에 어떻게 비칠지를 생각해 봐. 정말 네 후배를 아낀다면 말이지."

바라하의 표정이 멍해졌다. 디트리히는 그런 그의 머리를 엉망이 될 정도로 쓰다듬더니 놓아주었다. 그가 주머니에 손을 넣은 채 건들거리며 에키 쪽으로 다가왔다.

"에키네시아 로아즈 생도. 내가 지금 무슨 얘길 하고 있는지 알아?"

"제 평판을 걱정하고 계신 거라면, 괜찮습니다. 배려 감사해요, 디트리히 경."

"역시, 네가 바라하 보고 도와 달라고 한 건 아니구나. 어쩐지 그럴 거 같더라."

"선배님의 도움을 거절하지 않았으니 결과적으론 같아요."

덤덤한 말에 디트리히가 에키네시아를 아래위로 훑어보았다.

"뭐, 그건 그렇다 치고. 너 말이지……."

"옷차림 문제라면……."

"아니, 그건 신경 안 써. 왜일 것 같아?"

사실 별로 안 궁금했다. 에키는 예의상 의아한 표정을 지어 주었다. 그녀의 평판을 챙겨 주려는 게 고맙기도 했고, 무엇보다도, 그를 죽인 기억으로 인한 마음의 빚이 있으니까.

"내가 천재들을 좀 아는데. 대표적으로 지금은 구름 위에 계신 우리 단장님. 사관학교 시절엔 룸메이트였거든."

바라하는 그들의 대화에 끼어들지 않고 고심하는 낯으로 침묵하고 있었다. 잠깐 그를 돌아본 디트리히가 턱을 문지르더니 픽 웃었다.

"쟤도 천재지. 어쨌든 그렇게 천재들을 지켜보니까 공통점이 있더라고."

"뭔가요?"

"천재들은 다 또라이야. 그리고 저마다의 방법으로 그 또라이스러움을 드러내지. 나 같은 범재는 이해하기 어려운 세계니, 그러려니 하는 수밖에. 네 옷차림처럼 말이야."

"……그거, 저도 천재라는 칭찬인가요?"

"어, 잘 알아듣네. 넌 훌륭한 또라이야."

디트리히가 유쾌하게 웃더니 에키의 어깨를 툭툭 두들겼다. 칭찬인지 욕인지. 에키가 미묘하게 얼굴을 일그러뜨리자 그가 윙크를 했다.

"뭐, 또라이스럽다는 거랑은 별개로, 어쨌든 너 드레스 잘 어울린다고. 그 말을 하려던 거였어. 예뻐서 맘에 들어. 그러니까 앞으로 친하게 지내자, 에키네시아 생도.”

[쟤가 곧 레밍기오사 주인 될 놈이지? 레밍기오사 녀석 취향 독특하네.]

'이 사람, 이런 성격이었어……?'

처절한 모습만 기억에 뚜렷해서 몰랐다. 에키는 황당하다는 표정을 감추지 않고 대꾸했다.

“……디트리히 경도 꽤나 천재이신 것 같아요.”

“그거 욕이지? 야, 너 응용력이 꽤 좋다? 그래도 천재라니까 고맙네.”

디트리히가 킬킬거리더니 여전히 심각한 표정인 바라하의 뒤통수를 가볍게 때렸다.

“윽, 디트리히 경! 뭐 하는 짓입니까!”

“잘해 보라고 응원하는 짓. 잘해라. 그럼 난 간다.”

한바탕 그들을 휘저어 놓은 디트리히는 그대로 자리를 떴다. 바라하는 뒤통수를 문지르며 한숨을 쉬었다. 디트리히의 뒷모습이 완전히 사라지고 나자 그가 에키를 돌아보았다. 그러더니 머리를 숙였다.

“미안.”

“사과할 만한 일은 안 하셨는데요, 선배님.”

“도와주려는 거였는데, 내 생각이 짧았다. 네 평판이 어떻게 될지를 생각하지 못했군.”

“괜찮아요, 그런 건.”

에키가 웃으며 고개를 저었다. 바라하는 그녀가 '레이디'라서 도운 게 아니라 자신이 가르치고 있는 스콰이어 후배라서 도와주려 한 것뿐이다. 그 진심을 알기에 싫지 않았다. 그녀의 미소를 본 바라하가 짓궂게 웃으며 팔짱을 꼈다.

"그럼, 계속 도와준다?"

"아뇨, 그건 아니고요."

에키가 망설임 없이 거절했다. 소문에 상관하지 않는 것과 별개로, 일부러 안 좋은 소문을 늘릴 필요는 없었다. 특히 타인과 얽힐 경우에는. 바라하가 큭큭거리더니 옆쪽을 가리켰다.

"나하고 부단장님 막사는 저기에 설치할 거야. 잘 안 되면 물어보러 와."

"네, 감사합니다."

"그럼, 수고해라."

바라하까지 떠나고 나자 에키는 혼자 남았다. 그녀는 유리엔과 자신의 막사를 마무리했다. 수습 기간 때 바라하에게 배운 게 있어서 서툴긴 해도 어렵진 않았다. 슬쩍슬쩍 마나를 써 주면 힘이 부족할 일도 없었다.

막사 설치를 끝낸 다음 그녀의 막사에 짐을 풀어 놓고 나니 시간이 한밤중이었다. 옷가지와 장신구가 많아서 시간이 꽤 걸렸다.

에키는 마지막으로 잘 접힌 망토를 가방에서 꺼냈다. 별 특징이나 무늬가 없는 검푸른 색의 남성용 망토. 분수대 앞에서 유리엔이 그녀에게 덮어 주었던 것이다. 그녀는 그것을 무릎에 올려놓고 매만졌다. 간질간질한 감각이 어깨를 맴돌았다.

[그거 유리엔 거지?]

"응. 돌려줘야 하는데……."

이걸 돌려주기 위해 그를 불러내 따로 만날 엄두가 나지 않아 여태 가지고 있었다. 그녀는 망토를 쥐고 막사 입구의 천을 살짝 젖혔다. 바로 옆에 있는 유리엔의 막사에는 불빛이 없었다. 도착하자마자 협곡 안쪽으로 이동해서 회의를 시작하더니 아직도 회의가 끝나지 않은 모양이었다.

'막사에 가져다 둬야겠다. 그가 오기 전에.'

이제부터 계속 가까이에 있게 되겠지만 그래도 마주치는 일은 최대한 줄이고 싶었다. 그녀는 주위를 다시 한번 살핀 다음 빠르게 그의 막사로 들어갔다.

5월이라 해도 북부라 날씨가 추운 탓에 막사의 천은 빛 한 점 새어 들어오지 않을 정도로 두꺼웠다. 흐린 달빛 정도만 있어도 훤히 볼 수 있는 에키로서도 앞이 잘 보이지 않았다. 그러나 앞이 보이지 않아도 알 수밖에 없었다. 이렇게 가깝고 좁은 공간에서 사람의 존재를 모를 만큼 그녀의 감각은 둔하지 않았다.

막사 안에, 유리엔이 있었다.

불이 꺼져 있어 밖만 살피느라 미처 몰랐다. 바라하가 주도하긴 했지만 막사를 설치한 게 그녀 자신이라 안에는 신경을 덜 쓴 탓도 있었다. 게다가 유리엔 정도의 기사가 움직이지 않고 가만히 있으면 기척을 알아차리기 어려웠다.

다 변명이다. 그녀는 방심했다. 들어오기 전에 안의 기척부터 확인할 것을.

에키는 막사의 입구에 우뚝 멈춰 섰다. 조심스럽게 들어오긴 했어도, 그녀가 들어온 걸 그가 모를 리가 없다. 그럼에도 안쪽에서는 한동안 움직임도 소리도 없었다.

그냥, 망토를 돌려주러 온 것뿐이라고 말을 하면 되는데. 보이지 않는 어둠 너머에 유리엔이 있다고 생각하니 입이 떨어지지 않았다. 에키는 망토를 움켜쥔 손에 힘을 주었다. 그를 앞에 두면 왜 이렇게 머리가 하얗게 비어 버리는지.

극도로 초조한 시간이 흐르다가, 조용히 움직이는 기척이 났다. 유리엔이 등불에 불을 붙였다. 어른거리는 주홍색 불빛이 확 타오르며 막사 내부를 채웠다.

"에키네시아 생도."

그녀를 불러 놓고서 유리엔은 뒷말을 바로 잇지 않았다. 망설이는 느낌. 시선이 그녀를 비껴 허공에 잠시 머물다가, 천천히 그녀에게로 돌아왔다. 등불의 빛이 그의 잠잠한 눈 안에서 불꽃처럼 일렁거렸다.

"……무슨 일로 왔지?"

평소보다 묘하게 낮은 목소리였다. 에키는 주박에서 풀려난 것처럼 숨을 들이쉬고, 망토를 내밀었다.

"이걸, 돌려드리려고…… 왔습니다. 늦게 드려서 죄송해요."

유리엔은 말없이 그녀가 내민 것을 쳐다보았다. 등불 곁에 서 있던 그가 그녀에게로 다가온다. 다가오는 걸음마다 심장이 쿵쿵 뛰었다.

유리엔이 그녀의 손에서 망토를 받아 들었다. 가져가면서 손끝이 스쳤다. 장갑 너머로 살짝 스치기만 했는데도 그 감각이 뚜렷했다. 그는 접힌 망토를 들고 그것을 내려다보았다. 그가 그녀를 보고 있지 않았기에 에키는 차츰 진정할 수 있었다. 긴장이 모래처럼 아래로 흘러내렸다.

그녀는 유리엔을 살펴보았다. 주홍빛에 가까운 등불의 빛에 물든 그는 평소보다 조금 더 열기를 띤 것처럼 보였다. 내리깐 속눈썹이 깜박일 때마다 나비 날개처럼 떨리고, 그 아래의 푸른 눈이 파도가 치는 바다처럼 일렁거린다. 뭔가 말하고 싶은 듯 입술이 달싹였다가, 참고 삼키듯 다물리길 반복했다.

그 모든 신호가 의미하는 건 분명했다. 긴장하고 있다, 그가.

'왜?'

무언가 맥이 탁 풀리는 기분이 들었다. 지금까지 그 앞에서 그녀는 침착했던 적이 없다. 그러나 지금 처음으로 마음이 차분해졌다.

비로소 그가 그녀 앞에서 얼마나 긴장하고 있는지가 보였다. 몰랐던 게 이상할 정도로 그는 신중했다. 그녀가 그의 앞에 서면 바늘 끝처럼 예민해지듯, 그 역시 그녀 앞에 있으면 신기루를 더듬는 것처럼 조심스러웠다.

체감은 무척 길었으나 실제로는 얼마 되지 않는 정적이었다. 유리엔이 마침내 입을 열었다.

"그저 이걸, 돌려주러 온 것뿐인가?"

"네."

다른 이유가 있어야 했나? 그가 무슨 생각으로 저런 말을 하는 건지 알 수가 없었다. 에키는 머뭇거리다가 말을 덧붙였다.

"아, 저번에 약과 생강차…… 감사했습니다."

"……그것들이 그대에게 도움이 되었나?"

"네. 무척이나."

그 대답에 유리엔이 고개를 들었다. 그녀를 눈에 담더니, 환하게, 그녀가 움찔 놀랄 정도로 밝게 웃었다. 눈매와 입매가 어찌나 무르게 풀어지는지 가슴께가 덜걱거렸다. 사람이 저렇게 무방비하게 웃을 수도 있나. 그 웃음의 대상이 자신이 아니었다면 그가 사랑에 빠진 줄로만 알았을 것이다.

조금 더 마주하고 있다가는 착각할지도 모르겠다. 그가 지워진 과거를, 자신이 저지른 짓들을 알고 있을지도 모른다는 의심이 아니었다면, 이 순간 자신은 착각에 빠져 버렸을 것이다. 에키는 급하게 그로부터 고개를 돌렸다.

"실례했습니다, 단장님. 이만 물러가 보겠습니다."

"에키네시아 생도, 잠시."

유리엔이 돌아서는 그녀를 급히 불렀다. 에키는 막사 입구의 천을 쥔 채 멈췄다. 어깨를 잡을 듯 다가왔던 손이 닿지 않고 내려가는 것을, 예민한 그녀의 감각이 생생하게 느꼈다. 그가 조용히 물었다.

"……그대는 마물을 겪어 본 적이 있는가?"

어쩐지 뜬금없는 질문이었다.

마검에 휘둘리던 시절에는 에키네시아가 지나간 폐허마다 마물들이 생겨나곤 했다. 하지만 마검은 인간을 죽이는 게 목적이었으므로 마물을 따로 상대하진 않았다.

에키가 마물에 익숙해진 건 마검을 극복하고 나서 기오사를 모으던 시절의 경험들 덕분이었다. 특히 어느 기오사 하나가 '결절'에 빨려 들어가는 바람에 마물의 피로 목욕을 할 정도로 개고생을 했었다. 물론, 귀족 영애 '에키네시아 로아즈'로서는 겪어 본 적이 없는 일이다.

"본 적이 없지는 않아요."

에키는 두루뭉술하게 답했다. 등 뒤에서 느껴지는 약한 한숨. 그가 나직하게 말했다.

"마물은 특이한 생태를 가진 것들이 많다. 인간을 상대할 때와는 많은 것이 달라. 그에 대해 배운 바가 있는가?"

"어느 정도는요."

"그렇다면, 다행이겠지만……."

또다시 주저하는 기색. 무슨 표정을 짓고 있는지 궁금하지만 돌아보기가 무서웠다. 아까 같은 표정을 또 보았다간 옛날에 부서졌던 감정이 되살아날지도 모른다. 그건 제 손으로 죽이고 파멸시켰던 그에 대한 모욕이었다. 염치라는 게 있으면 그래서는 안 된다. 에키는 입 안쪽 살을 지그시 깨물었다.

"에키네시아 생도. 내일 오전부터 토벌단을 둘로 나누어 흰 까마귀 협곡의 양쪽 위를 훑을 예정이다. 중앙은 마물의 수가 많으니 양쪽을 정리하고 하루쯤 휴식을 취한 후에, 생도들은 제외하고 기오사 오너들이 선두에 서서 뚫을 것이다. 스콰이어들은 제외되지 않는다. 그러니 그대도 중앙을 토벌할 때 참가하게 된다."

유리엔이 딱딱한 말투로 빠르게 읊었다. 그는 한 차례 숨을 깊게 들이쉬더니 이어 말했다.

"그대의 검을 의심하지는 않지만…… 마물이란 예측하기 어려운 생물이니, 내 곁에서 멀어지지 않도록 주의해 주었으면 한다."

"제 검을 의심하지 않으신다고요? 제가 검을 쓰는 것을 보신 적이 있나요?"

그의 조심스러운 걱정보다 이 점이 신경이 쓰였다. 회귀 이후 그가 그녀의 검을 본 적이 있던가? 볼 기회가 없었을 텐데? 그래서 대련을 청했던 것이 아니었나? 어떻게 믿는다고 말할 수 있지?

에키는 결국 뒤로 돌아 그를 응시했다. 유리엔은 짧은 침묵 후에 선선히 대답했다.

"그대가 생도 선발 시험을 치를 때 직접 보았다. 그리고, 순위전의 결과도 안다. 그대는 탁월해."

애매하다. 탄신 연회 이야기처럼. 기억이 있는 것처럼 보이면서도, 기억이 없다고 가정해도 그의 이상한 행동마다 납득이 갈 만한 이유가 있다.
 아니면, 그녀가 그에게 기억이 없길 바라서 그쪽에 더 가능성을 주고 있는지도 모르겠다. 저도 모르게 필사적으로 그에게 기억이 없다는 증거를 찾고 있는지도.
 정말로 모르겠다. 혼란스러웠다. 에키는 느릿하게 눈을 감았다 떴다.
 "……높게 평가해 주셔서 감사합니다."
 "그래도 주의해 다오. 마물은 인간과 다르니."
 "예, 주의하겠습니다."
 그녀는 살짝 고개를 숙이며 답했다. 그가 빤히 그녀를 보더니 뒤로 물러났다.
 "그럼, 돌아가서 편히 쉬도록."
 "그런데, 단장님."
 물러나던 그가 멈춰 서서 말하라는 듯 눈길을 주었다. 에키는 망설이며 입술을 살짝 깨물었다가, 결국 질문을 던졌다.
 "왜 막사에 돌아오셨으면서 불을 켜지도 않고 계셨던 건가요?"
 "……."
 "혹시 제가 주무시려던 것을 방해했나요?"
 "……잠을 자려던 것은 아니었으니, 그대는 개의치 않아도 된다."
 묘한 얼굴로 대답한 그가 완전히 돌아섰다. 이만 가 보라는 뜻이었다. 에키는 머뭇거리다가 그의 등에 대고 인사를 한 다음 막사를 나왔다.
 그녀는 제 막사로 돌아오자마자 그대로 쓰러지듯 간이침대에 누웠다. 등불 빛이 일렁여 막사의 천장에 이상한 그림자를 그려 냈다. 제멋대로 흔들리는 그것들은 무엇에 의해 만들어진 그림자인지 알기 어려울 정도로 모호했다.

유리엔이 보이는 모호한 태도는 무엇에 의해 만들어진 그림자일까.

머리가 복잡해서 눈을 감아 버리는데 눈치를 보느라 입을 다물고 있던 마검이 종알종알 떠들었다.

[너한테 마물을 조심하라고 하다니, 너보다 약한 게. 네가 결절 하나를 혼자서 완전히 쓸어 버린 적도 있는 걸 알면 기겁하겠지? 쟤 참 같잖다, 그치?]

"유리엔에 대해서 함부로 말하지 마. 아니, 넌 아예 그 사람 이름도 입에 담지 마."

[맞는 말인데 왜! 치사한 인간!]

"닥쳐, 발."

[주인은 나보고 맨날 닥치라고만 해. 서럽다.]

"네놈이 맨날 사람 죽이자고 칭얼거리는 거 그만두면, 나도 좀 더 다정해지겠지."

[……야, 네가 나한테 다정하게 굴면 그게 더 이상할 거 같아. 그냥 이대로 지내자.]

"변태 자식."

그녀의 핀잔에 마검이 궁시렁거렸다. 에키는 누운 채로 꾸물꾸물 움직이며 옷을 벗어 던졌다. 화장 지우기가 굉장히 귀찮았다. 왜 마법사들은 화장을 지우는 마법 도구 같은 건 발명하지 않는 걸까. 마나 전보보다 그게 더 잘 벌릴지도 모르는데.

그녀는 비척비척 일어나 화장을 지웠다. 잠옷을 걸치고, 장갑을 민무늬의 실크로 바꿔 낀 다음 다시 간이침대에 누웠다. 잠들기 전에 지나가듯 마검에게 물었다.

"살의 쌓인 거, 마물로는 안 풀리겠지?"

[아무것도 안 죽이는 것보다야 훨씬 낫겠지만……. 알잖아? 나를 이루는 살의는 근본적으로 인간이 인간에 대해 품은 감정이야. 내 껍데기가 널 조종할 때도 그래서 인간만 찾아다녔지. 잘 알면서 왜 물어?]

"그냥."

[깔끔하게 이안 죽이자니까, 응? 죽어 마땅한 놈이잖아! 그냥 슥! 해 버리자고, 쉽잖아! 일단 죽이고 나면 너도 후련할걸?]

"됐으니 잠이나 자."

[쳇.]

에키는 눈을 감았다. 전처럼 선명한 꿈을 꿀까 걱정했으나, 그 밤의 꿈은 무척 흐렸다. 화려한 색이 가득한 연회장에서 누군가와 춤을 추는 꿈이었다.

이루어진 적 없으나 이루어지길 바랐던 소망은 이성이 잠들어 버린 꿈속에서만 몰래 피었다.

흰 까마귀 협곡의 상태는 좋지 않았다. 협곡의 입구로 들어가기 전부터 음산한 기운이 퍼져 나왔다. 안쪽에서는 쇠를 긁는 듯한 소리와 짐승의 울부짖음이 뒤섞인 괴성이 간간이 들려왔다. 낮인데도 안개가 자욱했다. 악취가 안개와 함께 흘렀다.

"전쟁이 꽤 험했나 봐요."

"끓는 기름을 부었다더라고. 많은 수가 고통스럽게 죽었으니 마물이 창궐할 법하지. 구울이랑 스켈레톤이 많을 것 같은데. 레드캡도 나오려나?"

에키의 말에 바라하가 답했다. 그들은 곧 협곡 입구에 멈춰 섰다. 바라하가 에키의 어깨를 가볍게 두드렸다.

"잘 다녀와라. 단장님 곁에서 떨어지지 말고."

"네, 선배님."

토벌단은 반으로 나뉘어 오른쪽은 단장 유리엔이, 왼쪽은 기오사오너 테레사가 맡았다. 부단장 바론은 소수의 준기사들과 함께 캠프를 지키기 위해 남았다. 그로 인해 그의 스콰이어인 바라하도 막사에 남게 되었다.

'괜찮겠지……?'

원래대로면, 이번 마물 토벌에서 바라하는 죽는다. 하지만 에키로서는 그가 정확히 어떤 사건으로 죽었던 건지 알 수가 없었다. 그녀가 아는 건 그 일이 비가 쏟아지고 번개가 치는 밤에 벌어졌다는 사실뿐이다.

일단 밤이 되기 전엔 캠프로 돌아올 테니, 괜찮을 거다. 에키는 바라하에게 인사를 하고 오른쪽의 기사들이 몰려 있는 곳에 합류했다.

그녀는 검은 드레스에 챙이 넓고 깃털 장식이 달린 모자를 쓰고 있었다. 장례식용 검은색은 아니고, 보랏빛이 약간 도는 매끄러운 재질이었다. 일부러 마물의 피 같은 게 좀 튀더라도 티가 나지 않을 드레스로 골랐다.

일정이 길지 않을 예정이라 짐은 약간의 육포와 물, 잡다한 도구가 든 작은 가방 하나뿐이었다. 보통 허리띠에 다는 것이지만 드레스 위에 그렇게 달았다간 꼴이 우스워질 터였다. 그래서 에키는 페티코트 아래, 허벅지쯤에 띠를 둘러 가방을 달았다.

반대쪽 다리에는 보조용 단검을 찼다. 양쪽 다리의 무게가 많이 다르므로 균형을 잡기 어려운 게 정상이었으나, 그녀는 그런 사소한 것에 구애될 수준은 한참 지나 있어서 불편하지 않았다. 그 상태로 검은 그냥 손에 들고 있으니 장식 삼아 검을 들고 놀러 나온 귀족 영애처럼 보였다. 장식이라기엔 검이 너무 싸구려이긴 했지만.

에키는 들러붙는 시선을 무시하고 앞으로 향했다. 행렬의 가장 앞에서 유리엔이 다른 기사들과 함께 무언가 의논하고 있었다. 에키는 약간 떨어진 곳에 서서 기다렸다.

논의가 끝난 유리엔이 돌아섰고, 기사들은 흩어져 행렬로 돌아갔다. 준기사나 생도들의 떨떠름한 시선과 달리 기사들은 에키의 차림새에 관심이 없거나 재미있다는 듯 웃기만 했다. 유리엔은 그녀의 옷차림이 아니라 얼굴에 시선을 두었다. 그가 그녀를 스쳐가며 속삭였다.

"멀어지지 말도록."

대답을 원하는 말은 아니었다. 그녀를 지나친 유리엔이 기사, 준기사, 생도들이 정렬해 있는 앞에 섰다. 푸른 눈이 조용히 그들 사이를 훑었다. 작게 오가던 소란함이 그 시선에 사그라들었다. 유리엔이 입을 열었다.

"협곡 내부의 마물은 구울과 스켈레톤이 대다수인 것으로 예상된다. 그러나 레드캡이 출현할 수도 있으니 발아래를 항상 주의해서 살펴라. 또한, 듈라한을 목격할 경우 준기사와 생도들은 상대하지 말고 직속 기사에게 보고하라. 지급한 은가루가 떨어질 경우 직속 기사의 임시 스콰이어에게 보급을 받고, 부상자가 발생할 경우 직속 기사에게 보고한 후 캠프로 빠지도록 한다. 사망자는 내지 않는다. 이상, 질문 있나?"

그의 목소리는 그다지 크지 않았지만 마나가 담겨서 행렬의 끝까지 울려 퍼졌다. 딱딱하고 서늘한 음성이었다. 잘 벼린 칼날 같은 분위기. 목소리를 높이지 않아도 기사들은 하나같이 그에게 집중했다. 존경, 경애, 복종, 기대, 그런 것들이 그들 사이에 흘렀다. 유리엔은 건조하게 그런 시선들을 받아넘겼다.

에키는 유리엔의 뒤에 선 채 낯선 것을 보듯 그를 보았다. 그러고 보니 원래 그녀가 알던 그는, 마검의 악마를 토벌하러 왔던 창천 기사단장은 이런 분위기였다. 그때 그녀는 다가오는 그를 보며 서늘한 칼날이 겨누어지는 감각을 느꼈으니까. 어제처럼 무방비한 미소를 짓는 남자가 아니라.

아무도 이의를 제기하거나 질문하지 않자, 유리엔이 오른손을 뻗었다. 손바닥에 황금빛 무늬가 있었다. 성검의 문양. 그 위로 새하얀 검이 솟아났다.

은은한 황금빛 문양에 휘감긴, 자루와 칼날이 하나의 금속으로 이루어진 순백의 검. 그 옛날 대장장이가 인간의 정의를 재료삼아 칼날을 만들고, 인간의 사명감으로 문양을 박아 넣어 만들어 낸 검. 성검(聖劍) 랑기오사.

유리엔이 그 검을 쥐었다. 그는 구호를 외치거나 기합을 지르지는 않았다. 성검을 쥔 기사단장은 앞서 걸으며 조용히 명했다.

"지금부터 흰 까마귀 협곡 토벌을 시작한다."

귀 바로 옆에서 속삭이는 것처럼 모든 이들의 귓가에 그 명령이 들렸다. 둘로 나뉜 창천 기사단은 협곡의 양측으로 쏟아져 들어가기 시작했다.

안개를 헤치고 들어가자마자 악취가 콧속으로 밀려들었다. 안개 안쪽의 세상에서 썩어 가는 시체가 일어나 걸으며, 살점이 붙은 더러운 백골들이 떠돌았다. 구울과 스켈레톤이라 불리는 마물들. 그것들은 산 자의 냄새를 맡자마자 괴성을 내지르며 몰려왔다.

여기저기서 마나로 덮인 검이 허공을 갈랐다. 마스터인 기사가 훑고 지나가면 그 아래에 소속된 준기사들이 숨통을 끊었고, 생도가 뒤쫓아 마무리를 했다. 그것이 기사 한 명을 중심으로 구성된 창천 기사단의 기본 부대였다.

구울과 스켈레톤의 수는 엄청났지만, 마스터의 앞에서 그것들은 걸어 다니는 허수아비에 불과했다. 전진은 안정적이었고 어디에도 위기는 보이지 않았다. 그야말로 '토벌'이었다. 잿빛의 물결이 기사들의 손에 지워져 갔다. 창천 기사단이 왜 최강의 기사단이라 불리는지 증명하는 풍경이었다.

그중에서도 유리엔은 단연 눈에 띄었다. 유리엔에게는 후속 부대가 없었다. 있을 필요가 없었으므로. 군대의 장군은 경호받는 지휘관이지만, 창천의 기사단장은 지휘관이 아니라 1인 부대였다.

하얀 성검 위로 백색 마나가 어렸다. 검이 움직이는 궤적을 따라 달무리처럼 하얗게 마나가 남았다. 보기에는 몹시 아름다웠으나 그 결과물은 파괴적이었다. 흰 마나에 닿은 마물들은 거의 가루가 되다시피 했다.

'마나의 증폭과 파마(破魔). 악한 것을 상대할 때 보다 강력해지는 힘.'

에키는 유리엔의 뒤를 따르며 성검의 능력을 떠올렸다. 랑기오사는 에키가 오너의 조건을 만족시키지 못해서 사용하지 못했던 기오사 중 하나였다. 그래도 유명한 검이라 능력은 알고 있었다.

에키가 랑기오사의 주인이 될 수 없었던 건 당연했다. 성검은 악행을 저지른 적이 있는 자에게는 제 몸을 내주지 않는다. 그때의 에키네시아는 학살자였으므로, 그녀는 랑기오사를 쥘 수조차 없었다.

오너가 되면 새겨지는 문양을 통해 기오사를 보관하고 불러낼 수 있지만, 오너의 조건을 채우지 못한 기오사는 직접 들고 다녀야 했다.

희고 아름다우나 쓸 수 없는 검. 그녀를 믿어 준 유일한 사람이자, 그녀의 손에 죽은 유리엔의 검. 자신을 절대로 주인으로 받아들이지 않는 그 성검을 가지고 다니며 그녀는 무슨 생각을 했던가.

'닿을 수 없는 사람인 거지. 결코 내게 자신을 허락하지 않던 랑기오사처럼.'

에키는 쓴웃음을 띤 채 유리엔의 뒤를 따랐다. 후속 부대가 없는 그의 뒤에 있는 건 그녀 혼자였다. 유리엔이 워낙 압도적으로 휩쓸고 있기에, 그의 뒤에 있는 그녀는 한가하기 그지없었다.

물론 한가하다는 건 어디까지나 그녀의 기준이었다. 최전방에서 치고 나가는 기사단장을 뒤쫓는 창천의 단원들은 대부분 기사단장이 아니라 에키를 보고 있었다. 기사단장은 자주 보았지만, 에키네시아는 오늘 처음 보았으니까. 그리고 그들은 하나같이 비슷한 생각을 떠올렸다.

'괴물이 자기 같은 괴물을 찾아내서 스콰이어로 삼았구나…….'

유리엔의 움직임을 전혀 방해하지 않으면서, 그가 놓친 자잘한 마물들에게는 확실하게 검을 꽂아 넣는다. 그녀는 지극히 효율적이고 단순한 움직임으로 마물의 숨통을 끊었다. 화려한 기교나 눈에 띄는 기술은 없었다. 그럼에도 그녀의 모습은 시선을 끌어당겼다.

하얀 마나를 휘감은 은발의 기사단장 뒤로, 검보랏빛 드레스 자락이 춤을 추는 것처럼 넓게 퍼져서 휘돈다. 치렁치렁한 소매가 단순한 검의 움직임을 대신해 허공에 복잡한 선을 드리웠다.
 땅굴을 파고 숨어 있다가 발목을 붙잡는 레드캡이 손을 뻗는다. 그녀는 아래를 보지도 않고 가벼운 스텝만으로도 그것을 비켜선다. 이어 리본으로 장식된 앵클부츠의 높은 굽이 레드캡의 팔을 짓밟아 고정하고, 은가루를 바른 검이 망설임 없이 마물의 미간에 꽂힌다. 그러고 나면 팍 튀어 오르는 마물의 피를, 마차가 튀기는 진흙을 피하는 아가씨처럼 인상을 쓴 채 피한다.
 풍성한 깃털이 달린 모자는 그 모든 행동 와중에도 날아가지 않았다. 그녀가 움직일 때 얼마나 균형을 잘 유지하는지를 얌전히 머리에 얹혀 있는 그 모자가 증명했다.
 그 덕에 그녀는 아직 핏자국 하나 없이 출발할 때와 똑같은 상태였다. 안개와 걸어 다니는 시체와 악취가 가득한 공간에 전혀 어울리지 않는 모습이다. 그 모습이 유지되고 있다는 것 자체가 그녀의 실력에 대한 증거였다. 썩어 가는 눈알을 덜렁거리는 마물이 덤벼들어도 눈 하나 깜짝하지 않는 건 덤이었다.
 '단장님이 난데없이 스콰이어를 지명했다고 하더니만.'
 '천재는 천재를 알아보나…….'
 '괴물끼리 모였네. 다 큰 괴물, 자라나는 괴물.'
 '옷 보고 제정신인가 싶었는데……. 저 정도면 뭘 입고 다니건 간에 뭐라 할 말이 없다.'
 뒤에서 보던 이들은 내심 혀를 내둘렀다. 저도 모르게 그녀를 향해 시선이 갔다. 그러다 그들은 동시에 고개를 돌렸다. 에키네시아가 걸음을 옮기며 아무렇지도 않게 드레스 자락을 끌어 올린 탓이었다. 시체가 뛰어다니는 마물 소굴에서 레이스 페티코트 아래로 보이는 짙은 스타킹은 예상치 못한 광경이라 자극이 과했다.

'은가루가 떨어졌네.'

에키로서는 당연히 무언가 의도를 가지고 한 행동이 아니었다. 애초에 그리 높게 걷어 올리지도 않았다. 그녀는 한 손으로 드레스 자락을 휘감아 들고, 다른 손으로 허벅지에 가죽 벨트로 고정해 둔 가방을 열었다.

마나를 쓰지 못하는 자들은 마물을 상대할 때 검에 은을 갈아 축복을 섞은 가루를 바른다. 일반 검으로는 재생력이 좋은 마물에게 타격을 주기 어렵기 때문이다. 유령형 마물은 아예 은가루를 바른 검이 아니면 벨 수 없는 경우도 있었다.

사실 에키에게는 필요 없는 도구였지만, 마스터임을 숨겨야 하므로 그녀도 은가루를 사용했다. 은가루를 검에 바르면서 그녀는 달려드는 해골의 다리를 발로 걷어찬 다음 앵클부츠의 길쭉한 굽으로 머리를 부쉈다.

'은근히 유용하잖아, 이거.'

픽 웃으며 구두 굽을 내려다보던 그녀의 미간이 구겨졌다. 마물의 피와 체액, 뼛가루로 검은 구두는 엉망이 되어 있었다. 나름 좋아하는 신발이었는데. 어쩔 수 없지. 그녀는 내심 한숨을 쉬고 다시 검을 들었다.

유리엔은 전혀 걱정이 되지 않았다. 수가 많을 뿐 상위 마물인 듈라한 같은 건 보이지도 않았으니까. 듈라한이 떠도 걱정이 안 될 판에 이런 조무래기 소굴에서 그를 걱정하는 건 낭비다. 그녀는 은근슬쩍 시선을 돌려 대열의 후미를 살폈다. 앨리스의 금발을 찾는데 반짝반짝한 다른 금발이 먼저 눈에 들어왔다. 미하일이었다.

'테레사는 왼쪽 협곡인데, 쟤가 왜 여기 있지?'

의아해져서 잠시 살펴보니 미하일은 나름 잘 싸우고 있었다. 그러다가 눈이 딱 마주쳤다. 미하일이 내내 흘깃흘깃 에키를 훔쳐보고 있었던 탓이었다. 눈이 마주치자마자 미하일은 턱 끝까지 새빨개져서는 휙 고개를 돌려 버렸다.

'왜 저래?'

에키는 갸웃거리다가 곧 관심을 끊고 앨리스를 찾았다. 그녀는 마물의 피를 좀 뒤집어쓰긴 했지만 무사했다. 혹시 위태로운 부분이 있을까 걱정되어 몇 차례 더 살폈지만 앨리스는 그녀답게 성실하고 꼼꼼하게 제 임무를 수행하고 있었다. 파티마나 이안은 이쪽이 아니라 테레사 쪽 토벌단에 속해 있어서 보이지 않았다.

에키는 비로소 안심하고 전방을 보았다. 한눈을 파는 동안에도 그녀는 습관적으로 유리엔이 놓친 잡다한 마물을 처리했다. 생각보다 더 무난하니 약간 지루하기까지 했다.

해가 중천에 떠올라 기울기 시작하자 유리엔이 토벌단 전체를 멈춰 세웠다.

"잠시 휴식. 다들 식사를 하도록."

단원들은 근처의 마물을 싹 처리한 다음 여기저기 걸터앉거나 기대서서 육포와 물로 점심을 때웠다. 에키 역시 육포를 꺼내 우물거리는데, 유리엔의 행동이 눈에 띄었다.

그는 식사를 하지 않고 하늘을 올려다보고 있었다. 그녀는 그의 시선을 따라 하늘을 보았다. 안개가 자욱해서 보통 사람이라면 하늘을 볼 수 없겠지만, 유리엔이나 에키나 초인이라 그 정도 안개쯤은 큰 문제가 되지 않았다.

하늘에는 구름이 몰려들고 있었다. 저녁쯤에 비가 쏟아질 확률이 높아 보였다. 구름이 검고 무거워 보이는 것이 번개까지 칠지도 모르겠다.

'비, 번개, 밤.'

바라하가 죽었을 때의 상황. 에키의 신경이 날카로워졌다. 하늘을 확인한 유리엔이 고개를 내렸다. 그와 그녀의 시선이 마주쳤다.

푸른 눈이 느리게 깜박였다. 그 눈 속에서, 그 행동들에서, 벼락같이 느껴지는 게 있었다. 에키는 그가 무슨 생각을 했는지 알아차렸다. 방금 그들은 같은 것을 보고 같은 생각을 했다. 무슨 명령을 할지도 짐작했다. 깨달아 버렸다.

그가 그녀로부터 시선을 떼더니 단원들을 바라보며 명령했다.

"날이 좋지 않으니, 오후의 토벌은 내일로 미루고 캠프로 돌아간다."

단장을 신뢰하는 그들은 아무도 이의를 표하지 않았다. 단원들이 주섬주섬 짐을 챙기기 시작했다. 에키는 얼어붙은 채 서 있었다. 그녀의 곁으로 다가온 유리엔이 가볍게 그녀의 어깨를 짚었다.

"에키네시아 생도. 수고했다. 캠프로 돌아가면 푹 쉬도록."

그 말을 남기고 그의 손은 금방 그녀로부터 떨어졌다. 에키는 하얗게 질린 얼굴로 멀어지는 그를 바라보았다.

'기억하고, 있어.'

[야, 쟤 아무래도, 확실히……]

마검이 놀란 듯 중얼거렸다. 에키는 입을 다물고 돌아가는 단원들을 뒤따라 걸음을 옮겼다. 지금까지 있었던 일들, 그가 했던 말들을 모조리 모아 보았다. 하얗게 빈 머릿속에 확신이 떠올랐다.

유리엔은 알고 있다. 지워진 과거들을. 지금은 일어나지 않은 일이 된 것들을. 그에게는 회귀 이전의 기억이 있다.

부정하고 싶었던 것이 확신이 되어 밀려온다. 그녀는 멍한 머리로 생각했다.

'그럼 왜 나를 증오하지 않지? 왜 나를 죽이려 하지 않아?'

이해할 수가 없었다. 마물이 모조리 죽어 악취와 안개만이 남은 길을 되짚어 돌아가며, 그녀는 계속해서 그 생각만을 했다.

그녀가 결코 쥘 수 없었던 랑기오사와 피에 물든 분수대를 떠올렸다. 그 주위에 널려 있던 시체들과 생명을 잃은 아젠카를 떠올렸다. 그녀로 인해 최악의 단장이자, 창천을 멸망시킨 자로 낙인찍힌 그의 이름을 생각했다. 죽어 가던 그의 눈을 생각했다.

만약 유리엔이 마검에 물들어 로아즈 백작가를 몰살하고, 부모님과 란셀리드의 시체를 밟고 그녀를 맞이했다면, 에키네시아는 그를 증오했을 것이다. 그의 잘못이 아니란 걸 머리로는 안다 해도 마음이 그를 용서하지 못했을 것이다. 그 후 그의 손에 죽었다면, 숨이 완전히 끊어질 때까지 그에게 저주를 퍼부었을지도 모른다.

그래, 그녀는 그런 짓을 했다. 그에게.

심지어 유리엔은 그냥 피해자도 아니었다. 그녀를 믿고 무리를 해가며 마검을 극복하라고 기회를 주었던 사람이다. 그녀를 처리할 수 있는데도 스스로 거부하고 제 터전으로 그녀를 끌어들였다.

'얼마나 후회했을까. 얼마나 원망했을까.'

에키는 도저히, 도저히 그가 그녀를 증오하지 않으리라고는 생각할 수 없었다. 가장 긍정적으로 생각해서, 그녀에게 약간의 연민을 품었을 수는 있다. 그의 고결한 성품 탓에 그녀를 저주까진 하지 않았을 수도 있다.

그래도, 아무리 긍정적으로 생각해 보아도, 그 끔찍한 기억을 가지고 있는 그가, 그녀에게 어젯밤 같은 무방비한 미소를 보일 수는 없다. 자신을 죽였던 자 앞에서 그렇게 웃을 수는 없다. 그녀에게 호의를 보일 리가 없다.

"모르는 거야. 그게 아니면 말이 안 돼."

에키는 신음처럼 중얼거렸다. 말끝이 비명처럼 거칠었다. 혼자서 궁리하고 있던 마검이 잽싸게 그녀의 말을 받았다.

[몰라? 누가 뭘 모른다는 거야?]

"내가……."

그녀는 뒷말을 하지 않고 삼켰다. 아무리 작은 목소리라도, 근처에 캠프로 돌아가는 단원들이 있는데 발음하고 싶지 않았다. 마검이라는 단어는.

유리엔은 에키네시아 로아즈가 마검의 악마라는 걸 모르고 있는 거다. 아니면 의심은 해도 확신할 수는 없는 상태거나. 그와 처음 재회한 직후에 했었던 추리가 떠올랐다.

'그에게 기억은 있지만, 증거가 없어서 지켜보기만 하는 상태라면. 나를 언제 무슨 짓을 저지를지 모르는 마검의 악마로 의심하고 있다면…… 최대한 가까이에 두고 감시하겠지. 확신할 수 있는 증거를 찾을 때까지. 그래, 이것 말고는 설명이 되지 않아.'

그렇게 생각하니 놀랍도록 맞아 들어간다. 그녀에게 대련을 청한 이유도, 호의를 품은 것처럼 행동하는 이유도 알 것 같다.

유리엔은 그녀를 시험하고 있다. 시간이 되돌아간 지금, 누가 시간을 되돌렸는지 알지 못할 그는, 과거에는 없었던 사관생도인 에키네시아에게 회귀 이전의 기억이 있는지 알아보려 할 것이다. 그리고 동시에 '에키네시아 로아즈'가 마검의 악마인지를 조심스럽게 탐색하고 있겠지.

그녀가 마검의 악마임을 확신하게 되면, 그는…….

입안이 지독하게 썼다. 마음속에서 무언가 짓이겨지는 기분이 들었다. 에키는 멍하니 앞을 보았다. 캠프로 돌아가는 유리엔의 뒷모습은 하얗고 정갈했다. 그녀는 그 모습을 보고 싶지 않아서 눈을 감았다.

해가 진 이후부터 비가 쏟아지기 시작했다. 빗방울이 막사의 천을 뚫지 않을까 걱정될 정도로 거센 폭우였다. 얼마 지나지 않아 천둥이 울고 번개가 하늘을 가로질렀다.

에키는 막사의 입구에 앉아 천을 살짝 젖히고 밖을 내다보았다. 빗줄기가 내리치는 밖은 새카맣게 어두웠다. 횃불이 비바람을 버티지 못해서 값비싼 마법등 두어 개만이 아슬아슬하게 빛을 뿜고 있었다. 간간이 번개가 칠 때마다 사위가 희게 드러났다가 가라앉았다.

요란한 빗소리에 어지간한 소리는 모조리 묻혔다. 빗소리와 천둥소리만 남은 침묵이었다. 침묵 속의 캠프는 평온했다. 테레사 쪽도, 유리엔 쪽도 모두 사소한 부상 외에는 중상자조차 없이 귀환했으니까.

에키는 무릎을 세우고 그 위에 턱을 괴었다. 그녀의 보라색 눈동자는 미동도 하지 않고 한쪽에 고정되어 있었다. 낮과 똑같은 드레스 차림이었지만 고정된 시선과 고요하게 웅크린 몸 때문에 그녀는 사냥감을 노리는 맹수처럼 보였다.

[안 지루해?]

"별로."

에키는 건성으로 대꾸했다. 그녀는 바라하의 막사 쪽에 시선을 두고 있었다. 동시에 있는 대로 감각을 넓혀서 사방을 감지했다. 그 상태를 벌써 세 시간이 넘게 유지하고 있다. 지칠 만도 하지만 놀랍도록 정신이 명료했다.

그녀는 유리엔에 대해 생각하고 싶지 않아서 이 일에 더욱 집중하고 있었다. 머리를 깨끗이 비우고 오직 사방의 위험만을 탐지했다.

[유리엔도 이러고 있을까? 아, 아니다. 걔는 시간을 돌리기 전에도 이 마물 토벌에 참여했을 테니까, 이때 정확히 무슨 일이 있었는지 알겠네! 그럼 넌 그냥 쉬면 되잖아? 걔가 알아서 구하겠지, 그 덩치 큰 놈은.]

마검이 투덜거렸다. 그다지 생각을 하고 싶은 기분이 아니었으므로 에키는 대답하지 않았다. 집중할 만한 것이 있어서 다행이었다.

어느 순간, 이변이 감지되었다. 그녀는 짐승처럼 소리조차 내지 않고 목만 돌려 그쪽을 응시했다. 퍼붓는 비에 경계를 서는 사람들 외에는 다들 막사에 틀어박혀 있는데, 막사 밖으로 나오는 기척이 잡혔다. 바라하 쪽이 아니었다. 유리엔이 막사를 벗어났다.

에키는 그의 막사 바로 옆이었기에 살짝 벌려 둔 입구의 틈으로 그를 볼 수 있었다. 그는 우산도 쓰지 않고 후드가 달린 망토만 쓴 채로 비를 그대로 맞으며 걸어 나와 바라하와 부단장의 막사가 있는 쪽을 지그시 보았다. 그러더니 돌아서서 다른 곳으로 향했다.

[뭐야, 저거 어디 가?]

"유리엔 함부로 부르지 말랬지."

[야, 그게 중요해? 하여간 쟤가 지금 이상한 데로 가잖아! 어떻게 할 거야?]

에키는 짧은 순간 격렬하게 고민했다. 이 빗속에, 아무에게도 알리지 않고 혼자 어딘가로 가는 유리엔을 따라가 볼 것인가? 아니면 바라하에게 위기가 닥치는지 계속 지켜볼 것인가.

시간이 부족했기에 고민은 길지 않았다. 그녀는 자리에서 일어나 검을 챙겨 들었다. 우비 대용으로 매끄러운 재질의 망토를 꺼내 뒤집어쓴 다음, 짙은 보라색의 우산을 들었다.

[따라가 보게?]

"유리엔이 알고 있는 건 확실하잖아. 지금 그가 막사를 비운다는 건, 뭔가 알고 하는 행동이겠지."

[그랬다가 자리 비운 사이 캠프에 무슨 일 터지면 어쩌려고?]

"너무 멀리까지 따라갈 생각은 없어. ……어쩐지, 멀리 가지도 않을 거 같고."

마나 코어에서부터 마나가 전신에 휘돌았다. 에키는 기척을 지웠다. 전문적인 훈련을 한 사냥꾼이나 암살자들에 비할 순 없어도, 어느 분야에서 달인에 이르면 관련 있는 다른 분야도 일정 수준은 되는 법이다. 적어도 유리엔에게 안 들킬 자신은 있었다.

'어두운 색 입길 잘했네.'

빗속에 몸을 감추고 그녀는 조용히 유리엔을 뒤따랐다.

그의 은발과 흰 제복을 가린 검푸른 망토가 비에 흠뻑 젖어 들고 있었다. 그가 경비를 서고 있는 준기사들을 피해 캠프를 벗어났다. 유리엔은 목적지를 확실히 알고 있는 것처럼 거침없이 움직였다.

흰 까마귀 협곡 입구는 날씨가 맑다면 캠프에서 잘 보일 만한 거리에 있었다. 그는 똑바로 협곡으로 향했다. 다가갈수록 불길한 안개가 짙어졌다. 유리엔이 안개 속으로 사라졌다.

에키는 잠시 망설이다 캠프 쪽을 다시 한번 확인했다. 폭우 속의 캠프는 잠잠했다. 결국 그녀도 안개 안으로 걸음을 옮겼다.

유리엔은 협곡 내부로 깊게 들어가지는 않았다. 입구에서 가까운 오른쪽 곡벽으로 다가가더니 젖은 바위와 흙 사이를 훑었다. 그가 가만히 오른손을 늘어뜨렸다. 손바닥에서 하얀 성검이 흘러나와 그의 손에 쥐어졌다. 어둠 속에서 성검이 희미하게 빛을 뿜었다.

[야, 쟤 뭐 찾는 거 같은데?]

마검이 의아한 듯 중얼거렸다. 에키도 같은 의문을 품었다.

'마나를 쓰고 있는 것 같은데……. 뭘 찾는 거지?'

그녀는 툭 튀어나온 나무 뒤에 숨은 채 우산 너머로 조용히 그를 지켜보았다. 성검이 뿜어내는 은은한 빛에 그의 옆얼굴이 비쳤다. 그린 듯이 반듯한 선. 내리깐 눈썹이 푸른 눈에 그늘을 드리웠다.

그가 손을 뻗어 벽에 대더니 천천히 더듬어 나간다. 젖은 흙으로 손이 엉망이 되었지만 그는 아랑곳하지 않았다. 그러다 그의 손이 한 곳에서 멈췄다. 그는 잠시 그 자리를 손끝으로 더듬다가, 손을 떼었다. 그러곤 곧바로 성검을 들어 그 지점에 찔러 넣었다. 흰 검은 두부를 가르듯 부드럽게 흙벽을 파고들었다. 그 순간.

끼아아아아아아아아!

소름 끼치는 비명이 빗소리를 헤집으며 울려 퍼졌다. 타이밍 좋게 천둥이 울어 그 날카로운 소리를 반쯤 묻었다. 비명과 동시에 성검이 박힌 벽이 갈라지며 다 썩은 시체들이 무더기로 떨어져 내렸다.

그리고 그 시체들 위로 형체 없는 허연 연기 같은 것들이 솟구쳤다. 눈이라고 할 법한 위치에 시뻘겋고 형형한 빛이 구슬처럼 박혀 있었다. 입도 없는 그것들이 비명을 내지르며 쥐구멍에 불을 놓은 것처럼 쏟아져 나왔다.

'스펙터(Specter)!'

에키는 보자마자 그것들의 정체를 알았다. 대표적인 유령형 마물. 실체가 없어 연기처럼 어른거리는 저것들은 물리적으로는 아무 짓도 하지 못한다. 그럼에도 마물들 중에서 가장 위험한 축에 속했다.

스펙터는 인간에게 들러붙는다. 스펙터에 빙의된 인간은 마물처럼 주위를 공격한다. 마스터급 기사라면 저항할 수 있지만, 마나를 쓸 수 없는 자들은 속수무책이었다.

'바라하 선배가 무슨 사고로 죽었는지 짐작이 가네.'

대비하지 못한 상태에서 캠프에 스펙터들이 몰려왔다면, 기사를 제외한 준기사나 생도 중 많은 수가 스펙터에 씌어 날뛰었을 것이다. 그것을 제압하는 과정에서 많은 희생이 발생했겠지. 이렇게 천둥 번개가 치는 밤에 귀신에 씌어 날뛰는 동료라니, 악몽이 따로 없었다. 창천 기사단처럼 강한 집단이라 해도 대량의 피해가 날 만했다.

그리고 유리엔이 왜 혼자 여기로 왔는지도 알았다. 스펙터에 저항하지 못할 사람이라면 도움은커녕 짐이 된다. 어떻게 스펙터들이 근처에 있는 것을 미리 알아차렸는지 묻는다면 대답하기 어렵기도 하고.

'기오사 오너 중에 기억이 있는 건 유리엔 혼자구나.'

퍼뜩 그런 깨달음이 왔다. 만약 기억이 있는 기오사 오너가 또 있었다면 그 사람도 스펙터들을 미리 처리하러 왔을 테니까. 이 자리에 유리엔만이 있다는 건 기오사 오너 중에 기억이 있는 게 그 혼자라는 뜻이 된다.

내심 안도하면서도 왜 하필 그중에서 기억이 있는 게 유리엔이냐는 대상을 찾을 수 없는 원망이 솟았다. 속이 무너지는 기분에 에키는 아랫입술을 잘근 깨물었다.

[와, 징그럽게 많다.]

마검이 질린 듯 중얼거렸다. 제 모습을 드러낼 생각이 없는 그녀조차 찰나 도와야 하나 고민될 정도로, 몰려나오는 스펙터의 수는 만만찮았다.

안개 속으로 스펙터가 쏟아진다. 그것들은 소름 끼치는 소리를 내며 가장 가까이에 있는 인간인 유리엔 근처를 맴돌았다. 귀기 서린 붉은 눈이 안개 속을 떠돈다. 간을 보는 듯한 유영이 이어졌다.

유리엔은 벽에 꽂은 성검을 손으로 쥔 채 움직임 없이 고요했다. 비에 푹 젖어 회색으로 보이는 은발에서 물이 뚝뚝 흘러내렸다. 그의 턱에 맺혔던 빗물은 고이고 부풀다가 아래로 툭 떨어졌다.

그 물방울이 빗물이 고인 웅덩이에 닿는 것과 동시에, 갑작스럽게 스펙터들이 유리엔에게 달려들었다. 그의 전신이 흐린 그림자들 속으로 삽시간에 삼켜졌다. 반투명한 것들이라 해도 수백이 겹치고 겹쳐 엉겨 붙자 유리엔의 모습은 거의 보이지 않았다.

[야……. 저거 위험한 거 아니냐?]

"……아니, 괜찮아."

에키는 속삭이듯 답하며 작게 고개를 저었다. 그녀는 스펙터들이 달려드는 순간 저도 모르게 검을 움켜쥐었던 손에서 힘을 뺐다. 그녀가 나설 필요는 없었다.

유리엔이 벽에 박아 넣었던 랑기오사를 뽑아내었다.

하얀 검을 따라 흰 마나가 흐른다. 덧씌워지고, 덧씌워져서, 검의 형체조차 마나에 가려 보이지 않게 될 정도로. 그러자 성검 주위에 떠도는 황금빛 문양이 눈부신 빛을 뿜었다. 마나가 폭발적으로 팽창했다. 그리고 검이 움직였다.

끼아아아아아아아아아!

아까보다 좀 더 날카로운 비명이 허공을 찢었다. 소멸의 고통이 느껴졌다. 흰 마나가 달처럼 사방을 베어 나갔다. 스펙터들은 스치는 족족 흔적조차 남기지 못하고 소멸했다. 안개가 그 서슬에 함께 휘말려 파도처럼 밀려났다.

에키는 안심하고 나무에 등을 기대었다.

"악한 것을 상대할 때 가장 강해지는 검이니까."

[랑기오사 능력이 그거긴 하지.]

"랑기오사도, 그리고 그도 말이야."

그녀는 설핏 웃었다. 하얀 마나와 성검의 황금빛에 둘러싸인 그는 고결해 보였다. 그녀의 손바닥에 들러붙은 검은 얼룩과는 다르게.

스펙터들이 모조리 소멸하는 데에는 긴 시간이 필요하지 않을 터였다. 에키는 끝까지 지켜보지 않고 자리를 떴다. 그녀는 캠프 쪽으로 천천히 돌아갔다. 긴장이 풀리자 피로가 느껴졌다. 이제 걱정할 필요 없이 쉬면 되겠지. 바라하도, 그 누구도 죽지 않을 것이다. 그렇게 생각하며 안개를 벗어났다.

그리고 캠프가 눈에 들어오는 순간, 그녀는 온몸의 솜털이 곤두서는 것을 느꼈다. 공간이 일그러지고 있었다. 굴절되는 유리처럼, 혹은 퍼져 나가는 수면처럼. 작게 생겨난 일그러짐이 점점 커진다. 그것은 캠프의 허공에서 생성되어 아래로 뻗어가고 있었다. 비와 어둠에 잠겨 있던 캠프가 뒤늦게 그것을 알아채고 미친 듯이 비상종을 울렸다.

에키는 그것을 보자마자 달렸다. 저것에 빨려 들어가면 끝장이다. 기오사 오너라 해도 쉽사리 생환을 장담할 수 없다. 회귀 이전 에키네시아는 기오사 하나를 얻기 위해 저것에 제 발로 들어가긴 했었지만, 그녀도 거기서 살아 나오느라 반쯤 죽을 뻔했다.

'대체 왜 여기서 결절이 생겨나는 거야!'

결절. 공간을 잘라 내어 만들어진 마디. 기존의 세상과 분리되는 공간. 공간의 신검 라키아기오사가 공간을 베어 낸 흔적.

고정된 자리에서 시간을 관조하는 신검 카이로스기오사와 달리, 신이 공간을 재료로 만들어 낸 신검 라키아기오사는 그 성질대로 공간을 표류한다. 그 검은 형상조차 제대로 알려지지 않았다. 기록에 제 모습을 드러낸 적도 없다. 누구도 본 적 없는 라키아기오사의 존재는 '결절'로 증명된다.

라키아기오사는 공간을 가르며 돌아다닌다. 그리고 그 갈라진 공간은 결절이 된다.

결절 안이 어떤 공간이 되는지, 그 안에 무엇이 있을지는 들어가 보기 전에는 아무도 확신할 수 없다. 다만 어느 정도 짐작할 방법은 있었다. 라키아기오사는 공간을 창조하는 게 아니라 이미 있던 공간을 베어 분리해 내는 것이므로 결절이 생겨난 환경이 결절에 영향을 미쳤다.

예를 들면, 평화로운 마을에서 뛰노는 아이들 근처에서 결절이 생겨나는 경우가 있다. 그런 결절의 내부는 어린아이들이 꿈꿀 법한 요정들이 가득한 동화 같은 세상이다. 빨려 들어간 아이들은 한동안 실종되긴 해도 누구도 다치지 않고 돌아온다. 그리고 요정을 보았다며 재잘거리는 것이다.

하지만 그렇게 운이 좋은 환경은 극히 드물었다. 세상은 동화보다 훨씬 건조하고 질척하므로. 대부분의 결절은 기괴하고 위험했다. 이

번 같은 경우, 흰 까마귀 협곡 같은 마물 소굴 근처에서 생겨난 결절이니 그 속은 지옥일 확률이 높았다.

'유리엔이 알고 있었다면 여기에 캠프를 치지 않았겠지. 이 결절은 예전에는 일어나지 않았던 일인 거야. 젠장, 왜……!'

에키는 이를 악물고 달렸다. 결절이 부푸는 속도는 일정하지 않았다. 지금은 그나마 사람이 걷는 속도 정도였지만 갑자기 펑 터지듯 커질지도 모른다.

그럼 범위 내의 것들을 모조리 집어삼키고 분리되겠지. 그게 언제 원상 복귀될지, 그 안에 삼켜진 자들이 결절이 사라질 때까지 살아남을 수 있을지는 아무도 모른다.

일그러지는 공간 아래에서 창천의 단원들이 황급히 짐을 챙겨 달아나고 있었다. 그녀는 달아나는 사람들을 빠르게 눈에 담았다. 앨리스. 파티마. 그들은 준기사나 기사와 함께 캠프 밖으로 나왔다. 일단 무사했다.

테레사가 미하일을 끌고 나오더니 소년을 캠프 밖에 던져 놓고 도로 캠프 안으로 들어간다. 다른 사람들을 돕기 위해서였다. 부단장 바론이 결절 바로 근처에서 막사들을 헤집으며 남은 사람이 있나 확인하고 있다. 바라하는 바론을 따라다니며 돕고 있었다.

그리고 이안 펠레트로가 그 근처에 보였다.

거리가 멀었다. 에키는 캠프 밖으로 뛰쳐나가는 사람들을 거슬러 그쪽으로 향했다. 누군가가 그녀를 붙잡아 말리려 했으나 그녀는 물 흐르듯 그 손을 피했다. 몰려나오는 단원들 때문에 속도를 낼 수 없었다. 마나를 써서 뛰어오르면 간단하겠지만 그건 지나치게 눈에 띄는 짓이었다.

결절의 가장자리, 일그러진 유리구슬 같은 그것이 조금씩 커져 갔다. 바론이 근처의 막사를 거의 다 확인하고 빠져나갔다. 바라하가 바론의 뒤를 쫓는데 이안이 그를 불러 세웠다.

거리가 꽤 되는데도 에키의 감각에는 그들의 대화가 똑똑히 들렸다.

"왜, 생도 대표?"

"생도들 막사는 다 확인했다고 생각했는데, 신입생 막사 중에 확인 안 한 게 있어."

"신입생? 누구?"

"에키네시아 로아즈. 막사가 따로 있어서……."

여기서 왜 자신의 이름이 나오는가. 에키는 어이가 없었다. 그녀는 소리를 높여 바라하를 불렀다. 하지만 요란한 비상종 소리와 단원들의 소음에 그녀의 목소리는 묻혀 버렸다.

'그냥 마나를 쓸까, 아니, 그럴 수는…….'

갈등이 휘몰아쳤다. 유리엔이 그녀가 마검의 악마인지, 그냥 괴짜 천재인 에키네시아 로아즈일 뿐인지 시험하고 있을 텐데, 마나를 쓰는 모습까지 보일 순 없었다. 지나치게 비정상적이다.

그녀가 고민하는 사이 바라하는 방향을 돌려 에키의 막사 쪽으로 가고 있었다. 이안이 그의 뒤를 따랐다. 마음이 급해졌다. 에키는 거슬리는 단원들을 밀치며 다가갔다. 성가신 우산을 내팽개쳤다. 와중에 다른 단원의 검집에 걸렸는지 망토가 당겨지자 망토도 내던졌다.

쏟아지는 비, 축축한 냄새, 젖어 드는 옷과 머리카락, 간간이 내리치는 번개, 하늘을 으스러뜨리는 것처럼 들리는 천둥소리, 귀를 찢어 버릴 듯 울리는 비상종 소리, 초조한 고함 소리, 불안한 표정들.

그 너머로, 바라하가 에키의 막사에 도달해 입구의 천을 젖히는 게 보인다. 그녀의 막사는 중앙 근처였다. 바로 위에 범위를 넓혀가고 있는 굴절된 공간이 있었다. 오른쪽으로 한 걸음만 더 가도 저 결절에 삼켜질 것이다.

이안이 바라하의 뒤로 다가갔다. 에키는 앞에 있던 준기사 하나를 거의 넘어뜨리다시피 밀치고 그들에게로 달렸다.

"바라하 선배님!"

드디어 그녀의 목소리가 닿았다. 바라하가 막사에서 고개를 빼내 그녀 쪽을 돌아보았다. 남자의 표정이 그녀를 보고 안심한 듯 살짝 풀어졌다. 그와 동시에, 그의 몸이 비틀거렸다. 넘어질 정도로 휘청거린 건 아니었다. 그냥 뒷걸음질 한 번 정도면 똑바로 설 수 있을 작은 불균형. 그러나 그 걸음은 결절에 닿아 버렸다.

굴절된 공간 너머로 바라하의 몸이 삼켜져 사라졌다.

뒤늦게 도달한 에키는 하얗게 질린 얼굴로 그 자리를 보았다. 바라하가 사라진 자리에 이안이 서 있었다. 그는 능숙하게 손을 감추며 충격을 받은 것처럼 신음을 흘렸다.

"맙소사, 바라하……."

에키는 비에 흠뻑 젖은 채 우뚝 서서 그를 보았다. 바라하의 덩치에 가려져서 다 보진 못했지만, 그녀는 언뜻 스쳐 간 모습조차 놓치지 않았다. 극도로 집중한 상황이었으니 더욱 그랬다.

이안 펠레트로는 방금 소매 속으로 단검을 감췄다. 조잡하고 작은 면도칼 수준의 단검이었다. 그 단검의 끝에 붉은 피가 묻어 있었다. 등 뒤에서 바라하를 찌르고 밀어, 그를 결절에 닿게 만들었다. 상처 자체는 별거 아니었겠으나 그로 인해 잃은 균형이 치명적이었다.

이안은 황망한 얼굴로 바라하를 삼킨 결절을 보더니, 다급히 에키에게 다가왔다. 그가 그녀의 어깨를 잡고 당기며 말했다.
"에키네시아 생도, 여기서 뭘 하는 거야! 여긴 위험해. 나가자."
에키는 그를 돌아보았다. 이안은 걱정과 공포가 범벅된 표정을 그려 내고 있었다. 그 얼굴이 어찌나 온순하고 선량해 보이는지 기가 찼다. 그녀는 나직이 중얼거렸다.
"사관학교가 아니라 극단엘 들어가시지 그랬어요, 선배님."
"응? 무슨 소리니? 일단 나가자. 나가서 얘기해."
에키는 흘긋 밖을 보았다. 단원들은 거의 다 빠져나갔다. 부단장 바론이 자신을 따라오던 바라하가 사라진 것을 뒤늦게 알아채고 돌아오고 있었다. 그는 바라하보다도 더 거구인 근육질의 남자였다. 결절 코앞에 있는 그들을 발견한 그의 우직한 얼굴에 당황이 어렸다.
"너희, 뭐 하는 거냐! 밖으로 나가!"
바론의 육중한 어깨 너머로, 몰려 있는 단원들 너머로, 캠프를 향해 달려오고 있는 하얀 남자가 보였다. 유리엔. 거리가 멀어 그의 얼굴까지는 볼 수 없었다. 에키는 다가오는 바론을 다시 보았다.

"밖으로 나가지 말고, 여기서, 나와 함께 죽자."

지워진 과거, 다른 기사들이 죽어 널브러진 가운데에서 피투성이가 된 바론은 그렇게 말했었다. 그의 등 뒤로 굳게 닫힌 성문이 있었다. 바론이 밖으로 내보낸 기사와 준기사들, 생도들이 시민을 대피시켰다. 비명이 성벽을 넘어 그녀에게까지 들려왔다.
에키네시아는 웃는 얼굴로 그에게 다가갔다. 바론이 검을 들었다. 광검(狂劍) 살릭기오사. 인간의 분노와 광기를 재료로 만들어진 그 검은 짐승의 이빨이 돋은 것처럼 삐죽삐죽하고 거대했다. 그의 거구와 어울리는 대검이었다.

그녀는 광기에 몸을 맡기고 야수처럼 날뛰는 그를 제압했다. 그 목을 날리고 성문을 열었다. 결국 바론은 그녀를 막지 못했지만, 그가 번 시간 덕에 살아난 목숨이 꽤 있었을 것이다.

"지금 나가겠습니다. 부단장님, 그런데 바라하 생도가……."

이안이 앞으로 걸음을 옮기며 떨리는 목소리로 말했다. 지금, 저 바론에게, 그의 스콰이어가 결절에 삼켜졌단 소리를 하려고? 네 손으로 그런 짓을 저질러 놓고서? 에키는 웃었다. 절로 웃음이 나왔다.

'죽어야 할 인간은 살고, 살아야 할 인간은 죽고. 싫은데, 이거.'

앞으로 걸음을 옮기는 이안의 등에 그녀의 손이 닿았다. 큰 힘은 필요하지 않았다. 등 뒤로 바짝 결절이 다가왔다. 그녀는 다리에 힘을 빼며 뒤로 넘어졌다. 그와 동시에 넘어지고 싶지 않은 것처럼 이안의 옷자락을 움켜쥐었다.

결절이 물거품처럼 부드럽게 그들을 삼켰다. 부단장이 눈을 부릅뜨며 손을 뻗는 모습이 일그러진 시야 저편으로 멀어졌다.

"이런……!"

바론의 손은 허공을 갈랐다. 그가 본 것은 에키네시아가 넘어지고 이안이 비틀거리더니 둘 다 결절에 빨려 들어가 버리는 장면이었다.

바론은 창백하게 질린 안색으로 결절을 바라보았다. 잔뜩 부풀어 오른 결절은 불규칙적으로 흔들렸다. 터진다. 저건 곧 터질 것이다. 강렬한 예감에 바론은 본능적으로 마나까지 사용하여 쭉 빠졌다.

그의 예감은 맞았다. 결절이 확 부풀어 올랐다. 그것은 바람을 불어넣은 풍선처럼 커지더니, 캠프 전체를 거의 다 집어삼킨 다음 흔적도 없이 소멸했다. 캠프에 있던 막사들이 모조리 사라졌다. 그 자리에 남은 것은 파헤쳐진 땅뿐이었다.

그는 멀거니 굳었다. 그런 그의 뒤로 거칠게 몰아쉬는 숨과 함께 다가오는 기척이 있었다.

"바론 경."

"단장님."

"무슨 일이…… 벌어진 건가, 지금."

바론은 삐걱거리는 목을 돌려 뒤를 돌아보았다. 보고를 하기 위해 입을 열었던 그는 유리엔의 얼굴을 보는 순간 저도 모르게 입을 다물었다.

바론의 나이는 마흔이 넘었다. 그는 전대 단장 때부터 기오사 오너였던, 가장 경력이 긴 오너였다. 그리고 유리엔은 그가 처음으로 거둔 스콰이어였다.

바론은 유리엔이 사관학교 2학년, 열아홉 살일 때 그를 스콰이어로 삼았다. 유리엔이 스물세 살에 마스터가 되어 정식 기사가 되면서 그 관계는 자연스럽게 해지되었고, 그가 최연소 단장이 되면서부터는 상하 관계가 역전되었다.

자신의 스콰이어였던 자를 상관으로 모시고 있지만, 바론은 그 사실에 불만을 가진 적이 없었다. 처음 그를 스콰이어로 삼을 때부터 얼마 지나지 않아 그가 자신을 뛰어넘으리라는 걸 예상했으므로.

그러니까 바론은 유리엔이 사관생도일 때부터 단장이 된 지금까지 근 9년째 그를 봐 왔다. 스콰이어와 로드의 관계에서 부단장과 단장의 관계로 바뀌긴 했어도.

유리엔은 그런 바론으로서도 처음 보는 표정을 짓고 있었다.

"……에키네시아 로아즈는? 그녀는 어떻게 되었지?"

그가 쥐어짜 내듯이 물었다. 바론은 저도 모르게 뒤로 물러설 뻔했다. 그가 아는 유리엔은 항상 정도를 걸으며, 인간적인 욕심이라고는 없는 것처럼 고요하고 서늘한 남자였다. 그를 볼 때면 끓는점이 높다 못해 아예 없는 게 아닐까 싶었다.

그랬던 그가 지금은 누구 하나를 찢어 죽일 듯한 살기와, 동시에 금방이라도 바스러질 듯한 위태로움을 보이고 있었다. 끓다 못해 기화되고 있는 것 같다. 지독하게 낯설었다. 바론은 약간 더듬으며 대답했다.

"결절에, 삼켜진 것 같습니다."

"결절은 어디로 간 거지? 이미 분리되었나?"

"예, 방금 분리되었습니다."

라키아기오사가 완전히 공간을 베어 내어 결절이 이 세상과 분리되고 나면, 그것을 찾을 방법도 그 안으로 들어갈 방법도 없었다. 시간이 흘러 그 잔해가 저절로 쏟아져 나올 때까지.

유리엔은 아무것도 남지 않은 자리를 바라보았다. 하얗게 질린 얼굴이 부서져 내릴 것처럼 보였다.

결절 안은 밖과 같은 공간이었다. 정확히는 같지만 다른 공간이다. 똑같은 막사들, 똑같은 캠프인데, 다른 법칙에 지배받는다.

비 내리던 밤 대신 불길한 황혼이 드리운 저녁이었다. 바닥이 질퍽질퍽했다. 검게 보일 정도로 붉은 액체가 늪처럼 바닥을 메우고 있었다. 그 사이로 병사의 복장을 한 그림자들이 몰려다니며 서로를 찔러댔다. 그러나 그림자여서 그들 중 누구도 쓰러지지 않았다.

마물들이 바닥에 흐르는 액체에서 솟구치고, 피 같은 황혼에서 흘러내렸다. 그것들은 병사의 그림자들을 날름날름 집어삼키더니 점점 덩치를 키웠다. 그림자들은 바로 옆의 병사가 마물에게 먹혀도 아랑곳하지 않고 서로만을 찔러댔다. 그 광경은 막 태어나는 지옥처럼 비현실적이었다.

에키네시아는 뒤로 넘어지며 물거품 같은 감촉을 느낀 순간 도로 균형을 잡았다. 굽 높은 앵클부츠가 철퍽 하고 늪을 밟았다. 구두는 돌이킬 수 없는 꼴이 되었다. 그녀는 똑바로 서며 쥐고 있던 이안의 옷자락을 놓아주었다.

"이게……."

이안은 아직 상황을 파악하지 못했다. 에키는 그를 내버려 두고 일단 주위를 살폈다. 결절에 들어가 본 경험은 한 번뿐이지만 그래도 무경험자와는 다른 법이다. 한 번 들어가서 개고생한 후로 나름 결절에 대해 조사도 꽤 했었다.

[와, 여기 뭐야? 되게 기분이 좋아지는데?]

바르데르기오사가 신이 난 목소리로 떠들었다.

'살의가 아주 넘쳐흐르는 공간인가 보네. 전쟁터였으니 당연하겠지.'

에키는 싸우는 그림자 병사들과 마물들을 확인한 다음 재빨리 옆에 있던 막사 안으로 숨었다. 마침 결절에 같이 삼켜진 그녀 자신의 막사였다. 어정쩡하게 있던 이안이 그녀를 따라 들어왔다. 에키는 그를 내버려 두고 막사 밖을 살폈다. 바라하를 찾는 게 가장 급했다.

"……너."

뒤에서 착 가라앉은 목소리가 들렸다. 에키는 돌아보지도 않고 대답했다.

"일부러 결절에 끌고 들어왔냐고요? 네, 맞아요."

"뭐? 미쳤어?"

"안 미쳤어요. 아, 그리고 지금 고민 중이니까 되도록 입을 다물고 계시는 게 좋을 텐데."

"고민이라니, 무슨……."

에키는 눈동자만 굴려 뒤를 보았다. 상황 파악이 덜 되어 얼떨떨하던 이안은 그 눈에 얼음물을 뒤집어쓴 것처럼 전신이 차가워졌다. 에키네시아의 눈빛은 섬뜩했다. 그녀가 입꼬리만 올려 웃었다.

"제 손으로 죽일지, 바라하 선배님한테 결정을 맡길지 고민 중이거든요. 자꾸 떠들면 기분이 더러워져서 지금 죽일지도 몰라요."

"……죽인다고? 누구를?"

"당연히 이안 선배님이죠."

이안이 멍하니 입을 벌렸다. 그는 주춤 물러서며 검을 쥐었다. 도무지 그녀가 농담을 하는 것으로는 보이지 않았다.

에키는 다시 눈을 돌려 밖을 보았다. 아무렇지도 않게 이안에게 등을 보였다. 그러면서 축축하게 젖어 온몸에 달라붙은 분홍색 머리카락을 모아 쥐어짜더니 대충 손으로 빗었다.

"제가, 정말 어지간하면 사람은 안 죽이고 싶거든요. 죽이고 싶지 않은 사람들을 수천 명쯤, 음, 아니다, 만 단위겠구나……. 몰라요, 세어 본 적이 없어서. 어쨌든 억지로 그 정도 죽이고 나면 선배님도 제 심정을 절실히 이해하게 될 거예요. 아, 선배님은 성격상 영원히 이해 못 할 수도 있겠네요."

"무슨 헛소리를……."

"되도록 피는 안 보고 싶다는 소리예요. 좀, 평화롭게 살고 싶다고요. 예쁜 옷 입고, 맛있는 거 먹고, 좋아하는 사람들과 함께 사는 삶. 누구도 죽이지 않고 누구에게도 위협받지 않는 삶. 그렇게 살고 싶은데. 근데 말이죠. 음."

대강 머리를 가다듬은 그녀는 이제 푹 젖은 드레스 자락을 짜내고 있었다. 그녀는 평온한 어조로 말을 이었다.

"말하면서 생각해 보니까…… 사람이라고 쳐 주기 어려운 것도 사람이랍시고 봐줘야 하나 싶네요. 바라하 선배님 찾을 때까지 끌고 다니기도 힘들고. 보아하니 여기, 만만치 않을 거 같아서요."

[주인아, 나! 나! 나 써 줘! 너무 좋아! 어차피 결절 안이라서 아무도 없잖아!]

바르데르기오사가 그녀의 살의에 반응하여 들뜬 목소리로 졸라댔다. 에키는 마검에게 답해 주는 대신 계속해서 말했다.

"차라리 절 노리지 그랬어요. 그럼 가소로워서 그냥 내버려 뒀을 건데. 선배님이 저한테 무슨 짓을 하든 전 괜찮거든요. 그런데……."

말을 하면서 그녀는 계속 바라하의 기척을 찾고 있었다. 찾았다. 멀지 않았다. 바라하는 어느 막사 안쪽에 몸을 숨기고 있었다. 살아 있다. 다행히 마물들이 아직 많이 남은 그림자 병사들을 잡아먹느라 막사들을 헤집고 다니진 않는 듯했다.

겨우 안심한 에키는 밖에서 시선을 떼고 이안을 돌아보았다. 그는 이 기괴한 상황을 이해할 수 없는지 파랗게 질려 있었다. 그녀는 웃으며 말을 마무리했다.

"그런데, 다른 사람 건드리는 꼴은 못 봐주겠어요."

이안이 잠깐 침묵하더니 미소를 지었다. 억지로 쥐어짜 낸 웃음은 어색했다.

"내가 무슨 짓을 했다는 거야? 에키네시아 생도, 무언가 오해가 있는 모양인데, 그런 것보다 일단 여기서 살아 나가는 걸 고민해야……."

"그건 선배님은 고민할 필요가 없는 문제고요. 선배님이 지금 고민해야 할 문제는 따로 있어요."

에키는 물을 짜낸 드레스 자락을 팡팡 쳐서 폈다. 우산은 버리면서도 끝까지 들고 있었던 제 검을 내려다보더니, 그것을 옆에 던져 버렸다. 그녀는 빈손으로 사뿐사뿐 이안을 향해 다가갔다. 젖어 짙어진 분홍색 머리카락에 감싸인 작은 얼굴이 속삭였다.

"선배님은 반성하고 바뀔 수 있는 인간일까요?"

"……난 네가 지금 무슨 이야길 하고 있는 건지 전혀 모르겠어."

잠시 침묵하던 이안이 눈썹을 늘어뜨리면서 상처받은 것 같은 표정을 지었다. 파래졌던 안색이 약간 돌아왔다. 그는 천천히 손을 올려 에키의 어깨에 얹었다. 그녀는 그의 손을 쳐내지 않았다.

"내가 누굴 건드렸다는 건지도 모르겠고. 네가 뭔가 단단히 오해하고 있는 모양인데……."

그가 부드럽게 말했다. 달래듯 그녀의 어깨를 쓰다듬던 손이 목덜미 근처로 오는 순간, 에키는 번개처럼 그의 손목을 잡아챘다. 두꺼운 손목은 그녀의 손안에서 꼼짝도 하지 못했다. 그녀가 잡은 손목을 돌아보지도 않고 말했다.

"역시 절대 안 바뀔 것 같네요, 선배님은."

그녀는 힘주어 그의 손목을 비틀었다. 검보라색 실크 장갑에 감싸인 손은 연약해 보였지만, 마나가 그 안에 휘돌자 굉장한 악력을 보였다.

이안은 저도 모르게 신음을 흘렸다. 비틀린 그의 손에서 면도칼처럼 작은 단검이 툭 떨어져 내렸다. 바라하를 찔렀던 그 단검이었다. 에키는 떨어지는 단검을 무시하고 그의 눈을 똑바로 응시했다.

"왜 그랬어요?"

"윽, 이거, 놓……."

"뭐가 불만이라 그랬냐고, 묻고 있잖아요. 지금이야 뭐, 제가 추궁하니까 절 치워 버릴 셈으로 찌르려 한 것 같고. 바라하 선배님한테는 왜 그랬냐고요."

"빌어먹을."

이안의 입에서 욕설이 튀어나왔다. 그의 표정이 처음으로 무너졌다. 고통으로 악귀처럼 일그러진 얼굴. 그가 그녀를 향해 눈을 부라렸다. 눈이 돌아 있었다.

"당장 안 놔? 너야말로 죽고 싶어?"

에키는 되레 그의 손목에 준 힘을 더했다. 우드득 하고 뼈가 부러지는 소리가 났다. 그녀는 그제야 그를 놓아주었다. 이안은 멀쩡한 손으로 손목을 움켜쥐고 비틀거리며 소리를 질렀다.

"크, 으, 으윽……. 너, 너, 망할, 감히!"

"목소리."

"컥."

"낮춰요. 여기, 결절 안이라고요. 밖에 아까 봤잖아요? 마물이 그 소리 듣고 들어오면 어쩌시게요."

에키는 그의 목을 틀어쥐었다가, 천천히 내려놓았다. 이안이 바닥에 널브러졌다. 그는 숨을 헐떡이며 창백해진 얼굴로 에키를 올려다보았다. 그녀가 그의 앞에 쪼그리고 앉으며 오른손의 장갑을 벗었다. 그러곤 그 맨손으로 무릎 위에 턱을 괸 채 다시 물었다.

"왜 그랬는지 말해 봐요. 납득이 가면 선배님을 살려 줄지도 모르니까."

"미친…… 괴물 같은 게……."

"솔직해지신 건 좋은데, 아직도 상황 파악이 안 돼요?"

에키가 고개를 기울였다. 그녀의 시선이 멀쩡한 그의 다른 손목에 닿았다. 명백한 의도를 담은 시선이었다. 그것을 알아차린 이안은 어깨가 들썩일 정도로 숨을 몰아쉬더니, 덜덜 떨리는 손으로 제 얼굴을 문질렀다. 꿀꺽 침을 삼키고, 몇 차례 마른 입술을 축인 다음 그가 입을 열었다.

"내가…… 바라하를 결절에 왜 밀어 넣었냐고?"

"네, 아까부터 묻고 있잖아요."

"그걸 정말 몰라서 물어?"

이안이 으득 이를 갈았다. 그는 얼굴을 감싼 손 너머로 에키를 노려보았다.

"난 최선을 다했다고. 빌어먹을 기사 새끼들 입안의 혀처럼 굴어 주고, 짜증 나는 생도 대표직까지 하면서, 망할, 그렇게 했는데, 대체 왜? 임시 스콰이어도 아니었던 사막 떠돌이 새끼가 난데없이 오너의 스콰이어가 되는 건데? 왜, 드레스나 입고 다니는 골빈 년이 입학 첫날부터 단장의 스콰이어로 지명받냐고! 불공평하잖아! 노력도 안 한 연놈들이 아무렇지도 않게!"

나직하게 시작했던 그의 목소리는 뒤로 갈수록 거칠고 빨라졌다. 짓씹어 뱉어 내는 것처럼 들렸다. 에키는 그를 빤히 쳐다보다가 되물었다.

"그게 다예요? 고작 그것 때문에 바라하 선배님을 결절로 밀어 넣었다고요?"

"고작? 너한테는 그게 고작이야? 운 좋고 편한 길만 걸어서 내 발버둥이 너한텐 고작으로 보여? 내가, 빌어먹을, 얼마나 노력했는데! 아무 노력도 안 한 것들이 운만 처좋아서는, 쉽게 얻어 내고……!"

"아무 노력도, 안 했다고."

그녀가 이안의 말을 끊었다. 차가운 음성이었다. 심상찮은 분위기에 이안이 움찔 입을 다물었다.

"그렇게 보여요? 당신 말고 다른 사람들은 다 쉽게 사는 걸로 보여? 남들이 가진 건 전부 운이 좋아서 얻었을 뿐이야? 그런 이유로, 죽이려 했다고?"

에키는 저도 모르게 입술을 비틀었다. 노력하지 않았다고. 쉽게 얻었다고? 제멋대로 움직이는 몸뚱이 안에 갇혀 절규했던 6년과, 지금 이 시간, 이 삶을 얻기 위해 개처럼 굴렀던 9년이, 발끝에서부터 머리끝까지 차오른다.

그녀는 고개를 숙였다. 시야가 새까맣게 물드는 것 같아 심호흡을 했다. 살의에 휘둘리고 싶지 않았다. 분노하는 건 괜찮아도, 행동할 때는 언제나 냉정해야 했다. 자제심을 잃어서는 안 된다. 마검의 주인이기 때문에.

고개를 숙인 그녀의 눈빛이 서늘해졌다. 분노를 걷어내고 냉정으로 생각했다. 이안 펠레트로를 어떻게 할지를. 그녀는 마지막으로 기회를 주어 보았다.

이안은 그녀가 동요한 걸 눈치챘다. 고개를 숙이고 있는 그녀는 자신을 보고 있지 않았다. 늘어뜨려진 머리칼 사이로 드러난 목이 가늘었다. 게다가 그녀는 빈손이었다. 그녀의 검은 막사 입구에 아무렇게나 구르고 있었다.

기회다. 어쩌면 유일할지도 모를. 그는 그렇게 생각했다.

이안은 멀쩡한 손으로 재빠르게 검을 뽑아 에키의 목을 향해 휘둘렀다. 그러나 검이 하얀 목에 닿기 직전에, 그는 불에 덴 것 같은 통증이 가슴께에서 퍼져 나가는 것을 느꼈다.

"커……."

입을 벌리자 뜨거운 것이 목으로 넘어왔다. 쉽사리 그의 검을 피한 에키가 고개를 들었다.

그녀가 주었던 마지막 기회를 이안 펠레트로가 스스로 걷어찼다. 에키는 더 이상 자비를 베풀지 않았다. 그녀의 오른손에는 없던 검이 쥐어져 있었다. 유리처럼 투명한 칼날, 검은 손잡이. 칼날에 새겨진 문양을 따라 붉은 피가 고였다.

[으아……. 너무 오랜만이야, 이 느낌. 좋다…….]

마검이 배부른 고양이처럼 갸릉거리는 목소리를 냈다. 에키는 이안의 몸에서 바르데르기오사를 비틀어 빼냈다. 그가 스르륵 무너져 내리며 덜덜 떨리던 눈이 감겼다. 즉사였다. 바르데르기오사에 묻었던 붉은 피는 검에 스며들 듯 사라졌다. 마검이 콧노래를 불렀다.

[아오, 이제 좀 후련하네. 어때, 너도 시원하지? 살의 제법 풀린 것 같은데!]

"글쎄."

에키는 건성으로 대꾸하고 마검을 회수했다. 검은 금세 그녀의 손바닥 안으로 사라졌다. 그녀는 오른손에 장갑을 도로 꼈다. 그리고 잠시 그 자리에 서서 이안의 시체를 내려다보았다. 마검이 의아한 듯 물었다.

[왜? 찝찝해? 괜히 죽인 거 같아?]

"그건 아니고."

[그럼 왜?]

"각오를 좀 수정했을 뿐이야."

[각오라니, 무슨 각오?]

"어떻게 살아갈 것인지에 대한 각오."

[뭔데? 나도 알려 줘!]

"넌 몰라도 돼."

[쳇, 쳇, 쳇! 맨날 치사해.]

죽은 이안을 내려다보며 그녀는 생각했다. 자신이 아니었다면, 이 자리에 죽어 있는 게 이안이 아니라 바라하일 수도 있었겠다는 생각을.

지워진 과거에는 확실히 그랬을 것이다. 이안 펠레트로는 멀쩡히 살아 3년 후에는 기사가 되고, 바라하 이슬라프는 마물 토벌 때 사망했을 테니까.

'두 번의 기회는 없을 거라고 카이로스기오사가 말했었지. 이제 누가 죽든 되살리지 못해. 그럼…… 지켜야지.'

그녀 자신을 노린다면 봐줄 수도 있다. 하지만 그녀 주위에 해를 끼칠 것 같다면, 절대로 용납하지 않겠다.

'필요하다면 얼마든지 검을 든다. 주위 사람을 잃는 경험은 한 번으로 충분해. 이제 아무도 잃지 않겠어.'

에키는 서늘한 눈으로 이안의 시체를 바라보다가 고개를 돌렸다. 후회도 동정도 없다. 화풀이를 한 게 아니라 더 이상은 내버려 둘 수 없다는 판단으로 처리했으니 마검의 살의에 휘둘린 것도 아니다.

새 삶에서는 손에 피를 묻히고 싶지 않다는 감정은 소중한 사람들을 지키겠다는 결심에 비하면 너무나 사소했다. 그들을 살려 내기 위해 그녀가 보냈던 세월은 결코 녹록지 않았고, 기회는 한 번뿐이므로.

돌아서는 그녀의 걸음에는 미련이 남아 있지 않았다.

그녀는 아까 던져 둔 검을 다시 쥐고, 옆에 있던 등불을 들었다. 다음으로 부싯돌과 등기름 병을 꺼냈다. 그녀 자신의 막사였던 터라 위치를 잘 알았다. 그녀는 기름을 막사 안에 전부 뿌린 후에 등불 안의 초에 불을 붙였다.

그 뒤에 막사 입구의 천을 젖히고 밖을 살폈다. 그림자 병사들의 수가 많이 줄었다. 마물들은 이제 목을 꺾어 올려다봐야 할 만큼 거대해져 있었다. 바라하는 아까 그 자리 그대로였다.

호흡을 고르고 마나 코어를 움직였다. 소리 없이 그녀의 몸이 막사를 벗어났다. 그와 동시에 그녀는 등불을 막사를 향해 집어 던졌다. 유리가 요란하게 깨지는 소리가 나고, 그 안의 불이 막사에 순식간에 옮겨붙었다.

키이이이이이!

근처에 있던 마물들이 요란한 소리와 타오르는 불에 시선을 돌렸다. 철판을 손톱으로 긁는 것 같은 울음소리를 내며 그것들은 불을 향해 움직였다. 그녀는 마물들이 불타는 막사에 정신이 팔린 틈에 들키지 않고 늪의 위를 이동했다.

바라하가 있는 막사는 멀지 않았다. 도착하자마자 망설임 없이 막사 안으로 몸을 들였다. 들어가는 순간, 휙 하고 커다란 손이 그녀의 멱살을 잡아채어 막사 기둥에 짓눌렀다. 다가온 검이 목덜미에 드리워졌다가 흠칫 놀라며 멀어졌다.

"……에키네시아 로아즈?"

그녀를 알아본 노란 눈이 휘둥그렇게 떠졌다. 피할 수 있었지만 일부러 잡혔던 에키는 담담하게 인사를 했다.

"안녕하세요, 바라하 선배님."

"네가 왜 여기에……."

"일단 좀 놓아주시겠어요?"

"어, 아, 미안."

얼이 빠진 채 중얼거리던 바라하가 화들짝 놀라 그녀를 짓누르고 있던 팔을 뗐다. 에키는 구겨진 옷깃을 바로잡으며 그를 살폈다.

"다친 곳은 괜찮으세요?"

"그 정도야 긁힌 상처 수준이지. 잠깐, 네가 어떻게 알아?"

"눈앞에서 봤잖아요."

"아, 그랬지……. 그보다 너, 왜 이 안에 있는 거야?"

"어쩌다 보니 삼켜졌어요. 이안 선배님도 함께 들어왔는데 어디 계신지는 모르겠네요."

에키는 덤덤히 거짓말을 했다. 이안이란 말에 바라하가 험악하게 웃으며 이를 드러냈다.

"그 자식은 죽든 말든……. 아니, 됐다. 그놈은 잊어라, 에키. 알아서 살겠지. 찾아다닐 여유도 없고."

"네."

바라하가 성자도 아니고, 자신을 찔러 결절로 밀어 넣은 놈을 찾을 리가 없었다. 에키는 순순히 고개를 끄덕였다. 바라하는 입가를 만지작거리더니 천천히 말했다.

"그건 됐고……. 너는 일단 여기 숨어 있어. 아까부터 지켜보니 그림자 병사들이 전부 잡아먹힐 때까지는 크게 위험하지 않을 것 같거든."

"선배님은요?"

"이 막사에 먹을 게 없어서. 나가서 다른 막사에서 찾아보려고. 길게 버텨야 하니 식량이 필요하겠지."

"결절에 들어가 보신 적 있으세요?"

"아니. 하지만 결절이 소멸할 때까지 이 안에서 버티기만 하면 나갈 수 있는 것 정도는 안다."

바라하가 밖을 보며 무뚝뚝하게 말하더니 문득 에키를 돌아보았다. 그는 한 차례 호흡을 고르고, 단호한 어조로 말했다.

"걱정하지 마. 우리는 살아서 여길 빠져나갈 테니까."

그렇게 말하는 그의 얼굴에 긴장이 어렸다. 그는 그 공포를 드러내지 않았다. 대신 그녀를 안심시키고 싶은 듯 빙긋 웃어 보였다. 에키는 가만히 그를 올려다보다가 나직이 물었다.

"우리가 이 안에서 버틸 수 있을까요?"

"물론. 불안하면 나를 믿어. 너처럼 조그만 후배 하나쯤은 건사할 수 있으니까."

바라하가 유쾌한 어조로 말하더니 에키의 머리를 가볍게 쓰다듬었다. 그의 손은 무척 크고 따뜻했다.

[누가 누굴 건사하게 될지 저놈이 알긴 할까. 얘도 참 같잖다.]

마겸이 툴툴댔지만 에키는 희미하게 웃음을 머금었다. 그의 마음씀씀이가 고마웠다.

"감사합니다, 선배님."

"뭘. 그럼 걱정 말고 기다려. 금방 다녀올 거야."

바라하가 웃는 얼굴로 끄덕이더니 막사를 뒤져 식량을 담아 올 자루를 찾기 시작했다. 그녀는 그를 지켜보며 생각을 했다.

'자, 그럼 어떻게 할까.'

예전에는 결절 내부를 쓸어 버리고 저절로 결절이 소멸할 때까지 기다려서 빠져나왔었다. 그 뒤에 결절에 대해 조사하면서 결절을 벗어날 방법에 대한 단서를 얻었다. 물론 그건 어디까지나 탁상공론에 불과한 수단으로, 실제로 가능할지는 의문이었다.

'그리고 보니, 그 자료에 결절이 생기는 조건을 추측한 것도 있었던 기억이 나는데. 음, 일단 이건 나중에 생각하고.'

"선배님."

"응?"

에키는 막사 밖으로 나갈 채비를 하고 있는 바라하를 불러 세웠다. 그리고 망설이는 기색으로 말을 꺼냈다.

"제가 사실 결절에 꽤 관심이 많았거든요. 그래서 예전에 관련 책들을 좀 읽어 봤어요."

"그래? 뭔가 아는 게 있어?"

바라하가 반색했다. 그녀는 고개를 끄덕였다.

"어디까지나 하나의 가설일 뿐이라고 되어 있었지만요. 결절에는 시작점이 있대요. 라키아기오사가 공간을 베어 낼 때, 그 베인 상처의 시작점 말이에요."

"음."

"그 책에서는 결절의 시작점이 세상과 이어져 있는 지점일 거라고 주장했어요. 결절은 세계와 분리되어 있지만, 완벽하게 떨어져 나간

건 아니잖아요? 일정 시간이 지나면 원래대로 되돌아가니까."

"확실히 그렇지."

"결절이 되돌아가는 걸 라키아기오사가 베어 낸 상처가 아무는 거라고 치면, 시작점이 제일 먼저 아물지 않겠느냐, 따라서 시작점이 가장 원래의 세계와 가까울 거다, 라고 하더군요."

"······일리 있는데. 가장 먼저 아문다는 건 그곳이 가장 먼저 세상에 닿는다는 뜻일 테고, 그렇다면······."

"네. 시작점을 찾아낸다면 거길 통해서 결절을 벗어날 수 있지 않을까요?"

"좋은 생각이야. 그 시작점이 통과할 수 있는 형태인지는 모르겠지만, 그래도 찾아볼 가치가 있어. 그냥 버티기만 한다고 해도 그곳부터 결절이 열릴 테니까······."

바라하가 턱을 문지르며 중얼거렸다. 에키는 자신이 보았던 그 책의 추측이 맞길 빌었다. 안 그러면 마물을 쓸어 버린 다음 버티는 수밖에 없을 테고, 그렇게 되면 그녀가 마나를 써야 하니까. 바라하의 실력으로 이 결절에서 살아남는 건 불가능했다.

"문제는 그 시작점을 어떻게 찾느냐는 건데."

"혹시 결절이 생겨나는 모습을 보셨었어요?"

"아니, 비상종을 들고 나왔을 땐 이미 부풀어 오른 뒤라서. 하지만 캠프 중앙의 허공에서 시작된 것 같긴 했지. 그럼······."

"그 근처에 시작점이 있을 확률이 높겠네요."

그녀가 말을 받았다. 바라하의 눈에 생기가 돌았다.

"맞아. 에키, 여기서 빠져나가면 다 네 덕이다."

그가 에키의 등을 가볍게 쳤다. 흥분해서 힘 조절이 덜 되었는지 그녀가 약간 휘청거렸다. 피할 수 있는 걸 그냥 맞아 줬더니 제법 아팠다. 에키가 샐쭉 눈을 흘기자 바라하가 어색하게 뒷머리를 긁적였다.

"어, 저기, 미안. 좀 들떴다."

"됐어요. 얼른 시작점이나 찾아보죠."

에키는 등을 문지르며 막사 입구 쪽으로 향했다. 바라하는 그런 그녀의 뒷모습과 제 손을 번갈아 보았다. 그녀의 등은 몹시 좁았다. 비를 맞아 달라붙은 드레스 때문에 더 여려 보인다. 그럼에도 아까 닿았을 때, 그녀는 떨고 있지 않았다. 바라하는 불쑥 솟구친 말을 참지 못하고 그녀를 불렀다.

"에키."

"네?"

"넌 두렵지 않아?"

에키가 그를 돌아보았다. 그녀는 바라하에게 감도는 불안을 알아차렸다. 안심시켜 주고 싶었다. 그가 그녀를 안심시키려 했듯이. 에키는 살짝 웃었다.

"선배님이 절 지켜 주신다면서요."

흔들림 없는 목소리. 부드러운 표정. 바라하의 얼굴이 찰나 흐트러졌다. 에키가 그에게로 다가와 팔의 옷깃을 쥐었다. 장갑에 감싸인 손은 그에 비하면 너무 작았다. 그 손이 망설임 없이 그를 당겼다.

"전 선배님을 믿고 안심할 테니까, 선배님도 절 믿어 주세요. 우리, 같이 여길 나가죠."

바라하는 그녀에게 이끌려 입구로 걸음을 옮겼다. 그는 멍하니 자신보다 한참 아래에 있는 연한 분홍색 정수리를 응시했다. 그리고 나지막하게 답했다.

"……그래. 같이 나가자, 에키네시아."

그들은 함께 막사의 천을 살짝 젖혔다.

그사이 그림자 병사는 찾아보기 힘들 정도로 수가 줄었다. 거대한 마물들이 붉은 액체가 가득한 바닥을 헤치며 돌아다녔다. 육중한 발이 움직일 때마다 질척한 액체 위로 파문이 퍼져 나갔다. 그르릉거리는 소리와 철판을 긁는 것 같은 소리, 날카로운 비명 같은 울음소리가 곳곳에서 들려왔다.

그 마물들 중에 에키가 이름을 아는 마물은 하나도 없었다. 동종으로 보이는 마물도 없었다. 하나하나가 개성적으로 기괴했다. 애초에 이 마물들은 진짜 마물이라기보다 결절 내부의 이상 현상이니 당연한 일이었다.

그 이상한 것들에게도 공통점은 있었다. 제일 작은 놈도 2층 건물 높이는 될 법한 거대한 덩치라는 점, 그리고 어떤 놈이건 마나를 쓰지 못하는 스콰이어 두 명에서는 이기기 어려워 보인다는 점이었다.

"아무래도 쉽게 지나가긴 힘들겠네요. 그림자 병사가 별로 안 남았어요."

에키가 속삭였다. 약간 멍한 낯이던 바라하가 그녀의 말에 퍼뜩 정신을 차렸다. 그는 밖을 확인하더니 눈썹을 모았다.

"확실히, 먹잇감이 없어서 배회하는 놈들이 많군."

"잠시만요."

에키는 돌아서서 막사 안을 뒤졌다. 누구의 막사인지는 몰라도 부싯돌과 등기름은 필수품이니 있을 것이다. 그녀는 금방 기름병과 부싯돌 통을 찾아냈다.

"뭘 하려고?"

"마물은 대부분 불을 보면 관심을 보이잖아요. 불 근처에는 인간이 있다는 걸 아닐까."

바라하의 의문에 답해 주며 그녀가 침대보를 잡아당겼다. 그녀는 검을 뽑아 그것을 길게 잘라 내었다.

"선배님, 이거, 뭉쳐서 기름을 적셔 주세요."

"미끼로 쓰려는 거군."

"네."

바라하가 그녀가 잘라 내는 천 조각을 뭉쳐 기름에 적시기 시작했다. 무게를 주기 위해 동전이나 단추 같은 잡동사니도 넣었다. 그는 식량을 담으려고 챙겼던 자루에 천 뭉치들을 담으며 에키에게 물었다.

"이런 건 어디서 배웠지?"

"우리 가문의 기사분들이 여행 중에 이렇게 하시더라고요."

"의외군. 용병들이 주로 쓸 법한 임기응변인데."

"그런가요? 전 잘 모르겠어요."

에키는 내심 뜨끔했다. 용병들이 하는 걸 보고 익힌 수완인 게 사실이었으므로. 바라하는 더 이상 추궁하지 않았다.

둘이 함께 만들자 금세 자루 안이 기름투성이 천 뭉치로 가득 찼다. 에키가 등불 안의 초에 불을 붙였다. 그리고 풍성한 소맷자락과 치맛자락으로 빛이 새어 나가지 않게 등불을 감싸 들었다. 그와 그녀가 눈을 마주쳤다.

"갈까."

"가죠."

바라하가 자루에서 천 뭉치를 하나 꺼냈다. 그는 그녀가 들고 있는 등불 속 초에 천 뭉치를 가져다 댔다. 기름에 흠뻑 젖은 천은 금방 타올랐다.

바라하는 막사 밖으로 그것을 힘껏 집어 던졌다. 그르릉, 하는 울음소리가 들리더니 막사 앞에 있던 마물 두엇이 불덩어리가 되어 날아가는 천 뭉치를 따라 움직였다. 그들은 그 틈에 잽싸게 막사를 빠져나왔다.

막사와 막사의 사이를 이동하고, 마물이 어슬렁거리면 천 뭉치에 불을 붙여 던지는 것을 반복했다. 서로 한마디도 하지 않았지만 눈짓만으로도 손발이 맞았다.

캠프의 중앙은 빈 공터였다. 붉은 액체가 그 안에 그득 고여 있었다. 열 마리가 넘는 마물이 그 안에서 배회했다. 그 주위로는 단장, 부단장과 그들의 스콰이어용 막사가 보였다.

에키의 막사는 불타 무너져 있었다. 이안의 시체는 그 안에서 재가 되었거나, 아니면 그녀가 불을 붙이며 몰려든 마물의 식사 거리가 되었을 것이다. 그녀는 잠시 그곳에 시선을 두었다가 금세 고개를 돌렸다.

바라하는 그들이 서 있는 곳에서 가장 가까운 부단장의 막사 안으로 빠르게 숨어들었다. 에키가 뒤따랐다. 그들은 들고 있던 등불과 자루를 내려놓고 숨을 골랐다.

"공터 안에 마물이 너무 많은데."

바라하가 골치 아프다는 듯 중얼거렸다. 에키는 천 사이로 밖을 내다보았다. 그녀가 유심히 살피기만 하자 바라하가 그녀의 뒤로 다가오더니 그녀의 위쪽에 머리를 대고 밖을 살폈다. 에키가 작게 말했다.

"선배님, 저기."

"응?"

"저 위쪽에, 뿔이 세 개인 마물의 머리 위 허공……. 보이세요?"

"……저건가. 그 시작점이라는 것."

허공에 기묘한 자국이 있었다. 종이를 접었다가 편 것 같은 길쭉한 흠. 그 흠은 공터 위에서 시작해서 시뻘건 노을이 드리운 하늘로 길게 뻗어 있었다. 흠의 끄트머리가 아지랑이처럼 일렁거렸다. 기이한 광경이었다.

"저기까지 가는 건 둘째치고, 저거, 닿아도 되는 걸까요? 그 책 내용은 그냥 추측일 뿐이라서……."

에키가 혼잣말처럼 물었다. 머리 위에서 바라하가 신음 비슷한 한숨을 흘렸다. 그러더니 큼직한 손이 턱 하고 그녀의 머리 위에 올려졌다.

"가만 있는다고 해서 빠져나갈 수 있는 것도 아니잖아? 뭐든 해 봐야지."

"그건…… 그렇죠."

"어디 보자."

바라하가 막사 내부를 둘러보더니 검을 뽑아 들었다. 그는 장난스러운 표정으로 중얼거렸다.

"죄송합니다, 로드. 좀 부수겠습니다."

"선배님?"

그가 검으로 간이침대를 부쉈다. 그러곤 조각난 나무를 침대보 위에 주섬주섬 쌓아 올렸다. 에키는 그가 뭘 하려는지 이해했다. 저 많은 마물을 한동안 떼어 놓으려면 천 뭉치 정도의 불로는 무리일 테니 나무를 이용해 더 큰 불을 놓으려는 것이다.

그녀는 그를 도와 침대보 위에 불에 탈 만한 물건들을 찾아 쌓아

올렸다. 부단장의 막사는 순식간에 강도가 든 것 같은 몰골이 되었다. 바라하가 장작 거리로 가득 찬 침대보를 뭉쳐 걸머졌다. 에키는 그가 말하기도 전에 기름병을 챙겼다. 그것을 본 그가 눈웃음을 지었다.

"네게는 미안한 말이지만……. 나는, 네가 여기에 나와 같이 있다는 걸 신께 감사하고 싶어지는군."

"제가 믿을 만한가요?"

에키가 웃으며 말을 받았다. 바라하가 낮게 웃음을 흘리더니 고개를 끄덕였다.

"물론. 하지만 그것보다 더 중요한 게 있지."

"뭔데요?"

"네가 아니었으면 미쳤을지도 모르니까."

"……네?"

무슨 뜻인지 언뜻 이해가 가지 않았다. 바라하는 그녀를 지나치며 아무렇지도 않게 덧붙였다.

"여기에 혼자 남았다면 말이야. 가자, 근처에서 이걸로 불을 질러야지. 공터에서 좀 떨어진, 그래, 디트리히 경의 막사 정도면 딱 좋겠군. 안 그래도 그 인간 막사에는 한 번쯤 불을 질러 보고 싶었거든."

에키는 잠시 침묵하다가 그의 뒤를 따랐다. 공터 쪽을 향한 입구가 아니라 뒤쪽의 천을 들어 올리고 빠져나와, 마물에게 들키지 않도록 목표한 막사로 이동하는 내내 그녀는 그의 말을 곱씹었다.

'나야 대항할 무력도 있고, 결절 내부의 기괴한 꼴을 경험한 적이라도 있지만…… 바라하 선배는 싸워서 살아남을 방법도 없고, 난데없이 이 결절에 끌려 들어온 거니까.'

발아래를 흘끗 보았다. 진득하게 고여 있는 붉은 액체는 아무리 봐도 피처럼 느껴졌다. 멀쩡하던 캠프가 핏물에 잠겨 있고, 난생처음 보는 거대한 마물들이 돌아다닌다. 하늘은 시뻘겋고 서로를 찌르다 잡아먹히는 병사의 그림자들은 광기 그 자체처럼 보인다.

이런 곳에 혼자 남았는데 빠져나갈 방법도, 싸울 힘도 없어서 막막히 죽음을 기다려야 한다면 정말로 정신이 나갈지도 모르겠다. 그러니 바라하에게 에키의 존재 자체와 그녀가 제시한 약간의 희망은 굉장한 위안이었을 것이다.

그리고 이런 상황에서 불안을 최대한 감추며 그녀에게 자신을 믿으라고, 지켜 주겠다고 한 그가 얼마나 강한 마음을 가지고 있는지도 알겠다.

'지킬 것이 있으면 혼자일 때보다 강해지는 사람.'

앨리스와는 다른 의미로 기사에 어울리는 사람이다. 그녀는 앞서가는 그의 커다란 뒷모습을 보았다. 지워진 과거에는 기사가 되지 못하고 죽었었지. 이번에는 그가 살아서 기사가 되는 걸 보고 싶어졌다. 앨리스처럼.

'살리려 하길 잘했어.'

에키는 저도 모르게 미소를 띠었다.

디트리히의 막사는 공터에서 잘 보이는 위치에 있었다. 그 자리까지 가는 동안 두어 번 마물을 발견했지만, 그들은 남은 천 뭉치를 이용해서 요령껏 피해 갔다.

바라하가 디트리히의 막사 안에 짊어지고 온 장작감을 던져 넣었다. 에키가 그 위에 기름을 부었다. 디트리히의 막사에 있던 기름병도 찾아내어 죄다 뿌렸다. 그 후 막사에서 빠져나와 다른 곳에 숨은 다음, 등불을 막사를 향해 던졌다.

펑, 소리를 내며 불길이 확 타올랐다. 근처에 있던 마물들이 움찔거리는 게 눈에 보였다. 마물들이 슬금슬금 거대한 모닥불처럼 타오르는 막사를 향해 움직이기 시작했다.

에키와 바라하는 기회를 놓치지 않았다. 그들은 말없이 달렸다. 거친 걸음에 발아래 붉은 액체가 튀어 올라 전신을 적셨지만 그런 것을 꺼릴 틈은 없었다.

공터에 도달했다. 공터는 비어 있었다. 성공적으로 마물을 유인한 듯했다. 그러나 시간이 많지는 않을 터였다. 마물이 불에 이끌리는 건 그 근처에 인간이 있을 확률이 높기 때문이고, 인간이 없는 걸 확인하면 금방 관심을 잃을 테니까.

시작점은 높은 허공에 있었다. 바라하가 재빨리 공터 한쪽에 있던 깃대를 잡았다. 네 장의 날개를 편 매가 수놓인 깃발이 깃대 끝에 달려 있었다. 그가 깃발이 달린 쪽을 에키를 향해 내밀었다.

"올라타, 들어 올릴 테니까!"

마나를 쓰는 것도 아닌데 사람 하나가 매달린 깃대를 들어 올리겠다고? 에키는 당황해서 그를 돌아보았다가 그의 팔뚝을 보는 순간 납득했다.

그녀는 대답 대신 곧바로 깃대 위에 올라탔다. 바라하가 숨을 크게 들이쉬더니 깃대를 똑바로 세워 들어 올렸다. 깃발이 늘어지며 창천의 문장이 펄럭거렸다. 그의 근육이 터질 듯 부풀었다. 한껏 높아진 에키의 시야에 캠프의 풍경이 훤히 들어왔다. 아직 마물들은 불타는 막사를 뒤적이고 있다.

"조심해! 손 말고, 검으로 먼저 건드려 봐!"

아래에서 바라하가 소리치며 깃대를 조정했다. 결절의 시작점이 가까워졌다. 에키는 한 손으로 깃대를 쥐고, 상체를 뻗으며 검을 뽑았다. 검집이 아래로 떨어져 첨벙거리는 소리가 났다. 그녀는 칼끝으로 접힌 자국 같은 허공을 찔렀다.

찌르는 순간 무언가 잘못되었다는 직감이 들었다.

캬아아아아!

그르륵, 그르륵!

사방 모든 곳에서 일제히 마물이 울부짖었다. 모든 마물이 눈을 돌려 시작점을 바라보았다. 충혈되었거나, 뻥 뚫렸거나, 일그러졌거나, 툭 튀어나와 있는 수백 개의 눈알이 동시에 그녀를 바라본다. 어지간한 에키로서도 오싹 소름이 끼치는 모습이었다.

아래에 있던 바라하도 일이 틀어진 것을 알아차렸다. 그가 바로 깃대를 내렸다. 어느 정도 내리다가 팽개치며 에키를 향해 팔을 벌렸다.

"에키!"

그 신호를 알아들은 그녀는 그를 향해 뛰어내렸다. 바라하가 그녀를 받아 안았다. 드레스 자락이 그 서슬에 확 부풀어 올랐다가 가라앉았다. 에키는 그의 어깨를 짚은 채 초조하게 입을 열었다.

"선배님, 이건 아무래도."

"우선 도망가자."

바라하가 말을 끊더니 그녀를 안은 채로 달리기 시작했다. 사방에서 쿵, 쿵, 쿵, 하는 육중한 걸음 소리가 다가왔다. 바닥의 액체가 그 진동에 자잘한 파문을 그려냈다. 땅이 흔들린다. 에키는 그의 어깨 너머로 몰려드는 거대한 마물들을 보았다. 적어도 수백. 마물들의 눈동자는 모조리 그와 그녀에게 고정되어 있었다.

"내려 주세요!"

"너보단, 내가, 빠를 거야. 괜찮아, 어떻게든, 숨으면 일단……."

바라하가 숨을 몰아쉬며 답했다. 에키는 자신을 단단히 받쳐 안은 그의 팔과, 대지를 울리고 막사를 짓밟으며 달려오는 마물들을 번갈아 보았다. 마물들의 서슬에 붉은 액체가 파도처럼 밀려나고 있었다. 바라하의 속도는 마스터가 아닌 인간치고는 굉장히 빨랐지만, 그의 다섯 걸음보다 마물의 한 걸음이 더 길었다. 짓밟히는 건 시간문제다.

에키네시아는 지그시 눈을 감았다가, 떴다. 보라색 눈동자가 깊게 가라앉았다.

'죄송해요, 바라하 선배님.'

속으로 사과를 한 다음 그녀는 손날로 바라하의 목덜미를 내리쳤다. 단번에 기절할 만큼의 힘을 담았다.

"윽……."

짧은 신음과 함께 바라하의 몸이 덜컥 무너졌다. 에키는 그의 팔에 힘이 풀리자마자 아래로 뛰어내려서 쓰러지는 그의 몸을 받았다. 대비를 했음에도 팔이 덜컥 꺾일 뻔했다. 그녀는 저도 모르게 푸념했다.

"윽, 더럽게 무거워……."

[덩치가 크잖아. 근육덩어리라 더 무거울걸. 근데 주인아, 어쩌려고?]

"어쩌긴."

에키는 기절한 바라하를 업었다. 키 차이가 심하다 보니 그의 발이 바닥에 질질 끌렸다. 그건 어쩔 수 없는 문제였다.

그녀는 달리기 시작했다. 마나가 폭발적으로 휘돌았다. 자신보다 훨씬 크고 무거운 남자를 짊어졌는데도 월등히 빠른 속도가 나왔다. 마물들과의 거리가 점점 벌어졌다. 이대로 달아날 수 있으면 편하겠지만, 그게 불가능하다는 걸 그녀는 잘 알고 있었다.

캠프를 벗어난 에키가 어느 순간 멈췄다.

[이 앞이 결절의 가장자리야?]

"그래, 벽이야."

결절은 분리된 공간이다. 당연히 끝이 있었다. 에키는 구두 끝으로 허공을 밀어보았다. 공중에서 막혀 움직이지 않았다.

"충분해, 여기라면 뒤쪽을 경계할 필요가 없으니까."

그녀는 바라하를 그 보이지 않는 벽에 기대 앉혔다. 그리고 그로부터 돌아서서 마물들이 몰려오는 쪽을 보았다. 눈으로 거리를 가늠하며 들고 있던 싸구려 롱소드를 드레스 자락에 밀어 넣었다.

[뭐 해?]

"본격적으로 움직이려면 거추장스럽거든."

검이 움직이는 대로 페티코트와 드레스가 잘려나갔다. 무릎 아래가 시원해졌다. 내친김에 치렁거리는 소매도 되는 대로 잘랐다. 천 조각들이 하늘하늘 아래로 떨어져 내렸다. 그녀는 그중에 하나를 잡아채어 그것을 리본 삼아 긴 머리카락을 높게 묶어 올렸다.

롱소드를 챙겨 들던 그녀는 칼날을 보고 인상을 찌푸렸다. 손질 한 번 안 해 주고 마구 굴린 싸구려 검은 엉망이었다. 에키는 그것을 내던지고 바라하의 허리춤에서 그의 검을 풀어 냈다.

"좀 빌릴게요, 선배님."

바라하의 검은 일반 롱소드보다 큰 그레이트소드였다. 그녀가 쓰기엔 지나치게 커 보였다. 물론 그녀는 그런 것에 구애받지 않았다. 잘 길들인 명검이었다. 튼튼해 보인다는 점이 가장 마음에 들었다.

에키는 습관대로 검집을 내팽개치려다 그게 바라하의 것임을 상기하고는 얌전히 한쪽에 내려놓았다. 그녀는 왼손에 검을 움켜쥐었다.

그리고 오른손을 늘어뜨렸다.

[어? 어? 나? 나 써 주는 거야? 우와, 우와! 이게 얼마만이야!]

"수가 많잖아. 게다가 대부분 처음 보는 것들이고."

손바닥에서 흘러내리듯 검이 생겨났다. 에키는 뽑아낸 바르데르기오사를 왼손으로 쥐고, 왼손에 있던 바라하의 검을 오른손으로 바꿔 쥐었다. 마검의 유리처럼 투명한 칼날 위에서 문양이 빛을 뿜었다.

[나, 능력 써도 돼? 응? 써도 돼?]

"그래. 그러려고 널 꺼낸 거니까."

가까워진 마물들이 내지르는 괴성이 귀를 찔러 왔다. 그녀는 몰려드는 것들을 향해 마검을 겨누며 속삭이듯 말했다.

"그러니 마음껏 날뛰어 봐, 바르데르기오사."

바르데르기오사의 능력은 크게 두 가지였다.

첫째, 살육 특화. 마검은 기오사 시리즈 중에서도 살육에 특화된 검이므로, 오너는 직감적으로 눈앞의 대상을 죽일 때 어떤 방법이 가장 효율적일지를 깨닫게 된다. 그것은 지금처럼 난생처음 보는 마물들을 상대할 때 몹시 유용한 능력이었다.

그리고 두 번째는……

[마음껏이면, 네 몸 다 써도 돼?]

"그건 아니지, 망할 마검아. 늘 그렇듯이 왼팔만."

[좋아, 그게 어디야! 신난다!]

주인의 허락이 떨어지자 마검의 손잡이에서부터 검은 기운이 뭉클거리며 올라왔다. 그것은 왼팔을 잠식하며 기어올라 에키네시아의 머리카락 일부와 왼쪽 눈동자를 검게 물들였다.

마검에 쌓이는 살의는 마나로 변환된다. 그 마나를 이용하면, 마검이 오너의 육신을 조종하는 게 가능했다. 각성 전의 마검이 숙주를 조종하는 것도 이 능력 덕분이었고, 쌓이는 살의를 해소하지 않으면 오너가 의도치 않은 살인을 벌이게 되는 이유도 이 능력 탓이었다.

에키는 오른손잡이였지만 왼손으로도 검을 꽤 잘 다뤘다. 거기에 마검까지 사용하면 양손잡이나 다름없었다. 다수를 상대할 때면 오른손엔 그녀가 원래 쓰는 검을, 왼손에는 바르데르기오사를 쥐고 왼팔 자체를 마검에게 넘겨주는 방식을 썼기 때문이다.

왼손의 마검은 그녀가 통제하지 않아도 알아서 잘 싸웠다. 지워 버린 과거에 이런 방식을 자주 사용한 탓에 그녀는 마검이 없는 상태에서도 왼손으로 검을 쓰는 것에 제법 익숙해졌다.

몰려오는 것 중 선두에 있던 마물이 그녀에게 도달하여 코앞으로 짓쳐 들었다. 형상은 표범 같았지만 다리가 여섯 개, 눈은 열 개도 넘는 데다 진흙처럼 피부가 흘러내리고 있는 기괴한 놈이었다. 그놈의 바로 뒤로는 온몸이 비늘로 둘러싸인 외눈박이 거인 같은 것이 쿵쿵거리며 따라붙었다.

짓쳐 든 표범이 그녀를 향해 앞발을 휘둘렀다. 에키는 대지를 박차고 뛰어오르는 것으로 그 공격을 피했다. 엉망으로 잘려 미니스커트가 되어 버린 드레스 자락이 그 도약 탓에 바람을 받으며 부풀었다.

마나를 사용하는 그녀의 도약력은 굉장했다. 걸어 다니는 2층 건물 수준인 마물의 정수리가 내려다보일 정도의 높이까지 단숨에 도달했다. 그 높이에서 솟구쳐 오른 힘과 중력이 잠시 균형을 이루었다. 극히 짧은 무중력의 순간. 검은색과 보라색의 두 눈동자가 목표를 눈에 담았다.

[인간 비슷하게 생긴 거! 저건 내 거야!]

"알아서 해."

보랏빛 마나가 그녀의 팔을 타고 흘러 오른손의 그레이트소드에 감돌았다. 그녀는 그 검을 휘둘렀다. 보라색 검기가 검에서 분리되어 허공을 가르며 쏘아졌다. 검기는 앞발을 땅에 짚은 채 사라진 인간을 찾아 두리번거리던 표범의 몸뚱이를 반으로 갈라 버렸다.

바르데르기오사는 에키네시아의 왼팔을 움직였다. 검은 마나가 여러 가닥으로 나뉘어서 먹이를 노리는 뱀처럼 외눈박이 거인의 정수리를 파고들었다. 거인의 머리가 박살이 났다.

왼팔과 오른팔이 따로 놀면 균형을 잡는 것조차 힘든 게 보통이었다. 그러나 에키는 능숙하게 제 몸을 다루었다. 공중에서 마물 두 마리를 처리한 그녀가 고양이처럼 부드럽게 착지했다. 검은색이 섞인 분홍색 머리카락이 길게 흩날렸다.

쓰러진 놈들을 짓밟으며 다른 마물들이 차례로 몰려들었다. 동료의 죽음 따위는 마물들에게 아무것도 아닌 모양이었다.

에키는 착지와 동시에 땅을 박차고 앞으로 뛰었다. 수면 위를 나는 제비처럼 빠른 움직임. 곰과 늑대를 섞어 놓은 것 같은 놈의 다리 사이에 도달하자마자 그레이트소드를 아래에서 위로 올려 베었다.

길게 남는 보라색 궤적. 검 위에 덧씌워진 마나가 한순간 폭발적으로 늘어나 거인의 검처럼 커졌다. 반 토막 난 마물이 쓰러졌다. 그사이 왼손은 검은 마나를 휘감고 옆으로 접근하던 다른 마물을 꿰뚫었다.

벤 마물은 돌아보지 않았다. 살육에 특화된 마검의 주인은 본능적으로 급소를 알아보며, 그녀에겐 그 급소를 노릴 실력이 넘치도록 있었으므로.

곧바로 다음 마물로 이동했다. 발톱 하나가 그녀의 몸뚱이만 한 마물이 그녀를 으깰 듯이 앞발을 내리친다. 그녀는 그 앞발 위로 쉽사리 올라탔다. 다른 마물이 그런 그녀를 노리고 짓밟는다. 이미 그 자리에 그녀는 없다. 앞발을 짓밟힌 마물만이 괴성을 질러댔다.

왼손의 바르데르기오사가 괴성을 지르는 마물의 머리를 토막 내는 사이 채찍처럼 내리쳐지는 다른 마물의 꼬리를 오른손의 검으로 막는다. 스치기만 해도 부러질 것처럼 보이는 팔이 태연히 육중한 공격을 버텨 낸다. 뒤로 약간 밀려나긴 했지만 흔들림은 없다.

다시 뛰어오르고, 베어 내고, 착지하고, 달려들고, 몸을 낮추었다가, 찌르고, 올라타고, 막고, 쳐 낸다. 가느다란 몸이 중력의 지배를 받지 않는 것처럼 공중을 누볐다. 움직이는 궤적을 따라 보라색 마나가 남았다가 흩어져 사라졌다. 마검의 새카만 마나가 불꽃처럼 휘감겼다가 뱀처럼 사방을 헤집었다.

악기의 현을 어루만지듯 부드럽게 검이 스쳐 간 자리가 폭탄이라도 맞은 것처럼 터져 나갔다. 사뿐히 디딘 곳은 구두 끝이 닿는 순간 쇠망치에 짓눌린 것처럼 으스러졌다.

이것이 에키네시아 로아즈의 검 스타일이었다. 가벼운 신체를 이용해 날아다니다시피 움직이며, 지나간 후에야 베었다는 것을 깨닫게 되는, 나비처럼 다가와 닿는 순간에 이빨이 드러나는 검.

움직이는 범위는 무서울 정도로 넓어서 공중까지 활용하는 반면 검이 그리는 궤적 자체는 지극히 단순했다. 하지만 단순하다고 해서 허투루 검을 놀리는 건 아니었다. 검이 움직이기 전에 이미 어떻게 해야 할지 판단이 끝나서, 막상 검이 움직일 때는 풀이 과정 없이 직선으로 해답을 꿰뚫는 것처럼 보일 뿐이었다.

아낌없이 퍼붓는 마나와 정교한 마나 통제 능력이 그 모든 것을 가능하게 만들었다. 그녀의 타고난 마나 친화력이 이 정도가 아니었다면 단련이 덜 된 몸으로 이런 힘을 발휘하진 못했을 것이다. 물론 아무렇지도 않을 수는 없어서, 다음 날엔 무리한 몸이 근육통을 호소하게 될 예정이었다.

'끝나고 나면 몸살 나겠네. 그래도 예전에 결절에 들어갔을 때보단 쉬워. 그 결절에 비해 여기가 만만한 곳도 아닌데. 하긴, 그것도 몇 년 전 일이니까……. 그사이 실력이 늘긴 늘었구나.'

[49마리째! 아으, 인간 상대면 더 재밌었을 텐데!]

"좀 닥치고 싸워, 발."

[싫어! 으차, 50마리! 마음껏 날뛰라며!]

"입까지 날뛰란 소린 아니었는데."

[몰라, 안 들려! 안 들린다아아! 51마리!]

마검이 흥분한 어조로 떠들어댔다. 에키는 포기하고 검을 움직였다. 오랜만에 남의 시선도 신경 쓰지 않고 마나를 펑펑 써가며 몸을 움직이니 사실 그녀도 좀 후련했다. 웅크리고 앉아 있다가 기지개를 켜는 기분. 싸워야 할 상대도 거리낄 것 없는 마물이었다. 그녀의 입가에 설핏 미소가 떠올랐다.

눈을 뜬 바라하가 본 건 바로 그 광경이었다.

"아야야……."

그는 일어나자마자 목뒤를 잡고 신음했다. 그러느라 잠시 정신을 차리지 못하다가, 고개를 드는 순간 굳어 버렸다.

한 손에는 검은 마나에 휘감긴 투명한 검, 다른 한 손에는 보라색 마나에 휘감긴 바라하의 검을 쥐고, 힘들지도 않은지 약간 미소마저 띤 채로 에키네시아가 허공을 날고 있었다. 천 조각으로 묶어 올린 긴 머리카락이 꼬리처럼 흩날렸다.

실제로는 나는 것이 아니라 높이 뛰어오른 것뿐이지만 바라하의 눈에는 비행이나 다름없어 보였다.

"무슨…… 말도 안 되는……."

꿈인가? 가장 먼저 그 생각이 들었다. 바라하는 마른세수를 하고, 제 옆에 얌전히 놓여 있는 빈 검집을 확인한 다음, 다시 앞을 보았다.

에키네시아가 양손에 검을 들고 마물을 쓸어 버리고 있었다. 그 공포스럽던 마물들은 일방적으로 학살당해 이제 몇 마리 남지도 않았다.

팔뚝을 꼬집어 보았다. 멍이 들 정도로 꼬집어도 눈앞에 보이는 광경은 변하지 않았다. 그는 정신을 차리기 위해 고개를 흔들고 눈을 비빈 후에 다시 정면을 바라보았다.

에키네시아 로아즈가 마물의 무릎을 밟고 뛰어오른다. 그녀에게 밟힌 곳이 산산이 부서졌다. 순식간에 까마득한 높이에 있던 마물의 눈앞에 도달한 그녀가, 그 눈알들을 검으로 베어 내고 아래로 떨어져 내렸다.

깔끔한 동작. 푸른 피가 비처럼 흩뿌려졌다. 제멋대로 잘라 낸 소매 때문에 희고 가는 팔뚝이 고스란히 보였다. 붉은 액체와 마물의 피가 여기저기 튄 데다 잘려 끝단이 엉망인 치마 아래로 날씬한 다리가 뻗어 있었다. 굽 높은 구두를 신은 발이 바닥을 디딘다. 그리고 다시 하늘로 뛰어 오른다.

압도적이고, 아름답다.

바라하는 생각을 잊었다. 의문과 경악보다 감탄이 먼저 뇌리를 점령했다. 심장이 미친 듯이 뛰기 시작했다. 그는 홀린 듯이 그녀를 지켜보았다.

마지막 마물이 쓰러졌다.

사방에 널브러진 마물의 시체가 가득했다. 에키는 그 사이에 서서 그레이트소드를 한 차례 크게 휘둘렀다. 검에 묻어 있던 피가 떨어져 나갔다. 마검은 알아서 제 몸에 묻은 피를 흡수하고는 얌전히 그녀의 손안으로 사라졌다. 검게 물들었던 왼쪽 눈동자와 머리카락은 마검의 마나가 거두어지며 원래의 색을 되찾았다.

바라하는 그녀가 검을 집어넣고 나서야 그 투명한 검의 정체를 깨달았다. 창천의 스콰이어가 바르데르기오사의 생김새를 모를 리가 없다.

'마검 바르데르기오사……?'

그의 안색이 창백해졌다. 그리고 바라하 쪽을 돌아본 에키의 안색도 희게 질렸다.

에키는 그에게 보통 사람이라면 적어도 반나절 이상 기절해 있을 만한 충격을 주었다. 바라하가 워낙 크고 튼튼하니까 조금 더 빠르게 정신을 차릴지도 모른다고 생각하긴 했다. 그러나 아무리 그래도 기절시킨 지 두 시간 만에 깨어날 줄은 몰랐다.

머리가 아득해졌다. 어디부터 어디까지 본 걸까. 그가 마검을 알아봤을까. 그의 입을 다물게 하는 게 가능할까. 들키면 어떻게 되는 걸까. 가장 먼저 떠오른 건 유리엔이었다. 절대로, 들키고 싶지 않았다. 그에게만은 절대로.

[어? 쟤가 왜 일어나 있어? 언제부터 일어난 거야? 다 봤겠네! 봤으면 죽여야지! 알려지면 안 되잖아, 그치? 죽이자!]

전투의 흥분이 가시지 않은 어조로 마검이 떠들어댔다. 에키는 지친 손으로 눈가를 문지르고, 신음에 가까운 한숨을 쉬었다. 그리고 느릿하게 마물의 시체들 사이를 가로질러 바라하에게로 다가갔다.

바라하는 꼼짝도 하지 않고 앉은 그 상태로 그녀를 응시하고 있었다. 넋이 나가 있는 얼굴이었다. 에키가 그의 검으로 그의 목을 겨누었다. 칼끝으로 바라하의 턱을 들어 올렸다. 그의 노란 눈에 그녀의 얼굴이 비쳤다. 그녀는 착 가라앉은 목소리로 물었다.

"보셨어요?"

"……본 게 너무 많아서, 뭘 봤냐고 묻는 건지 헷갈리는데."

바라하가 천천히 답했다. 에키는 서늘한 눈으로 그런 그를 내려다보고 있었다. 그는 숨을 한 번 고르더니 말을 이었다.

"마검, 바르데르기오…… 흡."

말끝이 헛바람에 삼켜졌다. 에키가 그의 발치에 검을 콱 소리 나게 꽂아 넣은 탓이었다. 그녀는 검을 꽂아 놓고 그대로 바닥에 주저앉았다. 긴 신음이 흘러나왔다. 그녀가 무릎을 모으고 거기에 고개를 파묻은 다음 힘없이 중얼거렸다.

"아. 돌겠네."

"……미안."

"왜 사과를 하세요?"

"어…… 왠지 해야 할 것 같아서."

에키는 황당해져서 고개를 들었다가 푸슬 웃고 말았다. 그녀를 보고 있는 바라하의 얼굴이 백치처럼 멍해서.

그녀는 한 손으로 머리를 묶었던 천 조각을 풀어 낸 다음 흘러내리는 머리칼을 마구잡이로 빗어 넘겼다. 지금 자신의 꼴이 평소와는 많이 다른 상태라는 걸 알지만 이미 다 들킨 마당에 그런 건 상관없었다.

바라하의 눈동자가 머리카락을 다듬는 에키의 손을 따라 이리저리 움직였다. 바보 내지는 동물처럼 보이는 행동이었다. 에키는 그의 눈앞에서 손을 흔들어 보았다.

"괜찮아요?"

"어, 음, 그러니까."

바라하가 신음을 흘렸다. 정신을 차리려는지 고개를 내젓고, 미간을 손으로 꾹꾹 누르더니 힘겹게 입을 연다.

"기오사 오너?"

"네."

"마검의?"

"……네."

"마스터였어?"

"네."

정확히 말하면 마스터보다 위 단계의 경지지만, 여전히 에키는 그 경지의 명칭조차 몰랐다. 그런 경지가 존재하는지도 모르는 사람이 대다수였으니까. 그래서 그녀는 대충 고개를 끄덕였다.

"아까 내 목덜미 쳐서 기절시킨 거, 에키 너냐?"

"……네, 죄송해요."

"들키기 싫어서?"

"잘 아시네요."

에키가 쓴웃음을 지었다. 어떻게 할까. 바라하를 살리기 위해 결절까지 들어왔고, 그를 죽이려 든 이안을 죽였다. 그런데 이제 와서 마검을 들켰다는 이유로 그를 처리한다? 말도 안 되는 소리다.

그런 식으로 사람을 죽여댈 거면 실력을 감추고 사관생도가 되어 3년 후쯤 기사가 되겠다는 계획을 세우지도 않았다. 밤에 기사단을 급습해서 지키는 자들을 모조리 죽이고 기오사를 털어 나왔겠지.

이안 같은 갱생 불가능 쓰레기라면 몰라도 엄한 사람을 죽이고 싶진 않았다. 그녀 주위의 사람들을 위협하지 않는 한. 그러니 입을 막아야 한다. 마법사도 아닌 그녀에게 답은 처음부터 하나뿐이었다.

에키는 바라하의 눈을 똑바로 들여다보았다. 주저앉은 그와 그녀 사이에 그의 검이 박혀 있었다.

"선배님."

"응."

"저, 선배님 죽이기 싫어요."

바라하의 얼굴에 핏기가 가셨다. 에키는 무릎에 턱을 괸 채 그를 빤히 올려다보았다.

"그런데 선배님이 제가 기오사 오너라는 걸 비밀로 해 주시지 않으면, 전 선배님을 죽여야 해요."

바라하가 온 사방에 소문을 내고 다닌다고 해도 그녀는 그를 죽일 생각이 없었다. 죽이는 건 불가능했다. 그 끔찍한 기억들이 뇌리에 선명한데 어떻게 아끼는 사람을 제 손으로 죽일 수 있겠는가. 살리려고 몸부림칠 수는 있어도, 그럴 수는 없었다.

그녀는 바라하가 기사가 되는 게 보고 싶었다. 그러니 이건 공갈 협박에 불과했다. 그래도 빈말이라는 티를 내선 안 된다. 에키는 무표정하게 말을 이었다.

"비밀로 해 주세요. 부탁이 아니라 명령이에요."

"……음."

바라하의 표정이 묘해졌다. 그는 제 앞에 오도카니 앉아 있는 그녀를 아래위로 훑어보더니 입을 열었다.

"몇 가지 질문이 있는데."

"말씀하세요. 하지만 전부 답해 드릴 순 없어요."

"우선, 마검을 가지고 있는데 왜 넌 멀쩡하지? 바르데르기오사는 주인을 조종하는 검이잖아."

"답할 수 없어요."

"……그럼 앞으로도 쭉 자아를 유지할 수 있는지는, 답해 줄 수 있나?"

"네. 제가 완전히 미쳐 버리지 않는 한은."

"오너인 건 왜 숨겼어?"

"마검이니까요. 제가 안전하다는 걸 모두가 믿어 줄 순 없겠죠."

실제로도 완벽하게 안전하다고 하기엔 무리고. 에키는 누적되는 살의를 생각하며 씁쓸하게 웃었다. 오늘 약간 해소하긴 했지만 그 정도로는 역시 부족했다.

바라하는 에키의 말에 쉽게 납득했다. 마검의 악명이 워낙 드높은 덕분이었다.

"아, 그건 그렇군."

"선배님은 용케 믿으시네요."

"믿을 수밖에 없는 상황이잖아?"

바라하가 헛웃음을 흘렸다. 그의 시선이 에키의 등 뒤로 펼쳐져 있는 마물의 시체들에 가 닿았다. 그다음, 그녀와 그 사이에 꽂혀 있는 그레이트소드에게로 시선이 이동했다. 그 시선을 알아차린 에키가 어깨를 으쓱였다. 하긴, 죽이겠다고 협박을 한 상황이니.

"그건 그렇죠."

"창천 기사단엔 왜 들어왔어?"

"마검을 버리려고요."

"버려? 어떻게?"

"다른 기오사를 얻으면 되거든요. 그래서 기사가 될 생각으로 사관학교에 입학했죠."

"다른 기오사를 얻으면 마검을 버릴 수 있는 건가?"

"네."

거짓말이다. 마검은 지금이라도 버릴 수 있었다. 하지만 그랬다간 회귀 전의 기억을 모두 잃어버리니까. 에키는 바라하에게 자신이 시간을 되돌렸다는 걸 알릴 생각은 없었다.

바라하가 생각을 정리하듯 이마를 짚었다.

"너 마스터잖아. 바로 기사가 되면 되는 거 아니야?"

"전 3년 정도의 시간을 두고 기사가 될 거예요. 스무 살짜리 마스터는 너무 수상하잖아요?"

"듣고 보니, 굉장히, 어, 심하게 비정상적이긴 한데……. 그게 사실이잖아. 단장님도 스물세 살에 마스터가 되었으니 네가 단장님보다 더 천재인 거지, 뭐. 천재면 그럴 수도 있지."

바라하는 새삼스레 그녀의 나이를 자각한 듯 기괴한 표정으로 에키를 바라보았다. 에키가 고개를 기울였다.

"검술 교습을 받아 본 적이 한 번도 없는 백작 영애 출신이라도요? 단장님은 어릴 때부터 검을 쥐셨죠."

"뭐?"

"바라하 선배님. 전 스무 살 이전에는 검을 쥐어 본 적이 없어요."

이건 사실이었다. 바라하의 얼굴에 경악이 퍼져 나갔다. 에키는 입꼬리만 올려 웃었다.

"스무 살짜리 마스터가 등장하면 온 대륙에서 관심을 쏟겠죠. 제 출생부터 성장까지 모든 게 가십거리가 되고, 모두가 제 성장 과정을 파헤칠 거예요. 유리엔 단장님 때도 그랬잖아요."

"……확실히 그랬지."

"그럼 그들은 알게 되겠죠. 에키네시아 로아즈가 마스터가 되기 전까지는 검을 배운 적도 없다는 사실을. 몰래 독학했다고 우기는 데도 한계가 있는 법이에요. 제 손엔 굳은살조차 없는걸요. 사관생도로 3년을 지내다 마스터가 되는 거랑은 너무 다른 얘기잖아요."

바라하가 에키에게 다가왔다. 에키는 그가 뭘 원하는지 알아차리고 손을 내밀었다. 장갑을 끼고 있지 않은 오른손이었다. 그는 그녀의 손바닥에 있는 검은 문양에 흠칫 놀랐다가, 조심스럽게 그 손을 더듬어 보았다. 보드랍고 말랑말랑했다. 1년 이상 검을 휘둘렀다면 절대 가질 수 없는 손이었다. 그는 얼이 빠진 얼굴로 그녀를 보았다.

"대체…… 넌 어떻게 마스터가 된 건데?"

"제가 마스터가 된 건 마검 때문이에요. 그러니까 그 점도 밝힐 수 없어요. 바로 마스터라고 하면 너무 말이 안 되니까, 단계적으로 실력이 느는 모습을 보여서 스물세 살쯤 마스터가 된 걸로 할 생각이었어요."

"마검에 그런 힘도 있었어?"

"네, 그래요."

이건 거짓말. 마검에게 주인을 마스터로 만드는 능력 따위는 없다. 주인을 조종해서 마스터와도 싸울 수 있게 만들 수는 있어도.

[입에 침도 안 바르고 거짓말하네. 내가 그런 게 가능했으면 신검이다, 신검.]

마검이 툴툴거렸다. 에키는 들은 척도 하지 않았다. 바라하가 한 손으로 얼굴을 문질렀다. 그는 눈 위를 손으로 덮은 채 그녀를 불렀다.

"에키."

"네."

"마지막 질문인데, 너, 결절엔 왜 들어왔지?"

"어쩌다 보니 그렇게 됐어요."

"말이 되는 소릴. 내가 방금 네가 날뛰는 걸 다 봤는데. 넌, 일부러 들어온 거지. 실수로 삼켜졌을 리가 없어."

바라하가 눈을 가리고 있던 손을 떼었다. 사막 민족 특유의 짙은 피부, 검은 머리카락, 근육으로 꽉 찬 몸, 선명한 노란색 눈동자. 웅크린 맹수 같은 모습으로 그가 말했다.

"너, 나 때문에 들어온 거로군."

"……."

"내가 결절에 빨려 들어와서. 그렇지? 넌 결절 안에서도 살아나갈 자신이 있었으니까. 그래서 날 구하려고 들어온 거였어."

전에도 생각했지만 바라하는 이상한 데서 눈치가 빨랐다. 에키는 저도 모르게 시선을 피했다. 선배님을 살리려고 들어왔다고는, 민망해서 답할 수가 없었다. 얼굴이 홧홧해지는 느낌이었다.

"아뇨, 그냥 실수였다니까요. 넘어졌어요. 마스터라고 실수를 안 하는 줄 아세요?"

"실수라. 그러니까 실수로 넘어져서 결절에 들어왔단 거라고? 나랑 관계없이? 그저 실수로?"

"제가 미쳤다고 결절에 제 발로 들어오겠어요? 넘어진 것도 창피하니까 자꾸 강조하지 마세요."

에키가 울컥한 어조로 말했다. 바라하는 묘한 눈빛으로 그녀를 보더니 빙긋 웃었다.

"에키."

"왜, 왜 그런 눈으로 보세요?"

"비밀 안 지키면 날 죽이겠다는 거, 거짓말이지?"

에키의 어깨가 짧은 순간 움찔거리는 걸, 바라하는 놓치지 않았다. 잠깐 침묵하던 그녀가 엄청난 속도로 움직였다. 그녀는 그들 사이에 꽂혀 있던 검을 뽑아서 바라하에게 덤벼들었다. 그 서슬에 그가 뒤로 넘어졌다. 바라하의 위에 올라탄 그녀가 그의 목에 검을 밀어붙였다. 칼날에 살갗이 조금 베여 피가 흘렀다.

"거짓말 같아요? 하나뿐인 목숨을 시험해 보시려고요? 여긴 결절이에요, 아무도 없는."

건조하고 서늘한 목소리. 와닿는 살기가 흉흉해서 바라하는 반사적으로 몸을 굳혔다. 그녀의 몸은 가볍고 보드라운데도 식인 마물에 짓눌린 기분이었다. 그러나 그의 몸이 긴장하는 것과 다르게, 그는 겁이 나지 않았다.

"에키."

"……"

"걱정하지 마. 아무에게도 말하지 않아."

바라하가 누운 채로 손을 들어 그녀의 머리를 토닥였다. 그가 웃으며 말을 이었다.

"넌 아니라고 하지만, 어쨌든 난 네 덕에 목숨을 부지했다. 방금 저 마물들을 네가 쓰러뜨리지 않았으면 난 여기서 죽었을 테니까. 너는 내가 생명의 은인이 지켜 달라는 비밀조차 안 지킬 사람으로 보여?"

그녀가 그의 눈을 들여다보았다. 보라색 눈동자와 노란 눈동자가 한동안 서로를 담고 움직이지 않았다. 그리고 검을 짓누르고 있던 에키의 손에서 힘이 빠져나갔다.

에키는 검에서 손을 떼고 물러나 앉았다. 바라하가 몸을 일으키며 목덜미를 문질렀다. 식은땀이 손에 흠뻑 묻어났다.

"믿을게요, 선배님."

그녀가 말했다. 그리고 가느다란 목소리로 덧붙였다.

"목에 상처, 죄송해요."

"뭘, 이건 모기가 문 수준이지. 등에 있는 상처보다도 작은걸."

"아……. 그러고 보니 그 상처는 괜찮으신 거예요?"

"응급처치해 놨어. 괜찮아."

바라하는 아무렇지도 않다는 듯 일어났다. 그가 목뒤를 주무르며 말했다.

"다시 한번 말하지만, 누구에게도 네 비밀을 말하지 않을 테니 안심해도 돼. 로드께도 침묵할 거다."

"……감사합니다, 선배님."

주저앉아 있던 에키가 그를 따라 일어났다. 그녀가 바닥에 구른 바라하의 검과 검집을 주워 그에게 내밀었다. 바라하가 검을 받아 허리에 찼다.

"사실 듣고 싶은 얘기는 더 많은데, 그건 나중에 얘기하고. 이제 어떻게 할 거야? 더 이상 마물이 없으니 결절이 열릴 때까지 기다리면 되나?"

"시험해 보고 싶은 게 있어요."

"응?"

"우선 시작점으로 돌아가죠."

에키가 돌아서서 걸었다. 바라하가 그녀의 뒤를 따라 걸음을 옮겼다. 그는 저보다 한참 작은 그 뒷모습을 보며 쓴웃음을 띠었다. 지켜 주려던 후배한테 지켜지게 되다니. 죽이겠다는 협박까지 듣고.

그런데 기분이 나쁘지 않았다. 아니, 오히려 앞서 걷는 뒷모습을 보면서 가슴께가 떨렸다. 기분 좋은 떨림이었다.

평소처럼 완벽하게 꾸민 것도 아닌, 흐트러지고 엉망인 차림인데 그녀에게서 눈을 떼기가 어렵다. 동그란 뒤통수가 귀엽고, 가느다란 목은 홀릴 것 같고, 짤막해진 드레스 아래로 드러난 다리는…… 모르겠다, 구석구석 안 예쁜 곳이 없어 보였다.

솔직히 아까 그녀가 칼 들고 올라탔을 때는 흉흉한 살기보다 다른 것 때문에 더 긴장했다. 바라하는 입가를 손으로 가리며 생각했다.

'아무래도, 단단히…… 반했구나.'

반한 순간이 언제인지는 명확했다. 심지어 그 순간이 한 번도 아니었다. 속이 간질간질해지면서 손아래에서 입꼬리가 올라갔다.

사막의 남자는 원하는 여자가 생기면 돌진한다. 게다가 돌진하기 전에 완벽하게 쟁취하기 위한 계획부터 세우므로 그들의 사랑은 성공률이 높았다. 바라하는 곧바로 어떻게 하면 그녀를 얻을 수 있을지 고민하기 시작했다.

'비밀을 공유한 사이가 되었으니 앞으로 더 친밀해질 거고. 아무리 봐도 날 살리려고 결절에 들어온 것 같으니까 기본적으로 호감도 있는 거 같고. 여러모로 좋은 출발이군.'

등 뒤에서 바라하가 무슨 생각을 하고 있는지 전혀 모른 채, 에키는 마검이 떠드는 말에 집중하고 있었다.

[결절이 왜 갑자기 생겼는지, 조금 알 것 같아. 사실 전 주인 때도 결절을 자주 봤거든. 그 사람도 너처럼 카이로스기오사로 시간을 되돌렸잖아? 관계가 있는 거 아닐까?]

"카이로스기오사로 인해 생긴 왜곡을 라키아기오사가 따라온다든가?"

[그럴지도 몰라. 어쨌든 변화의 주축은 너잖아. 네가 시간을 되돌린 당사자니까. 바뀌는 게 많을수록 결절이 자주 생기는 거 아냐?]

"전 주인 때는 어땠는데?"

[걘 이것저것 미래를 바꾸려다가, 어느 순간부터는 정해진 걸 함부로 바꾸면 안 된다면서 얌전히 살더라고. 지금 생각해 보니까 결절 때문인 것 같아. 걔가 뭘 많이 바꿀수록 근처에 결절이 자주 생겼거든.]

"……망할."

[야, 확실한 건 나도 몰라. 그냥 그렇다는 소리지.]

"충분히 알아들었어."

그녀는 이를 갈며 대꾸했다. 에키와 바라하는 서로 다른 생각에 빠진 채로 시작점에 도달했다. 마물도 그림자 병사도 하나도 남지 않아서 산책하듯 가벼운 길이었다.

"에키, 여기서 뭘 하려고?"

"시작점을 다시 찔러 보려고요."

"마물이야 네가 다 죽였으니 위험하진 않겠지만……. 그게 효과가 있을까?"

"결절 안의 마물이란 건 결국 결절 내부 공간이 만들어 내는 이상

현상의 일종이거든요. 진짜 마물이 아니라. 시작점을 찔렀을 때 마물들이 모조리 집중한 걸 보면 저게 결절의 약점이 맞긴 맞는 것 같아서요. 게다가 이건 라키아기오사로 만들어진 공간이니, 바르데르기오사로 찔러 보면 무언가…… 앗."

설명을 늘어놓던 에키가 화들짝 놀란 표정을 지었다. 그녀는 허둥지둥 제 얼굴과 옷자락 등을 만져보더니 급하게 주위를 두리번거리며 무언가를 찾기 시작했다. 바라하가 의아하게 물었다.

"왜 그래?"

"저, 저, 잠시만요."

에키가 불타 버린 자신의 막사를 확인하고는 세상이 무너진 듯한 표정을 지었다. 그녀는 바라하를 보며 절박하게 외쳤다.

"선배님! 선배님 막사에 거울 있어요?"

"……뭐?"

"거울이요, 거울! 이 꼴로 나갈 순 없단 말이에요!"

밖에 유리엔이 있을지도 모르는데, 전투로 굴러 망가진 몰골로 나갈 수는 없었다. 이건 마검을 쓸 때와 너무 비슷한 느낌이지 않는가.

멍해졌던 바라하의 표정이 곧 웃음을 참는 것처럼 일그러졌다. 그는 손으로 입가를 가린 채 제 막사 쪽을 가리켰다. 손가락 끝이 부들부들 떨렸다.

"거울, 응, 있을, 크흡, 있을 거야. 간이침대, 푸흡, 바로 옆에 있는, 상자를, 열어 봐. 흠흠."

미처 참지 못한 웃음이 말 사이사이로 새었다. 에키는 뾰족한 눈으로 그를 한 번 흘긴 다음 그의 막사 쪽으로 달렸다. 그가 말한 대로

간이침대 옆 상자를 열자 제일 위에 거울이 놓여 있었다. 그녀는 심호흡을 하고 거울을 들여다보았다.

[……야, 옛날 생각나는 꼴인데?]

튄 피와 액체, 얼룩. 지저분해진 머리. 엉망이 된 옷까지. 머리 색과 눈동자 색이 다르다 해도 마검에 휘둘리던 시절을 연상시킬 만한 꼴이었다. 아득한 기분이 들었다.

뒤따라 온 바라하가 막사의 천을 젖히며 말했다.

"물 필요해? 씻고 싶은 거면, 수통이 있는 막사를 아는데. 멀쩡할지는 모르겠지만."

에키는 반색하며 고개를 마구 끄덕였다.

"네, 네! 무척 필요해요! 감사합니다! 저, 선배님, 옷도 좀…… 빌려 주실 수 있을까요?"

"내 옷은 네게는 심하게 클 텐데."

바라하가 난감한 듯 말하며 그녀를 아래위로 훑었다. 그러다 그의 얼굴이 확 붉어졌다. 흘러내릴 정도로 큰 자신의 옷을 걸친 그녀의 모습을 상상한 탓이었다. 그는 벌겋게 달아오른 낯을 가리기 위해 급히 고개를 돌렸다.

"선배님?"

"……테레사 경의 막사에서 옷을 빌리도록 해. 바로 근처거든. 상황이 상황이니 이해해 주시겠지."

"아, 그러면 되겠네요. 감사합니다, 선배님."

"나도 씻고 옷을 갈아입어야겠군."

"네, 아 참, 결절 안에서 있었던 일, 대강 말을 맞춰야 할 것 같아요."

바라하가 붉은 액체로 엉망이 된 제 옷을 살피다가 그녀의 말에 고개를 들었다. 그녀는 잠시 고민하더니 말을 이었다.

"전부 숨기긴 어려우니······. 다른 건 다 사실대로 말하고, 나온 마물들만 구울 수준이었다는 걸로 바꾸죠."

"구울 수준?"

바라하는 저도 모르게 산더미만 한 마물들의 시체가 널려 있을 쪽으로 시선을 주었다. 에키가 어색하게 웃었다.

"그래야 말이 될 테니까요. 둘이서 마물을 처리하고 결절이 사라질 때까지 버틴 걸로 해요."

"······그래, 네 말대로 하지. 네가 기오사 오너인 걸 숨기려면 그쪽이 나을 테니까. 참, 이안이 같이 들어왔다고 하지 않았어? 지금까지 조용한 걸 보니 마물한테 죽었나? 개자식, 기어 나왔으면 가만 안 뒀을 텐데."

바라하가 짐승처럼 이를 드러내며 웃었다. 에키는 자연스럽게 시선을 피하며 대꾸했다.

"글쎄요, 워낙 정신이 없어서······."

"뭐, 그건 결절을 벗어나면 알게 되겠지. 가자. 위치를 안내해 줄 테니."

"네."

바라하는 금세 관심을 끊고 앞서서 걸었다. 그들은 수통이 보관된 막사로 향했다. 다행히 수통들은 망가지지 않고 잘 남아 있었다. 각자 한 통씩을 챙겨서 다른 곳으로 향했다. 에키는 바라하에게 들은 테레사의 막사로 들어갔다.

"미안해요, 테레사 경. 좀 빌릴게요."

그녀는 작게 중얼거리고 막사 안을 뒤졌다. 테레사는 앨리스처럼 수수하게 다니는 편인 데다 에키보다 키가 컸지만, 그래도 여성인 터라 빌릴 만한 물건이 많았다.

가장 먼저 옷을 찾아냈다. 구석구석 뒤지기는 미안해서 제일 위에 있던 흰 블라우스와 가죽 바지, 가죽 재킷, 가죽 장갑을 챙겼다. 가죽 신발도 있었지만 너무 커서 맞지 않았다. 엉망이 된 앵클부츠를 대충 씻어서 신어야 할 듯했다.

바지는 길이가 남았지만, 대강 벨트로 졸라매고 아랫단은 접으면 될 것 같았다. 속옷까지 빌릴 필요는 없어서 다행이었다. 무엇보다 화장품이 있다는 게 기뻤다. 립스틱과 화장용 숯 연필, 피부 톤을 잡아주는 커버 크림 정도만 있었으나 이 정도로도 충분했다. 솔직히 말하면 기대하지 않았던 물건들이라 눈물 나게 반가웠다.

에키는 막사 뒤에서 수통의 물로 샤워를 한 다음, 옷을 갈아입고 머리를 빗었다. 화장까지 하고 나니 평소처럼 화려하진 않아도 깔끔하고 단정한 모습이 되었다.

그녀는 테레사의 막사에 있는 거울을 몇 번이나 확인했다. 마검의 악마를 연상할 만한 구석이 남았는지, 어딜 봐도 바지를 입었을 뿐인 백작 영애 '에키네시아 로아즈'로만 보이는지를 계속 살폈다. 불안감이 차올랐지만 이 이상 어떻게 할 방법은 없었다.

"에키, 다 되었나?"

"아, 네! 기다리시게 해서 죄송해요."

멀찍이서 바라하가 부르는 음성이 들렸다. 에키는 물기가 남은 머리카락을 수건으로 닦으며 막사를 나왔다. 젖은 머리카락이 깨끗해진 흰 피부 위에 달라붙어 있었다. 바라하가 움찔 놀라더니 슬쩍 시선을 돌렸다.

"머리카락이 덜 마른 것 같은데. 천천히 하지."

"아뇨, 이 안에 오래 있는 건 별로잖아요. 시작점이 가설대로 될지도 모르겠고. 일단 가 보죠."

그들은 다시 시작점이 있는 공터로 향했다. 바라하가 저번처럼 깃대를 들려는 것을 에키가 막았다.

"들어주지 않으셔도 돼요."

그녀는 오른손의 가죽 장갑을 벗어서 주머니에 넣고, 바르데르기오사를 뽑아냈다. 마검을 본 바라하가 흠칫 놀라며 약간 물러섰다.

[쟤 표정 봐. 내가 무슨 전염병 덩어리야? 쳇, 쳇.]

'저 정도면 굉장히 양호한 반응이지.'

에키는 마검을 쥐고 대지를 박찼다. 바닥에 고여 있는 붉은 액체가 그 서슬에 튀어 올랐지만, 그녀는 순식간에 튀어 오른 액체들보다 높은 곳에 도달했다. 허공에 그어진 흠이 높아진 시야에 들어왔다. 그녀는 공중에서 마검으로 그것을 길게 베었다. 베는 순간, 공간 전체가 경직되는 느낌이 들었다.

에키는 아래로 떨어져 내리며 일부러 막사 위에 착지했다. 테레사의 옷을 더럽히고 싶지 않아서였다. 마검을 회수하고 장갑을 다시 끼며 하늘을 보니 시작점을 중심으로 길게 그어진 금이 보였다. 그 금 주위로 자잘한 금이 퍼져 나가고 있었다.

"된 건가?"

바라하가 막사 위의 그녀를 향해 물었다. 에키가 고개를 끄덕였다.

"감이 좋아요. 어쩐지 될 것 같……!"

그녀의 말이 끝나기 전에 결절 전체가 지진이 난 것처럼 흔들렸다. 허공의 금이 급속도로 퍼져 나갔다. 그리고 부스러지는 계란 껍데기처럼, 황혼에 물들어 있던 하늘이 조각 나 떨어지기 시작했다. 그 너머로는 새파랗게 맑은 하늘이 보였다. 발아래에서는 액체가 희미하게 흐려지더니 천천히 사라졌다. 마물의 시체들은 가루처럼 흩날리며 소멸했다. 망가진 막사들만이 그대로 남았다.

공간이 일그러졌다 펴지며 진동이 일었다. 멀미가 날 것 같아 에키는 입을 틀어막았고, 바라하는 막사 기둥을 붙들었다.

그 모든 이변은 갑작스럽게 멈췄다. 안개가 사라진 흰 까마귀 협곡이 멀찍이 보였다. 하늘은 푸른 낮이었다. 캠프가 있었던 바로 그 위치. 결절에 삼켜졌던 것들이 모두 제자리로 복귀했다.

"진짜 돌아왔군……."

바라하가 믿기지가 않는 듯이 중얼거렸다. 에키는 막사 아래로 뛰어내리며 주위를 확인했다. 찰나 굉장한 속도로 접근하는 기척이 느껴졌다. 반사적으로 방어하려던 그녀는 그것이 누구의 기척인지를 깨닫고 팔을 멈췄다.

"단장…… 흡."

무어라 하기도 전에 끌어안겼다.

절박한 움직임. 은은한 향이 났다. 은실 같은 머리카락이 흐트러져 그녀의 위로 마구 쏟아져 내렸다. 단단한 가슴팍이 제복 너머로 느껴졌다. 그 속에서 심장이 부서질 듯 뛰고 있었다. 그의 가슴팍에 눌린 그녀의 뺨에 그 박동이 느껴질 정도로.

큰 손이 그녀의 뒷머리를 감싸 안았다. 그다음, 머리카락 사이로 스며들 듯 파고들어 아직 젖어 있는 머리를 쓸어 넘긴다. 다른 한 손이 턱을 치켜든다. 턱선을 더듬고 올라가 그녀의 눈가를 어루만진다. 이어 볼을 쓰다듬어 본다.

그 손끝은 가늘게 떨고 있었다. 환상이 아니라 실제인지를 확인하는 듯한 느낌. 낮고 고통스러운 신음이 머리 위에서 들렸다. 에키네시아는 고개를 들었다. 그녀에게로 쏟아져 내린 긴 은발 사이로 유리엔의 얼굴이 보였다.

그 얼굴을 본 순간, 그녀는 아무 말도 할 수가 없었다. 생각이 비었다.

무너졌다가 간신히 복구된 것 같은, 메마른 사막을 헤매다 겨우 물가에 닿은 것 같은, 잃어버렸던 빛을 되찾은 장님 같은, 오열과 환희 중에 무엇을 먼저 표현해야 하는지 가늠하지 못하는 듯한, 그런, 얼굴.

푸른 눈이 물에 젖은 하늘처럼 일렁거렸다. 눈매가 붉게 흐트러졌다. 입매는 울어야 할지 웃어야 할지를 판단하지 못하고 그저 떨기만 했다. 눈가에 고인 눈물이 흐르기 직전처럼 아슬아슬하게 부풀어 있었다.

유리엔 드 하르덴 키리에에게서 보리라고는 절대로 상상하지 못했던 표정. 아니, 꼭 그가 아니라 해도, 그 누구에게서도 본 적이 없던 표정이었다. 마치 그녀가, 그에게, 그 누구도 대신할 수 없는 소중한 존재라도 되는 양.

'왜……'

왜 그렇게. 왜, 그런 얼굴로, 나를 보는 건가요, 당신은. 정말로 사랑하는 사람을 보는 것 같잖아. 왜? 당신이 그럴 리가 없는데. 당신은 기억하고 있으면서. 내가 저지른 짓들을, 내가 당신을 파멸시켰던 날을.

아, 그래, 당신은 내가 그 악마라는 걸 모르는 거죠, 그렇죠? 나를 방심시켜서 악마인지 확인해 보려고, 사랑을 가장하는 건가요? 그게 아니면 말이 되질 않아. 당신이 날 사랑할 리가 없으니까. 나를 안다면 이럴 리가 없으니까.

내가 누구인지 모르는 거야. 알면서도 당신이 나를 사랑한다는 건 불가능하잖아. 그럼, '악마'가 아닌 나는, '에키네시아 로아즈'는, 당신에게 어떤 존재인가요? 그 표정은 누구를 향한 거죠? 당신이 지금 보이는 감정은…… 진짜인가요?

두서없이 생각이 떠돌았다. 착각해 버릴 것 같아서, 에키는 거칠게 그를 밀쳤다. 유리엔은 힘없이 그녀에게서 밀려났다. 완전히 무방비하게 그녀를 안고 있었던 듯했다. 반사적인 긴장이나 경계조차 전혀 하지 않고.

밀려난 그가 천국에서 쫓겨난 방랑자처럼 혼란한 얼굴로 그녀를 보았다. 그러다가 천천히 푸른 눈에 초점이 돌아왔다. 은빛 속눈썹이 몇 차례 깜박이고 나자 그 눈은 평정을 되찾았다. 눈가를 만지작거리는 손에 고였던 눈물이 흐르지 않고 닦여 나갔다. 흐트러졌던 표정이 차분하게 가라앉았다.

침착해진 그가 가장 먼저 한 것은 사과였다. 아직 여운이 남아, 더듬거리는 목소리.

"그대에게 무례한 짓을 했군. 걱정을……. 안심이, 되어서. 갑자기 끌어안아서 미안하다."

"……아뇨, 괜찮습니다. 조금 놀랐을 뿐이에요."

"정말로 실수였다. 무례를 용서해 다오."

"아닙니다, 단장님. 신경 쓰지 마세요."

"그대는 괜찮은가? 다친 곳은?"

"아무 데도 다치지 않았어요. 시간이 얼마나 지났나요?"

"……이틀."

서로 오가는 말이 사이에 벽을 치는 것처럼 조심스러웠다. 상대가 부서지거나 달아날까 봐, 스스로가 자제하지 못하고 선을 넘을까 봐 두려워하는 것처럼.

갑작스러운 일에 당황해 지켜보고 있던 바라하만이 그것을 알아차렸다. 그의 눈이 가늘어졌다. 이건 대체 뭐지. 문득 마구간에서 있었던 일이 떠올랐다. 유리엔의 시선을 받는 순간 저도 모르게 에키로부터 물러났던 일.

바라하는 그들 사이에 조심스럽게 끼어들었다.

"단장님."

"……바라하. 그대도 무사했군."

"예. 결절 내부에 마물이 많았지만, 에키네시아 생도가 함께 있어 준 덕에 빠져나올 수 있었습니다."

"제가 뭘 했다고요, 바라하 선배님께서 다 하셨죠. 전 선배님을 도운 것뿐인걸요."

바라하의 말에 에키가 화들짝 놀라 고개를 저었다. 멍하던 머리에 찬물을 끼얹은 것처럼 정신이 들었다. 들킬지도 모른다는 공포가 모든 것을 점령했다. 그녀는 바라하에게 마구 눈짓을 했다. 숨겨 준다고 했잖아요, 이 망할 선배님아!

바라하는 그녀를 보고 있지 않았다. 그는 유리엔을 응시하며 말했다.

"에키네시아 생도가 없었다면 살아 돌아오지 못했을 겁니다. 그녀의 공이 큽니다. 그녀가 저를 지켜 준 것이나 다름없다고 생각합니다."

"바라하 선배님!"

에키가 참지 못하고 그에게 다가가 옆구리에 손을 대었다. 가볍게 손을 얹는 것처럼 보였지만 실상은 매섭게 꼬집는 행위였다. 바라하는 쑤시는 옆구리를 무시했다. 에키는 난감하게 웃으며 중얼거렸다.

"마물이 별거 아니었으니까요. 선배님이 너무 치켜세워 주시네요."

유리엔의 표정은 담담했다. 그러나 아주 잠깐, 그 눈빛이 흔들리는 것을 바라하는 놓치지 않았다. 바라하의 옆구리에 닿은 에키의 손에 그의 눈길이 잠시 머물렀다. 유리엔은 곧 아무렇지도 않게 말했다.

"둘 다 결절에서 무사히 살아 돌아와 주어서 고맙군. 돌아가면 따로 포상이 나갈 것이다. 그동안 있었던 일과 복귀 일정 등은 부단장에게 듣도록. 다시 한번, 귀환을 환영한다. 고생했다."

사무적인 어조였다. 그는 곧 돌아서서 멀어졌다. 다른 사람들이 그들 쪽으로 다가오고 있었다. 에키는 그들 중에서 창백해진 얼굴에 간신히 안도를 띄우고 있는 앨리스를 발견했다. 가슴 한구석이 따뜻해졌다. 그녀는 앨리스에게 시선을 둔 채 퉁명스럽게 바라하를 불렀다.

"선배님."

"왜."

"숨겨 주신다면서요."

"숨겨 줬잖아?"

"제 덕이라고 하면 어떡해요?"

"사실인데 뭘. 그리고 너, 실력이 늘어나는 모습 보일 거라며. 이 기회에 죽음의 위기를 겪으며 검술 늘었다고 해."

"말은 잘하시네요."

"칭찬 감사히 듣지."

그사이 앨리스가 달려왔다. 그녀는 에키 앞에 서서 한참 호흡을 고르더니, 왈칵 화를 내며 말했다.

"걱정했잖습니까!"

"미안해요, 앨리스."

"사과할 일은 아니고요!"

"아."

바라하에게는 부단장 바론이 다가왔다. 그는 무거운 눈으로 바라하를 바라보더니 그의 어깨를 꾹 쥐었다. 바론의 입은 아무 말도 하지 않았지만 대신 어깨를 쥔 손이 많은 말을 하고 있었다. 바라하는 깊게 고개를 숙였다.

1629년 5월 15일, 창천 기사단은 흰 까마귀 협곡 토벌을 종료했다. 갑자기 결절이 발생하여 생도 한 명이 사망했지만, 그 불운한 생도 외에는 부상자만 있었다. 결절이 발생한 것치고는 정말 적은 피해였다.

사망한 생도에 대한 의혹이 잠시 일었으나, 생존자들의 진술을 통해 파악한 결절 내부의 상황을 고려해 봤을 때 마물에 의한 사고일 확률이 높아 곧 잠잠해졌다. 사망자는 전사자로 예우하여 기사단장이 직접 생도의 가족에게 편지와 위로품을 보냈다.

토벌단이 아젠카로 귀환한 건 그로부터 이틀이 지난 5월 17일이었다.

오랜만에 기숙사에 도착한 에키네시아는 그녀가 떠나 있는 사이 도착한 한 통의 마나 전보를 보았다. 발신자는 니콜 시즈튼이었다.

―호위 임무로 귀빈과 함께 아젠카 방문 예정, 하얀 사자에 대한 이야기는 그때.

5막.
드러나는 것과 통제할 수 없는 것

아젠카로 돌아온 에키네시아가 제일 먼저 한 건 병상에 드러눕는 일이었다. 전날 저녁에 기숙사 방에 도착해서 전보를 보고 잠들 때까지는 괜찮았는데, 다음 날 아침에 쓰러지는 바람에 룸메이트인 앨리스가 소스라치게 놀랐다.

사실 에키는 결절에서 나온 다음 날부터 이미 앓고 있는 중이었다. 결절 내부에서 그렇게 날뛰었으니 예정된 몸살이었다. 토벌을 마무리하고 귀환해야 하는데 병상에 드러누울 순 없어서 티를 내지 않았을 뿐이다.

귀환하는 동안에는 기오사 오너 쪽이 아니라 사관생도들과 함께 움직여서 유리엔과 마주치지 않았다. 에키는 내심 그것이 다행이라고 생각했다. 왠지 그와 마주쳤다간 또 몸 상태를 들켜 버릴 것 같아서.

그렇게 내내 몸살 난 채로 움직였으니 오늘도 괜찮을 줄만 알았다. 눈을 뜨자마자 몸 상태가 좋지 못한 걸 깨닫고도 별거 아니겠지 했던 것이다. 그 무시의 결과는 욕실로 들어가다가 쓰러지는 것으로 돌아왔다.

솔직히 에키는 쓰러진 게 쪽팔렸다. 마스터도 아니고 마스터 위의 경지씩이나 되어서 몸살을 못 이겨 쓰러지다니.

'그냥 마나로 지탱할걸. 너무 얕봤어.'

"에키, 의사를 부르는 게 좋지 않겠습니까?"

앨리스가 안절부절못하며 대야에 물을 떠 왔다. 그대로 내버려 두면 계속 옆에 붙어서 간호할 것 같은 기세라 에키는 그녀를 말렸다.

"뭘 의사를 불러요. 진짜 괜찮아요. 그러니까······."

"괜찮긴 뭐가 괜찮습니까. 열이 이렇게 높은데!"

"그냥 좀 누워 있으면 낫는다니까요. 앨리스는 당장 가서 훈련해요, 훈련. 전체 순위전이 얼마 안 남았잖아요."

"하지만······."

"이건 그냥 사소한 몸살이에요. 누워서 자면 낫는 몸살. 그러니까 나가서 할 일 해요. 앨리스가 있으니까 신경 쓰여서 잠이 안 온단 말이에요."

에키는 짜증까지 내어 가며 겨우 앨리스를 내보냈다. 전체 순위전이 얼마 남지 않았는데 앨리스의 시간을 빼앗기는 싫었다. 정말로 그저 몸살일 뿐이기도 하고.

몸살 자체는 예상했던 일인데, 아무래도 억지로 참던 게 더 안 좋은 영향을 끼친 것 같았다. 온몸에 힘이 하나도 없었다. 마나를 쓰면 평소처럼 움직일 수 있겠지만 급한 일도 없는데 그럴 이유는 없었다.

'오늘은 아무것도 하지 말고 쉬어야지.'

에키는 침대에 푹 파묻혔다. 그 상태로 마나를 이용해 앨리스가 두고 간 대야의 물에 수건을 적셨다. 젖은 수건이 공중에 둥둥 떠서 그녀의 머리 위에 얌전히 놓였다. 차가워서 기분이 좋았다. 그녀는 수건에 손을 댄 채 중얼거렸다.

"내일이 정식 스콰이어 임명일인데. 유리엔은 왠지 눈치챌 것 같단 말이지……. 오늘 푹 쉬면 좀 나을까?"

[하루 가지고 안 될 거 같은데. 야, 너 단련 좀 해라.]

"나름 하고 있는 거 알잖아. 돌아온 게 고작 두 달 전이야."

[어? 두 달밖에 안 됐어?]

"3월 17일에 돌아왔고, 오늘이 5월 18일. 딱 두 달이지. 찻숟가락이나 들던 아가씨 몸으로 이 정도면 빠른 거라고."

[아, 몰라. 더 빨리 튼튼해지란 말이야! 네가 누워 있으니까 너무 심심해! 심심해애!]

"시끄러워, 입 다물어. 머리 울린다."

[치이.]

에키는 마검의 칭얼거림을 무시하고 열이 오른 뺨을 수건으로 문질렀다. 그러면서 서랍 안쪽에 있던 니콜의 전보를 마나를 이용해 당겨 왔다.

―호위 임무로 귀빈과 함께 아젠카 방문 예정, 하얀 사자에 대한 이야기는 그때.

"귀빈은 누구고 도착은 언제야. 아무리 전보비가 비싸다지만 제일 중요한 걸 빼먹으면 어떡해, 니콜 언니."

에키가 한숨을 쉬며 전보를 내려놓았다. 마나에 실린 종이는 하늘하늘 날아 서랍 속으로 들어갔다. 황가와 로아즈 백작가에 있던 마검의 일은 그녀 혼자 생각해 봤자 답이 나오지 않는 문제였다. 그녀는 생각을 포기하고 이불 속에 파고들었다.

잠이 들락 말락 하는 찰나에, 누군가가 방으로 오는 게 느껴졌다.

두 명이었다. 에키는 실눈을 뜬 채 문 쪽을 주시했다. 곧 노크 소리가 들렸다.

"에키네시아 생도, 안에 있어? 들어가도 될까?"

"자고 있을지도 모르는데 노크라니요. 무례합니다."

"그럼, 노크 없이 들어가도 돼? 그게 더 무례한 거 아냐?"

"……그건 그렇습니다만."

문밖에서 작게 티격태격하는 소리가 들렸다. 아는 목소리였다. 파티마와 앨리스. 에키는 몸을 일으켜 등 뒤에 베개를 받쳤다. 곧 문이 열리고, 식사 쟁반을 든 앨리스와 파티마가 방 안에 들어섰다.

"에키네시아 생도! 아프다며!"

"안녕하세요, 파티마 선배님. 별거 아니에요."

파티마가 일어나 있는 에키를 보자마자 냉큼 달려와 침대에 걸터앉았다. 그녀는 에키의 이마와 제 이마를 양손으로 짚어 보더니 고개를 절레절레 저었다.

"오늘 침대에서 나올 생각 하면 안 되겠다. 기다려, 내가 좋은 약을 가져올 테니까!"

"안 그러셔도 되는……."

"점수 따려는 거니까 봐줘. 난 아직 너 포기 안 했어!"

파티마가 생글생글 웃고는 순식간에 방 밖으로 사라졌다. 앨리스가 미안한 표정으로 다가와 에키의 앞에 쟁반을 내려놔 주었다.

"미안합니다, 에키. 파티마 선배님이 왜 제가 혼자 식사를 하러 온 거냐고, 당신은 어디 있냐고 물어서."

"파티마 선배님이면 그럴 만하죠. 그런데 이건……."

앨리스가 그릇 뚜껑을 열어 주었다. 김이 모락모락 날 정도로 따뜻한 스튜였다. 큼직하지만 부드러운 고기와 야채가 든, 자극적이지 않은 크림스튜. 공용 식당의 오늘 아침 메뉴에는 없던 음식인 데다 아무리 봐도 환자를 위한 것이었다. 에키가 의아하게 그 스튜를 보자 앨리스가 그녀에게 스푼을 챙겨 주며 설명했다.

"쉴 때 쉬더라도 식사는 해야 합니다. 주방에 부탁해서 만들어 왔으니 먹어요."

"……가서 훈련하랬더니, 주방까지 가서……."

"에키가 식사를 하고 나면 훈련하러 갈 거니까 걱정 마십시오. 정 걱정되면 낫고 나서 대련해 주면 되잖습니까."

앨리스가 빙긋 웃었다. 에키는 스푼을 쥔 채 고개를 약간 숙였다.

"거, 걱정이 아니라……. 고마워요, 앨리스."

작게 대답하는 그녀의 얼굴이 약간 빨갰다. 부끄러워하네. 앨리스는 웃음이 나오려는 걸 참았다.

그 대련과 신입생 순위전 이후, 마물 토벌 때를 제외하고 에키와 앨리스는 대체로 붙어 다녔다. 앨리스는 그렇게 함께 다니며 에키네시아 로아즈가 의외로 무르다는 걸 알아차렸다. 정확히는 호의를 보이거나 약하게 구는 사람한테 물렀다. 악의는 아무렇지도 않게 넘기면서 호의는 받는 것도 주는 것도 부끄러워한다.

그러면서 또 솔직할 땐 솔직해서, 대놓고 당신이 기사에 어울린다느니, 당신이라면 검을 나누어도 즐거울 것 같다느니, 그런 말들을 태연히 하고. 앨리스는 저도 모르게 흐뭇한 얼굴로 스튜를 먹는 에키를 보았다. 한동안 달그락거리는 스푼 소리만 들렸다. 그러다 요란하게 문이 열렸다. 파티마였다.

"애들아, 내가 오는 길에 엄청난 소식을 들었어!"

그녀는 들뜬 얼굴로 말하고는 쪼르르 방 안으로 들어왔다. 그러곤 손에 들고 있던 작은 유리병을 에키의 쟁반 위에 내려놓으며 말을 이었다.

"아, 이건 꿀에 약초를 절인 건데, 차처럼 타 먹으면 돼. 우리 집안에서 내려오는 민간요법이야. 몸에 좋아, 맛도 있고. 어쨌든, 진짜 빅 뉴스야, 빅 뉴스!"

"무슨 일인데 그러십니까?"

앨리스가 의아하게 물었다. 파티마가 침대 발치에 걸터앉더니 반짝이는 눈으로 에키와 앨리스를 바라보았다.

"말해 줄 테니까 대신에 우리 클럽 와라."

"……"

"전에 너희 친해지면 둘이 같이 클럽 들어오기로 했잖아!"

"그 말에 제가 대답한 적은 없는 것 같은데요, 파티마 선배님."

"안 넘어오네. 칫."

에키의 대꾸에 파티마가 입술을 비죽였다. 에키는 꿀과 약초가 섞여 담겨 있는 유리병과 거의 다 비운 스튜 그릇을 번갈아 보았다. 깔깔하던 목 안이 따뜻한 스튜로 데워졌다. 스튜 그릇과 유리병을 나란히 놓으니 마음이 흐물흐물 풀어지는 기분이었다.

그러는 사이 파티마가 할 수 없다는 듯 입을 열었다.

"됐어, 그냥 말해 줄게. 5월 30일이 전체 순위전인 건 알지? 그날에……"

"파티마 선배님."

"응?"

"위즈덤은 어떤 클럽이에요?"

부루퉁하던 파티마의 얼굴이 에키의 질문에 불을 켠 것처럼 밝아졌다. 그녀가 침대를 짚고 그들 쪽으로 바짝 몸을 들이밀었다.
"우, 우리 클럽은! 좋은 클럽이야!"
"……그러니까 어떻게 좋은 클럽인데요?"
"어어, 음, 일단 자율적이야! 어, 그리고, 어……. 잠깐만."
파티마는 에키를 볼 때마다 클럽에 들어오라고 계속 말했으면서도, 어떤 클럽이냐고 물어 올 줄은 몰랐던지 잠시 버벅거렸다. 그녀가 고심하며 생각을 정리하는 동안 앨리스가 에키에게 물었다.
"클럽에 들어갈 생각입니까, 에키?"
"글쎄요, 들어 보고요. 앨리스는요? 클럽에 소속되어 있어요?"
"아니요. 그다지 끌리지가 않아서……."
"왜 클럽이 별로라고 생각하는데, 너희는?"
파티마가 불쑥 끼어들었다. 앨리스가 갸웃거리더니 답했다.
"지금의 클럽은 대부분 사교 모임에 가깝더군요. 출신과 가문에 따라 모여서 본국의 일에 대해 논하고 같은 라인의 준기사나 기사를 초빙하여 강습을 받는. 그게 나쁜 일이라고는 생각하지 않습니다. 하지만 제가 원하는 바와는 좀 달라서, 지금으로선 그다지 들어갈 생각이 없습니다."
사관학교의 주류와는 완전히 동떨어진 생활을 한 에키는 알지 못했던 얘기였다. 특이한 옷차림이라는 기행도 기행이지만, 입학 첫날부터 스콰이어로 지명되어 바라하에게 따로 교육받은 탓도 있었다.
'그러고 보니 바라하 선배가 브레드, 그놈 같은 것들이 모여 있는 클럽도 있다고 했지.'
머저리로도 황당한데 머저리가 모여 있는 클럽까지 있다니 기가 찬다고 생각했던 기억이 났다. 파티마가 앨리스의 말에 고개를 끄덕이더니 이번에는 에키를 바라보았다.

"에키네시아 생도는? 왜 클럽에 관심이 없어?"

"전 그냥 단체 행동이 번거로워서요. 얽매이고 싶지 않아요."

"흐음. 두 사람 얘기 잘 들었어."

파티마가 씨익 웃었다. 그녀가 가슴을 쭉 펴며 단언했다.

"그런 너희 둘에게, 위즈덤은 그야말로 딱이야! 딱! 그러니 둘 다 우리 클럽에 와!"

"대체 그 위즈덤은 어떤 클럽입니까? 대부분의 클럽에 대해서는 들어 봤지만 위즈덤은 처음 듣습니다."

앨리스가 미간을 희미하게 찌푸린 채 묻자, 파티마가 냉큼 대답했다.

"모를 수밖에. 위즈덤은 내가 초대 클럽장이고, 클럽원은 현재 아무도 없거든."

"……네?"

"내가 만든 클럽이란 말이야. 소수 정예, 자율 행동, 지혜로운 기사가 되는 걸 추구하는……."

"아니, 잠깐만요, 그럼 지금까지 클럽원이 한 명도 없었단 말이세요?"

에키가 황당하다는 어조로 물었다. 파티마는 헤실거리며 눈을 피했다.

"너희가 들어오면 두 명이 생기지. 으음, 사실 말이야, 내가 원하는 형태의 클럽은 사관학교에 없더라고. 그래서 클럽장이 될 수 있는 2학년이 되자마자 클럽을 개설했지."

"선배님이 원한 클럽은 어떤 건데요?"

"일단 지금의 클럽들처럼 몇십 명에 이르는 대규모는 아니야. 클럽 파티도 귀찮고, 출신지나 가문 간의 관계를 따져 가며 클럽원을 받고 싶지도 않아. 유서 깊은 전통 같은 걸 만들 생각도 없고. 정치를 끌어들이기도 싫어. 그냥 나는, 사관학교에 처음 클럽이 생겼을 때처럼 뛰어난 인재들이랑 같이 훈련을 하고 싶을 뿐이야."

"……그렇군요. 정치……. 제가 느낀 위화감이 그것이었습니다. 지금의 클럽들은 너무 거대하고, 정치적인 성향이 강했습니다. 정치도 중요하지만, 제가 원하는 클럽은 생도 간의 순수한 훈련 모임이라서. 그런 클럽은 남아 있지 않더군요. 취지에 무척 공감이 갑니다."

앨리스가 약간 놀란 얼굴로 주억거렸다. 파티마가 눈동자를 굴리더니 말을 이었다.

"우리 클럽은 일주일에 한 번, 모여서 함께 대련하는 시간을 가질 거야. 더 모이고 싶은 사람은 각자 약속을 잡아 더 모이고, 스승을 모셔서 강습받고 싶으면 내게 말하면 돼. 내가 알아서 섭외를 해 볼 테니까."

"그게 다입니까?"

"응, 그 외에는 자율. 사람마다 맞는 훈련 방식은 다른 법이잖아? 도움이 필요하면 돕겠지만, 다른 클럽들처럼 강제적인 훈련은 하고 싶지 않아. 열 명 이상 인원을 늘릴 생각도 없어. 여섯 명에서 여덟 명 정도가 최적이라고 생각해. 그래야 한 번 모일 때마다 전원 대련이 가능하잖아."

에키가 예상한 것보다 훨씬 느슨한 규칙이었다. 어차피 파티마 외엔 클럽원이 없다면 앨리스와 함께 위즈덤에 들어가는 것도 괜찮을 것 같았다. 단체 행동에 얽매일 일이 없을 테니까. 처음 이상한 소문이 퍼져 있을 때부터 소문에 아랑곳하지 않았던 파티마가 마음에 들기도 했고.

'클럽에 들면 파티마 선배 검술도 도와줄 수 있겠구나. 마물 토벌 때 보니까 조금만 고치면 훨씬 발전하겠던데. 내 검술도 혼자 실력을 늘렸다는 것보다는 클럽 덕분에 검술이 늘어났다고 하는 게 더 자연스럽겠지. 음, 나쁘지 않네.'

에키는 고민하며 앨리스를 살짝 돌아보았다. 그녀의 시선을 눈치챈 앨리스가 작게 고개를 끄덕였다. 그들 사이의 눈짓을 알아차린 파티마의 얼굴이 환해졌다.

"들어오는 거야? 응?"

"말씀하신 취지를 지켜 주신다면요."

"앨리스 생도는?"

"저도 함께하겠습니다."

"으으, 드디어! 고마워, 에키네시아 생도, 앨리스 생도! 내가 잘할게!"

파티마가 폴짝폴짝 뛰며 좋아하더니 품에서 종이를 두 장 꺼냈다. 클럽 신청서였다. 그녀는 땋은 머리를 팔랑이며 달려가 가까운 곳에 있던 에키의 책상 위에서 깃펜과 잉크까지 챙겨 왔다. 마음이 변하기 전에 서명을 받아 내려는 듯 급한 행동이었다.

"신청서를 들고 다니셨어요?"

"기본이지, 기본! 자! 잘 읽어 보고 빨리 서명해!"

파티마가 신이 나서 깃펜을 내밀었다. 에키와 앨리스는 각각 신청서를 받아 들었다. 클럽에 대한 약관이 쓰여 있었다. 파티마가 말한 그대로, 주 1회의 모임 외에는 특별한 규칙이 없는 간단한 약관이었다. 신청서를 훑어 내리는 그들에게 파티마가 깜박했다는 듯 말을 꺼냈다.

"아, 아까 빅 뉴스 얘길 하다 말았지. 5월 30일 전체 생도 순위전 날에, 생도 대표 선거가 있을 거야."

"그건 당연한 일이잖습니까. 생도 대표 자리가 공석이 되었으니."

앨리스가 의아한 듯 고개를 기울였다. 파티마가 아직이라는 듯 손가락을 흔들었다.

"그래, 이건 사실 빅 뉴스가 아냐. 묘한 소문이 붙어 있긴 하지만 그래도 그냥 지나가는 소식일 뿐이지. 정말 엄청난 소식은 따로 있다고."

"묘한 소문이라뇨?"

"음, 으음, 전 생도 대표에 대한 이야기인데, 별로 좋은 내용은 아냐. 방을 정리하다가 발견된 것들이 있어서. 그중에서 안 좋은 짓을 저질렀다는 증거가 꽤 나왔거든. 좀, 질이 나쁘다더라. 모르는 게 나아. 아직 확실시된 것도 아니고 조사 중이니까."

앨리스가 휘둥그렇게 눈을 치떴고 에키는 혀를 찼다. 이안 펠레트로가 그녀에게 브레드 같은 놈을 가져다 붙였던 걸 생각하면 어떤 식의 안 좋은 짓들일지 짐작이 갔다. 파티마가 어색하게 웃더니 분위기를 환기하듯 손뼉을 쳤다.

"그보다 이제 진짜, 진짜로 놀라운 소식을 들어야지."

"무슨 소식입니까?"

앨리스가 서명한 신청서를 건네주며 물었다. 파티마는 들뜬 어조로 답했다.

"놀라지 마, 단장님이 조만간에 결혼하신대! 그래서 약혼녀분이 아젠카에 곧 도착한댔어!"

신청서에 서명을 하던 에키의 손이 미끄러졌다. 깃펜의 잉크가 종이 위에 엉망으로 번졌다. 그녀는 멍하니 고개를 들었다.

"누가, 결혼한다고요? 어느 단장님이?"

"아젠카에 다른 단장이 있어? 당연히 창천 기사단장 유리엔 드 하르덴 키리에 경이지!"

머릿속이 희게 비었다. 그녀가 넋이 나간 사이 앨리스와 파티마가 대화를 주고받았다.

"굉장한 소식이군요. 약혼녀분은 언제쯤 도착하십니까?"

"내일 도착하신대. 정확히는 약혼식을 하기 위해 오시는 거랬어."

"네? 그럼 아직 약혼녀가 아니잖습니까."

"에이, 약혼하러 오는 거니까 약혼녀지 뭘. 결혼식은 언제 하시려나? 화려하겠지?"

"창천의 단장이기 이전에 제국의 황자이시니 성대하겠지요. 그, 약혼녀라는 분은 어떤 분이십니까?"

"어……. 분명히 들었는데, 디아, 디아, 디아, 뭐였는데, 성이."

"혹시 디아상트입니까?"

"맞아! 디아상트! 디아상트 공녀라고 그랬어."

디아상트. 현 키리에 제국에서 가장 세가 강력한 공작 가문. 그리고, 황태자비를 배출한 가문. 아는 이름이 들리자 간신히 정신이 돌아왔다. 에키는 서명한 신청서를 파티마에게 건넸다. 파티마가 신청서에 엉망진창으로 번진 잉크를 보고 기겁했다.

"으악, 뭐야! 다 번졌잖아! 자, 이걸로 새로 서명해."

"아, 네."

에키는 새 신청서에 빠르게 서명을 한 뒤 그것을 넘겨주었다. 그러곤 파티마와 앨리스를 보며 말했다.

"저, 앨리스, 파티마 선배님. 제가 좀 피곤해서……."

"아, 환자 앞에서 너무 떠들었네. 응, 푹 쉬어."

"전 저녁쯤에 돌아올 테니 걱정 말고 쉬십시오, 에키."

"고마워요, 다들."

그들이 한마디씩 인사를 건네고 자리를 떴다. 앨리스는 스튜 쟁반까지 챙겨서 나갔다. 두 사람의 기척이 완전히 멀어지자마자 에키는 벌떡 일어나 침대에서 벗어났다. 중간에 어지럼증이 와 잠시 휘청거렸지만 마나로 버텼다. 그녀는 책상에 앉아 빈 양피지와 깃펜을 당겨 왔다.

[야, 유리엔 걔 결혼했었어? 예전에도?]

"아니, 이전에는 없었던 일이야."

에키는 어질거리는 이마를 짚었다. 시간을 되돌리기 이전, 유리엔은 결혼은커녕 약혼한 적조차 없다. 회귀 이전 그가 죽었던 시점, 그러니까 지금으로부터 3년 후까지도.

그 흔한 스캔들 한 번 안 터졌던 사람이다. 괜히 수많은 제국 영애가 그를 두고 낭만 소설 같은 망상을 펼쳤던 게 아니다. 지금까지 그 누구도 곁에 두지 않았던 고고한 기사단장이니 그토록 인기를 끌었던 거다.

그런데, 약혼이라고? 결혼을 한다고? 절로 신음이 나왔다. 속이 아릿하게 아파 오면서 머리는 빙글빙글 돌다 못해 뒤죽박죽으로 엉켰다. 에키는 아랫입술을 깨물며 깃펜을 쥐었다.

[주인아, 지금 뭐 하려는 거야? 편지라도 쓰려고?]

"아니, 좀 정리를 해 봐야겠어."

[엥? 무슨 정리?]

"시간을 되돌리기 전에 있었던 일들이랑, 지금 일어나고 있는 일들."

무언가가 바뀌고 있었다. 무엇이 원인이 되어 어떤 식으로 변화하고 있는 중인지 알아야 했다.

회귀로 인해 생겨난 변화라. 카이로스기오사로 인해 생긴 변화를 쫓아올지도 모르는 라키아기오사와, 그로 인해 생겨날지도 모를 결절이 떠올랐다. 안 그래도 피곤하던 몸에서 한 줌 남은 힘조차 사라지는 기분이었다.

'일단, 일단…… 써 보자. 처음부터, 유리엔이 죽었던 시점까지.'

에키는 양피지 위에서 깃펜을 움직였다. 지워진 과거와 변화한 현재를 나란히 적기 시작했다.

―1. 1629년 3월 17일 새벽, 로아즈 저택 주방에서 마검 발견.

: 같은 시각, 빈 꾸러미만 발견.

―2. 마검의 악마 출몰, 로아즈 가문을 시작으로 주위 영지들에서 대량 학살 발생.

: 마검의 악마가 나타나지 않음, 사망자 없음.

―3. 1629년 봄, 창천 기사단 마물 토벌, 스펙터 급습 사건, 스콰이어 바라하 이슬라프 사망을 포함한 다수의 피해.

: 스펙터 사전 처리, 캠프에 결절 발생, 이안 펠레트로 사망, 바라하 이슬라프 생존, 그 외 사망자 없음.

거기까지 적은 다음 그녀는 깊게 심호흡을 했다. 4번의 첫 줄은 비워 두었다. 과거에는 아예 존재하지 않았던 사건이니까. 그리고 그 아랫줄에 오늘 생긴 사건을 썼다. '유리엔 드 하르덴 키리에, 디아상트 공녀와 약혼 예정.' 글씨가 그녀의 심경을 반영하듯 휘청거렸다.

에키는 한동안 그 휘청거리는 글자들을 내려다보았다. 디아상트 공녀가 누구더라. 디아상트 공작가에서 현 황태자비를 배출한 건 아는데, 또 다른 딸이 있었던가. 기억이 잘 나질 않았다.

시간을 되돌리기 이전의 스무 살 에키네시아 로아즈는 백작 영애로서 제법 사교계 정보를 잘 알았다. 하지만 지금의 에키네시아는 15년이라는 세월을 사교계와 완전히 동떨어진 곳에서 보낸 사람이었다. 그 삶에서 그다지 중요하지 않았던 사교계 관련 정보는 잊어버린 지 오래였다.

'……니콜 언니가 호위해서 온다는 귀빈이 정황상 디아상트 공녀겠지. 그럼 언니에게 물어보면 돼. 그래, 그렇게 하자.'

에키는 깃펜 끄트머리로 그 이름을 톡톡 두드리다가 간신히 눈을 뗐다. 들여다보고 있어도 생각나는 게 없으니 시간 낭비였다. 그녀는 그 아랫줄에 5번이라는 번호를 적었다.

―5. 엘기오사 발견(성녀 살해 사건).

여기부터는 현재에서 아직 일어나지 않은 일이므로 예전과 다르게 변할지도 모른다. 지금까지의 사건들이 바뀌었듯이.

행방불명인 기오사 세 개 중의 하나인 엘기오사가 발견된 사건. 셋 중 다른 하나는 누구도 행적을 알지 못하는 신검 라키아기오사였고, 또 다른 하나는 지금 그녀의 오른손에 들러붙어 있는 바르데르기오사였다.

엘기오사는 에키네시아가 마검에 조종당하고 있던 시기, 그러니까 지금 이 시기 즈음에 창천 기사단에게 발견되었다. 오너가 살해당하고 나서 기오사가 발견된 불운하고 끔찍한 사건이었다. 엘기오사의 오너는 기오사 오너들 중 가장 무력한 존재였기에 스스로를 지킬 수가 없었다.

에키는 창천 소속이 아니었으므로 그 사건이 일어난 정확한 시기나, 발견된 장소, 사건의 내막이 어땠는지 등에 대해서는 잘 몰랐다. 그냥 그런 일이 있었다는 정도만 알고 있었다. 그래서 그녀는 지금 이 시점에 엘기오사가 어디에 있는지도 모른다.

성녀 살해 사건이 발생하고 나면 창천 기사단은 엘기오사를 회수하여 기오사 홀에 보관하게 된다. 그 이후부터는 엘기오사의 행방이 명확해진다. 회귀 이전의 에키가 엘기오사를 찾아낼 수 있었던 이유도 그 덕분이었다.

현재 시간대에 엘기오사가 어디에 있는지 알았다면 그녀는 아젠카로 오기 전에 그것부터 찾으러 갔을 것이다.

'아니지, 어차피 엘기오사는 내가 쓸 수 없는 기오사잖아. 미리 찾아내도 의미가 없어. 성녀 살해 사건은 아는 게 없어서 막을 방법도 모르겠고.'

에키는 쓴웃음을 띠었다.

인간의 자비심으로 칼날을 만들고, 인간의 사랑으로 장식을 덧붙인 치유검(治癒劍) 엘기오사는 검술과 관계없이 주인을 선택한다. 그 검은 태어나서 지금까지 단 한 번도 누군가를 증오해 보지 않은 자만이 오너가 될 수 있었다.

엘기오사로는 아무도 죽이거나 다치게 할 수 없다. 그 검으로는 심장을 찔러도 다치지 않으니까. 엘기오사로 벨 수 있는 건 엘기오사의 오너뿐이었다. 자기 자신 외에는 누구에게도 상처를 낼 수 없는 검이자, 모든 인간을 사랑하고 치유하는 자애의 검.

에키로서는 쥐는 것조차 불가능한 기오사였다. 그녀는 성녀 살해 사건에 시선을 두다가 고개를 젓고는 그 아래에 다음 사건들을 썼다.

―6. 1631년 겨울, 제국 악마 토벌단 결성, 마검의 악마에게 전원 몰살.
―7. 1632년 가을, 마검의 악마로 인해 아젠카 몰살, 기오사 오너 전원 사망(유리엔 사망).

둘 모두 과거에는 일어났되 현재에는 일어나지 않을 일이었다. 에키네시아가 더 이상 마검의 악마가 아니므로.

마지막 줄의 마지막 글자에서 깃펜이 길게 머물렀다. '사망'이라는 글자. 그 간단한 글자 아래에 얼마나 깊은 것이 맺혀 있는지. 양피지에 닿은 부위에서 잉크가 핏방울처럼 번져 나갔다.

그녀는 깃펜을 내려놓고 긴 한숨을 쉬었다. 유리엔의 사망 시점까지만 따져보면 당장 생각나는 큰 사건은 이 정도였다. 벌써부터 많은 것이 바뀌었다. 그중 어떤 일이 유리엔의 약혼이라는, 이 이해할 수 없는 사건을 불러일으킨 걸까. 변화한 게 너무 많아서 감이 잡히질 않았다.

아니면, 사실 유리엔의 약혼은 사건이 바뀌며 나타난 나비 효과가 아니라……

'유리엔도 지워진 과거를 기억하고 있으니까, 그것 때문일지도 몰라.

예를 들면, 사랑하는 사람이 있었는데 미처 고백하지 못했던 걸 죽으면서 후회했다던가. 그래서 이번에는 바로 고백하고 약혼을…… 하게 되었다던가.'

생각이 이어지면서 어지러움이 심해졌다. 가슴 안쪽에 통증이 고였다가 흘러내렸다. 몸살 탓일 것이다. 몸살 탓이어야 했다. 건강한 몸과 멀쩡한 정신으로 다시 보면 다른 생각이 나겠지.

에키는 깃펜을 내려놓고 양피지를 둘둘 말아 안 보이는 곳에 감췄다. 그리고 침대로 돌아가 도로 누웠다. 푹신한 솜 아래로 몸이 잠겨드는 듯했다. 깊은 물속으로 떨어져 내리는 것 같다. 그녀는 가늘게 숨을 내쉬고 눈을 감았다.

감은 눈꺼풀 안쪽으로, 결절에서 나왔을 때 보았던 그의 표정이 떠오른다. 마치 죽은 줄 알았던 연인이 살아 돌아오는 장면을 본 듯한 표정. 그녀를 사랑하는 것 같은 얼굴.

그건 진짜였어. 아냐, 그럴 리가 없어. 그게 거짓이라고? 거짓이겠지. 사실일 수가 없잖아. 사실이라면, 그가 나를 사랑하기라도 한다는 소리야? 대체 왜? 언제? 이해가 되지 않아. 그럴 리가 없잖아. 역시 가짜야.

아니지, 거짓으로 그런 얼굴을 할 수는 없어. 무방비하게 웃고, 조심스럽게 살피고, 오열과 환희가 뒤섞인 그런 것들이 모조리 거짓이라는 건 무리잖아.

글쎄, 그 감정이 진짜라면 약혼은 왜 해? 역시 아니야. 호의를 보이고, 날 방심시켜서, 내가 마검의 악마인지를 확인하려는 거겠지. 그가 사랑하는 사람은 그 약혼녀인 게 아닐까?

정말? 정말로 그가 보인 것들이 전부 위장이라고? 그 모든 감정이?

에키네시아 로아즈. 그럼 넌 그게 거짓이 아닐 거라 생각했니? 뭘 기대한 거야? 그는 네게 죽은 기억을 그대로 가지고 있는데.

'난 대체…… 뭘 기대한 걸까. 왜 이런 기분이 드는 거지.'

마음이 엉망진창으로 뒤섞인다. 에키는 베갯잇에 고개를 파묻고 억지로 잠을 청했다.

그 밤의 꿈은 끝없는 미로였다. 한 줄기 빛이 선을 이루며 그녀의 앞길을 인도했다. 희고, 눈부시고, 아름다운 빛의 선. 그러나 에키는 그 빛을 믿을 수가 없었다.

날 어디로 데려가려는 건지 알 수가 없잖아. 내가 뭘 보고 너를 믿어야 해? 네가 도달하려는 곳이 어딘데?

빛은 그녀의 의문에 대답하지 않았다. 그래서 그녀는 제자리에 멈춰 선 채 빛을 무시했다. 홀로 서 있는 미로는 어둡고 추웠다. 빛의 선만이 그녀의 발치에서 원을 그리며 맴돌았다.

다음 날 오전에 정식 스콰이어 임명식이 있었다.

성대한 행사라기보다는 개인적인 서약이었다. 아젠카 대신전에서 파견된 신관이 참관하는 앞에서 로드와 스콰이어가 서약하면 끝나는 간단한 일이었다. 임명식 장소는 대신전 내의 예배당 중 한 곳이었다. 참관은 금지되어 있어 로드, 스콰이어, 신관 외에는 아무도 들어갈 수 없었다. 그래서 바라하는 예배당 근처의 가로수에 기대서 기다렸다.

에키네시아 로아즈는 붉은 드레스를 입고 나타났다. 검은색에 가까워 보일 정도로 짙은 갈색의 레이스와 리본으로 장식된 붉은 드레스였다. 끝자락 아래로 하얀 페티코트가 살짝 보였다.

장갑은 적갈색 실크, 목걸이와 팔찌, 귀걸이는 은과 자잘한 루비가 어우러진 세트. 얇은 망사가 드리운, 드레스와 세트인 챙이 좁은 모자. 그 모자에는 은으로 세공된 섬세한 장식이 리본과 함께 달려 있었다. 연한 분홍색 머리카락이 모자 아래로 굽이치며 흘러내렸다. 그 속에 있는 얼굴은 무표정했다.

바라하는 그녀에게로 다가가며 이름을 불렀다.

"에키."

그를 돌아보는 얼굴에서 무표정이 숨어 버리고 대신 가벼운 미소가 떠올랐다. 바라하는 살짝 올라가는 그 입꼬리를 뚫어져라 바라보았다. 입술이 살짝 벌어지며 그 사이에서 그의 이름이 발음되어 나올 때까지.

"바라하 선배님, 여긴 웬일이세요?"

"웬일이긴, 네 임명식 보러 왔지."

"참관은 금지되어 있잖아요."

"그야 그렇지만, 내가 보고 싶었으니까 상관없다."

바라하가 어깨를 으쓱였다. 에키는 그의 말이 이해가 가지 않았지만 더 이상 따지지 않았다. 몸이 아직 낫지 않았다. 서 있는 것도 피곤하니 생각하는 것도 귀찮았다.

특히 저 예배당 안에서 기다리고 있을 유리엔을 떠올리면 더더욱. 그의 존재가 가시가 돼서 마음속을 콕콕 찌르는 것 같았다.

'약혼녀……. 오늘 도착한다고 했었지.'

의식적으로 생각하지 않으려 했던 일이 떠올라 버렸다. 에키는 입 안쪽 살을 깨물며 스스로를 설득했다. 유리엔과 그녀 사이에 사적으로 특별한 관계가 있는 것도 아닌데, 그가 약혼을 하든 결혼을 하든 그녀가 무슨 상관인가. 이성은 그렇게 판단하는데 마음이 통제가 되질 않았다. 자꾸 기분이 가라앉는다.

"어디 안 좋나?"

그녀가 가만 서 있자 바라하가 물었다. 에키는 급히 고개를 저었다.

"아뇨, 잠시 다른 생각을 하느라. 그럼 전 들어가 볼게요."

"그래, 잘해. 밖에서 기다리고 있을게."

"기다리신다고요?"

"네가 정식으로 내 후배가 되는 날인데, 같이 축하해야지. 이런 날에도 공용식당에서 식사를 하려고? 괜찮은 곳을 알아."

평소라면 그의 호의가 꽤 끌렸을 것이다. 하지만 오늘은 아니었다. 스콰이어 임명식을 얼른 끝내 버리고 방에 처박혀 잠이나 잘 작정이다. 괴상한 꿈을 꾸느라 밤잠까지 설쳐서 더 피곤했다. 에키는 미안한 표정으로 고개를 저었다.

"죄송해요, 다음에 같이 가요. 오늘은 피곤해서 바로 쉬려고요."

"……흠. 잠깐 실례."

바라하가 고개를 기울이더니 불쑥 다가왔다. 그가 에키의 팔을 당기고 드리운 망사 사이로 손을 집어넣었다. 에키는 흠칫 몸을 굳혔지만 피하지는 않았다. 의도를 짐작했기 때문이다.

예상대로 이마 위에 커다란 손이 닿았다. 그가 눈살을 찌푸렸다.

"너, 열이 있잖아."

"별거 아니에요."

"쯧. 안 되겠네. 임명식 빨리 마치고 가서 쉬어라."

바라하는 에키를 놓아주며 어깨를 부드럽게 밀었다.

'예전에 몸살이 났을 때는 마구간에서 내내 붙어 있으면서도 눈치를 못 채더니, 오늘은 어떻게 알았지? 티가 많이 나나?'

에키는 내심 혀를 차면서 바라하에게 인사를 했다. 그리고 내키지 않는 걸음을 떼어 예배당 안으로 들어갔다.

예배당 안은 고요했다. 검을 든 두 명의 천사에게 둘러싸인 신의 조각상이 정면에 있었다. 누구도 감히 신의 얼굴을 조각하거나 그리지 않기에, 조각된 신은 천을 겹겹이 눌러써서 성별도 얼굴도 알 수 없는 모습으로 아래를 굽어보았다.

조각상의 바로 아래에 신관이 보였다. 금실로 고어를 수놓은 흰 법의를 보니 대신관 바로 아래 직위인 수석 신관인 모양이었다. 신관은 강연대에 성서를 내려놓고 서약문을 펼치는 중이었다.

유리엔은 강연대 왼편에 서 있었다. 천장의 스테인드글라스를 투과해서 쏟아진 빛이 그의 머리칼을 타고 흘러내렸다. 에키가 예배당에 들어서자 그가 고개를 돌려 그녀 쪽을 보았다. 거리가 멀어 표정을 잘 알 수 없었다.

그녀는 천천히 예배당을 가로질러 앞으로 향했다. 그녀가 다가오는 동안 그는 그녀에게서 시선을 떼지 않았다. 한 걸음씩 가까워지면서 그의 얼굴이 조금씩 더 자세히 보인다. 무엇으로도 가리지 않은 맨얼굴인데도, 천을 겹겹이 눌러쓴 신상처럼 읽을 수 없는 표정. 에키는 강연대의 오른편에 도달하여 치맛자락을 쥐고 무릎을 굽히며 인사를 했다.

"단장님을 뵙습니다."

"에키네시아 생도."

유리엔은 그녀의 이름을 부르고 나서 짧게 침묵했다. 깨질 듯이 쨍한 하늘색 눈동자가 에키의 모습을 더듬어 눈에 담았다. 그는 망설이다 속삭이듯 말했다.

"……무리는, 하지 말기를 바랐는데. 임명식은 미루어도 되는 일이다."

딱히 대답을 기대하고 하는 말이 아니었다. 그는 바로 고개를 돌려 신관 쪽을 바라보았다.

"빠르게 진행하지."

"예?"

"시작해라."

"아, 예."

에키는 눈을 내리깔았다. 역시 몸 상태를 눈치챘구나. 저번처럼 그저 잠시 보는 것만으로도. 그녀는 말이 튀어 나가지 않도록 입을 꾹 다물었다. 방심했다간 물음을 던질 것 같다. 어떻게 알아차린 거냐고. 그리고, 정말로 약혼하시는 거냐고.

신관이 서약문의 지루한 서두를 읊었다. 기사도, 스콰이어의 마음가짐, 로드가 갖추어야 할 덕목, 스콰이어는 로드를 충심으로 섬기고 로드는 스콰이어를 최선을 다해 이끌라는 뻔하디뻔한 말들. 그 말들이 이어지는 내내 에키는 그와 눈을 마주치지 않았다. 반면 유리엔은 뚫어져라 그녀를 응시하고 있었다.

"……하소서. 스콰이어 에키네시아 로아즈, 의심 없는 믿음으로 로드를 따르며 기사의 덕목을 체득할 수 있겠는가?"

"……예."

그녀는 딴생각을 하느라 한 박자 늦게 대답했다. 신관은 이어서 유리엔을 향해 물었다.

"기사 유리엔 드 하르덴 키리에, 가진 지식과 경험을 아낌없이 베풀어 최선을 다해 스콰이어를 기사의 길로 이끌 수 있겠는가?"

"예."

"이로서 에키네시아 로아즈가 기사 유리엔 드 하르덴 키리에의 스콰이어가 되었음을 선언하노라. 이 서약은 죽음 또는 탄생이 있기 전까지는 영원히 효력이 유지됨을 고한다. 1629년 5월 19일, 아르 세밧 티엠."

서약문에서 말하는 '탄생'은 스콰이어가 기사가 되며 자연스럽게 스콰이어 관계가 해지되는 걸 뜻했다. '죽음'은 실제 사망 외에 검을 놓고 은퇴하거나 기사가 되는 것을 포기하는 경우도 포함하는 표현이었다.

신관이 서약문 두 장을 유리엔과 에키에게 깃펜과 함께 내밀었다. 각자의 서약문에 서명을 하고, 교환하여 상대의 서명이 있는 서약문에 자신의 서명을 더한다. 로드와 스콰이어의 서명이 나란히 존재하는 서약문이 서로에게 주어졌다. 이로써 에키네시아는 유리엔의 스콰이어가 되었다. 그녀가 기사가 되거나, 둘 중 하나가 검을 놓을 때까지 계속 유지되는 관계였다.

신관이 인사를 하고 성서와 펜을 챙겨서 예배당을 빠져나갔다. 에키는 서약문을 접어 챙겨 넣었다. 맞은편에서 유리엔이 제 손에 들린 서약문을 내려다보고 있었다. 약간 멍한 낯. 그 얼굴을 보고 있자니 말릴 틈도 없이 누르던 말이 튀어 나가 버렸다.

"단장님, 아니, 로드. 약혼하신다고 들었어요."

유리엔이 고개를 들었다. 또다시 읽을 수 없는 표정. 저 남자가 대체 무슨 생각을 하고 있는 건지 알고 싶어 미칠 것 같다. 이유를 알 수 없는 화가 울컥 치솟았다. 에키는 메마르게 내뱉었다.

"축하드려요."

"……그대는."

유리엔이 힘없이 눈을 깜박였다. 그러곤 나직이 말을 이었다.

"전에, 그대는 행복해지고 싶어서 기사가 되려 한다고 했었지."

"네, 그랬죠."

"그 행복은 평온한 삶을 뜻하나?"

"네?"

막연하고 의미를 알 수 없는 물음이었다. 에키는 저도 모르게 눈살을 찌푸렸다. 유리엔은 마른세수를 하더니 얼굴에 덮은 손을 치우지 않고 입을 열었다. 손 아래로 쉰 듯한 음성이 새어 나왔다.

"만약, 만약에, 그대가 원하는 것이 있다면, 그것을 얻기 위해 그대의 평온을 희생할 수 있나? 혼란에 휘말리더라도 감수할 수 있나?"

여전히 뜬구름 잡는 듯한 질문이었다. 에키가 멍하니 그를 올려다보자 유리엔이 화급히 덧붙였다.

"어디까지나 가정이다. 그저……."

"전 제 평온을 희생하는 선택은 하지 않아요."

에키는 그의 말을 끊으며 답했다. 평온한 삶에 그녀의 행복이 있냐고? 물론이다. 그녀는 오직 소중한 사람들이 살아 있는 삶을 위해 9년에 걸쳐 기오사를 모았다. 그것을 위해 모든 걸 내던지고 노력했다. 그러니 그녀의 대답은 정해져 있었다.

"제 행복이 평온한 삶을 뜻하냐고 물으셨죠. 네, 그래요. 제 가족과

친지들, 제 주위 사람들과 함께 평온하게 살아가는 것, 그게 제 행복이에요. 주위를 위험하게 만드는 선택을 하느니 제가 원하는 걸 포기하겠습니다."

몸에 올라 있는 열이 여유를 앗아 가, 그녀는 그저 떠오르는 대로 진심을 답했다. 그녀의 말이 이어질수록 유리엔의 얼굴이 흐트러졌다. 그는 천천히 눈을 감았다 떴다. 달싹이던 입술이 꾹 다물렸다. 무언가 솟구치는 걸 눌러 삼키는 것처럼. 그러자 그의 표정이 무덤덤해졌다.

"이해했다, 에키네시아. 그럼, 오늘은 돌아가서 쉬어라. 스콰이어 업무는 사흘 후부터 시작이다. 휴식이 더 필요하면 언제든 말하도록."

"감사합니다, 로드."

유리엔이 먼저 예배당을 나갔다. 에키는 멀어지는 하얀 뒷모습을 잠시 보다가 그 자리를 떠났다. 빈 예배당에는 얼굴 없는 신상만이 남았다.

로잘린 디아상트는 장미처럼 붉은 머리칼에 연두색 눈동자의 미인이었다. 잘록한 허리와 풍만한 가슴은 그녀를 육감적으로 보이게 만들었고, 치켜 올라간 눈꼬리와 섬세한 콧날은 그녀의 이지적인 면모를 드러내 주었다.

그녀는 5월 19일 오후에 마법사 니콜 시즈튼과 스무 명의 근위 기사에게 호위를 받으며 아젠카에 도착했다. 그리고 곧바로 단장실로 안내되어 유리엔과 독대했다.

"오랜만에 뵙네요, 유리엔 전하."

"나를 전하라고 부르지 마라, 디아상트 공녀. 내 국적은 키리에가 아니라 아젠카다."

"……알겠어요, 유리엔 경. 절 기억하고 계신가요?"

"그대의 자매와 황태자 전하의 결혼식 때 보았으니, 기억하고 있다. 약혼 문제로 다시 만나게 될 줄은 전혀 몰랐지만."

유리엔은 책상에 기대선 채 팔짱을 끼고 있었다. 내려다보는 눈이 얼음처럼 차가웠다. 그는 짓씹은 듯한 발음으로 말했다.

"그대가 내 약혼녀라는 말은 처음 듣는데. 애초에 내게 약혼녀란 게 있었나?"

"아직은 약혼녀가 아니죠. 곧 약혼식을 치를 거니 상관없긴 하네요."

"나는 듣지도 못한 약혼식을 말이지. 가관이군."

"분명히 전갈이 갔을 텐데요?"

"그대가 도착하기 사흘 전에 온 통보 말인가?"

"네, 그거요."

로잘린은 태연하게 끄덕이더니 멋대로 소파에 앉았다. 아무래도 유리엔이 그녀에게 자리를 권할 것 같지가 않아서. 그녀는 눈만 굴려 유리엔을 돌아보았다.

"그래서, 거절하실 건가요? 거절할 수 없잖아요, 경은. 여기서 약혼을 거절하는 게 무슨 의미인지 누구보다 잘 아실 테니까."

"……."

유리엔의 미간이 미미하게 일그러졌다. 로잘린이 소파에 앉은 채 다리를 꼬았다. 그녀는 턱을 괴고 말했다.

"제가 아는 유리엔 전, 아니, 유리엔 경이라면 담담하게 받아들이

실 줄 알았는데, 의외네요."

"공녀는 이 약혼에 불만이 없나?"

"불만, 있죠. 그래도 어쩌겠어요, 귀족으로 태어난 의무인데. 이건 말이 결혼이지 거래잖아요. 그래도 거래의 상대가 경이라니 전 운이 좋은 편이죠. 당신에게 반해서 상사병을 앓고 있는 영애가 몇 명인데."

유리엔은 지친 얼굴로 눈을 감았다. 로잘린은 책상에 기대 서 있는 그의 모습을 눈으로 훑었다. 피곤해 보이는 얼굴도 홀릴 듯이 아름답다. 그녀는 미술품을 보듯 그를 감상했다. 그대로 잠시 기다리다가, 가만히 물었다.

"자, 어떻게 하실 건가요, 유리엔 경? 동의한 적 없는 약혼이라 선언하고 혈육을 향해 칼을 뽑아 드실 건가요?"

유리구슬처럼 무감정한 눈이 로잘린에게로 향했다. 백색의 남자는 표정이 적었다. 저 남자가 잘 웃는 편이었다면 상사병을 앓는 영애가 두 배로 늘었을지도 모르겠다. 로잘린은 감흥 없이 그런 생각을 했다. 침묵하던 그가 버석한 음성으로 답했다.

"시간이 필요하다."

"이해해요. 쉬운 결정은 아니니까. 하지만 너무 시간을 끌지는 마세요. 절 보낸 분들이 초조하게 결과를 기다리고 있을 테니."

"충고 고맙군."

"참고로 말씀드리면, 전 경께서 약혼하지 않겠다고 하셔도 아무 상관 없어요. 솔직한 심정으론 경이 엎어 주셨으면 좋겠네요. 전 엎을 엄두가 안 나서. 아, 물론 감사한 건 감사한 거고, 정말 약혼을 거절하실 경우 대가는 확실히 받아 내겠지만요."

"대가라니, 무엇을?"

"그건 경이 거절하기로 결정하시면 그때 말하죠. 약혼하시는 거면 알 필요가 없는 일이잖아요."

로잘린이 고개를 기울였다. 그녀는 턱을 괸 손을 까닥거리며 덧붙였다.

"뭐, 영영 말할 일은 없을 것 같지만요. 당신은 결국 거절할 수 없겠죠. 제 입장에선 약혼하는 것도 꼭 나쁘진 않아요, 상대가 경이니까. 성검의 주인께선 정의에 어긋나는 일은 할 수 없다면서요? 경은 나쁜 남편이 되진 않으리라 믿어요."

"……그만. 나가라, 공녀. 부단장이 머물 방을 안내해 줄 것이다."

"네에. 그럼 나중에 뵙겠습니다, 전하."

로잘린이 별 미련 없이 예를 취하더니 물러났다. 드레스 자락이 사락거리는 소리를 마지막으로 문이 닫혔다. 그 옷자락 소리에 오늘 오전에 마주했던 에키네시아 로아즈가 떠올랐다.

"전 제 평온을 희생하는 선택은 하지 않아요."

숨이 막힌다. 전신에 쇠사슬이 감겨 죄여 드는 것처럼. 유리엔은 오른 손바닥을 내려다보았다. 성검 랑기오사의 황금빛 문양이 그 손바닥에서 희미하게 빛났다.

"안다. 어떤 선택이 나은지는. 그럼에도, 마음은 도저히 통제가 되질 않아서……."

문양이 대답하듯 짧게 반짝였다.

"조금만. 조금만 여유를 다오. ……포기할 수 있을 때까지. 내가 미쳐 버리기 전에, 결정을 내릴 테니까……."

유리엔은 손안에 얼굴을 파묻었다. 신음이 손가락 사이로 흘러내렸다.

"에키!"

앨리스가 식사를 방으로 가져온 덕에 에키와 앨리스는 방 안에서 함께 저녁을 먹었다. 차로 입가심을 하고 있는데 갑자기 익숙한 목소리가 그녀의 애칭을 부르며 문을 열어젖혔다.

"……혼자 쓰는 방이 아니었구나."

마법사의 로브를 걸친 니콜 시즈튼이 머쓱하게 볼을 긁적였다. 에키의 눈이 커졌다. 그녀는 스푼을 내려놓고 튕기듯 일어났다.

"니콜 언니!"

"어우, 얘가 민망하게 왜 이래."

에키가 대뜸 니콜을 끌어안자 그녀가 투덜거렸다. 그러면서도 그녀는 에키를 마주 안아 주었다.

"오랜만이네, 에키. 근데 어째 너 살이 좀 빠진 것 같다? 아니 잠깐, 열이 있잖아!"

"아, 몸살이 좀 나서…… 괜찮아. 언니는 잘 지냈어?"

"가족분이십니까?"

앨리스가 그릇을 정리해서 쟁반에 올리며 물었다. 에키가 고개를 끄덕였다.

"가족이나 다름없는 사람이에요. 니콜 언니, 이쪽은 룸메이트인 앨리스 윈터벨 양."

"반갑습니다, 앨리스 윈터벨입니다."

"안녕하세요, 니콜 시즈튼입니다."

두 사람이 어색하게 인사를 주고받았다. 그러고 나자 앨리스는 쟁반을 들고 일어서며 말했다.

"그럼 두 분이서 말씀 나누십시오, 전 저녁 훈련을 하고 오겠습니다."

"어, 앨리스, 그럴 필요까진……."

"10시쯤 돌아오겠습니다. 좋은 시간 되세요, 에키."

앨리스가 빙그레 웃고는 검을 챙겨서 밖으로 나갔다. 에키는 민망한 얼굴로 감사 인사를 했다. 그 광경을 지켜보고 있던 니콜이 에키에게 의뭉스런 웃음을 보냈다.

"친구?"

"……아마도."

"아마도가 뭐니, 아마도가. 애는. 사관학교 들어간단 소리에 솔직히 걱정 꽤 했는데, 그래도 친구까지 사귄 걸 보니 잘 지내는 모양이네."

"꼭 내가 지금까지 친구가 한 명도 없었던 것처럼 말한다, 언니?"

"그 아가씨들은 친구라기엔 좀 부족하잖아. 아니니?"

에키는 할 말이 없어 입을 다물었다. 니콜이 말하는 그 아가씨들이란 반쯤 의무적으로 티 파티를 열고 서로 참석하곤 하는 또래의 귀족 영애들이었다.

다들 사이는 나쁘지 않았으나 친구라고 부르기엔 거리감이 있었다. 실수 한 번 하면 사교계의 가십거리로 퍼져 나갈 게 뻔한 사이라 서로서로 조심스럽게 대했으니까. 15년이라는 세월을 더 살고 온 지금의 에키로서는 사실 그들이 잘 기억도 나지 않았다.

"그런데 몸살은 왜 났어? 살도 빠지고. 검 쓰는 거 많이 힘드니?"

"아냐, 괜찮아. 좀 무리할 일이 있어서 그래. 쉬고 있으니 금방 나아."
"그래, 네가 알아서 하겠지. 애도 아니고. ……마검은?"

니콜이 한껏 목소리를 낮추며 물었다. 에키는 장갑을 벗고 오른 손바닥을 보여 주었다.

"그대로야. 걱정 마, 난 멀쩡해."
"……그럼 다행이고. 무사한 걸 보니 아무한테도 안 들킨 거지?"
[들켰으면서. 덩치 큰 놈한테. 들켰대요! 들켰대요!]

발, 닥쳐. 에키는 속으로만 생각하며 태연히 대답했다. 니콜에게 여기서 더 신경 쓸 거리를 얹어 주고 싶진 않았다.

"안 들켰어. 참, 전보 봤는데, 호위로 온 거라며? 언니가 호위해 온 귀빈이 그…… 디아상트 공녀야? 유리엔 단장과 약혼하러 온 거고?"
"맞아. 이미 소문이 다 났나 보네."

니콜이 고개를 끄덕이며 찻잔을 자기 앞으로 당겨왔다. 에키가 자연스럽게 그녀의 잔에 차를 부어 주었다. 예전의 에키라면 차를 부어 줄 생각도 하지 못했을 텐데. 이런 건 하녀의 일이니까. 여러모로 많이 변했다는 생각을 하며 니콜은 차를 한 모금 마셨다.

에키는 물으려던 질문을 하나 삼키고 다른 것을 먼저 물었다.
"아젠카에 방문하려고 일부러 호위를 맡은 거야?"
"그래. 마탑에 마법사를 하나 요청하기에 내가 자원했어. 하지만 널 만나러 올 목적만으로 자원한 건 아냐."
"그럼?"

니콜이 주위를 살폈다. 그러곤 찻잔을 내려놓더니 허공에 그림을 그리듯 손가락을 놀리면서 작게 주문을 외웠다. 에키는 마나가 그녀로부터 퍼져 나가 방 근처를 감싸는 것을 감지했다. 결계의 일종 같앉다.

"소리가 새어 나가지 않게 마법을 걸었어."

에키가 눈을 굴리자 니콜이 대꾸했다. 그녀는 깍지 낀 손을 테이블에 내려놓았다. 탁한 녹색 눈동자가 외알 안경 너머에서 무거운 빛을 품었다.

"에키, 잘 들어. 이제부터 중요한 얘기를 할 거야."

"마검의 출처를 추적하면서 알아낸 것들?"

"맞아. 우선, 지금 제일 중요한 문제부터. 유리엔 단장과 디아상트 공녀의 약혼은 반드시 이루어져야 해. 로아즈 백작가를 위해서는 그 편이 안전하니까."

"……그게 무슨 소리야?"

"공녀를 죽여서라도 이 약혼을 막으려는 자들이 있거든. 그래서 내가 일부러 호위에 자원했지. 마탑의 마법사라고 해도 그쪽 세력이 아니라는 보장이 없어서. 겸사겸사 너를 만나서 알려 줄 것도 있고 하니까."

에키는 멍한 얼굴로 니콜을 바라보았다. 니콜이 쓴웃음을 띠었다.

"에키, 황제 폐하를 제외하고 지금 직계 황족이 누가 있니?"

"응? 황족이면……. 일단 황태자 전하께서 계시고, 유리엔 단장님이 3황자시니 그 위에 2황자님이 계실 거고……."

"황태자 전하의 성함은?"

"음, 크루엔 드 하르덴 키리에. 맞아?"

"맞아. 그럼 황태자 전하의 특기가 뭔지는 알아?"

"……."

"2황자 전하의 성함은?"

"……모르겠어."

"다들 그래. 다른 직계 황족에 대한 인상은 희미하지. 하지만 3황자인 유리엔 단장에 대해서는 모두들 잘 알아. 제국민뿐만 아니라 지나가는 타국민들을 아무나 붙잡고 물어봐도, 유리엔 단장이 몇 살에 마스터가 되었는지까지 아는 사람도 있을걸."

부정할 수 없는 말이었다. 최연소 마스터, 최연소 창천 기사단장, 제국의 황자, 성검의 주인, 거기에 아름다운 외모와 몇 가지 일화들까지. 유리엔 드 하르덴 키리에는 사람들이 관심을 가질 만한 요소를 지나치게 많이 가지고 있었다.

니콜이 에키 쪽으로 고개를 가까이 하며 말을 이었다.

"다들 유리엔 단장만 기억하고, 그에 대해서만 관심을 가지지. 다른 황족들에 대한 인상이 흐려. 유리엔 단장이 너무 빛나고 있으니까."

"이거, 별로 좋지 못한 상황인 거지?"

"유리엔 단장이 황태자였다면 아무런 문제가 없었겠지. 하지만 그는 3황자야. 빛나서는 안 될 황족이 너무 빛나고 있지."

"창천 기사단에 입단하면 국적이 바뀌잖아? 엄밀히 말하면 더 이상 그는 황족이 아닌데."

"그래서 제국민들이 그를 타국 사람이라고 생각하니?"

"……."

"그는 끝까지 황족이야. 아젠카로 국적이 바뀌었어도, 그의 성에 키리에 제국과 하르덴 황실이 남아 있는 한. 제국민들이 그를 자국의 황족으로 여기는 한."

니콜이 스푼을 들어 찻물을 적셨다. 그녀는 테이블 위에 찻물로 그림을 그리기 시작했다. 가장 먼저 단순한 형태의 사자를 그렸다. 키리에 제국 황실의 상징인 하얀 사자.

"현 황제 폐하께서는 황후가 둘 있었지."

그녀가 사자 옆에 작은 동그라미를 그렸다.

"황태자 시절 맞이했던 첫 번째 황후. 몸이 약하셔서 폐하께서 즉위한 지 얼마 되지 않아 돌아가셨어. 이분과 폐하 사이에서 태어난 아들이 1황자이자 현 황태자이신, 크루엔 드 하르덴 키리에."

사자와 첫 번째 동그라미 사이에 선이 그였다. 니콜은 그 아래에 1이라는 숫자를 썼다. 그리고 새로운 동그라미가 그려졌다.

"황후 자리가 공석이 되어 새로이 맞이한 두 번째 황후. 이분과 황제 폐하 사이에서 두 아들이 태어났지. 2황자 카르엠, 3황자 유리엔."

새 동그라미와 사자 사이에 두 개의 선이 그어지고, 각각 2, 3이라는 숫자가 쓰였다. 이어 니콜은 동그라미를 찻물로 지웠다.

"그리고 새로운 황후께서는 3황자 전하를 낳다가 돌아가셨어. 그 뒤로 제국의 황후 자리가 쭉 비어 있는 건, 너도 알지?"

"알아. 황제 폐하께서 돌아가신 두 번째 황후 폐하를 무척 사랑하셔서 더 이상 비를 맞아들이시지 않는 거잖아. 황자가 셋이나 있으니 대신들도 별말이 없고."

"그래, 첫 번째 황후께선 정략혼이었지만, 두 번째 황후는 황제 폐하께서 진심으로 사랑해서 맞아들인 분이니까. 꽤 큰 스캔들이었지, 한미한 남작가의 영애셨으니. 첫 번째 황후와 결혼하기 이전부터 사랑하는 사이였단 소문도 있어. 그럼 생각해 봐, 에키."

니콜이 스푼으로 3황자의 자리를 톡톡 두드렸다. 그리고 사자의 머리를 가리켰다.

"황제 폐하께선 3황자를 어떻게 생각할까? 그토록 사랑했던 황후가 그 아이를 낳느라 죽었어. 폐하께는 더 이상의 아들은 필요하지 않았는데."

"……설마."

"황실 내부의 자세한 사정까진 몰라. 하지만 확실히 폐하께선 유리엔 단장을 좋아하지 않아. 아니, 꽤 많이 싫어할 거야. 증오에 가까울 수도 있어."

"사랑하던 아내가 낳은 아들인데도?"

"그 사랑하는 아내를 잡아먹고 태어난 자식인 거지."

에키는 눈살을 찌푸렸다. 씁쓸한 이야기였다. 유리엔의 성장 과정이 그리 좋지 않았으리라는 짐작이 들었다. 니콜이 스푼을 내려놓더니 턱을 괴었다.

"그리고 지금 후계 구도가 꽤 복잡해. 황태자 전하께선 1황자이고, 황태자이며, 외가가 탄탄하지. 거기에 디아상트 공작가의 장녀와 혼인해서 처가도 탄탄해. 하지만 황제 폐하께서 총애하는 건 사랑하던 두 번째 황후의 아들인 2황자 전하야."

"그 두 분이 황위를 놓고 경쟁하고 있단 소리야?"

"그래. 그것도 꽤 살벌하게. 세력이 확고한 건 황태자 전하인데, 황제 폐하께서 대놓고 2황자 전하를 밀어 주고 계시거든."

"여러모로 위험한 상황이네……."

"여기서 문제. 황제 폐하께서 지지하는 2황자와, 외가와 처가라는 탄탄한 귀족들이 받쳐 주고 정통성이 있는 1황자가 있어. 두 세력이 비슷하다면 어느 쪽이 유리해질까?"

"민심이 있는 쪽?"

"정답. 그래서 양쪽 다 기를 쓰고 능력을 증명하려 해. 유능하고

국민을 위하는 모습을 보여서 민심을 잡으려고. 그런데 결과는 어떻지? 지금 제국민들이 이름을 알고, 관심을 가지며, 칭송하는 황자가 누구지?"

"유리엔 드 하르덴 키리에."

에키가 멍하니 대답했다. 제국 황가의 황위 계승 따위에 신경 쓰기에는 그녀 자신의 삶이 너무나 치열해서, 그녀는 이런 뒷사정을 잘 몰랐다.

'그러고 보니, 회귀 이전엔 결국 누가 황제가 되었었지? 아젠카가 몰살되고 나서……. 황태자였던가.'

그녀가 기억을 더듬는 사이 니콜이 담담하게 말을 이어나갔다.

"황태자 측도, 2황자 측도 유리엔 단장이 눈엣가시야. 공공의 적이지. 차라리 존재감 없는 황자였으면 아무 문제가 없었을 텐데. 그거 아니? 지나치게 뛰어난 재능은 종종 저주가 돼."

저 말을 에키네시아보다 잘 이해할 사람은 별로 없을 것이다. 그녀의 재능이 낳은 비극은 그야말로 끔찍했으니까. 에키는 일렁이는 속을 감추기 위해 눈을 길게 감았다 떴다. 니콜은 그녀의 동요를 알아채지 못하고 설명을 계속했다.

"유리엔 단장은 어릴 때부터 지나치게 탁월했어. 마탑의 원로 마법사들에게 물어보니 금방 나오더라. 배우는 분야마다 다른 황자들이 따라오지 못할 성과를 내서 황제 폐하께서 몹시 불쾌해했다고. 그래서 추방하다시피 아젠카로 보낸 거라고."

"잠깐만, 유리엔 단장은 스스로 창천 기사단에 입단한 게 아니었어?"

"알려져 있기로는 그렇지. 실상은 쫓겨난 거에 가깝대. 죄 없는 황자를 죽이거나 유배 보낼 순 없어서, 검술에 재능이 있다는 핑계로 아젠카로 보낸 거라고. 그런데 그 결과가…….”

"……마스터에, 기오사 오너."

"그래. 꼴 보기 싫어서 쫓아냈더니 눈부시게 자랐지. 황제 폐하나 다른 황자들 입장에서는 지긋지긋할 거야."

니콜이 쓰게 웃으며 어깨를 으쓱였다. 에키는 망연히 찻물의 흔적이 남은 테이블을 내려다보았다. 전혀 몰랐다. 그녀가 알던 유리엔은 고결하고 빛나던 사람이었으니까. 그의 삶에 불행이라곤 마검의 악마인 자신과 엮인 일뿐일 줄 알았다.

니콜이 긴 한숨을 내쉬고는 의자 등받이에 몸을 묻었다.

"여기까지가 배경. 이제부터가 본론이야. 왜 로아즈 백작가에 마검이 배달되었는가. 참고로 말하자면, 명확한 범인은 못 찾아냈어. 어차피 범인을 밝혀낸다 해도 우리가 할 수 있는 건 아무것도 없고."

"배후가 황실이라서?"

"그래. 황제 폐하, 2황자 세력, 황태자 세력. 셋 중 하나야. 어차피 황제 폐하와 2황자 세력은 거의 일치하니까 둘이라고 할 수도 있겠네. 그들 전부가 합의해서 벌인 일일 수도 있고. 어쨌든 결론적으로, 유리엔 단장을 겨냥한 음모에 로아즈가 희생된 거니까."

"음모…… 라고."

"처음 황실이 마검을 어떻게 손에 넣었는지는 몰라. 어쨌든 황실은 그걸로 쇼를 하고 싶었던 거야. 로아즈를 제물 삼아. 기오사 오너 따위 별거 아니다, 다 부풀려진 소문이다, 이것 봐라, 창천이 놓친 마검을 우리가 처리했다, 창천 따윈 필요 없다, 라고. 그 쇼로 띄워 주고 싶었던 게 2황자였는지 황태자였는지는 정확한 배후에 따라 다르겠지만."

저도 모르게 이가 갈렸다. 에키는 분노로 넘실거리며 흘러넘치려는 마나를 간신히 자제했다. 살기마저 참을 수는 없었다. 보라색 눈동자가 섬뜩한 빛을 품었다. 그녀는 서늘하게 가라앉은 목소리로 중얼거렸다.

"고작 그런 이유로, 로아즈를 제물로 삼은 거라고? 왜 하필 우리였는데? 왜?"

"만만해서. 그리고 적당해서."

"……."

"수도의 정치판에 끼어들질 않았으니 딱히 세가 있거나 줄이 있는 것도 아니고, 중요한 영지가 아니니 좀 피해가 발생해도 괜찮고, 검술에 재능이 있는 사람이 있어서 마검이 지나치게 강해질 우려도 없고."

니콜이 우울하게 답했다. 에키의 손안에서 찻잔 손잡이가 부스러졌다. 속이 뒤집어지고 살의가 전신을 채워 나간다.

[진짜 화났네. 살의 끝내준다! 어, 근데 주인아, 나야 좋지만 이대로 계속되면 너 자제하기 힘들걸. 쟤 죽여도 돼?]

마검이 그녀에게서 피어오르는 살의에 기뻐하면서도 눈치를 보았다. 에키는 간신히 심호흡을 하며 마음을 다스렸다.

"그 조건에 부합하는 게 우리뿐이야?"

"아니, 몇 더 있지. 그 중에 하필 로아즈가 걸린 이유는 모르겠어. 제비뽑기라도 했나. 아니면 나 때문인지도 모르지."

"언니가?"

"현자의 제자인 내가 연고를 둔 가문이잖아. 그 가문이 기오사로 피해를 입고, 이게 다 기오사를 제대로 관리하지 못한 창천 기사단 탓이라 몰아붙이면, 내가 화를 내겠지? 그럼 내 스승인 현자께서도 관심을 가질 테고. 쇼의 규모가 딱 적당해지잖아? 너무 크지도 작지도 않게."

니콜이 입술을 비틀었다. 잠시 생각하던 에키가 고개를 저었다.

"언니 탓이 아니야. 마탑이 관심을 두면 전말이 밝혀질 수도 있는데 일부러 그러진 않았을걸. 지금도 봐, 언니가 추적해서 결국 꼬리를 잡았잖아. 그러니까 로아즈가…… 선택된 건, 다른 이유겠지."

몸살의 열기 위로 더 뜨거운 열이 올랐다. 에키는 등받이에 몸을 기대며 손에 얼굴을 묻었다. 깊고 뜨겁고 마물 같은 숨이 뱃속에서부터 솟구쳐 목을 불태우며 새어 나왔다. 그녀는 9년에 걸쳐 마검을 다스린 자제심으로 그것을 달랬다.

회귀 이전의 삶에서, 자기들끼리 처리할 수 있다고 우기며 제국이 창천을 배제하고 토벌단을 꾸렸던 이유를 이제야 알겠다.

에키네시아 로아즈가 불세출의 천재가 아니었다면 황실의 쇼는 성공적이었을 것이다. 그러나 그녀가 상상을 초월하는 천재였기에 계획은 엉망으로 망가졌다. 그리고 다른 방향으로 달성되었다. 마검의 악마가 유리엔을 포함한 아젠카를 무너뜨려 버렸으니.

그럼 이번의 삶에는? 이번에도 쇼는 망가졌다. 아무런 일도 발생하지 않고 마검이 증발해 버렸다. 그럼 황태자 측인지 2황자 측인지 알 수 없는 흑막은, 이 사태에 어떻게 대응했을까.

해답은 니콜이 내주었다. 그녀는 에키를 가만히 응시하다가 입을 열었다.

"에키. 아까 내가 유리엔 단장과 디아상트 공녀의 약혼이 반드시 이루어져야 로아즈가 안전하다고 했지."

"응."

"디아상트 공녀는 황태자비의 여동생이야. 그러니까 이 약혼은 황태자 전하가 내민 손이지. 황태자 세력이 유리엔 단장에게 보낸 최후통첩이란 뜻이야."

"최후통첩…… 설마."

"황태자 아래로 굽히고 들어와 충실한 개가 될지, 아니면 돌아서서 적이 될 건지. 결정하라는 소리지. 굽히고 들어가면 황태자는 그를 2황자 세력을 공격하는 데에 유용하게 써먹을 거고. 물론 2황자 측은 공녀를 암살해서라도 이 약혼을 막으려는 중이야."

"그게 로아즈와 무슨 상관이야?"

"들어 보렴. 일단 이 약혼을 거부하게 되면, 황태자와 유리엔 단장은 적이 돼. 제국 황실 전체와 완전히 척을 지게 되지."

"2황자 전하가 있잖아. 약혼을 거부하고 나면 2황자 세력과……."

"아니, 2황자 측은 절대로 유리엔 단장을 자기편으로 포용하지 못해. 2황자의 최대 지지자인 황제 폐하께서 유리엔 단장을 싫어하니까. 게다가 황태자는 그나마 행정 쪽을 내세우니 유리엔 단장을 휘하에 둘 수 있지만, 2황자는 기사거든. 유리엔 단장을 받아들였다간 그의 후광에 2황자가 눌려 버릴 거야."

"……그래서 이 약혼을 거부하면 유리엔 단장이 제국 황실 전체와 적이 된다는 뜻이구나."

"맞아. 2황자와는 이미 적이고, 그나마 황태자와는 가능성이 있는 상황인데……. 황태자가 보낸 제의를 거절하면 그렇게 되겠지. 약혼 거부는 키리에 황실의 적이 되겠다는 선언이나 다름없어. 그럼 제일 먼저 위험해지는 게 로아즈 백작가지."

"여기서 로아즈가 왜 나와?"

에키가 혼란스러운 얼굴로 고개를 들었다. 니콜이 말을 고르며 외알 안경을 추켜올렸다.

"마검을 보낸 측에서는 의심을 하고 있거든. 로아즈와 유리엔 단장 사이에 무언가 끈이 있는 게 아닌가 하는 의심을."

"대체 왜? 아무 관련이 없잖아!"

"학살 사건을 벌여야 할 마검이 사라졌잖아. 아무도 죽지 않고. 상식적으로 이런 일이 가능한 게 기오사를 관리하는 창천 기사단 말고 또 있겠니?"

"유리엔 단장이 로아즈에 보내진 마검을 처리했을 거라 의심하고 있단 소리야?"

"합리적인 의심이지, 그 집 딸내미가 마검을 쥐고도 괜찮은 특이 체질이라는 망상보다는. 게다가 너, 단장의 스콰이어가 되었다며? 관계가 없을 거라 생각하는 게 더 이상하겠다."

반박할 수 없는 말이었다. 에키는 신음을 흘렸다. 니콜이 깊은 한숨을 쉬고 말을 이었다.

"알음알음 3황자를 지지하는 세력이 국내에도 있어. 정작 유리엔 황자는 황위에 관심이 없는데도. 게다가 그의 인기와 명성, 기사들에게 끼치는 영향력, 그리고 대륙 최강의 기사단인 창천 기사단이라는 무력까지. 황태자 측에서도, 2황자 측에서도 경계할 수밖에."

"가만 내버려 두기엔 3황자가 너무 커졌다…… 이거네."

"바로 그거야. 3황자 본인의 의사와는 상관없이 말이야. 이제 그에게는 선택지가 별로 없어."

니콜이 손가락을 펴 들었다.

"약혼을 받아들이고 황태자에게 굴종하거나. 아젠카와 창천 기사단을 이용해 제국과 적대하거나."

"……."

"그리고 후자의 선택은 결국 전쟁으로 이어지겠지. 거기서 제일 먼저 희생당할 건 유리엔 단장과 관련이 있다는 의심을 받고 있는 로아즈 백작가고. 굳이 전쟁까지 가지 않아도, 어떤 방식으로든 로아즈를 이용하게 될 거야. 유리엔 단장을 끌어내기 위해서."

에키의 얼굴에 핏기가 가셨다. 니콜이 건조한 음성으로 덧붙였다.

"그러니 우리는 그가 얌전히 약혼을 하고 황태자에게 제 목줄을 쥐여 주기를 빌어야 해. 그게 가장 평온한 길이야."

한동안 정적이 흘렀다. 니콜이 목이 타는지 찻잔을 들다가 차가 식은 것을 발견했다. 그녀는 에키에게 양해를 구하고 마법으로 찻주전자를 데웠다. 그리고 차를 마시며 에키가 지금 들은 이야기들을 정리할 시간을 주었다.

에키는 혼란한 상태로 생각했다. 가장 먼저 치솟는 것은 분노. 바르데르기오사가 좋아하면서도 눈치를 볼 정도로, 깊게 솟구치는 살의. 로아즈에 마검을 보낸 게 2황자 측인지 황태자 측인지 몰라도, 모조리 베어 죽여 버리고 싶은 살의가 넘실거렸다. 그녀 자신의 힘으로 충분히 가능한 일이었기 때문에 더 참기가 힘들었다.

에키는 반사적으로 회귀 이전에 싸워 본 마법사와 근위 기사단의 규모를 가늠했다. 할 수 있다. 하고 나면 이번엔 몸살 정도가 아니라 기절하고 앓아누울지도 모르겠지만, 마나가 남아 있는 동안 속전속결로 치고 들어가면 황제의 목까지 베는 것도 가능할 것 같았다.

[할 수 있는데 왜 참아? 복수잖아. 나쁜 놈들이잖아! 그놈들 때문에 네가 나하고 얽혀서 고생한 거 아니야? 그것들 죽이러 가자, 응? 싹 다 쓸어 버리

면 한동안 살의 걱정도 안 해도 되겠네!]

눈치를 보던 마검이 기회를 잡은 악마처럼 달콤하게 재잘거렸다. 에키는 장갑에 덮여 있는 오른 손바닥을 흘깃 보았다. 마검이 조바심이 난 것처럼 계속 떠들었다.

[저들이 날 보냈으니 나한테 죽는 것도 저들 업보지 뭘. 죽이러 가자! 복수해야지, 복수! 너를 그런 고통 속에 빠뜨린 놈들이 흘리는 피가 보고 싶지 않아? 뒤처리가 걱정이면 목격자를 안 남기면 되지! 목격자까지 다 죽여 버리면 돼!]

마지막 말에 찬물을 끼얹은 것처럼 정신이 들었다. 목격했다는 이유로 죽여 버리라고? 등줄기를 타고 소름이 기어올랐다. 에키는 이마를 짚었다.

'방금 나도…… 복수란 명목으로 자연스럽게, 아무 관계도 없는 마법사들이나 근위 기사들을 죽이는 것을 가능했잖아. 미쳤구나.'

황족은 홀로 있지 않는다. 황족을 죽이려면 가는 길을 가로막는 호위들과, 시종들을 모조리 죽여야 한다. 그녀는 암살자가 아니다. 마나와 요령으로 어느 정도 암살자 흉내는 낼 수 있어도 황제 암살이 가능할 정도는 절대 아니었다. 다 쓸어 버리는 건 가능하지만.

[주인아, 저 빨간 머리 여자가 있어서 대답 못 하는 거지? 응? 죽이러 갈 거지? 죽이러 가자! 복수해야지!]

'죽이지 않으면 죽는 전쟁터도 아니고. 그런 짓을 하면 학살이야. 마검의 악마일 때와 뭐가 다르지?'

이성이 돌아왔다. 에키는 오른 손바닥의 문양에 마나를 흘렸다.

[앗 따가. 아, 아! 왜 괴롭혀! 죽이러 가겠다는 뜻이야? 언제 갈 거야? 오늘? 내일? 두 밤 자고?]

에키는 짜증스럽게 주먹을 움켜쥐었다. 그리고 한 차례 더 마나를 흘려 넣었다. 그녀의 마나가 문양에 흐르는 마검의 마나를 후려쳤다.

[아야! 아! 아프잖아! 왜! ……입 닥치라는 소리구나. 쳇.]

이안을 처리한 것과는 다르다. 그는 직접적으로 그녀 주위 사람을 죽이려 들었다. 에키가 그 자리에 있지 않았다면 바라하는 확실하게 죽었다. 그러나 황족을 지키는 자들은 아니었다. 그들은 자신의 일을 하고 있을 뿐이니까.

그녀는 자신이 검을 내키는 대로 휘두르면 어떻게 되는지 잘 알고 있다. 사람을 죽인다는 게 어떤 것인지도 너무나 잘 안다. 그래서 이번 삶에는 누구도 베지 않으려 했다. 하지만 상황은 그리 평탄하지 않았고, 그녀는 결국 결심을 했다.

로아즈에 마검을 배달한 자, 정확히는 그 일을 주도한 자는 망설임 없이 죽여 버릴 수 있다. 그러나 황제, 2황자, 황태자, 셋 중 누가 그 일을 주도했는지도 확실하지 않았다.

누군가 그녀 주위 사람들을 위협한다면 처리하겠다. 근위 기사단이 로아즈 저택을 향해 쳐들어온다면 깨끗이 쓸어 버릴 것이다. 하지만 아직 그런 일은 일어나지 않았다. 그런 일이 일어날지도 모르니 다 죽여 버리자고? 화가 나니까? 그녀는 악마가 되고 싶지 않았다.

에키는 눈을 감고 심호흡을 했다.

'왜 그 개고생을 해서 모든 걸 되돌렸는데. 분노에 젖지 마. 살의에 휘둘리지 말자.'

차츰 냉정이 돌아왔다. 분노와 살의가 한 차례 휩쓸고 지나가자 다른 생각들이 떠올랐다. 그럼 이제 어떻게 해야 하나.

니콜의 말대로 유리엔이 얌전히 약혼하길 바라며 가만히 있는 게 가장 나았다. 그다음, 정확히 어떤 놈이 마검을 로아즈에 보내라 명했는지 알아내고, 그 뒤에 어떻게 복수할 것인지를 계획하면 된다. 그자를 용서해 줄 생각은 없었다. 그게 설령 제국의 황제라 해도.

'그래, 그렇게 하면 돼. 약혼이 무사히 이루어지길 기원하며, 마검의 배후를 찾아서…… 복수를 하면 돼.'

그렇게 판단하면서도 계속해서 거부감이 들었다. 그가, 유리엔이, 약혼을 하고, 결혼을 해야 한다. 속이 싸하게 식어 가는 감각. 가슴 한구석이 아릿해졌다. 선뜩하고 서글프면서도 무어라 규정하기 어려운 복잡한 감정이 전신을 물들여 갔다.

그녀는 쥐는 것조차 불가능했던 성검 랑기오사를 유리엔이 아니라 다른 사람이 쥐고 있는 것을 보게 되면 이런 기분이 들지 않을까. 자신은 결코 닿을 수 없는, 닿아서도 안 되는 것을 타인이 쉽사리 침범하는 느낌.

에키는 아득한 기분으로 오른손을 내려다보았다. 그녀는 기오사를 모으던 시절에 종종 랑기오사를 들여다보곤 했었다. 맨손으로는 절대 만질 수 없어서 늘 손에 천을 휘감고 끄집어내서, 어딘가에 기대 세우거나 바닥에 내려놓고 한참을 멍하니 바라보기만 했었다.

닿을 수 없는 검. 닿을 수 없는 사람. 닿아서는 안 되는 것. 그러나 사실은, 정말은, 오랜 예전부터, 닿고 싶었던…….

무언가가 범람해 넘치려 했다. 내도록 눌러 왔던 것이 이 순간 억누르던 것을 밀어내며 솟구쳤다.

왜 그가 약혼하지 않았으면 좋겠어? 그가 약혼해야 로아즈가 휘말리지 않잖아. 황태자에게 이용당할 그의 삶이 가여워서?

그래, 가여워. 그가 갇힌 상황과, 단편적인 사실들로도 짐작 가능한 그의 과거가 안타까워. 그가 행복했으면 좋겠어.

하지만 그가 약혼하지 않으면 가족들이 위험해질지도 몰라. 가족들이 가장 중요하지 않아?

평온. 평온한 삶. 행복. 유리엔이 임명식 후 그녀에게 뜬금없이 던졌던 질문이 떠올랐다.

"만약, 만약에, 그대가 원하는 것이 있다면, 그것을 얻기 위해 그대의 평온을 희생할 수 있나? 혼란에 휘말리더라도 감수할 수 있나?"

그 질문은 유리엔 자신의 얘기였을까. 그는 저항과 굴종 사이에서 고민하고 있는 걸까. 그가 말한 혼란은 황태자에게 굽히지 않을 때 발생할 전쟁을 의미할까? 그럼 그가 원한다는 건 뭐지? 평온을 희생해서라도 얻고 싶다는 건? 황실로부터의 자유일까?

'⋯⋯그럼, 내가 원하는 건 뭐지? 왜, 이 순간에, 당연한 결론을 놓고도, 평온한 삶이 위태로워질지도 모르는데도 거부감이 들지? 무엇을 원해서?'

왜 그의 약혼녀가 온다는 소식에 동요했었지? 왜 약혼 소식 이후 스콰이어 임명식에서 그의 얼굴을 본 순간, 울컥 화가 났었지? 그가 무슨 생각을 하고 있는지, 나를 어떻게 생각하는지, 왜 계속해서 신경을 쓰지? 왜 나는 그가 지워진 과거를 몰랐으면 했지? 왜 그 앞에 서면 늘 긴장이 되지?

단순한 죄책감? 아니잖아. 왜 그의 표정이나 미소를 볼 때면, 착각할까 봐 두려워했지? 무엇을 착각할까 봐 두려워한 거야?

'그가 나를 사랑할지도 모른다고, 착각할까 봐⋯⋯.'

그 착각이 왜 두려워?

'너무, 지나치게 행복한 착각이잖아. 거짓이라는 걸 알게 되는 게 두려울 정도로 행복한 착각이야. 그리고 그건 거짓일 수밖에 없어. 그가 날 사랑하는 건 불가능해.'

만약 그가 너를 사랑하면, 너는 행복해진다는 거야? 그게 왜 행복한데?

'왜냐니, 나는······.'

그를 사랑하니까.

부정하고 싶었던 진심에 도달했다. 일렁거리던 무언가가 마침내 범람해 이성을 침범했다. 물에 젖은 모래성처럼 허물어져 내린다. 에키네시아는 숨을 쉬는 것을 잊었다.

피로 물든 분수대 앞에서 이미 다 부서졌다고 여겼던 감정이 어느새 되살아나서 마음 깊은 곳에 뿌리를 내리고 있었다. 그 뿌리가 드러났다.

가장 절망적인 순간에, 가장 최악의 순간에, 유일하게 그녀의 마음을 들여다봐 주고 믿어 주었던 사람. 길고 고통스럽고 외로운 싸움의 와중에 내내 지켜봐 주었던 푸른 눈. 말 없는 응원과 지지.

그 믿음의 대가로 파멸하면서도, 그녀에게 한마디 저주도 남기지 않았던 사람.

그녀를 바라보는 눈동자. 어깨 위에 닿은 기대하지 않았던 온기. 조심스러운 배려. 생강차 향. 긴장감. 무방비하던 미소. 걱정. 절박하던 포옹. 떨리는 목소리. 오열과 환희 사이에서 헤매던 표정.

그 모든 것들 앞에서 느꼈던, 그녀 자신의 동요. 어쩌면 별것 아니었을지 모를 그의 모든 행동과 말에 하나하나 신경 썼던 일들.

사랑할 염치가 없어서 사랑하지 않는다고 생각했다. 자기기만이었다. 마음은 그런 논리와 이성으로 통제할 수 있는 것이 아니다. 모른 척 외면한다고 해서 존재하는 것이 사라지지는 않는다. 지워 버리겠다고 결심한다고 해서 지워지지도 않는다.

그 감정은 부서진 적조차 없었다. 그녀가 저지른 짓들의 무게가, 그것이 불러올 결과가, 감정을 인정했을 때 일어날 변화가 두려워서, 부서졌다고 믿으며 외면하고 있었을 뿐.

에키네시아 로아즈는 유리엔 드 하르덴 키리에를 계속해서 사랑해 왔다.

처음 그가 마검의 악마 안에서 그녀를 찾아냈을 때부터 긴 세월을 거치고 시간을 되돌려 지금에 이를 때까지, 그 감정은 싹을 틔우고 더 깊은 뿌리를 내렸을 뿐 죽었던 적이 없었다.

겨우 외면하고 있던 것을 이제는 외면하지 못한다. 에키는 창백하게 질린 얼굴로 입을 틀어막았다. 종잇장처럼 하얘졌던 낯이 잠시 후엔 목덜미부터 새빨갛게 물들어 갔다. 탈 듯이 붉어졌다. 그녀의 얼굴을 본 니콜이 당황해서 찻잔을 내려놓았다.

"에키? 왜 그러니?"

"……니콜 언니."

에키는 반쯤 울먹이는 목소리로 니콜을 불렀다. 니콜이 휘둥그렇게 눈을 치떴다. 그녀는 에키를 어릴 때부터 봐 왔지만, 짜증 내는 건 많이 들었어도 가늘게 울먹이는 목소리는 처음 들었다. 그녀가 허둥지둥 찻잔을 밀어내고 에키 쪽으로 바짝 다가와 얼굴을 살폈다.

"몸살기가 있다더니, 아프니? 좀 쉴래? 네가 알아야 할 것 같아서 얘기하긴 했는데, 힘들면 고민하지 마. 마검 문제로도 골치 아플 텐데 어린 너한테 내가 뭘 더 얹어 주겠니. 로아즈의 문제는 내 문제이기도 해, 내가 알아서 할 테니까……."

"언니, 나 어떡해."

"……응?"

"나……."

그 사람을 사랑하나 봐. 사랑하면 안 되는 사람인데.

뒷말은 언어가 되지 못하고 그녀의 입안에서만 데굴데굴 굴렀다. 말할 수 있을 리가 없다. 에키네시아는 의자 위로 다리를 올리고 새빨갛게 달아오른 얼굴을 무릎에 박았다. 심장이 터질 듯 두근거리면서, 동시에 쥐어 짜이듯 무서워졌다. 설레는 만큼 공포스럽다.

니콜이 당황해서 그녀의 어깨를 쓰다듬으며 어디가 안 좋으냐고 계속 물었다. 그녀가 진정하고 자신이 보인 반응에 대한 적당한 변명을 만들어 내기까지는 상당한 시간이 걸렸다.

그날 밤, 그녀는 긴 꿈을 꾸었다.

"이런 짓은 하고 싶지 않았을 테지."

랑기오사로 목을 짓누르며 그녀의 위에 올라탄 유리엔이 속삭였다. 나직하고, 결코 크지 않은, 조용한 음성. 그녀가 수많은 사람을 베어 넘기며, 그녀 앞에서 울부짖고 저주하는 모든 이들에게 고함을 지르며 하고 싶었던 바로 그 말.

'나도 이런 짓은 하고 싶지 않았어.'

그녀가 내지르고 싶었으나 입 밖에 낼 수 없었던 비명을 그가 대신 언어로 만들어 준 순간. 그 순간부터 그는 그녀에게 지워질 수 없는 흔적이 되었다.

"싸우고 있는 거다."
"마검과, 그녀의 의지가."
"그녀에게 기회를 주겠다."

그 누구도 알 수 없으리라 여겼던 그녀의 반항을, 아직 그녀가 포기하지 않았음을, 그가 알아차린다. 그리고 그녀에게 기회를 주었다. 그에게는 손해뿐일 기회를.

철문 너머로 새파란 눈동자가 그녀를 지켜본다. 소중한 사람을 모두 제 손으로 죽여 버려서 기다려 줄 사람을 모조리 잃은 그녀를, 그가, 기다려 주고 있다. 계속, 계속, 해가 뜨고 밤이 지고 계절이 바뀌어도, 그녀의 상태가 전혀 변하지 않는데도, 그는 꾸준히 그녀를 찾아온다. 아무도 찾아오지 않는, 간수조차 다가오지 않고 이중문 너머에서 밥그릇만 내려놓고 가는, 학살을 일으킨 악마에게.

지하 감옥의 좁은 방 안에서 사슬에 묶인 채 반년. 홀로 싸우던 그녀에게 찾아오는 사람은 오직 그뿐이다. 그녀가 승리하길 바라며 기다려 주는 유일한 사람. 그녀를 지지해 주는 유일한 사람. 그밖에 없었다. 그 사람을 생각하며 버텼다. 마검을 극복하고 그를 만나면 하고 싶은 말들을 모았다.

'왜 나에게 기회를 줬어요?'

'고마워요.'

'기다려 줘서 고마워요. 지켜봐 줘서 고마워요.'

'당신의 선택이 옳았다는 걸, 보여 주고 싶었어요.'

'반드시 이길게요. 그러니까 떠나지 말아요. 계속 지켜봐 주세요. 당신 말고는, 아무도……'

'당신이 있어서 이길 수 있었어요.'

'제 이름은 에키네시아 로아즈예요. 지금은 까만 머리지만, 전 원래 머리카락이 분홍색이거든요. 에키네시아꽃 같은 색이라고 부모님이 이름 지어 주셨어요. 당신의 이름은 알아요. 유리엔. 꼭 불러 보고 싶었어요.'

'제가 얼마나, 제 의지대로 움직이는 제 몸으로, 당신을 향해 웃어 보이고 싶었는지 당신은 알까요.'

'당신에게 웃는 얼굴을 보여 주고 싶어요. 울부짖는 짐승 같은 모습이 아니라. 그런 건 진짜 제가 아니란 말이에요. 봐요, 이게 저예요. 어떤가요? 당신에게 예쁘게 보였으면 좋겠어요.'

'당신을 만나고 싶어요. 당신도 나를 만나고 싶은가요? 그래서 기다리고 있는 건가요?'

그 말들을 힘으로 삼아 버텼다. 그 말들을 그에게 직접 전하는 날을 상상하며 견뎠다. 그 외롭고 고통스럽고 허무한 시간들을.

그 시간 속에서 그가 그녀의 삶에 남긴 흔적이 하나의 감정으로 변화해 간다. 뿌리를 내리고 싹이 터서 무르익는다.

꽃은 이미 그때부터 피어 있었다.

에키네시아는 하루 더 앓고 나서야 말끔히 나았다. 그다음 날은 마침 위즈덤의 첫 클럽 모임이 있는 날이었다.

그동안 유리엔의 약혼과 관련된 소식은 들려오지 않았다. 창천 기사단장은 침묵했고, 디아상트 공녀는 기사단 본부의 귀빈실을 배정받아 조용히 머물렀다. 약혼이 이루어질지도 모른다는 소문만이 아젠카로 퍼져 나갔다.

에키는 앨리스와 함께 위즈덤의 클럽 모임이 열릴 제6 연무장으로 향했다. 앨리스는 약간 걱정스럽게 바로 옆에서 걷고 있는 그녀를 돌아보았다. 연한 하늘색에 흰 레이스가 달린 드레스는 밝고 경쾌해 보였지만, 그 옷을 걸치고 있는 에키의 표정은 심란하고 어두웠다.

"에키."

"……"

"에키?"

"아, 네? 불렀어요?"

"아직 열이 남아 있습니까?"

"아뇨, 멀쩡해진 거 알잖아요."

"어제오늘 내내 멍한 것 같습니다."

정확히는 니콜 시즈튼이 다녀간 이후부터 쭉. 앨리스가 그녀를 살폈다. 에키는 웃으며 고개를 저었다.

"아무것도 아니에요. 그냥 좀, 고민할 일이 있어서."

"무슨 고민입니까? 제가 도울 건 없습니까?"

"고맙지만 괜찮아요, 개인적인 감정이랑 집안 문제가 섞인 일이라."

좀 많이 스케일이 큰 집안 문제와, 좀 많이 복잡한 감정이지만 거짓말은 아니었다. 앨리스는 의문이 남은 듯했지만 남의 집안 사정을 캐물을 정도로 무례한 성격이 아니었다. 그녀는 순순히 고개를 끄덕였다.

"가끔 누군가에게 말하는 것만으로도 훨씬 나아지는 고민이 있습니다. 그런 도움이라도 필요하면 언제든 말하세요."

곧은 얼굴, 곧은 말투. 에키는 곁에서 걷고 있는 앨리스를 올려다보았다. 어지럽던 마음 한쪽이 스튜처럼 따끈따끈해진다. 니콜이 앨리스와 친구냐고 묻던 것이 떠올랐다. 그녀는 충동적으로 앨리스의 팔짱을 꼈다.

"에키? 갑자기 왜……."

"그냥요. 싫어요?"

"……아뇨."

"얼른 가죠. 파티마 선배님이 기다리고 계실 테니까."

그들은 사이좋게 팔짱을 끼고 제6 연무장에 도착했다. 제6 연무장은 여자 기숙사에서 약간 떨어진 곳에 있는 연무장으로, 키가 크고 잎이 무성한 상록수들로 울타리를 대신한 중간 크기의 공터였다.

상록수 아래에는 벤치들이 있었다. 그 벤치마다 생도들이 빽빽했다. 벤치를 차지하지 못한 생도들은 나무 그늘에 앉거나 기대 서 있었다. 심지어 돗자리를 가져와 깔고 앉은 생도들도 보였다.

"어, 왔다."

"왔어! 진짜 파티마네 클럽 들었나 봐!"

"레이디다."

"2위인 애랑 같이 왔네."

"쟤네 룸메이트잖아."

에키와 앨리스가 다가가자 웅성거림이 퍼져 나갔다. 단번에 시선이 몰려들었다. 사관학교에 들어온 이래로 에키는 집중되는 시선에 익숙해졌지만, 오늘의 시선은 예전과는 확연히 달랐다. 선망과 질시가 뒤섞여 있었다.

"결절에서 살아남아서……."

"운이 좋았겠지. 아마 바라하가 다……."

"신입생 순위전 때 못 봤어? 대단하던데."

"마물 토벌 때 쟤가……."

"천재는 다 괴짜라더니."

나지막한 속닥거림이 계속 따라붙었다. 뛰어난 청각 탓에 어지간한 것까지 죄다 들려와서 민망했다. 질투심 가득한 말들도 많았지만 그래도 실력을 보인 덕에 더러운 소문은 확연히 줄어들었다.

"어서 와, 앨리스, 에키!"

미리 와 있던 파티마가 그들을 맞이했다. 앨리스가 그녀에게 목소리를 낮춰 물었다.

"선배님, 왜 생도들이 이렇게 몰렸습니까?"

"음……. 구경꾼들도 있겠지만, 저거 봐."

파티마가 어색하게 웃더니 한쪽을 가리켰다. 벤치 하나에 종이가 쌓여 있었다. 클럽 가입 신청서들이었다. 앨리스가 황당하단 표정을 지었다.

"저게 다 가입 신청서입니까?"

"너희 둘이 우리 클럽에 들어왔다니까 관심을 가진 생도들이 갑자기 늘어나서. 지금 저기 있는 생도들 중에 가입 신청을 한 사람도 많아. 다 받아들일 순 없으니까, 음, 그런 의미에서 부탁할 게 있는데."

파티마가 어깨를 으쓱거리더니 헤실 웃었다.

"대련하기 전에, 신입 클럽원 어떻게 뽑을지 같이 의논하자!"

앨리스와 에키가 파티마의 제안에 답하려는데, 비키라는 험악한 목소리와 함께 한 무리의 생도들이 연무장 쪽으로 다가왔다. 워낙 요란한 움직임이라 생도들의 시선과 그들의 시선이 단번에 그리로 몰렸다.

덩치 큰 생도 네다섯 명이 몰려 있는 생도를 밀치며 연무장 안으로 들어왔다. 에키는 그 무리의 가장 앞에 서 있는 생도를 알아보았다. 그녀에게 헛소리를 지껄였던 브레드였다. 브레드는 연무장 가운데에 서 있는 그들에게 똑바로 다가오더니 에키가 아니라 파티마를 노려보았다.

"야, 파티마."

"무슨 일이세요, 브레드 선배님?"

"내가 굉장히 불쾌한 소문을 들었거든. 네가 다른 클럽에 소속된 클럽원들을 꼬드겨서 빼내고 있다는 게 사실이냐?"

"아뇨?"

파티마가 까만 눈을 동그랗게 떴다. 브레드가 코웃음을 치더니 벤치에 놓여 있는 신청서 뭉치를 집어 들었다. 파티마가 인상을 찌푸리며 경고했다.

"선배님, 다른 클럽의 가입 신청서를 보는 건……."

"시끄러워."

그는 거친 손놀림으로 그것을 팔락팔락 넘기더니 종이 뭉치를 파티마 쪽에 들이밀었다. 그러곤 그녀의 코앞에서 위협적으로 그것을 흔들어댔다.

"이거 봐, 이거 보라고. 여기 적힌 이름들을 보고도 모른 척이냐? 이렇게 빤한 증거를 두고? 하여간 계집애들이란 다 똑같아. 남들은 제 수작을 모를 줄 알지, 멍청하게."

그 말을 하며 브레드의 눈이 흘깃 에키 쪽을 노려보고 되돌아갔다. 그것을 알아차린 에키는 저절로 비틀어지려는 입꼬리를 간신히 자제했다. 그러고 보니 전에도 저놈은 빤히 보이게 드레스를 입고 다니면서 뭘 모른 척이냐고 했었지.

'세상 참 자기 기준대로 판단하네. 뭐 눈에는 뭐만 보인다더니…….'

그사이 파티마는 코앞에 들이밀어진 신청서를 받아 들었다. 첫 장의 이름을 확인한 그녀가 고개를 들었다.

"누구를 말씀하시는 건지 모르겠는데요, 선배님."

"여기 있잖아, 미하일 폰 프랑 알마리 생도. 미하일은 우리 노블레스에 들어오기로 되어 있었는데, 왜 여기 신청서가 있어? 왜 남의 클럽에 들어올 신입생을 가로채?"

브레드가 파티마가 들고 있는 신청서를 툭툭 치며 이를 드러냈다. 파티마가 눈을 깜박이더니 의아한 듯 대꾸했다.

"미하일 생도는 현재 어떤 클럽에도 소속되어 있지 않잖아요. 그 신청서는 미하일 생도가 직접 써서 낸 거예요. 무슨 문제라도 있나요?"

"문제가 많지, 아주. 정말 몰라서 묻나?"

"네, 모르겠어요."

에키보다도 작은 파티마는 한 대 칠 듯 눈을 부라리는 브레드 앞에서 순진한 어린애처럼 갸웃거리며 말했다. 브레드가 주위의 생도들을 돌아보더니 보란 듯이 한숨을 쉬었다.

"파티마 토야. 클럽 간엔 지켜야 할 예의란 게 있는 거다."

"제가 무슨 예의를 어겼나요?"

"말했잖아, 다른 클럽에 들어가기로 되어 있는 생도한테서 신청서를 받은 게 얼마나 무례한 짓인지 몰라?"

"미하일 생도가 노블레스 클럽에 신청서를 냈었어요? 아니면 그가 노블레스에 들어가겠다고 구두 약속이라도 했나요?"

파티마의 질문에 브레드는 순간 말문이 막혔다. 양쪽 다 아니었으므로. 그저 노블레스에서 일방적으로 기오사 오너의 남동생인 미하일을 점찍었을 뿐이다. 할 말이 없자 브레드의 얼굴이 점차 붉으락푸르락해지기 시작했다.

"야, 이게 어디서 선배한테 따지고 들어?"

"어느 클럽에 신청서를 내는지는 생도의 자유잖아요. 그리고 선배님, 설사 클럽에 소속되어 있다고 해도, 클럽원의 클럽 탈퇴와 이동도 자유 아니었나요?"

"하…… 이래서 미개한 야만족한테 클럽 개설을 허가해선 안 되는 건데. 상식이 안 통하잖아. 안 그래?"

브레드가 짜증스럽게 중얼거리며 함께 온 자신의 클럽원들을 돌아보았다. 그들이 동조하듯 웃음을 터뜨렸다.

가무잡잡한 피부에 자그만 몸집의 파티마 토야는 서부 유목민 출신이었다. 일족 단위로 생활하며 초원을 떠도는 유목민들은 느슨한 연맹을 유지할 뿐 대륙의 다른 나라처럼 틀에 잡힌 국가를 만들지 않았다. 그로 인해 그들에게는 야만인이니 미개하다니 하는 무례한 편견이 덮어씌워지는 경우가 꽤 있었다.

에키가 확 눈살을 찌푸렸다. 그러나 그녀나 파티마가 뭐라 하기도 전에, 빠르게 끼어드는 분노한 목소리가 있었다.

"사과하십시오."

앨리스가 얼굴을 굳히고 브레드를 향해 다가섰다. 그녀는 딱딱한 어투로 말했다.

"파티마 선배님께 모욕적인 발언을 한 것을 사과하십시오, 당장."

"넌 또 뭐야? 선배들 말하는데 감히 끼어들어? 이거나 저거나 위아래도 모르는 것들만 끼리끼리 모여서는. 당장 안 비켜?"

브레드가 눈을 부라리더니 손을 들어 올렸다. 앨리스는 혐오스럽다는 눈으로 그를 바라보았다.

"윗사람이 존중받기 위해서는 윗사람다운 태도를 보여야 하는 법입니다. 당신 같은 사람이 어떻게 사관생도가 되었는지 의문이군요. 스스로 말하면서 부끄럽지도 않습니까?"

"뭐? 이게 미쳤나, 계집애가 또박또박 대들기는……. 헛소리 말고 꺼져!"

브레드가 짜증스럽게 손을 휘둘렀다. 앨리스는 밀쳐지는 대신 간단하게 그의 팔을 막았다. 팔을 가로막힌 브레드의 얼굴이 분노로 벌겋다 못해 시커멓게 변했다. 파티마가 가만히 나서서 앨리스의 옷깃을 잡아당겼다.

"앨리스 생도, 괜찮아. 무시하고 우리 할 일이나 하자."

"불의를 피해 갈 생각은 없습니다, 파티마 선배님."

"무서워서 피하니, 더러워서 피하는 거지. 가자."

"이것들이!"

코앞에서 앨리스와 파티마가 주고받는 말에 브레드가 결국 폭발했다. 그는 머리끝까지 화가 나서 검을 뽑으려 했다. 그러나 그의 손은 검 손잡이를 잡은 채 움직이지 못했다. 어느새 다가온 에키가 브레드의 검 손잡이를 꾹 누르고 있었다.

"선배님. 오랜만에 뵙는데 여전하시네요."

그에게 바짝 다가선 에키가 나지막이 말했다.

"제가 분명히 입조심 좀 하시라 했는데."

"이......!"

브레드가 이를 악물며 손잡이를 쥔 손에 힘을 주었다. 그러나 그는 레이스 장갑을 낀 작은 손이 누르는 힘을 이기지 못했다. 검은 부들부들 떨리기만 할 뿐 검집에서 나오질 않았다. 근처에 있던 브레드의 클럽원들이 그 광경을 보고 웃음을 터뜨렸다.

"야, 야, 브레드, 아무리 레이디를 배려한다지만 그렇게까지 쇼를 할 필요가 있냐?"

"쟤 설마 진짜 힘이 모자라서 못 뽑는 건 아니겠지."

"너 레이디 좋아하냐?"

"죄다 남자처럼 다니는 사관학교에서 오랜만에 치마 입은 여자 보니 눈 돌아가나 보지 뭐. 내비 둬라."

저열한 말들이 오갔다. 바라하가 머저리가 모여 있는 클럽이 있다고 하더니. 복잡한 상황과 깨달은 마음으로 머리가 아프던 참에 한심할 정도로 수준 낮고 단순한 놈들을 보니 헛웃음이 나다 못해 상쾌할 지경이었다. 에키는 입꼬리를 비틀어 올렸다.

"검 뽑아서 뭐 하시게요? 전에 제가 말씀드린 거 기억 안 나세요? 검 잘못 뽑으시면 퇴학당할 수도 있는데."

그녀가 검을 뽑으려 안간힘을 쓰던 브레드에게 속삭였다. 브레드가 형형한 눈으로 그녀를 노려보았다. 에키는 생긋 웃어 주고 돌연 손을 뗐다. 그러자 검이 힘차게 뽑혔다. 우스꽝스러운 광경이라 주위

생도들 사이에서 폭소가 터져 나왔다. 브레드는 그 검으로 에키를 겨누었다.

"너, 너……."

검 끝이 부들부들 떨렸다. 에키의 등 뒤에서 앨리스가 검을 뽑는 소리가 들렸다. 파티마가 끙 하는 신음 소리를 냈다. 에키는 웃는 얼굴 그대로 말했다.

"저번에 저한테 밟힌 상처는 다 나으셨어요? 이러시는 걸 보니 다 나아서 제 경고도 잊어버리신 것 같은데."

"밟혀……?"

"뭐야, 둘이 싸운 적이 있었어?"

"브레드 너, 레이디한테 졌냐?"

그녀의 말에 브레드의 클럽원들이 비웃었다. 이미 사관학교 내의 여론은 반전된 지 오래지만, 그들은 에키네시아의 실력을 인정하지 않는 소수의 부류였다. 전체 순위전이 아닌 신입생 순위전의 결과 따위는 별거 아니라고 말하기도 했다. 클럽원들의 비웃음에 브레드가 벌게진 낯으로 고함을 질렀다.

"지긴 뭘 져, 저것이 비겁하게 뒤통수를 쳤다고, 망할!"

"어머, 그럼 제대로 해보실래요?"

에키가 기다렸다는 듯 대꾸했다. 그리고 그대로 왼손의 장갑을 빼서 브레드의 발치에 집어 던졌다.

"정식으로 결투를 신청합니다, 브레드……. 죄송해요, 성을 까먹었네요. 별로 기억할 가치가 없어 보여서. 어쨌든 브레드 선배님. 제가 승리하면 파티마 선배님께 무릎 꿇고 사과하세요."

안 그래도 심란하던 중에 잘 걸렸다. 경고도 주고, 스트레스도 좀 풀고. 에키의 그런 심정이 얼굴에 드러났는지 마주한 브레드의 안색이 창백해졌다. 그는 곧 제가 겁먹었다는 것 자체가 창피해져서 되레 큰 목소리를 냈다.

"하, 선배한테 말버릇 좀 보게? 결투를 받아들이겠다. 여기서 바로 버릇을 고쳐 주마, 건방진 계집애야. 내가 승리하면 너는 사흘간 내 노예다. 윗사람을 대하는 예절을 제대로 가르쳐 주지."

내거는 조건이 지저분했다. 연무장 근처에서 지켜보던 다른 생도들 사이에 웅성거림이 퍼져 나갔다. 당황한 파티마가 말리려 다가오기도 전에, 에키는 고개를 끄덕였다.

"마음대로 하세요. 입회인은요?"

"이 녀석으로."

브레드가 옆에 있던 클럽원 중 하나를 가리켰다. 공평한 입회인이 아니었지만, 이번에도 에키는 대답을 망설이지 않았다. 그녀는 마물 토벌 때 버리고 난 후 새로 산 싸구려 검을 들어 올리며 대답했다.

"좋아요. 그럼 시작할까요?"

얼결에 정해진 입회인이 그들 사이 중앙으로 왔다. 결투 선언이 읊어진다. 생도들이 조금이라도 가까이 보려 연무장 쪽으로 몰려들었다.

그리고 그 생도들 너머로, 붉은 머리를 곱게 틀어 올린 로잘린 디아상트가 나타났다. 에키네시아처럼 완벽하게 레이디의 정장을 차려입은 그녀는 산책하듯 한가로운 걸음으로, 그러나 확고한 목적을 가지고 연무장 쪽으로 다가왔다.

"……승자에겐 자비와 관용이, 패자에겐 승복과 겸허를, 검에는 명예와 정의가 깃들게 하소서. 아르 세밧티엠."

정식 결투는 선언 이후 서로 인사를 하고, 입회인이 검을 사이에 두었다가 치움과 동시에 사전에 논의한 쪽, 보통 결투 신청자의 선공으로 시작된다.

브레드가 인사를 했다. 양발꿈치를 딱 붙이고 서서 검을 들어 가드에 가볍게 입맞춤을 하고 칼끝을 늘어뜨리는 행위. 제국식 기사의 예법대로였지만, 분노 섞인 비웃음이 역력한 표정과 깔보는 듯한 태도 탓에 앨리스가 할 때처럼 우아한 느낌은 없었다.

에키네시아는 드레스 자락을 쥐고 무릎을 굽혔다 펴는 레이디의 인사를 했다. 브레드의 클럽원들 중 하나가 놀리듯 휘파람을 불었다. 그러나 주위의 생도들은 이제 저번처럼 그녀의 인사에 껄끄러운 반응을 보이지 않았다. 그사이 그녀의 기행에 익숙해진 덕분이었다. 그들은 에키가 펼칠 검술에 더 관심이 많았다.

"넌 전에 못 봤다고 그랬지? 잘 봐, 보기만 해도 도움이 될걸."

"그 정도야?"

"검술만으로는 기사들한테도 안 꿀릴 것 같았어. 신입생 순위전 때는 앨리스 윈터벨 말고는 짧게 끝나서 제대로 못 봤는데, 이번엔 좀 제대로 볼 수 있었으면 좋겠네."

연무장의 상록수 울타리에 도착한 로잘린 디아샹트는 바로 앞의 생도들이 속닥거리는 것을 들었다. 그녀는 연두색 눈동자를 가만히 굴리다가, 조금씩 걸음을 옮겨 안쪽이 잘 보이는 자리를 잡았다. 연무장 안쪽에 정신이 팔린 생도들은 그들의 뒤에 단장의 약혼녀로 소문난 공녀가 와 있는 것을 알아차리지 못했다.

결투가 시작되었다. 브레드는 예의를 무시하고 선공에 나섰다. 에키네시아는 상체를 살짝 트는 것만으로 그의 공격을 피했다. 브레드의 검이 나풀거리는 레이스 사이로 빠져나가 허공을 갈랐다. 공격이 빗나가자 그의 전신에 허점이 노출되었다.

에키네시아의 검이 허점 중 하나로 순식간에 짓쳐 들었다. 눈을 노리고 찔러 오는 검. 막으려니 자신의 검은 그녀를 지나쳐 허공을 가르는 중이고, 피하기엔 너무 빠르다. 브레드는 저도 모르게 질끈 눈을 감았다. 그러자 그녀의 검은 방향을 틀어 놀리듯 그의 관자놀이 옆 머리카락 끄트머리만 살짝 베어 냈다.

"와, 봤어?"

"저 속도로 검을 찌르면서 닿기 전에 목표를 바꾸다니. 어떻게?"

"팔꿈치는 미동도 안 했어. 손목의 스냅이야."

"아냐, 어깨부터서. 손목만 가지고 방향을 틀면 칼끝이 흔들린다고. 팔꿈치가 그대로인 건 속도와 힘을 유지하기 위해서일걸."

이 자리에 있는 사람들은 로잘린 디아상트를 제외하면 모두 아젠카의 사관생도였다. 그들은 눈앞의 결투를 해부하듯 토론하고 있었다. 디아상트 공녀는 상록수 그늘에 서서 눈은 에키네시아에게 둔 채, 귀 기울여 주위의 이야기를 들었다.

잘린 브레드의 머리카락 일부가 살랑살랑 떨어져 내렸다. 브레드는 눈을 감았다는 것을 자각하고 낯이 붉어졌다. 에키는 미소를 띠었다. 겁이 나느냐고 묻는 것 같은 미소였다. 그녀의 표정이 의미하는 바를 알아챈 브레드가 벌게진 얼굴로 스텝을 밟으며 검을 휘둘렀다.

묵직한 검격. 바람을 가르는 소리가 났다. 에키는 한 발짝 움직이는 것만으로도 아주 간단하게 그 범위를 벗어나고는, 코앞으로 브레드의 검이 지나치자마자 다시 안으로 들어왔다.

드레스 자락이 그 동작에 흔들려 나부끼며 그 아래로 흰 레이스 페티코트가 약간 보였다. 파란 공단 구두를 신은 발이 사뿐히 걸음을 내디딘다. 물러났다가 도로 들어가는 움직임이 가볍고 리듬감마저 느껴져 왈츠를 추는 것처럼 보였다.

부채를 내미는 것 같은 손놀림으로 검이 내밀어진다. 나긋한 태도와 달리 그녀의 칼날은 상대를 향해 사납게 덤벼들었다. 큰 동작으로 검을 휘두르는 바람에 상체가 비어 버린 브레드는 이번에도 막을 방법이 없었다.

꼼짝없이 찔릴 것 같은 순간, 에키의 검은 조금 전과 같이 장난치듯 브레드의 옷깃만을 얕게 베었다. 앞섶의 셔츠 자락이 잘려 벌어졌다. 벌어진 옷자락 사이로 보이는 피부에는 상처 하나 남지 않았다.

"야…… 정확하게 옷깃만 벴어. 품이 넉넉한 셔츠도 아니고 딱 붙는 건데."

"우연히 저렇게 된 거 아냐?"

"멍청아, 앞이나 봐. 지금 배 쪽도 똑같이 벴어. 피부는 긁히지도 않고."

"소름 끼친다. 저게 조절이 돼?"

"쟨 되나 보지. 토벌 다녀온 선배가 괴물이라 그러더니 진짜네."

로잘린 디아상트는 검에 문외한이었다. 그래서 그녀는 생도들이 떠드는 소리를 듣고서야 지금 에키네시아가 보이는 기예가 얼마나 대단한 건지 알아차렸다.

하지만 아무것도 모르는 그녀로서도 한 가지는 확실히 알 수 있었다. 에키네시아 로아즈가 검을 쓰는 모습은 무척 아름답다. 대련이니 결투니 하면 땀 냄새와 흙투성이 정도만 떠올리던 그녀에게 에키네시아의 결투는 무도회의 한 장면처럼 느껴졌다.

'흐음…….'

로잘린은 점점 집중했다. 팔짱을 끼고 앞을 보았다. 그녀는 유리엔을 쳐다봤을 때처럼, 예술품을 감상하듯 에키네시아의 검을 감상했다.

결투는 일방적이라는 표현으로도 부족할 양상으로 흘렀다. 초반에는 분노를 띠던 브레드의 얼굴이 수치로 바뀌고, 이어 현실을 부정하는 모습이 되었다가, 마침내 공포에 질리기까지는 그리 긴 시간이 필요하지 않았다.

"가지고 노는군."

"미쳤네, 미쳤어. 저 선배는 무슨 자신감으로 결투를 하겠다고 한 거지?"

"야, 진짜 무섭겠다."

옷깃, 소매 끄트머리, 단추의 실, 신발의 장식, 셔츠 칼라의 뒤쪽, 머리카락 끝부분. 에키는 브레드의 몸에 상처 하나 내지 않으면서 예리하고 정밀하게 그런 부분들만 베어 내고 있었다. 처음엔 비웃던 브레드의 클럽원들도 점점 심상치 않은 상황을 알아차리고 안색이 바뀌었다. 떠들던 입들이 하나하나 다물렸다. 그들은 조금씩 뒤로 물러나며 방관자처럼 보이려 애썼다.

브레드는 더 이상 공격을 하지 못하고 겁에 질려 방어적인 자세로 바뀌었다. 독니를 드러낸 뱀들 사이에 맨몸으로 서 있는데, 그 뱀들이 물어뜯을 것처럼 다가왔다가 피부 위를 기어다니기만 하는 느낌이었다. 언제 돌변하여 물어뜯을지 모르겠다는 점이 더 두려웠다. 차라리 빨리 베이고 싶을 정도로.

하지만 아무리 막으려 해도 에키의 검은 손쉽게 그의 검을 피해 원하는 부분을 베었다. 칼끝이 사타구니를 벨 듯이 올라오다가 아슬아슬하게 가죽허리띠에 흠집만을 남기고 물러나자 결국 브레드의 얼굴이 시퍼렇게 질렸다.

"그, 그, 그만! 그만해!"

브레드가 비명처럼 소리를 내질렀다. 그 말이 떨어짐과 동시에 에키의 검이 거칠게 덤벼들었다. 브레드는 제 검을 부여잡고 눈을 감아 버렸다. 에키의 검이 그의 코끝에 닿을 듯한 거리에서 딱 멈췄다.

"눈 뜨세요, 선배님. 하나도 안 아프셨을 텐데 겁이 많으시네요."

평이한 어조였지만 브레드에게는 통렬한 조롱으로 들렸다. 그럼에도 반박할 의지조차 남지 않았다. 브레드는 숨을 헐떡이며 침묵했다. 종이 한 장 차이로 코앞에 멈춰 있는 칼날이 소름 끼치게 무서웠다. 그 너머로 보이는 보라색 눈동자도.

"패배를 인정하시겠어요?"

"이, 인정한다. 인정해. 검을 치워……!"

검이 깨끗하게 물러났다. 착, 하고 검이 검집에 들어가는 소리가 들리자 브레드는 비틀거리다 제자리에 주저앉고 말았다. 귀신을 본 듯 허옇게 뜬 낯이었다.

검을 집어넣은 에키가 그를 향해 다가가자 브레드는 저도 모르게 땅을 짚은 채 뒤로 물러났다. 꼴사나운 모습이었지만 의외로 생도들 사이에서 비웃음이 터지진 않았다. 브레드의 추한 꼴보다 에키네시아가 보인 검술의 압박감이 더 대단했기 때문이었다.

에키는 브레드의 앞에 서서 그를 내려다보며 말했다.

"일어나세요, 선배님. 약속한 대로 무릎 꿇고 사과하셔야죠. 우리 클럽장님께."

넋을 놓고 있던 파티마가 그 말에 퍼뜩 정신을 차렸다. 그녀는 에키에게 다가오며 고개를 저었다.

"어, 에키, 난 괜찮아."

"제가 안 괜찮아요. 브레드 선배님, 뭐 하세요?"

붉은 기가 도는 보라색 눈동자가 차갑게 내려다보고 있었다. 칼날이 목덜미를 긁어오는 듯한 감각에 브레드는 허둥지둥 몸을 일으켜 무릎을 꿇었다. 그가 파티마를 향해 고개를 숙였다.

"내가, 말실수를 했다. 용서해 줘……."

곁에서 지켜보고 있던 앨리스가 딱딱한 말투로 끼어들었다.

"실수? 당신의 태도는 실수가 아니었습니다. 평소 생각하던 대로 행동한 것 아니었습니까? 실수라는 핑계로 잘못을 축소하려 하지 마십시오."

"그러게요? 깜박 넘어갈 뻔했네. 앨리스, 지적 고마워요."

에키가 눈을 동그랗게 뜨더니 브레드에게 시선을 돌렸다. 안 그래도 파랗던 브레드는 그 시선에 꺼멓게 죽어 갔다. 그가 급하게 다시 머리를 굽혔다.

"마, 맞아, 평소에 생각하던 게 튀어나와서! 내가 어리석었어. 미안하다, 정말로. 다신 이러지 않을 테니까!"

"어어, 음…… 네, 알겠어요. 다신 그러시면 안 돼요? 이제 우리 클럽에도 시비 걸지 마시고요. 보셨죠? 우리 클럽원들이 저보다 더 무서우니까."

볼을 긁적이던 파티마가 웃으며 말했다. 브레드가 열심히 고개를 끄덕였고 앨리스는 눈살을 찌푸렸지만 더는 뭐라 하지 않았다. 에키는 옅게 한숨을 쉬었다.

로잘린 디아상트는 거기까지 지켜본 후 몸을 돌렸다. 그녀는 조용히 연무장에서 멀어졌다. 제6 연무장에 대부분의 생도가 몰려 있는지 한산해진 사관학교를 가로질러 기사단 본부 쪽으로 돌아갔다. 그러다 길목에서 급히 달려오던 누군가와 딱 마주쳤다.

"……디아상트 공녀."

"어머, 유리엔 전하, 아니, 경."

유리엔은 약간 흐트러진 호흡을 고르고, 서늘한 눈으로 그녀를 응시했다.

"혼자서 어딜 돌아다니는 건가."

"창천 기사단 내부는 안전하지 않나요?"

"그대가 얼마나 위험한 상황인지는 그대 스스로도 잘 알 텐데. 호위 기사를 항상 대동하도록."

로잘린은 무표정한 남자를 가만히 올려다보았다. 촉이 왔다. 신입생을 입학 첫날부터 스콰이어로 지명했다는 것, 그 신입생이 로아즈 백작가의 영애라는 것. 그 두 가지 사실 때문에 그녀는 몰래 에키네시아 로아즈를 살펴보러 다녀왔다. 그녀의 하녀가 물어 온 위즈덤 클럽 모임에 대한 소문을 참고해서.

로잘린은 의심을 확신으로 바꾸기 위해 질문을 던졌다.

"유리엔 경, 절 걱정해서 직접 달려오신 게 아니죠?"

"그대의 신변은 중요하지. 노리는 이가 많으니."

"그게 아니라, 제가 어디로 갔는지 알게 되어서 몸소 찾으러 오신 거잖아요. 제 신변을 우려하신 거면 호위 기사만 보내셨어도 되는데."

그녀는 생긋 웃으며 덧붙였다.

"에키네시아 로아즈……. 당신의 스콰이어를 제가 만나러 간다는 얘기를 들으셨군요. 제 근처에 심어 둔 귀가 분명 있으실 테니."

"……."

유리엔이 지그시 눈을 감았다 떴다. 은빛 속눈썹에 감싸인 푸른 눈은 손을 대면 베일 것처럼 날카로웠다.

"디아상트 공녀. 선을 넘지 마라."

"어머나, 그녀가 당신의 선인 거군요?"

"제멋대로 해석하는군. 상상은 자유다만. 명심해라."

유리엔이 로잘린에게로 다가왔다. 그가 얼어붙을 것 같은 음성으로 속삭였다.

"나는 아직 아무것도 결정하지 않았다."

"……경에게 다른 선택의 여지가 있었나요?"

"내가 랑기오사를 포기하겠다고 결정한다면."

로잘린의 얼굴에서 미소가 사라졌다. 성검의 주인이 지금, 성검을 포기할 수도 있다는 가정을 했다. 자신의 입으로. 그 의미는 결코 가볍지 않았다.

성검 랑기오사는 악한 일을 저지르면 더 이상 쥘 수 없게 된다. 그래서 랑기오사의 오너는 보편적인 인간의 정의와 어긋나는 일은 하지 못한다.

실상 아젠카의 군주이자 창천 기사단의 단장인 유리엔을 제국의 황실이 경계심 없이 대하는 가장 큰 이유가 그 때문이었다. 언제나 올바르게 행동할 수밖에 없는 사람이라니, 이 얼마나 다루기 쉬운 존재란 말인가.

그런데 그가 만약 성검을 놓아 버린다면.

"……선택의 범위가 무척 넓어지겠지."

유리엔이 내뱉은 말은 얼핏 부드럽게 들렸다. 그러나 그것이 아까의 날카로운 경고보다 더 섬뜩했다. 로잘린의 안색이 창백해졌다.

"디아상트 공녀. 이만 방으로 돌아가도록. 앞으로는 호위 없이 돌아다니지 않았으면 한다."

그 말을 남기고 그는 사관학교 쪽으로 걸음을 옮겼다. 로잘린 디아상트는 한동안 걸음을 떼지 못하고 그 자리에 굳어 있었다. 간신히 놀란 가슴을 진정시킨 후에, 그녀는 방으로 돌아가며 홀로 중얼거렸다.

"세상에, 생각보다 깊잖아. 이러면 가능성이 있을지도……."

브레드와 노블레스 클럽이 떠나간 후 위즈덤은 클럽 모임을 이어 나갔다. 신입 클럽원 선발 문제는 에키와 앨리스 둘 모두 클럽장인 파티마에게 맡기겠다는 것으로 결정이 났다. 서로 대련을 하고 잠깐 대화를 나눈 후 첫 모임은 성공적으로 마무리되었다.

대련이 끝나자 모여 있던 생도들도 하나둘 흩어졌다. 몇몇 생도는 클럽 가입 문의 때문인지 파티마에게 따라붙었다. 에키와 앨리스는 함께 기숙사로 돌아갔다.

"오늘 대련하면서 느꼈는데, 아무래도 저는 상단을 공격할 때 생각보다 힘이 잘 실리지 않는 것 같습니다. 에키가 보기엔 어떻습니까?"

"으음……. 앨리스는 검을 높게 올릴 때 하체의 중심이 흔들리는 경향이 있거든요. 중심을 잡으려면 보폭을 좀 더 넓게 하는 편이……."

나란히 걸으며 대화를 이어가던 에키의 말끝이 흐려졌다. 그녀는 제자리에 우뚝 멈춰 섰다.

"에키?"

앨리스가 따라오지 않는 그녀를 의아하게 돌아보았다. 에키의 시선은 정면에 고정되어 있었다. 그 시선을 따라간 앨리스는 은발의 남자를 발견했다. 그를 알아본 앨리스는 급히 아젠카식 경례를 했다.

"아르 세밧티엠. 단장님을 뵙습니다."

"앨리스 생도, 자리를 피해 주겠나. 내 스콰이어와 할 말이 있다."

고개를 끄덕이는 것으로 인사를 받아 준 유리엔이 담담하게 말했다. 앨리스는 납득하고 에키를 돌아보았다.

"예, 단장님. 그럼 먼저 가 있겠습니다, 에키."

"아······. 그래요, 앨리스."

에키는 반사적으로 앨리스를 붙잡고 싶어지는 것을 간신히 참았다. 앨리스는 다행히 그녀의 이상한 반응을 알아채지 못하고 인사를 한 다음 기숙사 쪽으로 향했다. 오솔길에는 에키와 유리엔만이 남았다. 에키는 그대로 고개를 푹 숙였다.

'어떡하지. 눈을 못 마주치겠어.'

마음을 자각하고 나니 제대로 얼굴을 볼 수가 없었다. 수줍음과, 죄책감과, 그가 약혼을 할지도 모른다는 상황이 범벅이 되어 고개를 끌어내렸다. 그녀는 아래로 보이는 드레스 자락의 레이스에 시선을 고정한 채 아무 말도 하지 않았다.

유리엔 역시 한동안 말이 없었다. 에키는 그의 시선이 숙인 그녀의 이마께에서 맴돌다가, 흘러내린 머리카락을 타고 내려가는 것을 느낄 수 있었다. 그러자 지금 머리 모양이 어떤지 몹시 걱정되었다. 손을 들어 만져 보고 싶지만 그러기엔 민망했다.

'으, 대련하느라 내 머리, 흐트러져서 엉망일 것 같은데······.'

옷차림은 괜찮나? 화장은? 당장에라도 거울을 확인하고 싶은 심정이었다. 마검의 악마를 연상할까 봐 드는 불안감만은 아니었다. 그냥, 그가 보고 있는 그녀의 모습이 어떨지가 너무나 신경이 쓰였다.

[둘이 대체 뭐 해? 할 말 있다더니 왜 쟤는 아무 말도 안 하고? 누가 못 참고 먼저 말하나 내기라도 하는 거야?]

마검이 지루한지 투덜거렸다. 긴 침묵 끝에 유리엔이 입을 열었다.

"에키네시아."

"……네, 로드."

대답이 좀 늦었다. 스콰이어가 된 그녀에게 유리엔은 더 이상 생도라는 호칭을 붙이지 않았다. 지금껏 그가 그녀의 이름을 부른 게 한두 번도 아닌데, 고작 호칭이 붙지 않았다는 이유로 가슴께가 덜컹 내려앉았다.

'아냐, 임명식 직후에도 이름으로 불렀잖아. 그땐 이렇지 않았는데, 이건 그냥……'

마음을, 자각해 버려서. 안 그래도 그에게 기울던 온 신경이 발긋하게 물들어 버리는 바람에. 그것을 새삼 깨달은 에키는 얼굴이 달아오르는 것을 느꼈다. 목덜미부터 귓불까지가 화끈거린다. 이래서야 절대로, 아니, 그전에도 고개를 들 생각은 없었지만, 이젠 더더욱 고개를 못 들겠다.

이름을 불러 놓고 유리엔은 또 말이 없었다. 시선이 진득하게 그녀의 이마 쪽에서 맴돈다. 그 아래의 얼굴이 알고 싶은 것처럼. 그러다 그가 다시 말을 꺼냈다.

"무슨 일이 있었나?"

"네?"

"무언가…… 이상한 일이라든가, 불쾌한 일이라거나……."

금방이라도 깨져 버릴 살얼음판 위를 더듬듯 조심스러운 물음. 망설임이 물음 끝까지 달라붙어 있었다. 그가 무슨 표정을 짓고 있을지 궁금했다. 마물 토벌 때 막사 안에서 봤던 것처럼 긴장한 채 눈을 깜박이고 있는 걸까. 알고 싶은데, 그래도 고개를 들 수가 없었다. 차라리 결절에 다시 처박히는 게 낫지.

그녀는 처음 겪어 보는 깊고 예민한 감정의 떨림을 어떻게 다루어야 할지 감이 잡히질 않았다. 그저 가슴께에서 퍼져 나와 얼굴부터 손끝과 발끝까지 뜨겁게 만드는 열을 느낄 뿐. 오래도록 억눌렸던 감정이 범람하기 시작하자 홍수가 되어 그녀의 정신을 뒤흔들고 있었다.

"에키네시아?"

[야, 너 뭐 해? 서서 졸아?]

정신이 팔려 그의 물음에 대답하질 않았다. 그가 의아한 듯 그녀의 이름을 불렀다. 마검도 옆구리를 찌르듯 말을 걸어왔다. 에키는 간신히 정신을 차리고 대답하려 입을 열었다. 그런데 그가 뭘 물어봤었지? 머리가 빙글빙글 돌았다. 그새 까먹어 버렸다. 그녀는 머뭇거리다 겨우 답했다.

"죄, 죄송합니다. 못 들었어요."

"……혹, 기분이 상할 일이 있었던 것은 아닌가 물었다."

다시 묻는 그의 말끝이 약간 처졌다. 풀이 죽은 느낌. 자기 감정만으로도 벅찬 에키는 그것을 느끼지 못했다. 그녀는 급히 고개를 저었다.

"별일 없었어요."

"정말인가? 다……. 누군가를 만나지 않았나?"

그가 튀어나오려던 누군가의 이름을 삼키며 돌려 물었다. 에키는 혼란에 빠졌다.

누굴 만나서 기분 상할 일이 있었냐고? 브레드를 말하나? 유리엔이 그 인간을 어떻게 알지? 클럽 문제 때문인가? 브레드의 클럽이 사고를 치고 다녀서 단장인 유리엔의 귀에까지 들어간 거라든가? 삽시간에 생각이 주르륵 이어졌다. 그녀는 얼떨결에 대답했다.

"클럽 간의 분쟁이라면 결투로 해결했습니다. 그리 기분이 상하진 않았어요."

"……클럽 간의 분쟁? 그건 뭐지?"

"그걸 물으신 게 아니었나요?"

"아니, 나는……."

둘 사이에서 말이 헛돌았다. 허둥거리던 유리엔이 다시 침착해진 목소리로 말했다.

"그, 클럽 간의 분쟁 외에, 다른 누군가와 마주쳤는지 묻는 거다. 생도가 아닌 사람과."

"생도가 아닌 사람이요? 그런 사람은 보지 못했어요."

대체 누굴 말하는 거지. 에키는 내심 갸웃거렸다. 유리엔이 얕게 한숨을 쉬는 게 느껴졌다.

"그럼 되었다. ……몸은 좀 괜찮은가?"

"다 나았어요. 시키실 일이 있다면, 스콰이어 업무를 바로 시작해도 됩니다."

"아니, 그럴 일은 없다. 충분한 휴식을 취하도록. 시간을 빼앗아서 미안하군."

사무적인 말이었다. 에키는 그가 이제 돌아서서 가리라고 예상했다. 그러나 그는 걸음을 뗄 것처럼 움직였다가, 그대로 멈춰 버렸다. 시선이 또다시 이마께에 머문다. 그녀는 여전히 고개를 숙인 채였다. 한 번도 눈을 마주치지 않았다. 유리엔이 나지막하게 물었다.

"에키네시아. 나와 마주하는 것이 싫은가?"

마구간에서 했던 것과 비슷한 물음. 그러나 그때보다 조금 더 무겁고 좀 더 슬프게 들렸다. 얇게 떨리는 음성. 그게 어쩐지 몹시 안타까워서, 에키는 저도 모르게 고개를 들었다.

"싫지 않아요. 싫은 게 아니라······."

그녀를 빤히 보고 있던 그와 시선이 마주치자마자 말문이 턱 막혔다. 그녀에게 집중하고 있는 섬세한 얼굴. 깜박이는 속눈썹. 힘이 없는 눈매가 슬픈 것처럼 보였다. 푸른 눈동자가 물 먹은 하늘처럼 일렁였다. 그가 눈썹을 늘어뜨린 채 가늘게 묻는다.

"싫은 것이 아니라면, 왜 그대는······ 나를 보지 않지?"

그녀를 향하는, 상처받은 듯이 처연한 표정.

미치겠다. 딱 그 생각만 들었다. 감정을 자각하고 나서 그를 보는 건 그녀에겐 지나친 자극이었다. 그녀는 이런 쪽에 면역이 없었다. 에키의 얼굴이 턱 끝에서 이마 끝까지 새빨갛게 타올랐다. 이성은 이미 홍수에 휩쓸려 가 흔적도 남지 않았다. 에키는 자신이 뭐라 말하는지도 모르면서 입을 움직였다.

"예쁘셔서요."

"······."

[······야, 너······ 뭐 잘못 먹었냐?]

마검이 답지 않게 망설이는 어조로 물었다. 코앞에서 유리엔의 눈동자가 휘둥그렇게 커지는 게 보였다. 그의 입이 멍하니 벌어졌다. 어색한 정적이 그들 사이에 머물렀다. 그제야 정신이 든 에키는 자신이 방금 뭐라고 내뱉었는지를 다시 떠올렸다.

'예쁘…… 뭐? 내가 미쳤구나.'

그냥 이 자리에서 사라지고 싶어졌다. 라키아기오사는 뭘 하나. 회귀 이전이라면 절대 안 일어날 이런 비정상적인 사태를 두고 결절도 안 만들고 뭘 하느냐 말이다. 에키는 황급히 유리엔의 눈을 피했다. 울 것처럼 표정이 흐트러졌다. 아니, 그녀는 진심으로 울고 싶었다.

그리고 그에게서 나지막한 웃음이 터졌다. 유리엔이 입가를 가리고 웃는다. 에키는 다시 고개를 처박고 레이스 자락을 노려보았다. 부끄러워 죽을 것 같았다. 그 와중에 마검이 혀를 차는 소리가 귓가에 들렸다. 빌어먹을 마검…….

그녀는 그가 웃음을 그칠 때까지 계속 고개를 들지 않았다. 그래서 보지 못했다. 유리엔의 눈빛과 표정에, 어떤 깨달음과 함께 무언가 결심한 기색이 퍼져 나가는 것을.

그는 호흡을 고르고 웃음기가 남은 목소리로 말했다.

"에키네시아."

"네, 네! 죄송합니다, 로드. 제가 잠깐 정신이 나가서……."

"아니, 상관없다. 그보다……."

유리엔이 잠깐 망설였다. 그가 말끝을 흐리자 에키는 살짝 고개를 들었다. 그는 무언가 고민하는 듯 허공에 시선을 두고 있었다. 저도 모르게 그의 옆얼굴을 따라 그녀의 시선이 맴돌았다. 그러다 갑작스레 그가 그녀를 돌아보았다. 에키는 움찔 놀라 안 본 척 눈을 돌렸다.

"모레, 아젠카 외부로 나갈 일이 있다. 시간이 꽤 걸릴지도 모른다. 위험할 수도 있는 일이다. 게다가 일정상 사관학교 전체 순위전에 참여하지 못하게 될 것이다. 그래도 함께 가겠는가?"

"……예?"

전혀 예상하지 못한 제안이라 얼빠진 채 되묻고 말았다. 유리엔은 담담한 낯으로 덧붙여 설명했다.

"원래 혼자 다녀오려던 일이지만, 만약 그대가…… 나를 불편해하지 않는다면, 함께 갔으면 한다. 명령이 아니라 청이니, 그대가 원하지 않는다면 굳이 동행할 필요는 없다."

"대체 무슨 임무인가요?"

"임무의 내용은 지금 말하기 어렵군. ……바로 결정하긴 힘들겠지. 혹, 함께 갈 생각이 있다면 내일까지 알려 다오. 특별한 말이 없으면 거절로 알겠다. 다시 말하지만 그대가 부담을 가질 필요는 없다."

몹시 조심스러운 권유였다. 그는 대답이 두려운 것처럼 눈을 내리깔고 있었다. 그 모습을 본 순간 에키는 반사적으로 대답했다.

"아뇨, 가겠습니다. 스콰이어가 로드의 임무에 동행하는 건 당연한 일이잖아요."

그리고 곧바로 후회했다.

'잠깐…… 이건, 유리엔이 다른 사람이 방해하지 않는 곳에서 내가 마검의 악마인지 시험해 보려는 걸지도 몰라. 약혼 문제를 결정하기 전에 변수인 나를 확인해 볼 필요를 느꼈을지도.'

떠오른 생각이 날카롭게 속을 후벼 팠다. 갓 깨달은 감정에 물들어 있던 마음이 한순간에 가라앉았다. 닿지 못하는 성검을 지켜보던 때와 같은 아릿한 감각이 속에서 퍼져 나갔다.

그러나 그 감각에 빠져들려는 찰나, 눈앞에서 유리엔이 미소를 지었다. 소년처럼 들뜬 웃음이었다. 볼이 살짝 상기되며 눈가가 곱게 접힌다. 에키의 생각이 정지했다.

"고맙군."

그가 기쁜 기색이 역력한 음성으로 답하더니 급히 말을 이었다. 그녀가 취소할까 봐 불안한 것처럼.

"그럼, 모레 오전 10시까지 여행 준비를 갖추어서 단장실로 오도록. 일정은 일주일 이상, 상황에 따라 한 달까지 걸릴 수도 있다. 참고해서 준비해라. 필요한 것이 있으면 행정부의 사무관에게 요청하고."

"……네, 로드."

"기다리고 있겠다, 에키네시아."

유리엔이 다감하게 말하고는 돌아섰다. 에키는 그가 멀어지는 걸 멍하니 바라보았다. 지금 얼결에 뭔가 엄청난 결정을 내려 버린 것 같은데. 마검의 악마인 게 들킬지도 모르는 위험한 결정을.

그래서 속이 아려 왔다. 분명히 그랬는데, 갑자기 기분이 좋아졌다. 이성이 돌아오질 않았다. 그가 보인 미소만이 눈앞에 맴돌았다. 계속 들키지만 않으면, 어쩌면, 아니, 그래도 약혼 문제가. 거기다 그가 처한 그 빠져나올 수 없는 사정들은?

'모르겠어……. 지금은 머리가 안 돌아가.'

[주인아, 너 영 이상하다? 저걸 왜 따라가? 피해 다녀도 모자랄 판에, 단둘이서 같이 다니다가 걸리면 어쩌려고?]

"나도 모르겠으니까 묻지 마."

[엥? 네가 결정한 거잖아! 모르긴 뭘 몰라? 아, 혹시 그런 거야? 다른 사람 없는 곳에 가게 되면 몰래 쟤를 죽이려고? 우와, 그건 괜찮은 생각이네! 기

사단 안에선 보는 눈이 많으니까 으슥한 곳에서, 으악, 악! 아야! 야, 뭐 하는 짓이야!]

에키는 움켜쥔 오른손에 마나를 흘려 넣었다. 마검이 엄살을 부리며 칭얼댔지만 그녀는 기숙사에 돌아갈 때까지 마나를 거두지 않았다.

그리고 발갛게 달아오른 뺨도 계속 가라앉지 않았다. 돌아온 그녀를 본 앨리스가 열이 다시 오른 거냐고 걱정스럽게 물을 정도로.

다음 날 아침, 에키는 눈을 뜨자마자 후회했다.
'내가 미쳤지. 그걸 왜 따라간다고 해서는.'
대체 무슨 생각으로 자신이 그런 결정을 한 건지 어이가 없었다. 왜 그랬는지 이유를 알기 때문에 더욱 그랬다. 같은 상황이 다시 온다면 거절할 수 있으리란 보장이 없다는 것도 문제였다.

왜 자신을 마주 보지 않느냐고 묻던 유리엔의 얼굴이 너무 처연해서. 거절하면 또 그런 표정을 지을까 봐. 같이 가겠다는 그녀의 대답에 생기를 띠고 웃던 얼굴이 소년처럼 밝아서. 수락했을 때 본 미소만으로도 수락한 가치가 있으니까.

'그런 표정은 반칙이잖아.'

애꿎은 베개를 쥐어뜯던 에키는 이불에 머리를 파묻었다. 분홍색 머리카락이 흰 이불 위에 어지러이 널렸다. 그녀는 손끝으로 그 머리카락을 감았다 풀었다 하며 고민에 빠졌다.

'내가 이렇게 얼굴에 약했나. 아니면 유리엔이라서 그런 건가.'

처음으로 사랑하게 된 사람이 너무 미인이라서 어느 쪽인지 모르겠다. 유리엔은 키도 훌쩍 크고, 날렵한 편이라 해도 기사답게 단련한 몸이라 여성스럽지는 않았다. 그럼에도 대리석 조각상처럼 섬세한 외모 탓에 그를 보면 아름답다는 느낌이 들었다.

'아무리 그래도 예쁘다가 뭐야, 예쁘다가……'

"악!"

어제 친 사고를 떠올리다가 머리카락을 감던 손에 과한 힘이 들어갔다. 생머리를 몇 가닥 뽑아 버린 에키는 황당한 눈으로 제 손을 보다가 한숨을 쉬었다.

[갑자기 머리는 왜 뽑아?]

"살다 보면 그럴 때도 있는 거야."

[뭔 소리야? 주인이 이상해졌어.]

"너처럼 살의 충족밖에 모르는 놈은 이해 못 해."

[야, 그건 내 본능이거든?]

에키는 마검이 투덜거리는 걸 내버려 두고 침대에서 일어났다. 성실한 앨리스는 새벽 훈련을 가서 자리에 없었다. 그녀는 옷장을 열고 오늘 입을 드레스를 골랐다. 안쪽을 뒤적거리다 짙은 보라색의 안감 위를 레이스로 짠 얇은 천으로 덮은 것을 꺼냈다.

'슬슬 여름용 드레스가 필요하겠네. 집에 연락해서 보내 달라고 해야겠다.'

유행이 달라졌을 테니 쇼핑도 좀 할까. 아젠카엔 어떤 의상점이 있지? 에키는 스타킹을 신으며 무심코 그런 생각을 했다. 그리고 스스로의 생각에 놀랐다. 치장하며 쇼핑에 대해 생각하다니. 그것도 자연스럽게. 몇 년 만이지?

그러고 보니 아침에 바로 일어나지 않고 침대에서 미적거리는 것에도 그새 익숙해졌다. 예전에는 잔다기보다 잠시 눈을 붙이는 느낌이었고, 돌아온 직후에도 아무것도 하지 않고 누워 있는 게 고역이었는데.

에키는 고개를 들고 거울을 보았다. 앳된 스무 살의 자신이 보인다. 페티코트를 걸치고 매듭을 조이며 계속 거울을 들여다보았다.

로아즈의 장녀, 백작 영애. 예쁜 것을 좋아하고, 치장을 즐기는 소녀. 이름 없는 마검의 악마가 아닌, '에키네시아 로아즈'.

마검에 물든 이후 그녀가 잃어버렸던 원래의 자신이 어느새 되돌아와 있었다.

그렇다고 아무것도 모르던 시절로 되돌아갔다는 뜻은 아니다. 그녀는 정말 많이 변했다.

노력으로 얻을 수 있는 것이라면 모든 것을 바쳐서라도 노력할 수 있게 되었다. 절제와 인내를 익혔다. 분노하는 와중에도 머리 한 구석은 차갑게 유지되도록 훈련했다. 사람을 보는 시각이 바뀌었다. 좀 더 솔직해지고 좀 더 비밀스러워졌다.

고통스러운 시절 동안 그녀는 내내 제대로 잠들지 못했다. 행복을 느껴본 적이 드물었다. 오직 목표만을 생각했다. 생존을 위한 최소한의 행동 외엔 삶을 즐기지 않았다. 더러운 꼴도 많이 보았고, 범죄에 가까운 짓을 저지르기도 했다. 그렇게 하지 않았다면 아젠카가 멸망한 후 뿔뿔이 흩어진 기오사들을 고작 9년이라는 시간 만에 전부 모을 수 없었을 것이다.

머리끝부터 발끝까지, 영혼이 완전히 뒤집힐 정도로 큰 변화를 겪었다. 그러나 행복해지는 법을 잊어버리진 않았다. 평범하던 시절의 자기 자신을 완전히 잃어버리진 않았다. 메말라 있던 마음에 여유가 스미자 사라졌던 것들이 되돌아온다.

하고 싶은 것, 좋아하는 일, 가지고 싶은 물건이 생겨났다. 많이 웃게 되었다. 되돌아온 후 웃은 횟수가 지난 9년간 웃은 횟수보다 많았다.

모든 것이 완전히 해결된 상태도 아니고, 새로운 문제도 생겼다. 전혀 알지 못했던 것들을 알게 되기도 했다. 앞날이 어떻게 될지는 여전히 미지수이고, 변수는 산적해 있었다. 깨달은 감정은 어찌해야 할지도 모르겠다.

그럼에도 지워 버린 과거보다 지금이 훨씬 나았다. 에키는 보석 핀을 머리에 꽂으며 조금 웃었다.

'나중에 시간을 내서 쇼핑을 가자. 누구랑 가지? 니콜 언니는 쇼핑을 싫어하니까……. 앨리스는 좋아하려나? 파티마 선배님은?'

같이 간다면 틀림없이 즐겁겠지. 상상을 하자 화장을 하는 내내 자꾸 입꼬리가 올라가서 고생했다. 마무리하고 일어나며 그녀는 문득 다른 생각을 떠올렸다.

'유리엔은 어떤 스타일을 좋아할까?'

떠올려 놓고 혼자 부끄러워져서 뺨이 상기되었다. 오래도록 억눌려 있다 갓 피어난 감정은 너무 달고 보드라워서 정신을 차리기 힘들었다. 마음이 통제를 벗어나 제멋대로 부푼다. 에키는 그녀가 그러했듯이, 자신을 보고 예쁘다고 말하는 그를 상상해 보았다.

"으아. 으아아……."

그녀는 괴상한 소리를 내며 양손으로 얼굴을 가렸다. 얼굴이 새빨갛게 달아올랐다. 손부채질을 하고 동동거리며 간신히 가라앉혔다.

그러다 오른 손바닥의 검은 문양이 눈에 들어왔다. 늘 그녀를 경계하게 만드는 과거의 상징. 악몽이 남긴 얼룩. 에키의 눈이 삽시간에 식었다. 얼굴에 몰렸던 열기도 가라앉았다. 그녀는 마검의 증거를 가만 내려다보았다.

[왜 쳐다봐? 할 말 있어?]

"아니. 그냥."

그녀는 드레스와 맞춰 짙은 보라색의 실크 장갑을 집어 들었다. 장갑 아래로 손바닥의 문양을 감췄다. 참고 있었던 숨이 길게 내쉬어진다. 거울이 눈에 들어왔다. 거울에 비치는 것은 화려한 에키네시아 로아즈. 마검의 악마를 숨기고 있는 여자.

'유리엔의 그 모든 표정은, 에키네시아 로아즈를 향한 거겠지.'

탄신 연회 때 그는 그녀를 보았다고 했었다. 개인적인 관심이라 했었다. '에키네시아 로아즈'에게는 가능성이 있을지도 모른다. 그를 둘러싼 상황이나 약혼 문제를 제외하고, 오직 그의 태도만으로 보면.

감히 그 가능성이 이루어지는 걸 원하지는 않는다. 원해서는 안 되니까. 그래도 들키고 싶지 않다. 절대로. 절실하게. 마검을 들켜서 쫓기는 것보다 그녀를 향한 그의 표정이 바뀌는 것을 보게 되는 게 두려웠다. 논리로는 설명할 수 없는 기분이었다.

에키는 오른손을 꽉 움켜쥐고 방을 나왔다.

그녀는 기사단 본부에서 머물고 있는 니콜을 방문했다. 내일부터 유리엔 단장과 장기 임무를 떠나게 되었다는 말을 하자, 니콜이 당황스럽다는 듯 외알 안경을 치켜올렸다.

"이 시점에 장기 임무라고? 일주일 이상? 한 달이나 걸릴 수도 있는?"

"으응."

"말도 안 돼. 지금 상황이 어떤지 제일 잘 알 사람이. 선택을 미루고 어딜 가겠다는 거야?"

니콜이 머리를 쓸어 넘기더니 눈살을 찌푸렸다.

"에키, 뭐 들은 건 없어? 그분은 대체 뭐 하러 간다는 거니?"

"임무 내용은 말해 줄 수 없댔어."

"……허, 참."

"어쨌든 그래서 내일부터 나도, 단장님도 아젠카에 없어. 언니, 잘 부탁해."

"디아상트 공녀는 걱정하지 마. 나도 있고……. 오늘 유리엔 단장이 기오사 오너를 공녀의 호위로 붙였어. 자리를 비워야 해서 그런 거였구나."

"오너? 누구?"

"테레사 경. 바론 경은 남자인 데다 부단장이니 테레사 경이 나은 선택이었겠지."

약혼도 약혼이지만, 디아상트 공녀가 죽었다간 황실이 그것을 핑계로 유리엔을 더 압박할지도 모른다. 니콜에게 그 점도 들었던 에키는 공녀가 안전할 것 같자 내심 안도했다.

여기까지가 이성적인 판단. 디아상트 공녀가 어떤 사람인지, 유리엔과 사이는 어떤지, 그런 감정적인 질문이 튀어 나갈 것 같아서 에키는 급히 다른 용건을 꺼냈다.

"저기, 언니."

"응?"

"언니 생각에는…… 마검을 가져다 둔 게, 2황자 측과 황태자 측 중에 어디일 것 같아?"

"……그걸 알아 봤자 뭘 어떻게 할 수 있는 것도 아니잖니."

"그래도 알아야지. 우리를 몰살시키려 했던 자가 누구인지도 모르고 있을 순 없잖아."

에키의 어조는 차분했지만 묘하게 오싹했다. 니콜은 잠시 침묵하다가 느리게 대답했다.

"솔직히 나는 2황자 측이 가능성이 높다고 생각해. 하지만 확신할 순 없어. 증거가 없으니까. 지금까지 내가 말한 정보들은 마탑 내부, 그리고 마법사들 사이에서 알아낸 것들과, 수도의 상황을 조합한 결과물이야. 이 이상의 정보를 알아내려면 황궁 쪽을 조사해서……."

"아니, 황궁은 조사하지 마. 절대로. 그건 너무 위험해."

황실의 뒷조사를 하는 게 발각되었다간 반역죄로 몰릴지도 모른다. 지나치게 위험한 일이다. 에키는 니콜을 또다시 잃고 싶지는 않았다. 조사는 다른 방법을 동원하면 되지만, 한 번 잃은 사람은 되찾을 수 없었다. 그녀는 살짝 웃었다.

"더 이상은 알아보지 않는 게 좋을 것 같아. 고마워, 언니."

"고마워할 필요 없어."

니콜이 고개를 젓고는 지친 듯 의자에 기대앉았다. 그녀가 힘 빠진 목소리로 중얼거렸다.

"로아즈에 마검을 가져다 놓은 놈이 누군지 알아내면 가만두지 않을 생각이었는데. 이젠 알아낼 수도, 어떻게 할 수도 없어졌구나. 여기서 더 위험해지지 않도록 조심하는 것 외에는 답이 없으니. 미안해, 에키."

"언니가 사과할 일이 아니야. 전부 언니 덕분에 알게 된 거잖아. 공녀의 호위를 자청할 정도로 최선을 다하고 있는 것 알아. 그러니 이젠 언니도 조심해."

에키는 테이블 위에 놓여 있는 니콜의 손을 가만히 잡았다. 니콜이 움찔 놀라며 맞닿은 손을 내려다보더니 중얼거렸다.

"너, 정말 변했구나."

"이상해?"

"아니. 마냥 어린애인 줄 알았는데, 지금은 뭐랄까……."

니콜은 마주 앉은 에키의 얼굴을 들여다보았다. 살이 약간 빠져서 여려졌으면 여려졌지 강해 보이진 않는데도, 어쩐지 예전과는 달리 그녀가 챙겨 줘야 할 동생 같지가 않았다. 선명한 보라색 눈동자를 보고 있자니 묘하게 의지가 되기까지 했다. 마검의 주인이 되었기 때문일까. 그게 이 아이를 이렇게나 바꿔 놓은 걸까. 그렇다면 꽤나 씁쓸한 일일 것이다.

"……다 컸네, 에키네시아 로아즈."

"당연하지. 성년식도 치렀잖아."

"넌 철들려면 최소 5년은 더 필요할 줄 알았거든."

니콜의 말에 에키가 샐쭉 눈을 흘겼다. 그 모습이 예전처럼 보여서, 니콜은 웃음을 터뜨리고 말았다. 그들은 곧 어두운 이야기를 밀어 놓고 일상적인 수다를 떨기 시작했다.

에키는 니콜과 점심까지 같이 한 후에 물건을 하나 빌리고 헤어졌다. 앨리스에게는 어제 저녁에 벌써 알려 주었으니, 다음으로 소식을 전해야 하는 건 파티마였다. 클럽 모임에 참가를 못 할 것 같으니 미리 이야기를 해야 했다.

그녀는 기사단 본부를 가로질러 사관학교 쪽으로 향했다. 그러다가 본부를 벗어나기 전에 회랑에서 익숙한 사람과 마주쳤다.

"에키, 오랜만이네."

"바라하 선배님."

임명식 이후로는 처음 만났다. 그 뒤로 앓아누웠고, 그다음엔 클럽 모임에 나갔으니까. 그녀가 정식 스콰이어가 되면서 스콰이어 예비교육이 끝났기 때문에 정기적으로 만날 일도 이제 없었다.

바라하가 그녀를 훑더니 빙긋 웃었다.

"아프던 건 다 나았어?"

"네, 이제 괜찮아요. 걱정해 주셔서 감사해요."

"한 번쯤 문병을 가고 싶었는데, 로드께서 너무 부려 먹으셔서."

그가 시무룩하게 말했다. 그 말을 듣고 보니 그의 눈 아래가 퀭했다. 서류를 한 아름 안고 있기도 했고. 덩치가 커서 못 알아챘는데 에키가 들었다간 앞이 안 보일 정도로 높은 서류의 산이었다. 그녀는 질린 눈으로 서류 더미를 보았다.

"이게 다 뭐예요, 선배님?"

"죄다 로드께 가는 축제 관련 서류야. 예산서, 기획안, 요청서, 설문조사……."

"축제요?"

"여름 태양 축제. 한 달도 안 남아서."

태양 축제는 대륙에서 가장 보편적인 축제였다. 한 해에서 가장 낮이 긴 날을 기념하며 6월 20일부터 22일까지 사흘간 이어지는 대규모의 축제 기간. 오늘이 5월 22일이니 정말 한 달도 남지 않았다. 부단장이 창천에서 대부분의 행정 업무를 주관하고 있는 탓에, 그의 스콰이어인 바라하도 덩달아 바빠진 모양이었다.

"아젠카에서도 대규모로 축제를 치르나 보네요."

"몰랐어? 기사단이 주도해서 아젠카 시내에서 성대하게 축제를 개최하는데. 각국에서 일부러 찾아오기도 해. 축제 중간에 창천 기사단 사열식도 있거든. 마스터들의 사열식은 장관이니까."

웃으며 설명하던 바라하가 퍼뜩 무언가를 떠올린 듯한 표정이 되었다. 그가 에키에게 물었다.

"전에 네가 몸이 좋지 않아서 스콰이어가 된 걸 제대로 축하하지도 못했지. 언제 시간이 돼?"

"아……."

까맣게 잊고 있었다. 문제는 에키가 내일 오전에 바로 장기간 임무를 떠난다는 점이었다. 만약 한 달이 걸린다면 축제 때나 돌아오게 될 텐데. 바라하가 축하해 주겠다는 걸 두 번이나 거절하자니 미안했다.

"혹시 오늘 가능하세요?"

"오늘은 일이 많아서. 다른 날은? 내일이나 모레는 여유가 있는데."

바라하가 서류를 내려다보며 한숨을 쉬고 되물었다. 에키는 난처한 표정을 지어 보였다.

"저, 내일부터 단장님과 함께 장기 임무를 가거든요. 한 달 정도 걸릴 수도 있다고 해서."

"……단장님과? 그 임무는 혼자 가신다고 들었는데."

"아, 어제 갑자기 저한테 동행하겠냐고 물으셨어요. 전 그분의 스콰이어니 당연히 승낙했고요."

"그래서 단둘이 장기 임무를 간다고?"

바라하의 표정이 묘해졌다. 에키가 의아하게 그를 올려다보았다.

"네. 왜 그러세요?"

"……아니, 아무것도 아니야."

바라하의 일이 급증한 건 유리엔의 그 장기 임무 때문이었다. 축제 준비를 함께 해야 할 단장이 장기간 자리를 비우게 되니, 부단장의 일이 늘고, 덩달아 부단장의 스콰이어인 바라하의 일도 늘었다. 유리엔이 떠나기 전에 최대한 많은 일을 처리하긴 했지만 그래도 빈자리는 어쩔 수 없는 법이었다.

그러니까 단장 때문에 일이 늘어서 에키네시아의 문병도 가지 못했는데, 에키네시아는 단장의 요청으로 그의 장기 임무에 동행까지 한단 말이지.

바라하가 순간적으로 마구간의 일을 다시 떠올린 건 어쩔 수 없는 일이었다. 유리엔의 시선에 반사적으로 물러났던 일. 그리고 부단장이 부른다는 말을 유리엔이 전해 줘서 갔더니 정작 부단장은 왜 벌써 왔냐고 묻던 일. 이어 결절에서 나온 직후 에키네시아를 끌어안았던 유리엔까지 떠오르자, 그의 미간에 주름이 갔다. 의심이 확신이 되어 또 다른 의심을 낳았다.

'내 일이 미친 듯이 늘어난 게 과연 우연일까.'

"선배님?"

"어? 미안, 잠시 다른 생각을 하느라."

에키의 물음에 그는 급히 생각을 지웠다. 그리고 빠르게 다른 제안을 던졌다.

"에키, 임무를 다녀와서는 시간이 되겠지?"

"네, 아마도요."

"돌아오면 바로 태양 축제 때일 수도 있겠군. 그럼 축제 때, 반나절 정도 시간을 내주겠어?"

그가 서글서글하게 요청했다. 계속 거절한 게 미안해진 에키는 순순히 고개를 끄덕였다.

"예, 그럼 그때 봬요. 그리고 식사는 제가 살게요. 선배님 덕분에 스콰이어의 일에 대해 많이 배웠으니, 제가 사야죠."

"흐음. 뭐, 그건 그때 가서. 잘 다녀와라, 에키."

바라하가 의미심장한 미소를 띠며 인사를 했다. 에키는 그에게 마주 인사를 하고 파티마를 찾아 2학년 여자 기숙사로 향했다. 파티마에게 클럽 모임에 한동안 빠지게 될 것 같다는 말을 전하고 돌아오니 벌써 저녁 무렵이었다. 그녀는 앨리스와 함께 식사를 하고 밤늦게까지 짐을 쌌다.

피치 못할 사정을 대비해서 여행용 가죽옷을 챙겨 넣긴 했지만, 짐의 대부분은 드레스와 장신구였다. 유리엔과 계속 같이 다닐 걸 생각하니 도저히 '귀족 영애 에키네시아 로아즈'의 모습을 포기할 수가 없었다. 당연히 짐의 양은 장난이 아니었다.

그녀는 이럴 줄 알고 아까 니콜한테서 마법 가방을 빌려 왔다. 보통 가방 다섯 개 역할을 하는 마법 가방은, 니콜이 로아즈 영지에 돌아올 때마다 각종 잡동사니로 방 안을 엉망으로 만들어 버리는 원인이기도 했다. 덕분에 에키는 가방 하나에 모든 짐을 챙겨 넣을 수 있었다.

그렇게 준비를 마치고, 다음 날 오전이 되었다.

5월 23일, 스콰이어 에키네시아 로아즈는 로드 유리엔 드 하르덴 키리에를 따라 장기 비밀 임무를 떠났다.

6막.
망가지지 않는 것과 가까워지는 것(1)

에키와 유리엔은 마나 열차를 타고 이동했다. 마나를 원료로 마법을 이용해 달리는 열차는 대륙 곳곳을 연결하는 가장 빠른 이동수단이었다. 유리엔이 예매한 표는 1등 칸으로, 길쭉한 소파 두 개가 테이블을 사이에 두고 마주보고 있는 작은 방 형태의 객실이었다.

그들은 객실에 들어서서 각자의 짐을 짐칸에 올려놓고 마주 앉았다. 그러고 나니 어색한 침묵만이 흘렀다. 에키는 맞은편에 있는 유리엔을 보지 못하고 창문으로 시선을 돌렸다.

열차가 출발하는 신호로 종이 울리고, 창밖의 풍경이 움직였다. 흔들거리는 열차의 진동이 벽에서부터 몸까지 전해졌다. 열차는 아젠카 역을 벗어나 들판을 가로지르기 시작했다. 그녀는 딱히 볼 것이 없는 막막한 풍경을 아무 생각 없이 지켜보았다. 그러다가 유리엔이 지나치게 고요한 게 신경이 쓰여 슬쩍 고개를 돌렸다.

그는 소파에 기댄 채 팔짱을 끼고 눈을 감고 있었다. 감긴 눈의 긴 속눈썹이 흰 피부에 그림자를 드리웠다. 흘러내린 은발이 유리창으로 들어온 햇빛을 머금고 반짝반짝 빛났다. 그림처럼 고요한 모습이었다.

'잠들었나?'

바짝 긴장하고 있던 에키의 몸에서 힘이 빠져나갔다. 그녀가 자세를 고쳐 앉아도 유리엔은 미동조차 하지 않았다. 에키는 편하게 소파에 기댔다. 다리를 꼬고 무릎에 팔꿈치를 올려 턱을 괸 채 맞은편의 그를 바라보았다.

인상적인 하늘색 눈동자가 눈꺼풀에 감춰지자 그는 살아 있는 사람이라기보다 장인이 공들여 빚은 조형물처럼 보였다. 미미하게 덜컹거리는 열차의 진동과 그와 그녀가 내쉬는 숨소리가 공간을 채웠다. 그 안에서 가만히 그를 보고 있자니 심장이 조금씩 빠르게 뛰었다.

감정으로 채색된 아득한 찰나. 에키는 하염없이 그를 눈에 담다가, 그를 만져 보고 싶다는 생각을 하다가, 그래서는 안 된다는 것을 떠올리고, 곧 복잡한 생각에 빠져들었다.

황제. 황제가 아끼고 지지하는 2황자, 외가와 처가의 지원을 받고 있는 1황자이자 황태자, 그들의 대립, 그리고 그들 모두의 경계 대상인 3황자, 유리엔. 황태자가 내민 최후의 손, 디아샹트 공녀와의 약혼. 꽉 짜인 올가미 같은 상황.

문득 분수대 앞에서 처음 그와 다시 재회했을 때가 떠올랐다. 그때 유리엔은 단장이라고 부르는 그녀에게 자신의 이름을 부르라고 했었다. 그러면서 제 이름을 말할 때 성을 붙이지 않았다.

'황족의 성……. 뗄 수 있다면 떼어 버리고 싶은 걸까.'

태어남과 동시에 어머니를 잃고, 그로 인해 아버지에게 평생 증오를 받아 온 삶. 형제들에게 눈엣가시가 되어 선택을 강요받는 삶.

평범한 가정에서 금실 좋은 부부의 딸로 태어나 사랑받고 자란 그녀로서는 그게 어떤 삶일지 짐작도 가질 않았다. 어쩐지 가슴 한쪽이 아려 왔다.

'빛 속에서 태어나서, 마냥 고결하기만 한 사람일 줄 알았는데.'

그녀가 아는 유리엔은 그의 정말 작은 일부에 불과할 것이다. 그에 대해 더 알고 싶어졌다. 어떻게 살아왔고, 어떤 꿈을 꾸고 있는지. 무엇을 좋아하는지, 무엇을 싫어하는지, 무엇을 바라고 있는지.

'이 임무를 마치고 돌아가면 그는 약혼을 하게 되는 걸까.'

로아즈를 위해서는 그가 약혼을 해야 한다. 알고 있다. 그럼에도 불구하고 그가 약혼을 하지 않았으면 좋겠다. 디아상트 공녀와 유리엔이 약혼하는 것을 상상하고 싶지 않았다.

그럼 어떻게 해야 하지.

모르겠다. 그녀 자신의 문제라면 몰라도 이건 유리엔의 문제이니까. 그녀가 그의 문제에 끼어들 자격은 없다. 아무리 끼어들고 싶다 해도. 에키네시아와 유리엔 사이에 있는 관계는 스콰이어와 로드의 관계뿐이므로.

'다른 관계라면 약혼 같은 거 하지 말라고 할 수 있을 텐데. 다른 방법으로 당신이 처한 상황을 극복하자고, 함께 노력해 보자고 할 수 있을 텐데. 내 가문의 안전을 그가 신경 쓰고 있을 리는 없겠지만, 어쨌든 로아즈는 내가 지킬 수 있으니까 당신은 마음 가는 대로 하라고 하고 싶어. 그와 내가 만약 연인이었다면……'

무심코 떠올린 연인이라는 단어에 뜬금없는 망상이 튀었다. 에키는 볼이 달아오르지 않았는지 손으로 더듬다가, 허둥지둥 거울을 꺼내 확인했다. 다행히 얼굴이 빨개지진 않았다. 안도의 한숨을 쉬고 고개를 드니 파란 눈이 그녀를 똑바로 바라보고 있었다.

"어, 언제 깨어나셨……."

"잠든 적 없다."

유리엔이 조용히 대답했다. 에키는 기겁한 가슴을 겨우 진정시켰다. 그녀가 거울을 도로 챙겨 넣고 풀어놓았던 긴장을 다시 조이는 동안 유리엔은 가만히 그녀를 응시하고 있었다. 그게 부담스러워서 에키는 아무 말이나 꺼냈다.

"로드, 저희 목적지는 어디인가요?"

"제국 동부 크리올라 지방의 작은 마을이다. 밤에 크리올라 역에서 내린 다음, 마차를 타고 다시 이동할 예정이다. 잠은 마차에서 자게 될 것 같군. 아침쯤엔 목적지 근처에 도착하게 될 거다."

그가 조곤조곤 설명했다. 제국 내라지만 잘 모르는 지방이었다. 에키는 망설이다가 다시 질문을 던졌다.

"임무의 내용, 이제는 말씀해 주실 수 있나요?"

유리엔은 곧바로 대답하지 않았다. 그가 길게 숨을 삼키고 느릿하게 뱉었다. 입술이 달싹였다가 다물리고, 눈을 내리깐다.

'긴장하고 있어……. 왜?'

에키가 의아하게 생각하는 사이 그는 생각을 정리한 듯했다. 그가 천천히 입을 열었다.

"엘기오사에 대해 알고 있겠지."

"……네."

에키는 놀란 티를 내지 않기 위해 애썼다. 유리엔의 약혼 사건이 터진 직후, 종이에 정리해 봤던 과거의 사건들이 떠올랐다. 성녀가 살해당한 다음에서야 치유검 엘기오사가 발견되었던 일. 유리엔이 말을 이었다.

"이번 임무의 목적은 엘기오사를 회수하는 것, 그리고 엘기오사의 오너를 구조하는 것이다."

그 말을 하고서 유리엔은 에키의 반응을 살폈다. 그 기색을 눈치챈 에키는 불현듯 깨달았다. 여기에서 엘기오사 사건에 대해 무언가 알고 있는 티를 내면, 유리엔은 그녀가 지워진 과거를 알고 있는 자, 즉 바르데르기오사의 오너임을 알아채게 될 것이다.

떠보고 있다. 저렇게 말하는 것으로 자신이 기억이 있음을 암시하며 그녀에게 기억이 있는지를 시험하는 거다. 등줄기를 타고 오싹 소름이 끼쳤다. 에키는 약간의 놀람과 당황을 섞어서 어이없는 듯한 표정을 만들어 내었다.

"엘기오사라고요? 그건 행방불명 아니었나요? 게다가 엘기오사의 오너라니……."

"……목적지에 도달하면 한동안 잠복을 할 것이다. 정확한 시기는 몰라도, 이즈음에 그 장소에서 엘기오사의 오너가 나타날 테니까."

"그걸 어떻게 아세요?"

"정보의 출처는 밝힐 수 없다."

유리엔이 쓴웃음을 띠었다. 어딘지 모르게 애달픈 표정. 기억이 있다는 것을 들킬까 봐 초조해진 에키는 그의 그런 기색을 알아차리지 못했다.

'그 장소에서 이 시기에 성녀가 살해당한 거구나. 그 후에 죽은 성녀에게 있던 엘기오사가 발견되었고, 제보를 받고 창천 기사단이 와서 조사하는 과정에서 엘기오사의 오너였던 성녀가 살해당했다는 걸 알게 되었다고 했으니까……. 그 아이를 살리려고 미리 가는 거네.'

살해당했던 성녀의 정확한 나이는 모르지만, 아직 어린아이였다는 건 알고 있었다. 기껏해야 열두어 살쯤 되었을 아이. 유리엔은 그 아이를 구하기 위해 중대한 선택을 앞둔 이 시기에 장기간 자리를 비우는 일을 감수하는 거다. 그다운 일이었다.
이 사건에 대해 뭔가 알고 있다는 티를 내선 안 된다. 에키는 몹시 궁금하다는 얼굴로 수긍했다.
"알겠습니다, 로드."
"기다리는 동안 노숙을 해야 할 텐데, 괜찮겠나?"
"네, 물론이죠."
"그대의 몸은 그대가 생각하는 것보다 약하다. 무리는 절대 하지 말도록."
에키네시아의 실력과 몸 간의 불균형을 알고 있는 것처럼 의미심장한 말이었다. 그러나 에키가 그에 대해 의문을 가지기 전에, 유리엔은 다른 말을 꺼냈다.
"그런데, 그대의 검 말이다."
"제 검이요?"
유리엔의 시선이 그녀가 소파에 올려놓은 싸구려 롱소드에 가 닿았다. 물이 반쯤 빠진 뻣뻣한 가죽검집에, 투박하기 그지없는 손잡이. 굳이 뽑아 보지 않아도 날의 상태도 좋지 못할 게 뻔해 보였다. 그는 망설이듯 말을 고르더니 조심스럽게 물었다.
"그 검을 사용하는 특별한 이유라도 있나?"
"아, 이건……."
에키는 검을 감추듯 끌어당겼다. 사실대로 말해야 하나. 유리엔에게는 되도록 거짓말을 하고 싶지 않았다. 그녀는 별수 없이 솔직히 대답했다.
"검을 손질하기 싫어서요. 대충 쓰다가 버리고 새것으로 바꾸려고 일부러 저렴한 것을 골랐습니다."

"검을 손질하기 싫어하는 건, 단순히 귀찮기 때문인가?"

예쁜 게 좋다면서 왜 못생긴 싸구려 검을 들고 다니느냐고 물었던 바라하에게는 손질하기 귀찮아서라고 대답했었다. 절반은 진심이었다. 그러나 다른 절반의 진심이 있었다. 그녀를 바라보고 있는 유리엔의 눈은 영혼까지 꿰뚫어 보는 듯한 새파란 빛깔이었다. 그 눈을 마주하며, 에키는 나머지 절반의 진심을 토해 냈다.

"검을 쥐고 있으면 기분이…… 나빠질 때가 많아서요. 쥐고 있는 시간을 최대한 줄이고 싶었습니다."

사관학교에 들어오기 전에 비하면 많이 나아지긴 했다. 앨리스를 만나고 앨리스와 대련을 하면서 검을 맞대는 게 즐거울 수도 있다는 것을 깨달았으니까. 위즈덤 클럽 모임에서 파티마와 했던 대련도 괜찮았다. 끝나고 나서 검에 대해 대화하는 것도 꽤 재미있었다.

그럼에도 불구하고 혼자 있을 때 검을 쥐거나 만지는 건 싫었다. 손질 같은 건 당연히 할 생각이 없다. 검을 손질하려면 칼날을 계속 들여다보고 있어야 하는데, 그 과정 자체가 그녀에게는 끔찍한 기억들을 불러오는 방아쇠가 되곤 했다.

살육과 파괴의 기억. 그녀의 검에 죽어 간 사람들. 칼날에 묻혔던 수많은 피들.

지금 그녀의 눈앞에서 숨 쉬고 있는 하얀 남자를 피로 물들였던 기억은 특히나 아픈 흉터 중 하나였다. 새삼 그것이 떠오르자 가슴께가 서늘해졌다. 그런 짓을 저질러 놓고 그를 사랑한다니, 자신이 추악하게 느껴졌다.

감정이 순간적으로 범람하여 얼굴에 표가 난 모양이었다. 그녀를 보는 유리엔의 눈이 흔들렸다. 에키는 급히 표정을 수습했다. 아무렇지도 않게 웃으며 가볍게 말했다.
"검 손질이 귀찮은 게 제일 큰 이유지만요."
"역시 그대는…… 검이 싫은가?"
"……."
그렇게 묻는 그의 음성은 무겁고, 눈꺼풀은 미세하게 떨렸다. 싫어하지 않는다고 대답해야 하는데 입이 차마 떨어지지 않았다. 곧바로 대답하지 못하자 어색한 정적이 생겨났다. 에키는 간신히 대답을 만들어 냈다.
"즐거울 때도 있어요."
"어떤 때에?"
"대련할 때…… 검으로 대화를 나누는 느낌이 들 때가 있거든요. 그럴 때는 즐겁습니다."
유리엔의 얼굴이 희미하게 밝아졌다. 그가 입꼬리를 약간 올리며 속삭이듯 말했다.
"언젠가 그대와 검으로 대화를 나눌 수 있으면 좋겠군."
또다시 대련 요청. 에키는 저도 모르게 움찔 몸을 굳혔다. 그것을 알아차린 그가 황급히 덧붙였다.
"독촉하는 것이 아니다. 미안하군."
"아, 아니에요."
"어쨌든, 그럼……."
유리엔은 서두를 꺼내 놓고 말을 잇지 않았다. 우물쭈물하는 느낌. 대련 얘기에 당황했던 에키가 완전히 진정할 때까지도 그는 계속해서 망설이고 있었다. 그녀는 의아하게 그를 살피다가 은발 사이로 보이는 귀가 약간 붉어져 있는 것을 발견했다. 뭐지?

"그, 그대가, 그 검을 쓰는 이유가, 그런 것이라면……."

유리엔이 더듬거리며 말하다가 헛기침을 했다. 뭔가 수줍어하는 기색인데. 그녀보다 큰 남자에게 수줍다는 표현을 하자니 민망했지만, 지금의 그를 보자니 그 표현 외의 말은 떠오르지 않았다.

에키가 말없이 기다리고 있자 유리엔이 아랫입술을 살짝 깨물고는 벌떡 일어났다. 그가 짐칸의 자기 가방을 열고 그 안에서 길쭉한 꾸러미를 꺼냈다.

금실로 가장자리에 수를 놓은 흰 가죽으로 둘둘 말린 물건이었다. 자리에 앉은 그가 그것을 그들 사이의 테이블 위에 올려 놓았다. 그는 머뭇거리며 그 가죽 꾸러미를 내려다보다가 심호흡을 했다. 그러곤 에키 쪽으로 그것을 밀어 놓으며 조그맣게 말했다.

"그대 것이다."

에키는 멍하니 자신 앞에 놓인 꾸러미와 그를 번갈아 보았다.

"이건……."

"그건 손질하지 않아도 된다. 따로 관리해 줄 필요도 없고. 마법이 걸려 있으니."

마법? 손질? 설마. 에키는 홀린 듯이 꾸러미를 묶고 있는 끈에 손을 대었다. 매듭은 슬쩍 잡아당기는 것만으로도 미끄러지듯 풀렸다. 금실이 수놓아진 부분이 까끌까끌하게 손끝에 스쳤다. 묶인 것이 완전히 풀리자 하얀 가죽은 저절로 벌어지며 속에 있는 물건을 내보였다.

그 안에는 한 자루의 검이 놓여 있었다. 검은 전체적으로 백색이었다. 하얀 가죽 검집에 보라색으로 문자가 수놓아져 있었다.

―아메시스트(Amethyst)

검의 이름인 모양이었다.

이름 그대로 손가락 한 마디보다 조금 더 큰 선명한 자수정이 가드에 눈동자처럼 박혀 있었다. 그 주위로는 홈을 파고 안쪽에 자수정 가루를 채워 만든 보라색 선으로 마법진을 그려 놓았다. 검에 걸려 있다는 마법이 그 마법진을 매개로 동작하는 듯했다.

검집에는 구슬처럼 가공한 자수정으로 장식한 흰 가죽끈이 연결되어 있었다. 벨트와 유사한 형태였는데, 가느다란 가죽끈이 자수정 구슬과 함께 겹겹이 연결된 게 드레스 위에 걸쳐도 어색하지 않을 만큼 예뻤다. 아예 처음부터 드레스 위에 검을 찰 수 있도록 하려는 목적으로 만들어진 벨트로 보였다.

에키는 넋을 놓고 그것을 내려다보다가 손잡이를 쥐었다. 마법진이 새겨진 흰 손잡이는 착 달라붙듯 감촉이 좋았다. 무게는 보기보다 가벼웠다.

가로로 눕힌 상태에서 천천히 검을 뽑아 보았다. 하얀 검집 밖으로 거울처럼 반들거리는 칼날이 드러났다. 매끄러운 금속의 광택이 한눈에 보기에도 예리했다. 칼날의 형태 자체는 일반적인 롱소드와 큰 차이가 없었다. 특징이라면 날의 중앙에 길게 파져 있는 홈인 풀러(Fuller)의 안쪽에 작게 검의 이름인 아메시스트가 새겨져 있다는 정도였다.

몹시 예쁜 검이었다. 어딜 봐도 맞춤 제작 수제품일. 그것도 그녀를 위해서 만들어진 듯한. 에키는 손끝으로 풀러의 안쪽에 새겨진 글자를 쓸어 보았다.

"아메시스트가 검의 이름, 맞나요?"

"그래. ……마음에 드나?"

유리엔이 조바심이 묻어나는 음성으로 물었다. 에키는 곧바로 대답하지 못했다. 다양한 감정과 수많은 생각이 불꽃놀이의 불꽃처럼 터졌다가 사그라들었다. 그녀는 조금씩 더 빠르게 두근거리는 심장을 간신히 가라앉혔다.

'스콰이어에게 로드가 검을 선물하는 건 흔한 일이잖아.'

기사가 자신의 스콰이어에게 주는 선물로 가장 흔한 게 검일 터다. 그러니까 큰 의미가 담겨 있는 물건은 아닐 것이다. 창천 기사단장쯤 되는 위치면 스콰이어를 위해 마법까지 걸린 전용 검을 맞춰 주는 게 사치스러운 일도 아니다.

'쓸데없는 상상은 하지 말자. 그는 그냥 자신의 스콰이어에게 검을 선물한 것뿐이야.'

에키는 겨우 마음을 다잡았다. 좋아하는 사람에게 선물을 받은 설렘을 그렇게 가라앉혔다. 그녀가 마음을 다스리느라 대답을 하지 않자 유리엔이 약간 초조하게 말했다.

"이물질이 검의 표면에 남아 있지 않게 하는 마법이 걸려 있다. 날의 강도를 유지하는 마법도. 반년마다 한 번씩 마나를 충전해 주기만 하면 된다. 마나 충전은 마법사들에게 부탁해도 되고, 아니면……."

유리엔이 말끝을 흐렸다. 그는 에키를 피해 시선을 돌린 채 뒷말을 마무리했다.

"……내가 충전해 줄 수도 있다."

에키가 고개를 들었다. 그녀를 비켜난 곳에 눈을 두고 있는 유리엔의 귀는 여전히 불그스름했다. 그는 불안해 보였다. 그녀가 자신이 준 검을 싫어할까 봐 걱정하는 듯했다. 에키는 웃었다. 딱히 의도하지 않아도 저절로 입술이 휘어지며 입꼬리가 깊게 파였다. 눈매가 풀렸다.

"감사합니다, 로드. 정말 예뻐요. 잘 쓰겠습니다."

몇 마디 되지 않는 말인데 한마디씩 말할 때마다 유리엔의 얼굴이 차츰 밝아지는 게 보였다. 그가 그녀를 마주 보았다. 도저히 억누를 수 없는 기쁨이 새어 나와 그의 얼굴을 생기로 가득 채웠다.

백 마디 말보다 강렬한 몇 초의 미소. 마주하고 있는 그녀의 심장이 철렁할 정도로.

"마음에 든다니 다행이군."

"……이거, 일부러 맞추신 건가요?"

"그렇다. 부담스러운가?"

유리엔이 움찔 놀라더니 조심조심 물었다. 에키는 고개를 저었다.

"아뇨, 그냥…… 기성품 같지가 않아서 여쭌 거예요."

"그대를 스콰이어로 임명하기로 했을 때 제작을 맡겼다. 완성된 게 얼마 전이라서, 그대에게 줄 기회를 잡느라……."

들뜬 어조로 말하던 유리엔이 아차 하며 뒷말을 얼버무렸다. 그가 애써 담담한 얼굴로 눈을 내리깔았다. 그러나 에키는 이미 들어 버렸다.

"계속 줄 기회를 기다리고 계셨던 거예요?"

"……."

"그냥 아무 때나 불러서 주시면 되는데."

"그대가……."

"아니면 임명식 때 주신다거나. 기회는 많았잖아요."

당황하는 유리엔의 모습이 이상하게 간질간질하고 귀여워서, 에키는 놀리듯 캐물었다. 유리엔이 항변하듯 말을 덧붙였다.

"그대가 나를 싫어하는 기색이어서."

"제가요? 로드를?"

되묻는 에키의 목소리가 저절로 높아졌다. 누가 누굴 싫어해? 염치 없이 좋아하고 있다는 걸 깨달아서 미치겠는 판에. 그녀가 반문하자 유리엔이 눈을 내리깔았다.

"이제는 아니란 걸 안다. 저번에 그대가 내게 예쁘……."

"잠깐, 잠깐, 잠깐만요. 그 뒷말은 하지 않으셔도 돼요. 아니, 제발 하지 말아주세요."

에키는 새빨갛게 달아오른 얼굴로 그의 말을 끊었다. 유리엔의 눈이 둥글게 커지더니 나지막하게 웃었다. 그녀는 빨개진 채 테이블 위에 있는 아메시스트를 쥐었다. 벨트 부분을 허리에 매어 보려 하자 스산한 음성이 그녀의 영혼을 울렸다.

[주인아. 주인아. 주인아.]

지금 대답 못 한다는 걸 알면서 왜 부르는 거야, 이 망할 마검아. 에키는 속으로 투덜거렸다. 벨트를 어떻게 매는 건지 잘 모르겠다. 그녀는 흰 가죽끈을 이리저리 잡아당기다가 빽 높아진 마검의 목소리에 화들짝 놀라 가죽끈을 놓쳐 버렸다.

[지금 나 말고 다른 검을 들이는 거야? 응? 예쁘다고 칭찬까지 하면서? 너무해! 나한테는 그런 적 없잖아! 기오사도 아닌 그딴 허접한 거한테! 그거보다 내가 더 예뻐! 내가 더 튼튼하다고! 그런 건 당장 버려! 허여멀건 한 게 완전 못생겼어!]

평소의 칭얼거림보다 훨씬 시끄러운 칭얼거림이었다. 미운 일곱 살짜리가 바닥을 동동 구르며 빽빽 소리치는 듯한. 에키는 반사적으로 귀를 막았다.

[난 날 버리겠다는 주인 말도 착하게 고분고분 듣는데, 주인이란 인간은 아직 내가 있는데도 다른 검을 좋다고 받거나 하고! 주인 미워! 서러워! 삐질 거야! 비뚤어질 거라고!]

귀를 막아 봤자 영혼에 닿는 목소리는 그대로였다. 바르데르기오사가 쨍알거리는 소리에 머리까지 울릴 지경이었다. 에키는 가차 없이 오른손에 마나를 흘렸다.

[아야! 아! 이씨, 주인은 나만 미워해······.]

마검이 한껏 부루퉁하게 투덜거리더니 조용해졌다. 아무래도 나중에 따로 대화를 해야 할 것 같았다. 한숨을 내쉬는데 불쑥 그녀 위로 그림자가 드리워졌다.

"로, 로드?"

"매는 것이 어려워 보여서. 잠시 손을 대도 되겠나?"

어느새 유리엔이 테이블을 돌아 그녀 쪽으로 다가와 있었다. 그는 소파 등받이에 팔을 짚은 채 그녀의 허리에 어설프게 걸린 흰 가죽끈을 내려다보았다. 곧바로 고치려 들지 않고 정중하게 묻긴 했지만, 그가 바짝 다가왔다는 사실 자체에 에키는 반쯤 이성이 나가 버렸다. 그녀가 얼떨결에 고개를 끄덕였다.

"실례하지."

그가 가죽끈을 쥐었다. 그러곤 그것을 그녀의 허리에 한 바퀴 돌려 감고 옆구리 쪽에서 구슬을 얽으며 마무리했다. 그 바람에 그의 팔이 그녀의 허리를 감싸듯 안았다가 떨어져 나갔다.

"이런 식으로 매면 된다."

"가, 감사합니다."

유리엔은 담담히 말하고 물러서더니 객실 문 쪽으로 향했다. 아직 나간 이성이 돌아오지 않은 에키가 무의식적으로 물었다.

"어디 가세요?"

"……목이 말라서. 그대는?"

"아, 전 괜찮아요."

"다녀오겠다."

유리엔은 순식간에 객실을 나가 버렸다. 혼자 남은 에키는 망연히 허리춤을 더듬다가 양손에 얼굴을 파묻었다. 온 얼굴이 화끈화끈했다.

[쟨 왜 갑자기 나가? 어쨌든 나갔으니까 이제 말해도 되지?]

"아메시스트 버리란 소리 하면 너부터 부러뜨려 버린다."

[왜! 왜! 와, 벌써 이름으로 부르는 거 봐! 너 원래 검 안 좋아하잖아! 왜 걔만 차별해! 그냥 전처럼 아무거나 쓰다 버리란 말이야!]

"이건 예외야."

[말도 안 돼! 왜 예외인데? 비싼 거라서?]

"유리엔이 준 거니까……."

에키는 자신이 한 말에 스스로 동요하여 입가를 만지작거렸다. 그녀는 끝없이 투덜거리는 마검의 말을 한 귀로 흘리며 허리에 매달린 아메시스트를 바라보았다. 그녀를 위해 그가 만들어 준 하얀 검.

'이걸 볼 때면, 이제…….'

악몽 같은 기억보다 유리엔이 먼저 떠오르겠지. 벼락같은 깨달음이 들었다. 아마 당분간, 어쩌면 영원히. 그녀는 아메시스트를 보면서는 끔찍한 기억을 되새기지 않아도 될 것이다. 영혼의 말단에서부터 온

수에 젖어 들듯 따스함이 퍼져 나간다.

"어떡하지……. 더 좋아지는 것 같아."

꿈꾸는 듯한 이런 순간들은 길지 않을 텐데. 현실이 입을 벌려 기다리고 있는데. 그럼에도 막 깨달아 한창 달뜬 감정은 그녀를 쉽사리 놓아주지 않았다. 에키는 그저 외면하듯 눈을 감았다.

열차는 하루 종일 쉬지 않고 달렸다. 제국 동부에 있는 대도시 크리올라의 역에 도착한 건 한밤중이었다. 역 바깥에는 역에서 내린 손님들을 잡기 위해 밤중에도 마차들이 여럿 서 있었다.

"마차 안에서 잠을 자야 하니까."

유리엔은 그렇게 말하며 마차를 두 대 잡았다. 그들은 각자 다른 마차에 타고 목적지를 향해 출발했다. 꽤 피곤했던 에키는 마차에 탄 지 얼마 되지 않아 잠들었다.

피와 살점이 고인 진창이었다. 그녀는 그 진창에 널브러져 기고 있다. 콧속을 찌르는 비릿한 냄새. 눈이 뻥 뚫린 해골이 피에 반쯤 잠긴 채 그녀를 보았다. 해골이 입을 벌려 말한다.

〈네 가족의 피야. 네가 소중히 여기던 사람들의 피야. 무고한 사람들의 피와 눈물이야. 전부 네 거야.〉

〈으…….〉

목소리가 잘 나오지 않았다. 그녀는 소리 없는 비명을 지르며 일어나려 했다. 그러나 진창은 그녀를 얽어매고 놓아주지 않았다. 그만, 그만해. 마침내 울기 시작할 때, 그녀의 머리 위로 빛이 쏟아져 내렸다. 하얗게 반짝이는 고결한 빛이었다. 그녀는 그 빛을 올려다보았다.

내가 닿아도 될까. 나를 위해 내려온 빛이 맞는 것일까. 저 빛이 나를 구원해 줄 수 있을까.

에키네시아는 빛을 향해 손을 뻗었다. 진홍색 피가 치켜 든 그녀의 팔뚝을 따라 그물 같은 무늬를 그리며 흘러내렸다. 붉은 손이 빛에 닿았다. 빛이 부서졌다.

〈아.〉

부서져 내리는 빛의 조각조각이 모두 새빨갛다. 잘린 머리, 내장이 흘러나온 시체, 일그러진 얼굴, 저주하는 비명, 고여 흐르는 피가 그 조각들에 비쳤다. 빛은 붉게 물들어 쏟아져 내렸다.

〈내가 망가뜨린 거야?〉

무너진 빛이 붉은 조각이 되어 그녀의 진창 위에 쌓였다. 그것이 시체를 만들어 냈다. 붉게 물든 하얀 남자의 시체. 감지도 못한 푸른 눈이 똑바로 그녀를 보고 있다. 자신을 이렇게 만든 그녀를 원망하듯이. 이길 거라면서. 지켜봐 줘서 고맙다고 말할 거라면서. 믿었는데. 너는. 이게 내가 너를 믿은 대가인가? 내가 네게 기회를 준 결과가 이것인가?
너를 기다려 주지 말았어야 했다. 너를 거기서 죽여 버렸어야 했다. 그가 말하지 않은 비난을, 그의 시체를 보며 그녀가 상상해 낸다. 시체의 푸른 눈에 붉은 액체가 고여 흘러내린다. 시체는 웃으며 속삭인다.

〈그런 네가, 감히 나를 사랑한다고?〉

에키네시아는 비명을 질렀다.

[야, 야, 괜찮아? 왜 잘 자다가 고함을 지르고 그래. 놀랐잖아!]
"아가씨, 무슨 일입니까?"
마검의 목소리와, 마차의 덧창을 열고 돌아보는 마부의 목소리가 동시에 들렸다. 에키는 식은땀에 흠뻑 젖은 채 숨을 몰아쉬었다.
"헉, 허억……."
꿈을 꾼 것 같은데. 어떤 꿈이었지. 아, 악몽. 악몽은 흔히 꿨잖아. 별거 아니야. 익숙한 일이야. 스스로에게 쉼 없이 되뇌자 호흡이 가라앉았다. 곧 에키는 아무렇지도 않게 웃으며 마부에게 말할 수 있었다.
"별것 아니에요, 악몽을 좀 꿔서."
"깜짝 놀랐습니다, 허허. 잠자리가 불편해서 그러셨나 보네. 뭐, 일어나실 때가 되긴 했습니다."
"어디쯤인가요?"
"이제 다 왔습니다. 창문을 열면 마을이 보일 겁니다."
에키는 굳게 닫아 놓은 마차 옆면의 나무창을 열었다. 자욱한 안개가 마차 안으로 훅 밀려들어 왔다. 그것이 식은땀을 식혀 주었다.

[너 악몽 꾸는 건 오랜만에 본다? 시간 되돌리고 나서는 처음 아냐? 무슨 꿈이었어?]

"……몰라, 잊었어."

그녀는 마검에게 대강 답해 주며 가늘게 뜬 눈으로 안개 너머를 바라보았다. 바로 앞에서 달리고 있는 유리엔의 마차 너머로 마을이 가까워지고 있었다.

작은 마을이었다. 그들은 마을의 입구에서 내려 마차를 떠나보냈다. 유리엔은 약간의 식량을 구입하고 곧바로 마을을 벗어났다. 그는 이미 목적지를 잘 아는 듯 거침없이 걸음을 옮겼다. 그가 향한 곳은 마을 뒷산이었다.

"괜찮겠나?"

그는 오르막길에 접어들기 직전, 에키를 돌아보며 물었다. 그의 시선이 그녀의 굽 높은 구두에 머물렀다. 에키는 반사적으로 끄덕였다.

"괜찮습니다."

그에게는 '백작 영애 에키네시아 로아즈'에서 벗어나는 모습을 한 치도 보여 주고 싶지 않았다. 자신이 품고 있는 감정을 알아차린 후 더 깊어진 두려움은 강박에 가까웠다.

유리엔은 두 번 묻지 않았다. 그가 곧 앞서서 산을 오르기 시작했다. 에키는 두세 걸음 떨어진 뒤에서 그를 따랐다.

구두를 신고 부풀린 페티코트를 걸친 채 산을 오른다는 건 생각보다 더 불편했다. 다행히 산은 야트막한 동산 정도로 높지도 험하지도 않았지만, 그래도 불편할 수밖에 없었다. 그녀가 마스터가 아니었다면 금방 지쳐 쓰러졌을 것이다. 에키는 몰래몰래 마나를 사용하며 몸을 지탱했다. 유리엔이 앞에서 걷고 있었지만, 타인의 몸속에서 움직이는 마나는 직접 접촉하지 않는 한 감지하는 게 불가능하므로 상관없었다.

물론 몸 밖으로 흘러나온다거나 마나가 아니고서는 불가능한 수준의 움직임을 보인다면 이야기가 달라진다. 후자의 대표적인 경우가 대련이라서, 마나를 사용하는 움직임과 그렇지 않은 움직임을 구별할 만한 사람이 상대일 때 마나를 썼다간 마스터인 것을 들킬 확률이 높았다.

그녀가 유리엔과의 대련을 기피하는 가장 큰 이유가 그것이었다. 유리엔을 상대로 하면서 마나를 쓰지 않을 수가 없는데, 지금처럼 그냥 뒤따르면서 마나를 돌려 몸을 지탱하는 것과 검을 맞댄 상태로 마나를 쓰는 건 천지 차이니까. 아마 유리엔이라면 대련 중에 그녀가 조금이라도 마나를 써서 움직이면 곧바로 구별해 낼 터다.

'아니…… 잠깐만.'

페티코트와 구두를 속으로 욕하며 내내 그런 생각을 하다가, 에키는 지금까지 염두에 두지 못했던 사실을 깨달았다.

'유리엔과 대련할 때 굳이 제대로 할 필요는 없잖아?'

그녀가 엉망진창으로 검을 휘두르다 패배해도 이상할 것이 없었다. 당연했다. 그녀는 고작 사관학교 1학년이고, 스콰이어일 뿐이다. 창천 기사단장이자 기오사 오너인 유리엔을 상대로 제대로 대련이 되는 게 더 이상했다.

'왜 이 생각을 못 했지?'

유리엔과 대화할 때마다 머리가 굳어 버린 탓일까. 내내 진심으로 검을 맞대는 대련만 생각했었다.

'대련을 하고 나면…… 날 스콰이어로 삼은 이유와, 탄신 연회 때 내게 가졌다던 개인적인 관심까지 모두 알려 주겠다고 했었지.'

궁금하다. 미친 듯이 궁금했다. 그가 무슨 생각을 하고 있는지. 그녀를 어떻게 생각하고 있는지. 대체 '에키네시아 로아즈'에게서 뭘 보았기에 자꾸 그녀에게 관심을 두는지.

정말로 회귀 이전에는 존재하지 않았던 생도라 의심하고 있는 것뿐이라면, 그녀가 마검의 악마인지 관찰하고 있는 거라면, 왜 그녀에게 그런 표정들을 보여 주는지. 그 표정들이 다 시험이자 거짓일 뿐인지.

'대련하고 싶어. 아니, 정확히는 대련을 해서 그의 생각을 듣고 싶어.'

에키는 저도 모르게 허리에 걸려 있는 아메시스트를 만지작거렸다. 그가 오직 그녀를 위해 준비한, 그처럼 하얗고 예쁜 검. 그녀의 눈동자와 같은 색의 자수정이 박혀 있는 검.

"언젠가 그대와 검으로 대화를 나눌 수 있으면 좋겠군."

열차 안에서 그가 했던 말이 떠올랐다. 앨리스와 대련했던 것이 생각난다. 처음으로 즐거움을 느낀 대련. 유리엔과도 아마, 앨리스와 했던 것보다 훨씬 더, 즐거울지도 모른다. 진심으로 검을 맞댄다면.

하지만 그럴 수는 없었다. 그의 앞에서 숨겨야 할 것이 너무나 많았다. 대련을 받아들이고 엉망으로 패배하자. 그렇게 결심하며 그녀는 손잡이를 가만히 움켜쥐었다가 놓았다.

중간에 점심을 먹고, 늦은 오후쯤에 그들은 산과 산 사이 작은 골짜기에 도달했다. 산이 높지 않았기에 골짜기도 깊지 않았다. 능선에서 내려다보니 여름이 가까워지며 싱그러워진 나무들 사이로 허술한 헛간 같은 것이 보였다.

"저곳이다."

유리엔이 멈춰서 그 헛간을 가리켰다. 에키가 의아하게 그를 올려다보자, 그가 설명을 덧붙였다.

"이 근처의 사냥꾼이나 약초꾼들이 공용으로 사용하는 쉼터다. 우리는 계속 저 쉼터를 지켜보며 기다려야 한다."

"저기에서……."

성녀가 살해당했었냐고, 물을 뻔했다. 에키는 혀를 살짝 깨물며 간신히 말을 멈췄다.

"무슨 일이 벌어지게 되나요?"

겨우 바꿔 물은 질문에 유리엔이 그녀를 돌아보았다. 꿰뚫어 보는 듯이 선명한 하늘색 눈동자. 그는 조용히 그녀를 보다가 약간 씁쓸하게 웃었다.

"그래. 일은 밤중에 요란하게 벌어질 테니 쉽게 알아챌 수 있을 것이다. 빠르면 사나흘 안에, 늦으면 열흘까지 갈 수도 있겠군."

"로드는 어떻게 그런 걸 아시는 거죠?"

그가 예언처럼 말하는데 의문을 표하지 않는 것도 이상할 것 같아 일부러 질문했다. 유리엔은 그녀를 보지 않고 가져온 짐 꾸러미를 향해 시선을 돌리며 대답했다.

"미안하지만 지금은 답하기 어려운 질문이다. 우선, 여기다 막사를 만들도록 하지."

"……예, 로드."

아젠카에서 출발할 때 막사 용품은 미리 챙겨 왔었다. 유리엔과 에키는 골짜기에서 올려다봤을 때 눈에 띄지 않을 만한 적당한 장소를 골라 각자 막사를 쳤다.

에키보다 먼저 막사를 완성한 유리엔은 불을 피우더니 저녁을 만들기 시작했다. 에키는 막사 안에 짐을 풀어 놓다 말고 코를 찌르는 음식 냄새에 밖으로 고개를 내밀었다가 깜짝 놀랐다.

"로드, 식사 준비는 제가……."

"정리를 마저 하고 나오도록. 아직 완성되지 않았다."

그가 돌아보지도 않고 냄비를 저으며 대답했다. 냄비 안에서는 스튜가 끓으며 고소한 냄새를 풍기고 있었다. 에키는 급히 그에게로 다가갔다. 도울 것이 있나 찾아보았지만 이미 모든 재료는 손질되어 냄비에 들어간 후였다. 남은 일은 빵을 꺼내 놓는 것이나 스튜를 젓는 일뿐이었다. 그리고 국자는 유리엔의 손에 있었다.

"왜 제게 시키시질 않고."

그녀가 민망한 낯으로 조그맣게 항변했다. 스콰이어가 있는데 기사가 식사를 준비하다니. 유리엔이 설핏 웃었다.

"내 요리를 믿지 못하겠나?"

"그런 뜻이 아니잖아요. 이런 건 스콰이어가 해야 할 일인데."

"신경 쓰지 마라. 시간이 남아 했을 뿐이니."

황족 출신이라곤 믿을 수 없는 능숙함이 그에게서 묻어났다. 그는 아무렇지도 않게 스튜를 조금 뜨더니 작은 접시에 담아 그녀에게 내밀었다.

"맛을 봐주겠나."

"그, 으, 네에."

그녀를 보는 유리엔의 눈빛이 몹시 부드러웠다. 에키는 당황한 상태로 접시를 받아 들었다. 김이 폴폴 나는 것을 몇 차례 불어 삼켜 보았다. 그녀의 눈이 살짝 커졌다.

"로드께서 요리를 잘하실 줄은 몰랐어요."

에키가 중얼거리듯 말했다. 그녀가 그를 바라보는 시선에 자연스럽게 감탄이 묻어났다. 유리엔이 슬며시 시선을 피했다. 그는 볼이 옅게 상기된 채로 나직하게 답했다.

"……잘하진 않는다. 먹을 만하게 만들 수 있는 정도지. 나도 스콰이어 출신이니까."

"네?"

에키는 화들짝 놀랐다. 그가 누군가의 아래에서 스콰이어로 생활했다니. 그녀로서는 도무지 상상하기 어려운 모습이었다. 유리엔이 낮게 웃음을 흘렸다.

"그렇게 놀랄 만한 일인가?"

"어쩐지 로드께서는…… 처음부터 완벽한 기사셨을 것 같아서."

"그럴 리가 있겠나. 실수를 하고, 실패를 겪고, 방황하기도 했다."

그가 조곤조곤 말하며 완성된 스튜를 그릇에 떠 놓았다. 에키는 마을에서 사 왔던 빵을 꺼내 잘라서 쟁반에 올렸다. 물 대신 챙겨 온 포도주까지 따라 놓자 간이 테이블 위에 소박한 만찬이 만들어졌다.

"로드께서 방황을 했다니, 잘 상상이 가질 않는데요."

"디트리히가 들으면 웃겠군."

"디트리히 경이라면, 기, 준기사분 말씀이신가요? 붉은 머리에 붉은 눈이신?"

기오사 오너라고 할 뻔했다. 에키는 또 혀를 깨물었다. 유리엔이 그녀 몫의 스튜 그릇을 건네며 대답했다.

"준기사 디트리히 사루아를 말하는 거라면, 맞다. 그와는 사관생도 시절부터 친분이 있었으니."

흰 까마귀 협곡 마물 토벌 때, 바라하와 함께 막사를 치고 있던 그녀에게 디트리히가 떠들고 갔던 말들이 생각났다. 유리엔과 룸메이트였다고 했었지. 그리고 천재들은 다 또라이라고도.

'그러고 보니 그때 디트리히가 말했던 또라이에 유리엔도 들어가는 거야?'

말도 안 된다. 상상이 가질 않았다. 그녀가 무슨 생각을 하고 있는지 모를 유리엔이 말을 이었다.

"사관학교에 갓 입학했을 무렵에는 마음이 복잡했다. 그래서 디트리히에게 꽤 폐를 끼쳤지."

"폐라니, 어떤 식으로요?"

"……일단 들지. 식는다."

그가 그녀에게 스푼을 건넸다. 식사보다 그가 하는 얘기가 훨씬 흥미로웠지만, 그녀는 얌전히 스푼을 받았다.

갓 끓인 스튜와 아침에 마을에서 사 온 빵은 이런 산중에서 먹는 식사로는 과분할 정도로 좋았다. 식수 대용으로 마시는 도수 낮은 포도주라지만 그래도 술은 술이라, 술기운이 살짝 돌자 마음도 풀어졌다.

에키는 힐끔힐끔 마주 앉은 유리엔을 살펴보았다. 식사하는 모습마저 정갈하고 우아한 그와 방황하고 룸메이트에게 폐를 끼쳤다는 과거는 도저히 연결이 되질 않았다.

식사를 마치자마자 에키는 유리엔이 챙기려던 그릇을 빼앗아 들었다.

"적어도 설거지는 제가 해야죠."

"어차피 할 일도 없으니, 함께하지."

그가 그녀가 미처 챙기지 못한 쟁반을 재빠르게 들며 대꾸했다. 말려봤자 들을 것 같지 않았다. 에키는 포기하고 그와 함께 움직였다.

막사를 친 곳에서 안쪽으로 좀 떨어진 곳에 개울이 고여 만들어진 작은 샘이 있었다.

옆에 유리엔이 있어 장갑을 벗을 수가 없어서, 에키는 장갑을 낀 채로 물에 그릇을 넣었다. 괴상한 모양새라 그가 틀림없이 지적하리라 생각하고 대답을 준비했다. 물에 젖으면 손이 틀까 봐 싫다던가 하는 이유를 댈 생각이었다. 그러나 유리엔은 아무것도 묻지 않았다.

그들은 말없이 설거지를 했다. 드레스 차림으로 쪼그려 앉은 그녀나, 흰 제복 차림인 그나 하는 일과 어울리지 않게 보이기는 매한가지였다. 다만 어울리지 않아 보이는 것과 별개로 둘 다 무척 능숙했다. 유리엔은 사관생도와 스콰이어 시절을 거친 덕에, 그리고 에키는 9년에 걸친 기오사 수집 기간 동안 혼자 떠돌며 노숙의 달인이 된 탓이었다.

"로드, 디트리히 경에게 어떤 폐를 끼치셨어요?"

그릇에 남은 물기를 털어내며 에키가 불현듯 물었다. 유리엔이 머뭇거렸다. 눈을 내리깔고 입술을 달싹이더니 얕게 한숨을 쉬었다.

"그게 그렇게 궁금한가?"

"먼저 말을 꺼내신 건 로드인걸요. 궁금해질 수밖에요."

"그대가 말을 거니까, 들떠서 자꾸만……."

유리엔이 반사적으로 대답하다 말끝을 흐렸다. 들, 뭐? 내가 말을 거는 것에 들떴다고? 그가 흘린 말을 알아들어 버린 에키의 얼굴이 멍해졌다. 그녀의 표정을 본 유리엔이 황급히 눈을 피하고 벌떡 일어났다.

"막사로 돌아가지. 해가 지기 시작했으니 쉼터를 지켜보아야 한다."

"로드?"

"먼저 가 있겠다. 오늘 밤은 내가 불침번을 서며 지켜볼 테니, 그대는 자도록 해라. 내일 밤은 그대 차례다."

"로드, 저기……."

유리엔은 설거지가 끝난 그릇들을 챙겨 들더니 순식간에 개울가를 떠나 버렸다. 에키는 도망치듯 사라지는 하얀 뒷모습을 망연히 바라보았다.

[쟤 되게 이상하네. 왜 저래? 너랑 얘기하고 싶었나?]

"……그런가 봐."

[왜? 뭐 하러? 얘기하면서 약점을 찾아내려는 거야? 아니면 네가 얘기하다가 실수하는 걸 노리나?]

"실수?"

[실수로 네가 내 주인이라는 증거를 흘리길 바라면서 최대한 많이 대화하려 하는 거지! 오, 나 방금 좀 대단한 추리를 한 거 같아! 그치? 맞지? 이거밖에 없잖아!]

감정을 배제하고 머리로만 생각하면 마검의 말이 맞을지도 모른다. 하지만 말투와, 표정과, 몸짓과, 흘러나와 버린 말의 내용이 자꾸만 다른 것을 가리킨다.

"아니, 개인적인 관심이었다."

마구간에서 그가 했던 말이 머릿속을 종처럼 뎅뎅 울렸다.

그럴 리가 없는데. '에키네시아 로아즈'와 유리엔은 고작 연회에서 한 번 보았을 뿐, 서로 얘기해 본 적도 없는데. 이해도 납득도 되지 않는다. 이유를 알 수가 없다. 그녀는 복잡해지는 머리를 부여잡고 혼잣말을 내뱉었다.

"대련해야겠어."

[어? 웬 대련? 쟤랑?]

"응. 해야겠어."

대련을 하고 이유를 들어야겠다. 그러지 않았다간 자꾸 다른 생각을 하게 될 것만 같으니까. 에키는 결심을 굳혔다.

〈검을 든 꽃〉 2권에서 계속